Moon Notes

NENA TRAMOUNTANI

CARDS OF LOVE 1

Die Magie des Todes

Moon Notes

Klimaneutral
Druckprodukt
ClimatePartner.com/53248-2011-1002

Dieses Buch wurde klimaneutral produziert. Dadurch fördern wir anerkannte Nachhaltigkeitsprojekte auf der ganzen Welt. Erfahre mehr über die Projekte, die wir unterstützen, und begleite uns auf unserem Weg unter www.oetinger.de

FSC
www.fsc.org
MIX
Papier aus verantwortungsvollen Quellen
FSC® C014496

Originalausgabe
1. Auflage

Dieses Buch wurde vermittelt von der Literaturagentur erzähl:perspektive, München
(www.erzaehlperspektive.de)

Dieses Werk wurde vermittelt durch die Literarische Agentur Thomas Schlück GmbH,
30161 Hannover.
Satz: Arnold & Domnick, Leipzig
Druck und Bindung: GGP Media GmbH,
Karl-Marx-Straße 24, 07381 Pößneck, Deutschland
Printed 2021
ISBN 978-3-96976-017-8

www.moon-notes.de

Liebe*r Leser*in,

wenn du traumatisierende Erfahrungen gemacht hast, können einige Passagen in diesem Buch triggernd wirken. Sollte es dir damit nicht gut gehen, sprich mit einer Person deines Vertrauens. Auch hier kannst du Hilfe finden:
www.nummergegenkummer.de

Schau gern auf S. 381, dort findest du eine Auflistung der potenziell triggernden Themen in diesem Buch. (Um keinem*r Leser*in etwas zu spoilern, steht der Hinweis hinten im Buch.)

Für alle, die an Magie glauben.

Playlist

Ludovico Einaudi – Primavera

Abel Korzeniowski – Juliet's Dream

Katie Garfield – All Is Lost

BANKS – Godless

Cat Pierce – The Beginning of the End

Bishop Briggs – Dark Side

Jacob Lee – Demons

Sam Smith – Fire On Fire

Birdy – Strange Birds

Calum Scott – If Our Love Is Wrong

Hailee Steinfeld – Afterlife

Elley Duhé – MIDDLE OF THE NIGHT

MILCK – Devil Devil

Lykke Li – deep end - alt version

vōx – I Hid In Him

Glass Animals – It's All So Incredibly Loud

Maroon 5 – Lips On You

Antonio Vivaldi – The Four Seasons, „Summer",
Concerto No. 2 for violin in G Minor

Cat Pierce – Live Forever

Donna Missal – Keep Lying

Prolog

A tutto c'è rimedio fuorché alla morte.
(Gegen alles gibt es ein Mittel, außer gegen den Tod.)

Mein erster Atemzug nach siebzehn Jahren, und schon starb ich. Die Luft roch nach Verrat und abgestandenem Kanalwasser, während sich ein metallischer Geschmack in meinem Mund ausbreitete. Ich spürte die Messerklinge. Sie grub sich in mein Herz, und doch war es kein Schmerz, der durch meine Adern peitschte. Seltsam. Schmerz war für gewöhnlich die lauteste Empfindung. Man konnte den Moment noch so sehr erwarten, wenn er dann kam, traf er sie alle unvorbereitet.

Jetzt gab es nichts als Angst.

Ich sank in die Knie. Der Mann folgte mir, ging vor mir in die Hocke, rammte das Messer tiefer.

Rote Farbe blätterte von der Fassade hinter ihm, darunter kamen die Ziegelsteine im schwachen Mondschein hervor. Genau wie das Haus ließ mein Angreifer seine Maske sinken und offenbarte mir seine Substanz.

Er war mir vertraut, obwohl ich sein Gesicht nicht einordnen konnte. Kannte ich ihn aus der Vergangenheit? Oder aus einer fremden Erinnerung?

Der Bart war von grauen Fäden durchzogen, und unmenschlicher Zorn glühte in seinen Augen. Es war ein spontaner Einfall. Er handelte im Affekt. Womit hatte ich ihn provoziert?

Aber nicht seine Mordlust jagte mir Angst ein. Und auch nicht die Gewissheit, dass mir kaum mehr eine Minute blieb.

Wie schon so oft wünschte ich mir, bereits ein paar Sekunden vorher dabei gewesen zu sein. Welch törichter Gedanke. Als würde es mir oder irgendwem etwas nützen, wenn meine Neugier gestillt wurde.

Da war nur ein einziges Wort in meinem Kopf. Ein Name. Und ein von wilden Locken umrahmtes Gesicht. Ihre Züge waren weich, ihre Augen wärmer als die Kälte dieser ganzen gottverfluchten Stadt.

Giulietta.

Ich röchelte. Je mehr das Leben aus mir wich, desto größer wurde die Panik. Als sie nicht mehr auszuhalten war, kämpfte ich mich hoch und ließ den zusammengebrochenen Körper an der Hauswand zurück. Diesmal war es mein eigenes armseliges Herz, das weiterklopfte. Mein eigener Mund, der verzweifelt nach Luft schnappte. Ich wurde wahnsinnig bei ihrem Anblick. Bebte am ganzen Körper.

Giulietta.

Nur ein Name.

Nur ein Mädchen.

Nur ein Grund, um leben zu wollen.

Und von allen Gedanken, die ich je gehabt hatte, war dieser am törichtesten.

KAPITEL 1

Der Tod und seine Begleiter

»Stell deine Frage, tesoro.«

Noemi und Speranza saßen mir gegenüber auf dem Sofa und sahen mich erwartungsvoll an. Die Räucherstäbchen verströmten den Duft von Sandelholz, und die Karten blitzten unter dem Seidenschal in der Holzschatulle auf.

Es war kurz nach einundzwanzig Uhr, wir hatten ein spätes Abendessen zu uns genommen und uns dann wie schon so oft mit einem Tee ins Wohnzimmer gesetzt. Unzählige Kerzen erhellten den Raum, das Licht hatten wir ausgeschaltet.

»Was erwartet mich in den nächsten Monaten?«

Unter Noemis Auge zuckte es, aber Speranza griff, ohne zu zögern, nach den Karten, um sie zu mischen. Ihre bunten Armreife klapperten bei jeder Bewegung, rutschten auf ihren gebräunten Armen vor und wieder zurück.

Die Frage war zu allgemein gestellt, und außerdem verschleierte sie meine eigentlichen Probleme: Hätte ich heute vielleicht doch auf die Party gehen sollen? Musste ich mir so langsam Sorgen darüber machen, dass ich den Abend lieber mit den beiden verbrachte als mit meinen ehemaligen Klassenkameraden?

Speranza legte den Stapel verdeckt auf den Tisch, bevor sie ihn fächerartig vor mir ausbreitete. Sie nickte mir mit einem Lächeln zu, also schob ich mein schlechtes Gewissen beiseite und zog die erste Karte.

Eine welkende Rose vor rabenschwarzem Hintergrund. Die Blüte senkte den Kopf, und ein einzelnes Blatt fiel in die Tiefe. Darüber ein heller Lichtstreifen in Halbmondform. Zwischen schwarz und weiß prangten fünf Pentagramme.

»Fünf Münzen«, flüsterte ich und schob sie in die Mitte des Tisches, bevor ich mich nach hinten sinken ließ und in den weichen Ohrensessel schmiegte. Das offensichtlich dunkle Omen bereitete mir im Moment wenig Sorgen – ich war viel zu konzentriert, um mich an die Bedeutung der Karte zu erinnern.

Wir hatten uns für heute Abend das keltische Kreuz ausgesucht. Ein beliebtes Legesystem, um einen umfassenden Einblick in die Vergangenheit und die Zukunft eines Menschen zu bekommen. Und außerdem die perfekte Übung für mich. Auch wenn mein Vater mir die Hölle heiß machen würde, wenn er wüsste, dass ich nicht bei meiner ehemaligen Klassenkameradin Chiara war.

»Was symbolisiert die erste Karte?«, fragte Noemi mit bewegungsloser Miene und schlang ihren Fransenschal enger um ihren schmalen Körper.

Ich lächelte. »Die Ausgangssituation. Das grundlegende Thema meiner Frage.« Sie ahnte, dass meine Frage nicht aufrichtig gewesen war. Und ich ahnte, was das bedeutete: Die Karten mochten es gar nicht, wenn man seine wahren Absichten verschleierte.

»Also?« Speranza rückte ihre Hornbrille mit dem Zeigefinger zurecht.

»Trauer, Sorgen und Erkrankung«, sagte ich, nun doch etwas zerknirscht. Die Karte stand für harte Zeiten. Eigentlich hatte ich mir erst neulich im Schein des Feuerwerks geschworen, mich nicht unterkriegen zu lassen. Neues Jahr, neues Glück. Dann wusste ich eben nicht, was ich mit meinem Leben anstellen wollte, während so ziemlich jeder in meiner Umgebung schon Pläne für die Zukunft schmiedete oder bereits in die Tat umsetzte. Dann bereitete mir Small Talk mit Gleichaltrigen halt Kopfschmerzen. Ich war erst achtzehn. Kein Grund zur Panik. Ich würde meinen Platz auf dieser Welt schon noch finden, es dauerte nur etwas länger bei mir.

Doch die Karte sah durch meine fadenscheinigen Beteuerungen hindurch. Bis auf den Grund meiner Seele, wo all die Zweifel wucherten und die Einsamkeit Wurzeln schlug.

»Ich mache mir Sorgen«, fuhr ich fort und richtete meinen Blick zuerst auf den üppigen Trockenblumenstrauß links von ihnen auf der alten Kommode, fixierte ihn angestrengt, dann auf meine dunkelblau lackierten Nägel. »Ich werde noch tiefer in die Sorgenspirale geraten. Ausgelöst von Zurückweisung oder Gedanken, die ich mir über meine Berufs- oder Studienwahl mache. Eine plötzliche Krankheit könnte auch dazukommen.«

Die beiden blieben still. Als ich aufsah, lächelte sogar Noemi mich aufmunternd an und wies auf die Karten. Nummer zwei war dran.

Ich griff nach einer Karte auf der linken Seite, die etwas herausragte, und legte sie aufgedeckt orthogonal über die erste. Diese stand für einen Menschen oder ein Ereignis, das für die Ausgangssituation hinderlich war. Mein Herz schlug jetzt deutlich schneller. Maden. Widerliche Augäpfel. Und ein von neun Schwertern durchbohrter Tierschwanz.

»Neun Schwerter«, sagte ich, ohne zu zögern. Kleine Arkana, Gruppe drei. Die Gruseligsten konnte ich mir problemlos merken. »Eine extrem dunkle Karte. Sie symbolisiert die Schattenseiten. Meine eigenen, tief in mir vergraben, und die des Lebens.

Schlaflosigkeit, Albträume und Verzweiflung. Oft in Begleitung von Schuldgefühlen und Selbsthass.«

»Im Kampf gegen das eigene Innenleben ist man immer gut damit beraten, Hilfe bei Außenstehenden zu suchen«, fügte Noemi in einer Tonlage hinzu, die wohl hoffnungsspendend sein sollte.

Ich nickte und nahm einen Schluck von meinem Johanniskrauttee, bevor ich nach der dritten Karte griff. Diese platzierte ich aufrecht unter den beiden ersten. Sie stand für den Ursprung meines Problems und dafür, was mein eigentliches Ziel war. Eine Karte, die Klarheit schaffen sollte.

Sobald ich die Illustration erfasste, ließ ich das Papier allerdings los, als hätte mich der Blitz getroffen. Speranza hielt abrupt den Atem an und räusperte sich schnell, um ihren Schrecken zu überspielen.

Noemi strafte sie mit einem strengen Blick und wandte sich dann mir zu. »Na komm, beschreib, was du siehst.«

»Die dreizehnte der Trumpfkarten. Eine Karte der großen Arkana.«

Einer der ersten Grundsätze, den mir die beiden beigebracht hatten: Karten der großen Arkana durften auf keinen Fall auf die leichte Schulter genommen werden, sollten sie in einer Legung auftauchen.

Die Karte zeigte einen Vogelkopf, dessen Körper ein Geflecht aus Knochen und übrig gebliebenen Federn war.

»Der Tod.« Meine Stimme klang belegt. »Das ist der Tod.«

Noemi hob eine helle Braue. »Kein Grund, so ein Gesicht zu ziehen. Wofür steht der Tod?«

»Für Transformation. Veränderung. Umbruchstimmung. Etwas im Leben, das enden muss, damit etwas Neues beginnen kann.«

»Sehr richtig. Was noch?«

Ich hob die Schultern. Der Tod konnte auch einfach ganz ohne Metapher für den Tod stehen, soweit ich wusste.

Speranza schien sich einen Ruck zu geben. »Seelenfrieden«, half sie mir auf die Sprünge. »Nachdem die Zeit des Leidens vorbei ist, wird man eine positive Veränderung in sich selbst feststellen.«

Wie sehr ich mir manchmal wünschte, wie Papa zu sein ... die Bilder und die Bedeutungen dahinter als Humbug anzusehen.

Schaudernd schnappte ich mir die vierte Karte. Nun ging es um meine Vergangenheit. Schlimmer konnte es nicht mehr werden, oder?

Geräuschvoll atmete ich aus, als ich die Tanne sah, die die obere Hälfte der Karte einnahm. Unter der Erde wuchsen tiefe Wurzeln, noch größer als der Baum selbst. Rechts und links rahmten ihn insgesamt sechs Becher ein. »Sechs Kelche. Sie verkörpern glückliche Erinnerungen. Eine magische Kindheit.« Mein Lächeln ließ sich jetzt nicht zurückhalten. Die Karte traf den Nagel auf den Kopf: Papa und ich, wir waren ein Team. Es hatte mir nie an etwas gefehlt. Jeder Zentimeter dieses alten Hauses war mit Liebe gefüllt. Bücher, die sich bis zur Decke stapelten. Knarzende Holzdielen. Wuchernde Pflanzen. Vollgeschriebene Notizzettel. Warmes Licht. Der Geruch von selbst gemachten Cannelloni.

Von außen betrachtet war es vielleicht seltsam, dass ich außer ihm keine Verwandten kannte, auch keine weiter entfernten. Er sprach nicht gern über seine Vergangenheit, und mit den Jahren hatte ich gelernt, ihn nicht mehr mit Fragen zu bombardieren, auch wenn ich vor Neugier manchmal zu platzen drohte.

»Lorenzo hat zweifellos gute Arbeit geleistet«, sagte Speranza mit einem Schmunzeln und strich sich eine widerspenstige Locke hinters Ohr. »Wofür steht sie noch?«

Ich überlegte kurz. »Alte Freundschaften?«

»Möglich.« Noemi nickte. »Du könntest alte Beziehungen oder Gewohnheiten wiederaufleben lassen. Und Antworten in deiner Vergangenheit finden.«

»Okay.« Das klang ja ganz gut. Leider bezweifelte ich, dass meine Kindheit mir bei meiner Frage weiterhelfen konnte. Und meine Freundschaften in jüngeren Jahren waren ähnlich verlaufen wie die jetzigen - an der Oberfläche. Vielleicht war das der Preis, weil ich mich zu gut mit Papa verstand. Weil der Maßstab zu hoch angesetzt war. Wieso sollte man sich mit mittelmäßig zufriedengeben, wenn man wusste, wie sich Seelenverwandtschaft anfühlte?

»Weiter geht's«, sagte Speranza sanft. »Was symbolisiert die nächste Karte?«

Ich blinzelte und fixierte die Karten, bevor ich eine Hand ausstreckte. »Mein Ziel.« Mein Ziel klang eigentlich ganz simpel: meine Berufung finden. Erwachsen werden. Ha. Nichts leichter als das.

Ich schnappte mir eine der unteren Karten in der Mitte und deckte sie auf, bevor ich sie direkt über die beiden ersten überkreuzten schob. Ein paar schwarze Schwerter in der Finsternis. Der Großteil der Karte war dunkel. Nur oben schillerte ein Regenbogen. *Römisch sechs* war mit schwarzer Farbe darübergepinselt.

»Sechs Schwerter?«

»Warum so zögerlich?«, fragte Noemi.

Ich hob eine Braue. »Das soll mein Ziel sein?«

Die Karte stand für Hoffnung am Ende einer dunklen Zeit. Was an sich super klang. Aber sie stand auch für einen Ortswechsel. Ich sprach meine Gedanken laut aus und beobachtete die beiden abwechselnd. Noemis Miene war unleserlich, Speranza runzelte die Stirn.

»Hast du dir noch mal Gedanken über ein Studium gemacht?«

Ich versteifte mich. Mein Lieblingsthema. »Nicht wirklich.«

»Na, du wirst ja wohl nicht immer in diesem Loch bleiben«, kam es nun wieder von Noemi. »Du bist ein junges Mädchen, die ganze Welt steht dir offen. So viele Möglichkeiten.«

Mit einem langen Finger deutete sie auf den bunten Streifen der Karte. »Dein Ziel ist es, glücklich zu sein. Zu heilen. Und das wird womöglich nur durch eine Reise funktionieren.«

Heilen wovon? Ich schluckte mein Unbehagen herunter und nickte hastig. »Alles klar. Können wir jetzt mit meiner Zukunft weitermachen?«

Sie sollten die Sorge in meinen Augen nicht entdecken. Also sah ich zu den flackernden Kerzen auf der Fensterbank hinter dem Sofa. Das Wachs tropfte bereits auf den Boden. Unaufhörlich. Unausweichlich. Wie die Karten.

Mit zusammengepressten Lippen griff ich nach der nächsten. Deckte sie neben den ersten beiden auf, sodass die sechs Karten nun ein Kreuz bildeten.

Ich stieß die angehaltene Luft aus. Ein Pentagramm in Form eines Baumstamms, aus dem Rosenblätter wuchsen. Die Karte war bis auf einen roten runden Kreis in der Mitte ganz in Schwarz-Weiß gehalten. »Das Ass der Münzen.« Familie vier, Karte Nummer eins. Puh. »Steht das nicht für Wohlstand?«

Speranza kicherte, Noemi schnaubte und beugte sich zu mir vor. »Dieser rote Kreis ist der Samen der Energie in dir, die dich für deine Zukunft festigt. Dies ist der Anfang. Es liegt eine verheißungsvolle Zeit vor dir. Und ja, Reichtum könnte dir in den Schoß fallen, aber vor allen Dingen solltest du dich auf dein Inneres konzentrieren. Dich erden. Und die Bedeutungen der Karten nicht immer so wörtlich nehmen.«

Ich ließ mich nicht beirren und grinste sie an. »Ach, komm schon, lass mir den Spaß, das sieht doch zur Abwechslung mal gut aus, oder?«

Sie besah mich streng, doch ihre Mundwinkel zuckten. »Welche Karte kommt als Nächstes?«

»Die, in der es um mich geht. Wer ich bin. Wie ich zu meiner Frage stehe. Was mich ausmacht.« Ebenfalls eines meiner absoluten Lieblingsthemen …

Diesmal ließ ich mir Zeit bei der Auswahl der Karte. Beim Tarot ging es um Intuition. Man musste seinem Bauchgefühl folgen, um Klarheit zu erlangen. Und sosehr ich es liebte, die Bedeutungen der Karten zu lernen und anderen Leuten ihre Zukunft zu zeigen, so sehr graute es mir vor meiner eigenen.

Ich schloss die Augen, fuhr mit den Fingerspitzen über die ausgebreiteten Karten und griff nach einer am rechten Rand. Meine Lider flatterten auf. »Die Welt«, flüsterte ich. Große Arkana. Schon wieder. Und auch noch die allerletzte Tarotkarte. Ohne Vorwarnung schossen mir Tränen in die Augen. Lächerlich. Ich schluckte hart, um den Kloß in meinem Hals loszuwerden. Lächerlich, und doch klammerte ich mich an diese kleine Hoffnung, dass ich stärker als die Versagerin war, die ich morgens im Spiegel sah. Mutiger. Interessanter. Für mehr bestimmt.

Die Welt stand für Vollkommenheit. Sich ganz fühlen.

»Im Alltag sind unsere Gedanken vergiftet«, sagte Speranza nach einem Augenblick Stille. Sie wusste, dass ich die Bedeutung der Karte kannte. Und genauso wusste sie, was es mit mir anrichtete, sie gerade dann aufzudecken, wenn es um mein wahres Ich ging. Speranza und Noemi waren neben meinem Vater die einzigen beiden Menschen, die den brodelnden Gefühlscocktail hinter meiner Fassade kannten.

»Wünsche. Bedürfnisse. Ziele. Immer mehr, immer größer. Nichts ist uns genug. Das hier, tesoro, das ist die Wahrheit. Du bist genug. Genau so, wie du bist. Alles, was du brauchst, hast du bereits in dir. Dafür steht die Welt. Harmonie und Zufriedenheit im Jetzt.«

Ihre Worte erleichterten mir den Kampf mit den Tränen nicht. Mehrere Minuten vergingen, bis ich wieder aufblicken konnte. Ich fand kein Mitleid in ihren Gesichtern. Nur Zuneigung. Noemi faltete die Hände im Schoß und blinzelte, als müsste sie sich selbst von einem Anflug der Sentimentalität befreien.

Ich räusperte mich und schnappte mir die erstbeste Karte. »Bei der achten Karte geht es um äußere Einflüsse.«

»Richtig.« Speranza nahm einen Schluck von ihrem Tee und lächelte mir über den Tassenrand hinweg zu.

Na toll. Ein dunkler Fels. Zu seinen Füßen acht zerbrochene Gefäße. »Vielleicht war das eine schlechte Idee«, murmelte ich und starrte auf die Zeichnung.

»Du musst keine Angst haben«, meldete sich Noemi sofort zu Wort. »Und nur so lernst du, richtig mit den verschiedenen Deutungen umzugehen. Wenn du es an dir selbst probierst. Also?«

Ich stöhnte auf. »Acht Kelche. Stagnation, Trennung, Abschied.« Nur zu gut erinnerte ich mich an Noemis Worte, als sie mir die Karte vor Jahren zum ersten Mal gezeigt hatte. Wieso ich mir die düsteren Bedeutungen wohl so gut merken konnte? »Es gibt hier nichts Gutes mehr für mich«, wisperte ich. »Ich sollte meine Augen auf den Horizont richten und fliehen.«

So schlimm war mein Leben nun auch wieder nicht, oder? Hatte nicht jeder in meinem Alter solche Zukunftsängste? Außerdem hatte ich die beiden. Und Papa. Mir ging es gut, verdammt.

»Die acht Kelche verheißen aber auch neue Ufer«, warf Speranza ein. »Eine Besserung in der Zukunft.«

Ich nickte. Schnell weiter. »Nächste Karte – meine Ängste und Hoffnungen.« Nächstes Mal würde ich ein anderes Legesystem wählen. Oder an den Idioten aus meiner alten Schule üben, wenn die auf der nächsten Party völlig dicht waren. Das keltische Kreuz grub zu tief. Es war viel zu intensiv.

Um ein Haar hätte ich aufgelacht, als ich die Karte aufdeckte. Zwei Gänse flogen Seite an Seite vor einem strahlend bunten Hintergrund. Nicht nur, dass dies meine dritte Karte aus den großen Arkana in dieser Legung war, nein, ich hatte ausgerechnet die Liebenden gezogen.

Speranza klatschte in die Hände. Noemis dünne Brauen wanderten in die Höhe.

»Was für ein Quatsch«, entfuhr es mir. Die Karte stand für Verlangen, Romantik – für eine schicksalhafte Verbindung, die mich erwartete. Als hätte ich nicht genug Probleme.

»Was bedeutet die Karte?«, fragte Noemi nüchtern.

»Das ist ja wohl offensichtlich. Ich frage mich nur, wieso sie gerade an dieser Stelle erscheint. Die Typen hier sind zu nichts zu gebrauchen, wirklich, ich habe es versucht. Und außerdem wird *Liebe* mich nicht davor bewahren, herausfinden zu müssen, was ich mit meinem Leben anstellen will.«

»Offenbar sehnst du dich danach«, kam es träumerisch von Speranza. »Das ist ganz normal. Ich habe mich ohnehin schon gefragt, wann es bei dir so weit ist ...«

Ich verdrehte die Augen. Sie war eine hoffnungslose Romantikerin. Und war zutiefst enttäuscht, dass ich zwar Spaß am Rummachen hatte, aber mich bisher nie ernsthaft in jemanden verguckt hatte.

Noemi schnalzte mit der Zunge. »Du wirst die Aufregung erfahren, die Nervosität und die Spannung der ersten großen Liebe. Aber du wirst auch etwas Echtes aufbauen und feststellen, dass ein Fremder zu einem zweiten Zuhause werden kann.«

Wer's glaubt, wird selig. Ich musste ein wenig grinsen, als meine Gedanken wieder zu Papa wanderten. Er war im Vergleich zu anderen Eltern ziemlich offen für meine Techtelmechtel-Geschichten. Ich hatte ihn nie anlügen müssen, wenn ich mich mit jemandem traf. Aber einen Satz wiederholte er jedes Mal, nachdem er mir viel Spaß wünschte: »Der einzige Mensch, der dich wirklich verdient, cara mia, ist der, der davon überzeugt ist, dass er es nicht tut.«

Trotzdem – dieses Thema befand sich nicht einmal in den Top Five meiner größten Sorgen. Also wieso tauchte diese Karte hier auf?

Ich holte tief Luft und straffte die Schultern. »Wie auch immer. Kommen wir lieber zum Endergebnis.«

Karte Nummer zehn bildete den Abschluss. Ich hatte keine Nerven mehr, den Prozess in die Länge zu ziehen. Also tastete ich nach der nächstliegenden Karte und legte sie über die letzten drei. Der krönende Abschluss. Damit sollte meine Frage endgültig beantwortet werden.

Ein Zauberstab, aus dem mehrere rote Blüten wuchsen. Umzingelt von einer majestätischen Schlange, deren geringelter Körper das Unendlichkeitszeichen bildete.

»Die Prinzessin der Stäbe. Sie ist ein Freigeist. Kann von Zeit zu Zeit stur sein, aber ist im Grunde viel stärker, als man auf den ersten Blick annehmen könnte. Und sie ist vollkommen beschäftigt mit ihrer Karriere.« Die Erleichterung schmeckte bittersüß. Vielleicht hatte ich jetzt noch keinen Schimmer, was ich in den nächsten Jahren tun würde, aber die Karte war ein eindeutiges Zeichen von Hoffnung.

Noemi legte den Kopf schief. »Sie kann außerdem eine junge Frau repräsentieren, die eine Verwandlung durchmacht. Einen Durchbruch erlangt.«

Breit grinsend lehnte ich mich zurück. »Gerade noch mal Glück gehabt, was?«

Speranza zwinkerte mir zu. »Du machst dich. Die meisten Bedeutungen kommen wie aus der Pistole geschossen.«

»Lasst uns zusammenpacken«, sagte Noemi und griff nach der Schatulle. »Wir sollten langsam zu Abend essen. Wenn dein Vater nach Hause kommt und uns hier so sitzen sieht …«

Sie musste den Satz nicht vervollständigen. Wir wussten alle, was uns in diesem Fall erwartete – mindestens der dritte Weltkrieg.

Ich wollte ihr gerade zustimmen, als ein durchdringendes Klopfen ertönte. Einmal. Zweimal. Unsere Klingel war seit Wochen kaputt, aber wir liebten den alten Türklopfer in Löwenkopfform, weswegen sich weder Papa noch ich um die Reparatur gekümmert hatten.

»Hat Lorenzo seinen Schlüssel vergessen?«, murmelte Speranza zerstreut, während sie Noemi beim Einpacken half.

»Papa wollte erst morgen früh wiederkommen«, erwiderte ich und erhob mich. Und außerdem vergaß er nie seinen Schlüssel. Das war eher meine Spezialität.

In drei großen Schritten war ich bei der Glastür. Sie bestand aus winzigen zusammengesetzten Scherben. Ein farbenfrohes Mosaik, durch das jetzt blaues Licht fiel. Meine Hand verharrte an der Klinke. Das war kein normales Licht.

»Stroboskop«, flüsterte ich, während mein Puls in die Höhe schoss. Die Umrisse der Gestalt waren unverkennbar. Ich starrte so lange auf das bunte Glas zwischen uns, bis ein weiteres Klopfen mich aus meiner Trance riss.

»Hast du was gesagt?«, erklang es hinter mir, doch ich machte mir nicht die Mühe, mich umzudrehen. »Willst du nicht aufmachen?«

Nein. Nein, ich wollte nicht aufmachen. Und trotzdem drückten meine Finger die Klinke nach unten. Ließen es zu, dass die Tür aufschwang und einen Stoß eisige Januarluft mit sich brachte.

Eine Frau mittleren Alters. Sie stand auf der roten Fußmatte, kaum einen halben Meter von mir entfernt. Für den Bruchteil einer Sekunde sah ich ihre dunklen Augen und die Uniform. Dann schob sich ein anderes Bild in den Vordergrund.

»Giulietta Visconti?«

Das Skelett eines Vogels.

Ich schüttelte den Kopf, um das Bild zu vertreiben. Zwecklos.

»Du bist nicht Giulietta Visconti?«

»Doch«, krächzte ich. »Doch, die bin ich.«

»Du bist die Tochter von Lorenzo Visconti?«

Knarzende Schritte erklangen, bevor sich ein Arm um meine Schulter legte und der Geruch von Lavendel mir in die Nase stieg.

»Guten Abend«, sagte Speranza neben mir. »Kann ich Ihnen behilflich sein?«

»Sind Sie auch eine Verwandte?«

»Nachbarin. Wir wohnen gleich nebenan.«

Durch das schwarze Skelettfedergemisch sah ich die Polizistin nicken. »Darf ich einen Moment hereinkommen?«

Speranza bejahte, wenn auch zögerlich.

Mit sanfter Gewalt wurde ich beiseitegeschoben.

»Was ist mit ihm?« Ich zuckte vor der Kälte in meiner eigenen Stimme zurück. Schüttelte Speranzas Arm ab und trat nach vorn.

»Vielleicht setzen wir uns für einen Moment.«

»Ich will mich nicht setzen.« Woher nahm ich die Kraft zu sprechen?

Ein Seufzen. Zusammengezogene Augenbrauen. »Wie alt bist du, Giulietta?«

»Volljährig. Was ist mit meinem Vater?«

Ihre Augen glänzten. »Wo ist deine Mutter?«

Unter der Erde. »Papa und ich leben allein«, presste ich hervor.

Ein weiteres Nicken. »Es tut mir wirklich leid, Giulietta. Es tut mir leid, aber dein Vater …«

Ihre Stimme verlor sich in rauschendem Nichts. Ich musste die Worte nicht hören, um zu wissen, was sie mir mitteilen wollte. Das Skelett vor meinen Augen leistete ganze Arbeit.

»Was ist passiert?«, hörte ich mich irgendwann wie durch eine dicke Watteschicht sagen. Ich klang teilnahmslos, als würde ich mich nach der Wetterlage erkundigen.

Noch immer wurde mir die Sicht genommen.

Ich schnappte Fetzen auf: Venedig, Raubüberfall, Blutverlust, Beileid.

Wieso Venedig? Papa war für das Interview nach Ferrara gefahren ...

Meine Zähne schlugen aufeinander, und der Boden vibrierte. Das Skelett verschwamm. Schwarz und weiß flimmerte es vor mir auf. Lichterchaos.

»Gibt es Familienangehörige in der Nähe?«

»Wir sind praktisch Familie.« Das war Noemi. Irgendwie hatten sie es geschafft, mich zurück ins Wohnzimmer zu ziehen und auf die Couch zu drücken. Die Zeit folgte nicht mehr den üblichen Regeln. Sie blieb stehen, nur um im nächsten Herzschlag an mir vorbeizurasen.

Ich zwang mich, die Augen aufzukriegen. Ihre Stimmen vermischten sich. Sie diskutierten, ohne dass ich auch nur ein Wort verstehen konnte. Jemand hatte mir eine Strickdecke umgelegt. Mein Blick traf auf die übrig gebliebenen Karten auf dem Tisch. Mit einem Mal war mir kotzübel. Sie hatten es in der Hektik nicht geschafft, alle wegzuräumen. Ich streckte eine Hand aus und griff nach der dritten Karte in meiner Legung. Nach dem Ursprung. Hielt mir das Bild so nah vor die Augen, bis ich es trotz meines Zitterns erkennen konnte.

Und dann übergab ich mich der Dunkelheit.

Sekunden wurden zu Minuten wurden zu Stunden wurden zu Tagen. Ich wachte morgens auf und ging abends ins Bett. Antwortete auf Fragen. Putzte meine Zähne. Wusch mich. Starrte ins Nichts. Aß, wenn mir jemand Essen brachte. Ich schlief sogar. Nur weinen, weinen konnte ich nicht. Das letzte Mal, an das ich mich erinnern konnte, hatte ich bei *Chiamami col tuo nome* in der Mitternachtsvorstellung Tränen vergossen. Davor, weil ich mitbekam, wie sich jemand in der Schule hinter meinem Rücken das Maul darüber zerriss, was für ein Flittchen ich war. Das waren gute Gründe für Tränen. Nicht das, was auch immer zur Hölle das sein sollte.

»Hier bist du!«

Ich fuhr zusammen.

»Sag mal, weißt du, ob Pistazien in der Cannoli-Füllung sind?«

In Zeitlupe drehte ich mich um. Tiefe Atemzüge.

»Was?« Meine Stimme klang beinahe gelassen.

»Ob du weißt, ob –«

»Ich habe dich schon verstanden, Chiara.«

Ihre Lippen formten sich zu einem perfekten O.

Wir starrten uns ein paar Sekunden in die Augen. Kurz zuckte Angst über ihr hübsches Gesicht, dann setzte sie eine ernste Miene auf. »Ich bin allergisch gegen Pistazien. Eine einzige reicht aus, um mich direkt in die Notaufnahme zu befördern, weißt du? Seit Jahren muss ich ...«

Ein durchdringendes Klingeln in meinen Ohren ließ ihre Stimme verebben. Mein Blick schweifte ab. Menschen, so viele Menschen in unserem winzigen Wohnzimmer. In *meinem* Wohnzimmer. Ich war die Einzige, die noch hier lebte.

Die Tische waren voller Essen, aber Chiara sorgte sich um die Cremerollen.

In einem anderen Universum hätte ich ausrasten können. Sie anbrüllen, was ihr einfiel. Ob sie wirklich keinen einzigen Funken Taktgefühl besaß.

In diesem lächelte ich. »Frag am besten Speranza, ich glaube, die hat sie besorgt.«

Bis zur Beerdigung würde es noch dauern. Die Obduktion nahm viel Zeit in Anspruch, und man konnte nicht genau sagen, wann sie den Körper herschickten. Ich hatte nicht mehr direkt mit der Polizei gesprochen. Noemi hatte alles Organisatorische übernommen, während Speranza zu jeder Tages- und Nachtzeit in meiner Nähe blieb. Und das ganze Dorf sich aus irgendeinem Grund in den Kopf gesetzt hatte, mir stündlich Essen vorbeizubringen.

»Sag mal, hast du die Frau in eurem Garten schon gesehen? Sie sieht aus, als würde sie darauf warten, dass sie jemand hineinbittet. Ist das eine Verwandte von dir?«

Ich blinzelte. Es war eine Herausforderung, mich auf Chiaras Worte zu konzentrieren. »Was für eine Frau?«

Chiara wusste so wie jeder in unserem Dorf alles über meine Familie, genau wie ich über ihre, auch wenn man uns nicht wirklich als Freundinnen bezeichnen konnte. Gäbe es irgendwelche Verwandte, wäre sie darüber im Bilde. Die Leute hier fanden es seltsam, dass ich alleine von meinem Vater großgezogen worden war. Über die Jahre hatten sie sich wieder und wieder nach meiner näheren Verwandtschaft erkundigt, vor allem, wenn ich während einer von Papas Recherchereisen bei Speranza und Noemi übernachtete.

»Sie trägt irgendein seltsames Kostüm und sieht völlig fertig aus«, riss mich Chiaras Stimme aus meinen Gedanken. Eine kleine Pause entstand, in der sie mich eingehend musterte. »Noch fertiger als du.« Es klang wie ein Vorwurf.

Da war plötzlich ein Stechen in meinem Kopf. Ich brauchte schleunigst eine Pause. Dieses Gespräch war das letzte, was ich gerade führen wollte. Bevor ich mich entschuldigen konnte, hatte sie mich allerdings schon am Arm gepackt und führte mich zum Wohnzimmerfenster, wo sie die Gardine zur Seite schob.

»Schau!«

Gegen meinen Willen ließ ich mich ablenken. Tatsächlich. Nur wenige Meter vom Haus entfernt ging eine Frau auf und ab. Als könnte sie sich nicht entscheiden, ob sie hineinkommen oder kehrtmachen sollte. Sie trug ein ziemlich eindrucksvolles Ballkleid aus altrosafarbenem Satin, mit ordentlich Rüschen, Spitze und Federn, darüber eine Art kurzer Umhang aus goldenem Samt. Doch so krass ihr Outfit auch war – es lenkte nicht lange von ihrem Gesicht ab, das trotz der Nebelschwaden gut zu erkennen war. Sie war jung, nicht so jung wie ich, aber höchstens Mitte zwanzig, und um einiges größer. Ihre Wangen waren tränenüberströmt, ihre Haut aschfahl, und die Augen wirkten viel zu groß für das Gesicht. Dunkle, wirre Locken lugten unter ihrer übergestülpten Umhangskapuze heraus. Der Wind zerrte daran. Sie bebte am ganzen Körper. Obwohl es draußen bitterkalt war, beschlich mich die Vermutung, dass ihr Zittern nichts mit dem Wetter zu tun hatte. Außerdem war da noch etwas. Ein Ziehen am Rande meiner Wahrnehmung. Das große Kitzeln, wie Speranza es nannte, wenn einen im Alltag das Gefühl überkam, etwas übersehen zu haben. Wenn man sich nicht recht erinnern wollte, was genau es war, die Gewissheit, *dass* da etwas war, was aber ein unangenehmes Prickeln hinterließ.

Irgendwoher kam die Frau mir bekannt vor. Aus dem Dorf?

Nein. Das wüsste ich. Es war etwas anderes. Eine Erinnerung?

Da hob sie den Kopf. Unsere Blicke trafen sich für den kürzesten aller Momente. Auf einen Schlag gab es nichts mehr außer ihr und mir. Meine Umgebung verschwand und nahm meine Überlegungen mit sich. Ich bestand nur noch aus Pulsieren und Beben.

Wut. Da war keine Verzweiflung in ihren Augen, keine Trauer, sondern Wut. Kälter als der Winterwind. Kälter als mein Herz, das sich seit Tagen mit Eisschichten umhüllte, die jetzt ein kleines bisschen zu schmelzen begannen.

Chiara sagte etwas neben mir, aber ihre Worte verloren sich in dem Geräusch des rauschenden Bluts in meinen Ohren. Das Gefühl von Neugierde, von Aufregung, von *irgendetwas* anderem als trüber Taubheit, traf mich so unerwartet, dass mir ganz schwindelig wurde. Ein Rätsel. Eine willkommene Ablenkung.

Ich ließ die Gardine zurück vors Fenster gleiten und setzte mich in Bewegung. In ein paar großen Schritten war ich bei der Haustür angelangt. Ich ignorierte die Blicke der Anwesenden. Hatte niemand außer Chiara die Frau bemerkt?

Meine Finger schlossen sich um die Klinke. Die Welt blies mir ihren Eisatem ins Gesicht, sobald ich die Tür öffnete. Mir war nicht kalt. Ohne mich um Schuhe zu kümmern, trat ich nach draußen und ließ meinen Blick über den kleinen Garten vorm Haus wandern.

Der Wind heulte, das vereiste Gras unter meinen Füßen knirschte. Nichts.

Ich kniff die Augen ein Stück zusammen. Keine Spur von der Frau. Als wäre sie meiner Fantasie entsprungen. Nur dass das nicht sein konnte. Chiara hatte mich auf sie aufmerksam gemacht. Konnten sich zwei Menschen dieselbe Person einbilden?

Mein Name ertönte, und ich trat den Rückzug an, nachdem ich mich noch einmal vergewissert hatte, dass nirgendwo ein Stück rosa oder goldener Stoff aufblitzte.

Chiara war in ein Gespräch mit Speranza vertieft. Sollte ich zu ihr gehen und sie befragen, bis sie mir jedes Detail verriet, das mit der Frau zu tun hatte? Vielleicht könnten wir uns gemeinsam auf die Suche begeben.

Chiara und ich. Ein Abenteuer fürs Leben.

Um ein Haar hätte ich gelacht.

Ich schloss die Tür leise hinter mir und beging den Fehler, den Kopf zu heben. Von allen Seiten kam mir Mitleid entgegen. Dunkles, zähflüssiges, stinkendes Mitleid. Eine wabernde Masse, die kein Erbarmen kannte. Viel zu schnell war sie bei mir angelangt. Sie zog mich in ihre Tiefen, bis jedes bisschen Tatendrang darin ertrank und die gewohnte Leere sich wieder in mir breitmachte.

Wen interessierte schon die Frau da draußen? Wen interessierte es, ob Chiara und ich sie uns eingebildet hatten?

Ich schlängelte mich an zwei Mädchen vorbei, die ich flüchtig aus der Nachbarschaft kannte und die sich ein Mal die Karten von mir legen lassen hatten, nur um sich im Anschluss darüber lustig zu machen, wie ernst ich Tarot nahm. Wieso befanden sie sich in meinem Wohnzimmer? Wer hatte sie überhaupt reingelassen? Wahrscheinlich hatten ihre Mütter sie gezwungen, vorbeizukommen und ihr Essen abzuliefern. Vielleicht fühlten sie sich damit besser.

Die alte Wendeltreppe knarzte bei jedem Schritt, während die Blicke der Leute sich wie spitze kleine Pfeile in meinen Rücken bohrten, als ich nach oben lief. Sie fragten sich bestimmt, ob ich jetzt endlich den Zusammenbruch erleiden würde. Den großen ausgebliebenen Zusammenbruch. Ich hatte Noemi und Speranza belauscht, wie sie sich darüber unterhielten, dass ich viel zu gefasst reagierte. In der ersten Nacht war ich in einen tiefen Schlaf gefallen. Über zwölf Stunden. Am nächsten Tag hatte die Taubheit Besitz von mir ergriffen. Es war, als hätte ich meinen Körper verlassen und würde als Außenstehende auf mich hinabblicken. Vielleicht war das der Teil meiner Seele, der bei Papa war und meine gesamte Lebensfreude beinhaltete. Zurückgeblieben war eine leere Hulle – funktionsfähig, aber leider nicht wirklich anwesend.

Ich stieß die Tür zum Badezimmer auf und setzte mich auf den Wannenrand, nachdem ich hinter mir abgeschlossen hatte. Den Blick in den Spiegel ersparte ich mir, stattdessen fuhr ich mir durch die widerspenstigen Locken und kniff die Augen zusammen.

»Ich habe ein Geheimnis«, murmelte ich in meinen Pulloverkragen. »Ich habe ein Geheimnis, Papa.«

Ja, ich wusste, dass er weg war. Ich musste seine Leiche nicht sehen. Die Illustration des Todes war Beweis genug gewesen, als sie in meiner Legung aufgetaucht war. Ich war ein einigermaßen schlaues Mädchen, auch wenn mein Abschlusszeugnis etwas anderes behauptete. Und trotzdem ... trotzdem gab es einen Grund, warum meine Welt noch nicht auseinandergebrochen war und ich mit ihr.

»Das ist alles nicht real, weißt du? Es kann nicht real sein, weil sonst nichts mehr Sinn ergeben würde. Es ist fast schon lächerlich, Papa. Deshalb bin ich zu dem einzig logischen Schluss gekommen. Mir ist schon klar, dass ich das niemandem da unten erzählen kann. Aber wenn ich hier sitzen und mit dir reden kann, dann bist du nicht weg, verstehst du?«

Stille. Ein kleines Lächeln zuckte über meine Lippen. Stille machte nichts. Mein Vater war noch nie ein Freund großer Worte gewesen.

In den letzten Tagen hatte ich seine Anwesenheit so eindringlich gespürt. Besonders nachts fühlte es sich an, als würde er mich durch die Fenster beobachten. Das Gefühl nahm mir die Taubheit nicht, doch es ließ mich beruhigt schlafen. Und es ließ mich tagsüber funktionieren.

An der Tür ertönte ein behutsames Klopfen.

»Ist alles in Ordnung?«

»Ja, ja, alles gut!«

»Magst du kurz aufschließen?«

Ich seufzte. Speranza ließ mich wirklich keine Sekunde aus den Augen. Zweifellos machte sie sich Sorgen, dass ich mir irgendetwas antat, während ich vermeintlich pinkeln war.

Mechanisch erhob ich mich und entriegelte die Tür.

Sie legte den Kopf schief und musterte mich prüfend. »Es tut mir leid, ich wollte dich nicht stören. Ich …« Sie verstummte und wirkte, als würde sie jeden Augenblick in Tränen ausbrechen. Speranza weinte am meisten. Ich betrat nur den Raum, das war Anlass genug. Und jedes Mal musste ich den Impuls unterdrücken, sie an den Schultern zu packen und zu schütteln.

»Was?«, erwiderte ich schroff. »Haben sie seinen Körper endlich gebracht?«

Bestürzung sprang mir aus ihrem Gesicht entgegen, bevor sie sich wieder im Griff hatte. »Nein, also. Da ist jemand, der mit dir sprechen möchte. Wegen …«

»Wegen *was denn, bitte*? Wieso kannst du nicht einfach in ganzen Sätzen mit mir reden, verflucht noch mal?«

Die Worte trafen sie wie Schläge in die Magengrube, ich sah es genau. Schnürten ihr die Luft ab, während sich glühender Selbsthass durch meine Gliedmaßen fraß.

Ihr rundes Gesicht errötete im dämmrigen Flurlicht. Papa hasste mich auch, da war ich mir sicher. Ich sah seine buschigen Augenbrauen. Sie zogen sich zusammen und erzeugten eine schräge Falte dazwischen, die mit den Jahren immer deutlicher geworden war. Ich hörte sein Schweigen. Niemand konnte so viele Nuancen in die Stille bringen wie er. Mal war sie tröstend, mal wütend, mal laut, mal leise. Jetzt definitiv enttäuscht.

Es tut mir leid, Papa. Aber ich ertrage ihren Schmerz nicht.

»Wegen des Testaments, tesoro«, hauchte Speranza, streckte aus Reflex einen Arm nach mir aus und ließ ihn sofort wieder sinken.

Nun war es mein Atem, der stockte. Trotzdem nickte ich und

setzte eine teilnahmslose Miene auf, ehe ich mich an ihr vorbeischob. »Alles klar.«

Die Flurwände waren über und über mit Bildern bedeckt, kaum ein Fleck Weiß dazwischen. Mein Gesicht kam mir in allen Altersstufen entgegen: zu große Augen mit zu kurzen Wimpern. Unzähmbares Haar. Weiße Haut. Mondgesicht. Genervt, glücksstrahlend und dann wieder gelangweilt. Aber alle hatten sie eines gemeinsam: Der Mensch, den mein Vater da abgelichtet hatte, war lebendig.

Den Weg nach unten legte ich wie in Trance zurück. Es konnten nur wenige Minuten gewesen sein, die ich im Bad verbracht hatte, aber in dieser Zeit hatte jemand die Leute rausgeschmissen und es irgendwie geschafft, das Essen aus dem Wohnzimmer zu räumen.

Am Fuß der Treppe stand ein Kerl mittleren Alters. Sein hagerer Körper steckte in einem altmodischen Nadelstreifenanzug, und seine schmalen Lippen verzogen sich zu einem verbindlichen Lächeln, als ich in sein Blickfeld trat.

»Giulietta Visconti.« Eine Feststellung. Immerhin kein Bedauern. »Ich heiße Alfonso Rossi.«

Ich schüttelte seine behaarte Hand für eine halbe Sekunde.

»Mein herzliches Beileid.« Sein Ton war kühl. Freundlich, aber voller Distanz.

Ich nickte. Mit Kälte konnte ich umgehen, denn sie war berechenbar.

»Wollen wir uns für einen Moment setzen?«

»Ich werde nicht zusammenbrechen, falls Ihnen das Sorgen bereitet.«

Seine Augen blitzten. War das Anerkennung? »Darum sorge ich mich nicht. Ich hatte lediglich einen langen Tag.«

»Mein herzliches Beileid.«

Als er diesmal lächelte, war es aufrichtig. Er wollte etwas entgegnen, doch da gesellte sich Noemi mit einer dampfenden Kaffeetasse zu uns. »Bitte schön. Wollen Sie sich nicht setzen?«

»Vielen Dank.« Er nahm ihr die Tasse aus der Hand. »Aber wir stehen lieber.«

Noemi verkniff sich einen Kommentar und verschränkte die Arme, ohne sich vom Fleck zu bewegen. Ihr konnte ich in die Augen schauen, ohne Angst zu haben, dass sie sich verflüssigten. Sie hatte ihre Emotionen fest im Griff. Was nicht bedeutete, dass sie mich in einem solchen Moment einem Fremden überlassen würde.

Der Kerl wandte sich wieder mir zu. »Ich bin der Notar deines Vaters. Er hat mir die Aufgabe übertragen, dich mit deinem Erbe vertraut zu machen.«

Papa, ich gebe mir Mühe. Bitte mach's mir nicht so schwer, okay?

»Die Sache ist schnell geklärt. Lorenzo Visconti vererbt dir seinen gesamten Besitz. Das Haus ist seit vergangenem Jahr abbezahlt, und es existieren zwei Konten auf deinen Namen. Außerdem ...«

Ich schaltete ab. Nickte immer mal wieder zwischendurch, während sein Gesicht aus dem Fokus verschwand. Es passierte in letzter Zeit oft, dass im Anschluss mehrere Gesprächsfetzen in meinem Gedächtnis fehlten, wenn jemand mit mir sprach. Speranza hatte wohl einen triftigen Grund, nur in abgehackten Sätzen mit mir zu kommunizieren ...

»Giulietta?«

»Mhm?«

»Hast du mich verstanden?«

Erneut wollte ich nicken. Aber Papas Stille war jetzt warnend. Ich musste mich zusammenreißen. »Können Sie das noch mal wiederholen, bitte?«

Mein Blick zuckte zu Noemi, die mir beruhigend zulächelte.

Mach dir keine Sorgen, sagte ihr Lächeln, *wir haben uns um alles gekümmert.*

»Dein Onkel hat sich mit mir in Verbindung gesetzt.« Er stellte die Tasse auf dem kleinen Wohnzimmertisch hinter sich ab und griff nach der Mappe, die mir erst jetzt auffiel.

Welcher Onkel? Im letzten Moment hielt ich mich davon ab, die Worte laut auszusprechen.

»Signor Vincenzo Visconti lässt ausrichten, dass er leider mit den Formalitäten beschäftigt ist, dich aber nach Venedig einlädt«, fuhr der Kerl fort, während er mir das Blatt reichte. »Dort soll auch die Beerdigung deines Vaters stattfinden, sobald die Polizei alles geklärt hat. Er wird sich um die Kosten kümmern.«

»Wie bitte?« Noemis Stimme klang unnatürlich hoch. Sie riss mir das Blatt aus der Hand, bevor ich auch nur eine Chance hatte, die Worte darauf zu entziffern.

Ich protestierte nicht. Hob lediglich eine Braue. »Entschuldigen Sie bitte, aber das muss ein Missverständnis sein. Ich habe Papas Adoptivbruder noch nie in meinem Leben getroffen. Sie haben sich wohl noch vor meiner Geburt zerstritten oder so, jedenfalls kenne ich ihn nicht. Und Papa hasst Venedig.«

Zum ersten Mal seit seiner Ankunft verdunkelte das Mitleid Alfonso Rossis Gesicht.

»Hasste Venedig«, korrigierte ich mich.

Die Stadt war ein absolutes Tabu für meinen Vater, und wir hatten bei jedem unserer gemeinsamen Urlaube einen großen Bogen um sie gemacht, obwohl ich mir oft gewünscht hatte, sie mit eigenen Augen und nicht nur durch die Erzählungen meiner ehemaligen Mitschüler oder durch Bilder zu erleben. Papa war dort aufgewachsen, aber hatte kurz nach meiner Geburt den Kontakt zu seiner Familie abgebrochen. Keinen blassen Schimmer, wieso. Ich wusste aber, dass nicht bloß seine Familie verantwortlich für seine Abneigung war. Meine Mutter war dort bei einem Unfall ums Leben gekommen, als ich erst ein Jahr alt gewesen war. Diese Information hatte ich mühsam aus ihm herausgepresst.

»Es tut mir leid, Giulietta, aber die Anweisungen deines Vaters sind klar. Ich habe es schwarz auf weiß, in seinem Testament steht ausdrücklich, dass er im Familiengrab auf der Insel San Michele bei Venedig begraben werden möchte.«

Schnaubend drückte Noemi mir das Papier in die Hand und baute sich dann vor ihm auf. »Jetzt hören Sie mal, das Mädchen hat genug durchgemacht. Wir haben noch nicht einmal den offiziellen Obduktionsbericht erhalten, der Schock sitzt ihr noch in den Knochen, und Sie wollen mir erzählen, Lorenzo soll in einer fremden Stadt von einem Wildfremden –«

»Er ist sein Bruder«, fiel ihr der Notar ins Wort. »Und Venedig der Ort, an dem er aufwuchs, nicht wahr?«

Keine Ahnung, woher er den Mut nahm, Noemi zu unterbrechen und ihr dann auch noch zu widersprechen.

»Was soll das für ein Bruder sein, hm? Wo war er die letzten achtzehn Jahre?«

»Noemi und Speranza sind meine Familie«, wisperte ich. »Und sie sind auch Papas Familie.«

Beide starrten mich jetzt an. Noemi schlug die Augen nieder und wandte sich ab. Ihre Schultern bebten. Nein. Nicht sie auch noch.

Ich will doch stark sein, Papa. Warum tun sie mir das an?

»Signor Visconti hat ein Zugticket für dich gekauft.« Rossis Professionalität fiel in sich zusammen wie ein Kartenhaus. Gehetzt blickte er zwischen uns hin und her, blieb an Noemis gekrümmtem Rücken hängen. »Ich kann Ihnen nichts anderes sagen als das, was in diesem Dokument steht. Es tut mir wirklich außerordentlich leid.«

Noemi fuhr herum und legte wieder los, zeitgleich polterte

auch Speranza die Treppe herunter. Ich konnte mich nicht auf ihre Worte konzentrieren oder mich in ihrem Entsetzen verlieren.

Der Raum begann zu rotieren.

Venedig, Papa? Der Ort, den du so gehasst hast? Dort willst du begraben werden? Soll das ein Scherz sein?

Aber Papa tat das, was er schon die ganze Zeit über getan hatte. Er schwieg.

Es war keine große Sache. Es sollte keine große Sache sein. Und doch war es das erste Mal seit Tagen, dass ich nachts nicht schlafen konnte. Zum gefühlt hundertsten Mal wälzte ich mich in meinem Bett herum und betrachtete die gewohnten Silhouetten meiner Zimmermöbel. Mein Kopf brummte, meine Augen brannten, an Schlaf war jedoch nicht zu denken. Die Taubheit erfüllte mich noch immer, aber etwas hatte sich verändert. Eine gewisse Schärfe war dazugekommen. Mein Gefühl beim Anblick der seltsamen Frau vor unserem Haus – dieses Gefühl, etwas zu übersehen, war wieder hervorgekommen, stärker als vorhin. Meine Gedanken rasten. Venedig. Onkel. Beerdigung. Venedig. Venedig. Venedig.

Aus welchem Grund sollte Papa seinen Adoptivbruder als Verantwortlichen für die Beerdigung bestimmen, wenn der Kontakt zu ihm lange abgebrochen war? Wenn er ihn mir gegenüber etwa so oft erwähnt hatte wie meine Mutter? Ich konnte die Momente an einer Hand abzählen, und dennoch hatte ich seine Grenzen immer akzeptiert. Der Schmerz, der seine Züge entstellte, wenn ich mich nach einem der beiden erkundigte, war Anlass genug, um meinen Fragen ein Ende zu bereiten.

Ich hatte nicht einmal gewusst, dass Papas Bruder in Venedig lebte. Irgendetwas war faul. Nichts ergab einen Sinn. Die Tatsache, dass sein Körper in Venedig gefunden worden war, obwohl mein Vater mir erzählt hatte, er hätte Arbeit in Ferrara zu erledigen. Er hatte *eindeutig* Ferrara gesagt. Papa log mich nie an. Er blieb still, wenn er über eine Sache nicht reden wollte oder konnte, wenn er der Meinung war, ich könne die Wahrheit nicht verkraften. Schweigen ja. Lügen niemals. Das war unsere unausgesprochene Abmachung.

Dann das mit der Obduktion. Wie lange konnte es dauern, einen Körper auseinanderzunehmen und die Todesursache festzustellen? Die Polizistin hatte etwas von Raubüberfall gesagt, nicht wahr? Diebe gab es in Venedig vermutlich viele, aber wie viele gab es, die töten würden? Und dann ausgerechnet meinen Vater, der nun wirklich nicht herumlief wie jemand, der Kohle besaß.

Ich war nicht die Einzige, die an eine Verschwörung glaubte. Noemi und Speranza war das alles auch nicht geheuer, ich sah es in ihren Gesichtsausdrücken und hörte es in ihren geflüsterten Gesprächen, die verstummten, sobald ich den Raum betrat. Sie wollten mich nur nicht beunruhigen, indem sie ihre Zweifel vor mir äußerten.

Und dann die Karten. Als wäre meine letzte Legung nicht schon Beweis genug, dass etwas gehörig schieflief.

»Ich werde nicht aufhören«, flüsterte ich in die Dunkelheit. »Ich werde nicht aufhören, bis ich die Wahrheit kenne, Papa. Du hast es mir nicht einfach gemacht.«

Draußen zerriss ein gewaltiges Donnern die Luft, und schon bald schlugen erbarmungslose Regentropfen auf meine Fenster ein. Der Himmel verstand. Vielleicht war es auch mein Vater.

Es war mein Versprechen. Es war eine Drohung. Aber vor allen Dingen war es der letzte Strang, an dem ich mich festklammerte, weil ich wusste, wenn ich einmal losließ und fiel, würde ich nie wieder hochkommen.

Unwillkürlich wanderten meine Gedanken zu dem Davor. Wie ich mich morgens von Papa verabschiedet hatte, mit vom Schlaf verklebten Augen und einer heißen Kaffeetasse in der Hand. Wie er mir einen Kuss auf die Schläfe gedrückt hatte. Was waren seine letzten Worte an mich gewesen?

Ich presste meine Augen fest zu, als könnte ich damit die Erinnerung beschwören, klarer zu werden. Hatte er anders als sonst gewirkt? Beunruhigt vielleicht?

Es war zwecklos. Dieser Morgen hatte sich zu wenig von den tausend anderen unterschieden, um besonders hervorzustechen. Papa, der für ein Interview oder eine Reportage wegfuhr – diese Szene war mir genauso vertraut wie seine darauffolgende Rückkehr. An seinem Blick konnte ich jedes Mal schon abschätzen, ob die Reise erfolgreich gewesen war oder nicht, noch bevor er etwas sagte. Ob er die spannenden Geschichten aus den Menschen herausgekitzelt oder nur langweiligen Mist erfahren hatte und daraus nun mühsam etwas Lesbares formen musste. Seine Augen hatten diesen ganz besonderen Schimmer, wenn er etwas Gutes herausgefunden hatte. Ich nahm an, meine hatten den gleichen, wenn ich über Tarot sprach – was in seiner Gegenwart ein absolutes Tabu war.

Venedig. Tarot. Abschied. Rückkehr. Nein, nein, nein. Irgendetwas stimmte nicht. An seinem Abschied war nichts anders als sonst gewesen, oder ich war zu abgelenkt gewesen, um es zu bemerken. Ein anderer Hinweis musste her. Die Karten hatten mich gewarnt, doch es war zu spät gewesen. Hatte ich zuvor eine Warnung übersehen?

Eine Weile lag ich völlig verkrampft auf der Matratze und versuchte jedes Detail vor Papas Abfahrt heraufzubeschwören. Es war ein Rätsel. Genau wie die Frau vor unserem Haus. Ich musste es wie ein Rätsel betrachten. So wie Papa die Menschen betrachtete, die er für seine Artikel interviewte. Ein Rätsel, das darauf wartete, gelöst zu werden. Noemi und Speranza würden sich nicht darum kümmern, auch wenn sie etwas Böses ahnten. Sie würden sich nicht einmischen. Ich musste es allein in die Hand nehmen.

Ich öffnete die Augen und schwang mich vom Bett, dann schnappte ich mir mein Handy und schaltete die Taschenlampe ein. Auf Zehenspitzen verließ ich mein Zimmer und schlich über den Flur, wobei ich darauf achtete, dass ich den besonders laut knarzenden Stellen auswich. Noemi und Speranza schliefen unten im Wohnzimmer und sollten nichts von meiner Erkundungstour mitbekommen. Mit angehaltenem Atem schlüpfte ich in Papas Arbeitszimmer und zog die Tür hinter mir zu, ehe ich den Lichtschalter betätigte.

Der vertraute Geruch ließ mich für einen Augenblick schwanken. Ich war weder hier noch in Papas Schlafzimmer gewesen, seit er weg war. Ein paar Mal atmete ich tief ein und wieder aus, bis die Taubheit vollständig übernahm und mich in köstliche Kälte hüllte.

Es sah aus wie immer. Bücher über Bücher. Zerfledderte Ordner, einzelne Blätter, die kreuz und quer herumlagen. Ordnung war hier ein Fremdwort.

Ich legte mein Handy beiseite und machte mich an die Arbeit. Der Regen prasselte unaufhörlich gegen die Scheiben. Irgendwann spürte ich ein Prickeln in meinem Nacken, und die feinen Härchen dort stellten sich auf. Das ungute Gefühl, beobachtet zu werden, lähmte mich für einen Moment. Ich sprang auf, ließ dabei den Ordner voller wirrer Notizen, den ich gerade durchforstet hatte, fallen, lief zu den Fenstern und zog die dicken Gardinen vor. Draußen war nichts als Finsternis zu erkennen.

»Wenn du mich unbedingt beobachten wolltest, Papa, hättest du dir das mit Venedig zweimal überlegen sollen«, zischte ich. Die Wut auf ihn, auf die Lüge mit Ferrara und sein bescheuertes Testament, half mir dabei, einen kühlen Kopf zu bewahren. Das war schon immer so gewesen. Wenn ich wütend war, fiel es mir nicht schwer, Entscheidungen zu treffen. Wut war so viel einfacher als Schmerz.

Doch als mein Blick auf den verstaubten schwarz-goldenen Globus im Bücherregal traf, war meine Wut plötzlich wie weggefegt. Ich hörte die Stimme meines Vaters in meinem Ohr, als stünde er direkt neben mir.

Das ist unser Geheimversteck, ja? Aber du darfst erst darin nachsehen, wenn du mich wirklich, wirklich schlimm vermisst und es dir unerträglich vorkommt. Nicht einfach so aus Langeweile, ja? Versprich es mir.

Natürlich hatte ich es versprochen. Ich las ihm ja jeden Wunsch von den Augen ab. Und ich hatte mich daran gehalten – Woche für Woche, Monat für Monat, Jahr für Jahr. Ich hatte erst im Inneren des Globus nachgesehen, wenn es wirklich nicht anders ging.

Wann hatten die Botschaften aufgehört? Als ich vierzehn geworden war? Fünfzehn? Mit großer Sicherheit war ich schuld daran gewesen, weil ich mich über ihn lustig gemacht hatte. *Ich bin kein Baby mehr, Papa,* hatte ich gesagt. *Ich halt's schon ein paar Tage ohne dich aus, auch ohne einen Brief.*

Vermisst hatte ich ihn trotzdem jedes Mal aufs Neue. Genau wie seine kleinen Nachrichten, doch das hatte ich ihm nie erzählt.

Wie in Zeitlupe bewegte ich mich aufs Regal zu.

Beruhig dich. Es ist Jahre her, dass er dir etwas hinterlassen hat. Wieso sollte er es ausgerechnet jetzt tun?

Vielleicht, weil nichts mehr in meinem Leben Sinn ergab. Vielleicht, weil er einen Grund für das alles hatte. Vielleicht, weil er wollte, dass ich ihn herausfand.

Ich umfasste den Globus. Meine Finger zitterten, ich wusste nicht, ob vor Angst oder vor Aufregung. Ganz vorsichtig tastete ich auf der Unterseite nach der großen Scherbe, die herausgebrochen war, als ich das Teil mal versehentlich beim Abstauben fallen gelassen hatte. Sie war nur lose mit zwei Klebestreifen befestigt, damit wir sie rausnehmen und wieder reindrücken konnten. Meine Hand war nicht mehr so klein wie damals, aber sie würde gerade so durch die Öffnung passen.

Behutsam entfernte ich die Klebestreifen, und die Scherbe fiel in meine Handfläche.

Nicht nur die Scherbe.

Für eine halbe Ewigkeit starrte ich auf meine Hand, ohne mich zu bewegen oder zu atmen. Dort lag ein Zettel. Ein kleiner, gelber, zusammengefalteter Zettel. Wie in alten Zeiten. Es war eines der großen Post-its, die er immer für seine Notizen verwendete.

Ich war mir sicher, hätte mich die Taubheit nicht fest im Griff, wären mir spätestens jetzt die Tränen in die Augen gestiegen.

Es dauerte etliche Sekunden, bis ich es schaffte, das Papier auseinanderzufalten. Und das, obwohl meine Finger nicht mehr zitterten. Ich war komplett ruhig. Ich wollte nur nichts überstürzen. Das hier war alles, was mir blieb. Es war mein erster und gleichzeitig letzter Hinweis von Papa, den ich für die Lösung des Rätsels benötigte.

Reiß dich zusammen. Es sind nur Worte.

Nur seine letzten Worte an mich.

Giulietta –
komme, was wolle, halte dich von Venedig und Tarotkarten fern. Versprich es mir. Wir sehen uns in zwei Tagen.
In Liebe,
Papa

Seine Schrift wirkte unordentlicher als sonst, so als hätte er die Botschaft geistesabwesend geschrieben, während er mit jemandem gesprochen hatte, oder als hätte er es eilig gehabt.

Mein Herz raste so schnell, dass mir übel wurde.

Versprich es mir.

Ich sank in die Knie und hielt mir das Papier so nah vors Gesicht, dass die Buchstaben verschwammen.

Wir sehen uns in zwei Tagen.

»Du willst ein Versprechen, Papa?«, wisperte ich, sobald ich meine Stimme wiederfand. »Nachdem du deines gebrochen hast?«

Im Haus war es so still, dass ich nichts als meinen eigenen, viel zu schnellen Herzschlag hörte.

Keine Ahnung, wie lange ich so dasaß. Auf dem Fußboden zwischen Ordnern und Büchern und Notizzetteln und mit Papas Worten zwischen meinen Fingern. Die Zeit flog an mir vorbei.

Doch als ein goldroter Lichtstreifen an der Gardine vorbei ins Zimmer fiel und ein neuer Tag anbrach, wusste ich, was ich zu tun hatte.

Zum ersten Mal, seit Papa sich von mir verabschiedet hatte, wusste ich es ganz genau.

KAPITEL 2

Die schönste Stadt der Welt

»Du kannst es dir immer noch anders überlegen, Giulietta. Es ist nicht zu spät.«

Ich ließ mich in eine feste Umarmung ziehen und legte mein Kinn für einen Augenblick auf Noemis knochiger Schulter ab. Rovigos Bahnhof war wie ausgestorben. Nur zwei Backpacker standen neben uns am Gleis und machten den Eindruck, als bereuten sie bereits ihren Entschluss, mitten im Januar ausgerechnet in dieses jämmerliche Abbild einer norditalienischen Stadt gekommen zu sein. Aus den Lautsprechern tönte eine knarzende Ansagestimme, die es einem unmöglich machte, mehr als ein paar Fetzen zu verstehen.

»Es ist alles in Ordnung«, versicherte ich Noemi. »Ich werde es mir nicht anders überlegen.«

Speranza strich mir über den Rücken. Ich drehte das Gesicht in ihre Richtung und versuchte ein Lächeln, versuchte, nicht vor ihrer Berührung zurückzuzucken.

»Sobald es einen Termin für die Beerdigung gibt, rufst du uns an und wir setzen uns in den nächsten Zug, ja?«

Ich rang mir ein Nicken ab.

»Und danach nehmen wir dich wieder mit nach Hause«, fügte Noemi mit zitternder Stimme hinzu.

Sosehr sie mir immer eingebläut hatte, ich dürfte nicht auf ewig in unserem Dorf vor mich hin vegetieren, so sehr sträubte sie sich jetzt gegen meine Abreise.

Ich erwiderte nichts, sondern löste mich aus ihrer Umarmung und umfasste den Griff meines Koffers. Wir führten diese Diskussion nicht zum ersten Mal. Eigentlich waren es nur die beiden, die diskutierten. Natürlich hatte auch ich einiges zu dem Thema zu sagen und das tat ich auch – zu Papa. In meinen Gedanken schrie ich ihn mehrmals täglich an. Von der Nachricht wussten Noemi und Speranza nichts. Sie hätte sie nur unnötig beunruhigt.

Drei Tage waren seitdem vergangen. Drei Tage, in denen mein Plan sich verfestigt hatte.

Aus irgendeinem Grund gab es immer noch keine Neuigkeiten zu Papas Leichnam. Ich schämte mich für die Erleichterung, die mich jeden Abend durchflutete, wenn weitere vierundzwanzig Stunden vergangen waren. Papa und ich standen gerade auf Kriegsfuß, aber das bedeutete nicht, dass ich bereit war, mich zu verabschieden.

»Es tut mir leid«, flüsterte ich in Speranzas weiches Haar. Wenn ich eines von meinem Vater gelernt hatte, dann das. Niemals, unter keinen Umständen, durfte man mit einem geliebten Menschen im Streit auseinandergehen. »Dass ich so unausstehlich war. Ich wollte nicht ... also, es hatte nichts mit dir zu tun.«

Speranza schob mich ein Stück von sich weg. Ich wich ihrem Blick aus. »Hey. Schau mich an.«

Widerstrebend gehorchte ich. Zu meiner Überraschung glänzten ihre Augen hinter der Hornbrille nicht. Ihr Blick war klar und fest. »Du musst dich für überhaupt nichts entschuldigen, ist das klar?«

Ich nickte, auch wenn ich anderer Meinung war.

Sie kramte etwas aus ihrer Jackentasche hervor und hielt es mir hin. »Ich weiß nicht, ob du noch etwas damit zu tun haben möchtest. Wir verstehen, wenn du sie verbrennen oder wegschmeißen willst. Das ist dein gutes Recht, vor allem, weil Lorenzo …« Ihre Stimme verlor sich im Donnern des näher kommenden Zuges.

Noemi räusperte sich. »Wir haben gedacht, sie könnten dir eines Tages Trost spenden. Falls das nicht der Fall sein sollte, steht es dir selbstverständlich frei, sie zu entsorgen.«

Halte dich von Venedig und Tarotkarten fern.

Meine Finger fuhren über die pastellblaue Seide. Ein paar Sekunden lang hatte ich Angst, meine Beine würden nachgeben. Hastig wandte ich den Blick ab, bevor ich die Illustrationen unter dem Stoff erkennen konnte.

Seit jener Nacht hatten wir kein Wort mehr über die Karten verloren. Es reichte, dass sie mich in meinen Träumen heimsuchten.

Wenn ich schon gegen Papas ersten Wunsch verstieß, würde der zweite Verstoß auch keinen großen Unterschied mehr machen, nicht wahr?

Ich nickte und beugte mich hinunter, um das Bündel in meinem Lederrucksack zu verstauen. Als ich mich wieder aufrichtete, hatte ich meine Mimik unter Kontrolle und brachte ein Nicken zustande. »Danke.« In dem Wort lag alles, was ich niemals ausdrücken konnte. Es war nicht annähernd genug. »Ich weiß nicht, was ich ohne euch tun würde. Ich …«

»Du kannst uns jederzeit anrufen«, unterbrach mich Noemi. Ihre Finger strichen fahrig über den Reißverschluss ihrer Jacke, und sie konnte mir nicht richtig in die Augen sehen. »Ich versuche diesen Vincenzo seit Tagen zu erreichen, aber er ist wohl schwer beschäftigt. Wir werden nie zu beschäftigt für dich sein, merk dir das. Auch wenn du mitten in der Nacht das Bedürfnis hast, mit jemandem zu sprechen – ruf einfach an.«

»Okay.«

»Versprochen?«

»Versprochen.«

Ratternd kam der Zug vor uns zum Stehen. Mit einem lang gezogenen Quietschen öffneten sich die Türen im vorderen Abteil, heraus traten nur fünf Leute.

Ein letztes Mal die Wärme ihrer Umarmungen, ein letztes Mal der vertraute Geruch von Lavendel, Jasmin und Orangenblüten. Ich blinzelte, aber keine Chance: Meine Augen blieben trocken. Selbst als ich mit ihrer Hilfe den großen Koffer in den Zug hievte und mir einen Fensterplatz suchte, nachdem mir ein schlaksiger Kerl Mitte zwanzig geholfen hatte, ihn über den Sitzen zu verstauen. Oder als ich meine Nase an das angelaufene Fensterglas presste und jedes Detail aufsaugte. Speranza, klein und rundlich, mit Sorgenfalten auf der Stirn und nichts als Liebe im Blick. Noemi, schlank und zwei Köpfe größer, das sonst so ernste Gesicht von Wehmut weichgezeichnet. Ohne sich anzusehen, tasteten sie nach der Hand der anderen, während der Zug sich nach einer kurzen Durchsage in Bewegung setzte. Ihre ineinander verschlungenen Finger waren das Letzte, was ich sah, bevor das Grau des Bahnsteigs und die Farbtupfer ihrer bunten Winterjacken vor meinen Augen verwischten.

Ich lehnte mich im Sitz zurück und schlang die Arme um mich selbst. In meiner Tasche befand sich das Zugticket, das mein Onkel mir zukommen lassen hatte.

Mein Onkel, bei dem ich mir selbst jetzt noch nicht ganz sicher war, ob er wirklich existierte. Ich hatte bisher kein einziges Wort mit ihm gewechselt, obwohl sowohl ich als auch Noemi versucht hatten, ihn unter der Nummer zu erreichen, die der Notar uns hinterlassen hatte. Einmal hatten wir seine Sekretärin erwischt, die mir ihr herzliches Beileid aussprach und versicherte, dass mein Onkel sich sehr auf meine Ankunft in Venedig freute und mich am Bahnhof abholen würde.

Speranza und Noemi waren beide überrascht gewesen, dass ich mich widerstandslos dazu bereit erklärte, meinen Vater in Venedig zu beerdigen, doch sie hüteten sich, mir Zweifel einzureden. Die beiden wollten nur mein Bestes. Sie ahnten nicht, dass die Beerdigung die kleinste meiner Sorgen war. Ich hatte einen Plan. Er war nicht besonders durchdacht, doch er war meine einzige Chance.

Schritt eins: meinen Onkel zur Rede stellen und so viele Informationen wie möglich aus ihm herauspressen.

Schritt zwei: die Polizei aufsuchen und Neuigkeiten fordern.

Mein trüber Blick fiel auf das Schild vor mir – Venezia Santa Lucia –, während die Türen mit einem Ächzen aufsprangen. Mein Abteil war komplett verlassen, die Übriggebliebenen hatten eine Traube im Gang gebildet. Hastig sprang ich auf, schulterte meinen Rucksack und machte mich daran, den Koffer von der Gepäckablage zu ziehen. Erst als er mir um ein Haar mit voller Wucht auf den Kopf geknallt wäre, fiel mir ein, dass dies die Endstation war. Mit zusammengebissenen Zähnen startete ich einen zweiten, etwas weniger hektischen Versuch. Mein Gott, wie schwer konnten ein paar Klamotten sein?

»Kann ich dir helfen, bellina?«

Ohne meine Antwort abzuwarten, packte der Kerl von vorhin den Griff und beförderte den Koffer in den Gang. Er war gefühlt aus dem Nichts gekommen, trug nun eine ockerfarbene Schiebermütze und ein dunkles Jackett und grinste mich verschmitzt an.

»Danke«, brachte ich davor.

Er zog den Koffer bis zu den Türen, hob ihn auf die Plattform und reichte mir dann eine Hand, die ich etwas verdattert entgegennahm, um mich nach draußen ziehen zu lassen.

»Keine Ursache. Herzlich willkommen in der schönsten Stadt der Welt. Pass auf dich auf. Und besonders auf dein Zeug.« Mit diesen Worten zwinkerte er mir zu und verschwand im Getümmel.

Eine Weile konnte ich nur dastehen und ihm hinterherstarren, wobei ich von mehreren Passanten angerempelt wurde, die mich entweder mit ihren Blicken erdolchten oder mich beschimpften.

Die schönste Stadt der Welt.

Objektiv betrachtet war es wahrscheinlich ein Privileg, hier zu sein. All die Jahre hatte ich es mir gewünscht. Nur leider war es mir momentan vollkommen egal, an welchem Ort ich mich befand. Mein Zuhause war kein Ort. Diese Gewissheit war mit jedem Tag in mein Inneres gesickert, an dem ich in meiner gewohnten Umgebung aufgewacht war. Speranza und Noemi hatten bei mir übernachtet, und trotzdem war das Haus genau wie ich eine leere Hülle. Noch nie war mir aufgefallen, wie sehr sich Menschen in ihren Geräuschen unterschieden. Und in der Stimmung, die sie mit sich trugen und überall versprühten. Ich konnte so oft mit ihm reden, wie ich wollte, seine Atmosphäre konnte ich nicht heraufbeschwören. Mein Zuhause bestand aus einem dunkelbraunen Augenpaar und zwei Armen, die mich hielten, wenn alles auseinanderfiel.

»Die schönste Stadt der Welt«, murmelte ich vor mich hin und musterte die Umgebung. »Und davon wolltest du mich so lange fernhalten?«

Ich knöpfte meine gefütterte Jeansjacke auf, da es mir mit den zwei Pullovern darunter zu warm wurde.

Inzwischen bildeten alle Leute einen Bogen um mich, nicht einmal mehr verärgerte Blicke bekam ich ab.

Mit einem Kopfschütteln versuchte ich mich dem Sog der Sinnlosigkeit zu entziehen. Ich musste mich zusammenreißen. Ich hatte ein Ziel vor Augen. Mein Blick blieb an einem cremefarbenen Schild hängen, das von zwei weißen Handschuhhänden gehalten wurde. Es blitzte immer wieder zwischen Wintermänteln, Koffern und Mützen auf. In verschnörkelter goldener Schreibschrift war mein Name darauf zu lesen, als befänden wir uns in der Empfangshalle eines Flughafens. Und als wäre ich eine wichtige Businessfrau, keine Vollwaise aus einem 800-Seelen-Dorf.

Ich hob den Kopf und registrierte den dazugehörigen Mann mit zurückgekämmtem Haar, der nur wenige Meter weiter am Anfang der Plattform stand und offenbar nach mir Ausschau hielt. Ein beachtlicher Schnurrbart zierte sein schmales Gesicht, und er trug einen eleganten Anzug in schimmerndem Dunkelrot. Keinerlei Ähnlichkeit zu Papa, was nichts heißen musste. Immerhin war sein Bruder ja adoptiert.

Ich hob eine Hand und fing seinen Blick auf, bevor ich mich in seine Richtung bewegte. Er verzog keine Miene, als ich bei ihm angekommen war, klemmte sich lediglich das Schild unter den Arm und schnappte sich den Griff meines Koffers.

»Schönen guten Tag, Signorina. Hatten Sie eine angenehme Reise?«

»Von Rovigo ist es kaum mehr als eine Stunde«, kommentierte ich trocken.

Er neigte höflich den Kopf und reichte mir die Hand. Eine dezente Aftershavewolke wehte mir entgegen. »Riccardo Esposito. Es ist mir eine Ehre, Sie kennenzulernen.«

»Äh, gleichfalls. Wo ist mein Onkel?«

Zwischen herumeilenden Menschen, Schaufenstern und

Essensständen bahnten wir uns einen Weg in Richtung Ausgang.

»Signor Visconti hat leider einen überaus strapazierten Terminplan. Ich soll herzliche Grüße ausrichten, er freut sich darauf, heute mit Ihnen zu Abend zu essen.«

»Sie müssen mich echt nicht siezen.«

Er überging meine Aussage mit einem mitleidigen Lächeln. »Möchten Sie sich einen Moment frisch machen, oder wollen wir direkt los? Es sind etwa zwanzig Minuten mit dem Vaporetto.«

Wozu sollte ich mich frisch machen? Der Aufmachung von Riccardo Esposito zufolge für Seine blaublütige Exzellenz. »Von mir aus können wir los.«

Ich wollte fragen, wo genau mein Onkel wohnte und in was für einer Beziehung er zu ihm stand, doch wir waren am Ende der Bahnhofshalle angelangt, und der Ausblick fegte für einen Moment meinen Kopf leer.

Ein Geigenspieler gab ein hochdramatisches Stück zum Besten – die vier Jahreszeiten von Vivaldi, wenn mich nicht alles täuschte –, während ein paar Menschen sich im Halbkreis davor angeordnet hatten. Dreiarmige Kandelaber hoben sich vor dem Canal Grande empor, und vereinzelte Sonnenstrahlen brachen durch die Wolken und ließen das Wasser glitzern. Am imposantesten war die Kirche San Simeone Piccolo mit ihrem türkisfarbenen Kuppeldach, die am anderen Ufer von den typisch byzantinischen Bauten gesäumt wurde. Ich hatte recherchiert. Die letzten Tage hatte ich kaum etwas anderes getan.

Für einen Moment stellte ich mir vor, es wäre Sommer. Papa hätte nie ein Problem mit Venedig gehabt. Wir wären hergekommen, um Urlaub zu machen. Genau mit diesem Ausblick würden wir auf diesen Treppenstufen sitzen, jeder mit einem Eis in der Hand. Heidelbeer-Zitrone und Walnuss-Feige. Die Zeit würde genauso an uns vorbeiziehen wie die schwarzen Gondeln und die Wasserbusse. Wir würden Stunden damit verbringen, uns auszumalen, was hinter den bunten Fassaden vor sich ging, und uns dabei nicht an den hektischen Touristenmassen stören. Wenn Papa in seinem Element war und in den Erzählfluss kam, zeigte sich der Geschichtenerzähler in ihm. Zuhören war neben dem Schreiben seine größte Stärke, aber wenn man sein ganzes Leben damit verbrachte, hatte man natürlich auch die interessantesten Geschichten auf Lager. Und konnte aus dem kleinsten Detail ein ganzes Universum spinnen.

»Signorina?«

Benommen blickte ich zur Seite. Ach ja, er meinte mich. Ich gab mir eine gedankliche Ohrfeige. Schwelgen in Tagträumereien würde mich genauso weit bringen wie das Bewundern der Stadt.

Ich beugte mich runter, um ihm bei den Stufen mit meinem Koffer zu helfen, doch er warf mir lediglich einen abschätzigen Blick zu und beförderte das Gepäckstück schwungvoll nach unten.

Wir kamen an Ständen vorbei, die Hüte, venezianische Masken und verlaufene Aquarellansichten der Stadt verkauften, und steuerten direkt auf ein weiß-gelbes Häuschen zu: die Anlegestelle B unserer Wasserbuslinie. Daneben waren moosbenetzte Stufen zu sehen, die ins schmutzige Wasser führten.

Signor Esposito hielt den elektronischen Fahrschein an das Gerät, woraufhin ein leises Piepsen ertönte. Unser Vaporetto stand bereit, es war nur zur Hälfte belegt. Kein Wunder, die meisten Leute kamen zum Karneval oder in der Hochsaison im Sommer. Nicht im Januar, wenn die Kälte unerträglich war und die Stadt im Nebel versank.

Riccardo Esposito winkte mich heran und ließ mir den Vortritt bei einem Zweiersitz am Geländer. Sobald ich mich gesetzt hatte, rauschten wir los und der Fahrtwind blies meine Haare zurück.

Von wegen Nebel. Es war nicht mal kalt, kein Vergleich zu Rovigo. Der Himmel machte den Aquarellen Konkurrenz: sattes Azurblau mit hellen Flecken dazwischen, die am Horizont ineinander verliefen. Wunderschön. Und nichts, womit ich mich im Moment beschäftigen sollte, verdammt.

»Also.« Ich wandte mich meinem Nebensitzer zu. »Wo genau bringen Sie mich hin? Wo werde ich schlafen?«

Echte Verwirrung trat an Stelle seiner maskenhaften Höflichkeit. »Man hat Ihnen nicht gesagt, wo Sie leben werden?«

Leben?

Ich hob eine Braue. »Nein, hat man nicht. Man hat mir exakt gar nichts gesagt, außer dass Vincenzo Visconti für die Beerdigung meines Vaters verantwortlich sein wird und –«

Blicke bohrten sich in meinen Rücken. Mit einem Mal verstummten die Gespräche der anderen Passagiere. Ich schaute über die Schulter und traf auf ein hochinteressiertes männliches Augenpaar.

Signor Esposito folgte meinem Blick und beugte sich dann zu mir herüber, als würde er mir gleich ein Geheimnis ins Ohr flüstern. Doch seine Worte erreichten mich nicht.

War das Klingeln zurück, das die Gespräche in letzter Zeit erstickte, wenn meine Energie ausgeschöpft war? Würde es mich in Teilnahmslosigkeit hüllen?

Ein Schatten fiel über uns, und die Leute auf den hinteren Plätzen schenkten uns längst keine Beachtung mehr. Eine Frau klammerte sich ans Geländer und bekreuzigte sich, während sie immer wieder vom Himmel zur Wasseroberfläche blickte. Zwei Teenagermädchen zückten mit halb offen stehenden Mündern ihre umgehängten Spiegelreflexkameras, und sogar meine reizende Begleitung war ganz blass um die Nase geworden.

Ich folgte all ihren Blicken und erstarrte. Verschwunden war der malerische Anblick. Wir waren nicht, wie vermutet, an einem hochragenden Gebäude vorbeigeschwommen, das seinen Schatten über den Wasserbus warf. Die Dunkelheit hatte einen anderen Grund. Vor nicht einmal zwei Minuten war der Himmel strahlend blau gewesen, jetzt brauten sich pechschwarze Gewittermassen dort oben zusammen, als hätte jemand die Kulisse eines Theaterstücks für die neue Szene zur Seite geschoben.

Verlor ich den Verstand? Hatte ich gerade nicht mit eigenen Augen gesehen, wie ...

»Das Wasser!«, gellte eine Stimme in sizilianischem Dialekt hinter uns.

Über unseren Köpfen krachte es, kein gewöhnliches Donnergrollen wie vorhin, nein, schlimmer, wütender, dicht gefolgt von einem unheimlichen Knistern. Reflexartig umschlangen meine Finger das eisige Geländer, und ich reckte den Kopf.

»Was zum ...«

Da war er, der Ursprung des Knisterns, auch wenn sich alles in mir gegen den Anblick wehrte und versuchte, logische Erklärungen dafür an Bord zu ziehen. Das Geräusch wurde immer lauter, setzte sich über den Donner hinweg. In Sekundenschnelle zog sich eine knackende Eisschicht über die Wasseroberfläche, ließ die Gischt absterben und verwandelte den Kanal in eine Falle. Der Wind peitschte mir ins Gesicht, und eine dicke Gänsehaut überzog meinen Körper. Die Temperaturen fielen und fielen. Aus der Frühlingsbrise war ein wütender Sturm geworden, aus der schwimmenden Stadt ein Eispalast und aus mir eine Salzsäule. Entsetzte Schreie durchbrachen den Unwetterlärm, als ein Blitz in der Ferne die plötzliche Finsternis sprengte.

Schneeflocken wirbelten jetzt vom Himmel. Bei ihrem Anblick löste sich meine Starre, und ein irres Glucksen entwich mir. Schon bald liefen mir die Tränen über die Wangen, und mein

Körper wurde aus einem ganz anderen Grund geschüttelt. Signor Espositos Blick lag auf mir, ganz offensichtlich fragte er sich, ob ich den Verstand verloren hatte, aber ich konnte nicht aufhören zu lachen.

Bist du das, Papa? Bist du wütend, weil ich gegen deinen ausdrücklichen Wunsch hergekommen bin? Dachtest du wirklich, »komme, was wolle« schließt deinen Tod mit ein?

Die Tränenspuren auf meinen Wangen wurden vom Platzregen fortgewischt, der inzwischen den Schnee abgelöst hatte und sich über den Markusplatz ergoss.

Ein paar Minuten hatten wir einfach auf dem gefrierenden Wasser verharrt, bis das Vaporetto nach vorn geprescht war und die Eisplatten entzweigebrochen hatte, um an der nächstbesten Station anlegen zu können. Innerhalb weniger Minuten war es wärmer geworden, und die zarte Schneeschicht, die sich bereits auf den Dächern der Stadt verteilt hatte, wurde weggespült. In den engen Gassen herrschte helle Aufregung bei der allgemeinen Suche nach dem nächsten Unterschlupf, und die sonst so überfüllte Piazza war menschenleer.

Riccardo Esposito hatte sich von seinem Schrecken erholt und kaufte zwei Regenschirme an einem Kiosk, dessen Angestellte gerade dabei waren, die Türen zu verriegeln, und die uns hektisch ins Warme winkten, als wir ihnen vor die Ladentür schlitterten. Wir warteten, bis der Wind etwas nachließ, und setzten unseren Weg dann fort, obwohl ich den engen Raum zwischen Zeitungen und Billigspielzeug jederzeit dem Weltuntergang draußen vorzog.

»Das Wetter wird sich so bald nicht beruhigen«, verkündete Signor Esposito mit eiserner Gewissheit, die keinen Widerspruch duldete und die Frage aufwarf, ob er an einem Gotteskomplex litt. »Es ist nicht mehr weit.«

Ich war immer noch viel zu verdattert, um zu widersprechen, also kämpften wir uns Schritt für Schritt durch den Regen.

»Noch zwei Minuten«, schrie er zu mir herüber. Wir passierten gerade den Markusturm und steuerten geradewegs aufs Ufer zu, wie ich erkennen konnte, als ich für eine Sekunde den Regenschirm hob. Sämtliche Kleidungsschichten waren ohnehin schon durchnässt, jetzt machte es auch keinen Unterschied mehr.

Wo zur Hölle führte er mich hin?

Ich hatte Google Maps in den letzten Tagen eingehend studiert. Soweit ich wusste, befanden sich in dieser Ecke die Seufzerbrücke, die Nationalbibliothek und, wenn mich nicht alles täuschte, der Dogenpalast. Nicht dass ich irgendetwas davon in dem Durcheinander erkennen konnte.

Signor Esposito beschleunigte seine Schritte, zog den Koffer geradewegs durch eine große Pfütze und spritzte natürlich meine Hosenbeine voll. Wohl kaum der richtige Moment, um mich zu beschweren. Außerdem war mein größtes Problem nicht die Nässe, sondern der Wind, der den Regen in meine Augen jagte und mich erblinden ließ.

Ich hielt den Schirm vor mich wie einen Schild, während ich Schritt zu halten versuchte. Völlig orientierungslos stolperte ich dem verschwommenen dunklen Fleck vor mir hinterher, bis er abrupt zum Stehen kam.

»Los, schnell, rein hier!«

Mir blieb nichts anderes übrig, als seinen Worten Folge zu leisten und zu hoffen, dass wir endlich angekommen waren und nicht nur einen Zwischenstopp einlegten. Nach Sightseeing war mir gerade eher weniger zumute.

Seine Gestalt verschwand mitsamt meinem Koffer durch

eine goldene Drehtür. Rostrot und weiß blitzte die Fassade vor mir auf. Hastig klappte ich den Schirm zusammen und lehnte mich mit dem Rücken gegen die Tür. Ich verlor beinahe das Gleichgewicht und wurde strauchelnd ins Innere befördert.

Automatisch streckte ich beide Arme aus. Riccardo Esposito packte mich am Unterarm, strich sich mit der freien Hand die triefenden Haare zurück und schenkte mir ein reserviertes Lächeln.

»Alles in Ordnung, Signorina?«

»Alles g…« Das Wort blieb mir im Hals stecken, denn in diesem Augenblick erfasste ich meine Umgebung. Die Drehtür hatte uns in eine Art gotisches Geisterschloss geschleust. Ein Atrium mit prunkvollen Kronleuchtern aus schimmerndem Glas, dahinter großzügige offene Treppen, die in drei ziemlich noble Etagen führten. Am Geländer waren üppige Bouquets aus violetten Chrysanthemen angebracht, und die maurischen Bögen und Säulen aus Marmor erweckten den Eindruck, als wäre man in einem Märchen gelandet.

Das Gewitter schien auf einen Schlag sehr weit weg. Ich konnte mich nicht sattsehen. Mit jedem Wimpernschlag raubten mir neue Details den Atem. Bis mir auffiel, dass ich gerade dabei war, den dicken roten Teppich vollzutropfen, der den gesamten Eingangsbereich bedeckte.

»Willkommen, Signorina Visconti.«

Ich drehte mich um. Links von uns befand sich ein Tresen aus dunklem Holz, auf dem ein goldenes Schild thronte. *Concierge*. Ein kleiner Mann mit weißem Haar strahlte mich an, doch ich war zu perplex, um seine Begrüßung zu erwidern. Hinter ihm war ein gigantisches Schlüsselboard zu sehen.

Meine Augen wurden groß, als Signor Esposito meinen Koffer einem jungen Kerl in dunkelroter Uniform zuschob, der den Griff packte und sich mit einer leichten Verbeugung in meine Richtung aus dem Staub machte.

Ich starrte ihn an. »Verzeihung ...« Räuspern. Meine Stimme klang fremd. »Was genau soll das?«

»Wie bitte?«

»Was tun wir hier?« Wie viel Schotter besaß mein Onkel eigentlich, dass er mir offenbar ein Zimmer in einem krassen Luxushotel gebucht hatte?

Riccardo Esposito schien meiner Anwesenheit nun vollends überdrüssig zu sein. Gereizt fixierte er mich. »Filippo bringt Ihr Gepäck nach oben, falls Ihnen das nichts ausmacht.«

»Ich meine, weshalb ... also wieso soll ich hier übernachten?« Die Worte klangen völlig lächerlich in meinen Ohren. Besonders wenn ich an meinem triefenden Outfit hinabsah.

Er hüstelte leise und warf einen Blick auf seine goldene Armbanduhr. »Das Grand Hotel Visconti ist Ihnen nicht vornehm genug, Signorina?«

Der Concierge lachte, als hätte er seit Tagen keinen so guten Witz mehr gehört, während meine Kinnlade runterklappte.

»Das *was, bitte*?«

Verwirrung zeichnete wie vorhin seine Züge, und auch das Lachen des älteren Herrn verklang. Letzterer fand seine Sprache zuerst wieder.

»Ist Ihnen nicht gut, Signorina?«

Ich stolperte auf den Empfangstisch zu, wie besessen suchte mein Blick den Tresen ab. Es waren keine Stadtkarten zu sehen und auch sonst keine Flyer, wahrscheinlich lagen diese in den Hotelzimmern. Aus Angst, diesmal wahrhaftig das Gleichgewicht zu verlieren, stützte ich mich mit beiden Händen darauf ab. Ich hob den Kopf und fixierte die trübblauen Augen des Mannes, dann schaute ich über die Schulter zu meiner Begleitung. »Bitte wiederholen Sie das.«

»Ob ... ob Ihnen nicht gut ist?«, stammelte der Concierge.

Signor Esposito trat neben mich und legte mir sacht eine

Hand auf die Schulter. Als unsere Blicke sich trafen, fand ich keine Spur von Gereiztheit mehr in seinem Gesicht. Seine Augenbrauen wanderten in die Höhe, und er pfiff leise durch die Zähne. »Sie haben dich wirklich vollkommen im Dunkeln gelassen?«

Ich rührte mich nicht. Mein offensichtlicher Schock ließ ihn wohl sogar das affige Siezen vergessen.

»Nun, es ist eine Ehre, dich einweihen zu dürfen«, fuhr er fort und machte eine ausladende Armbewegung in Richtung Lobby. »Herzlich willkommen im Hotel deiner Familie, Giulietta. Herzlich willkommen zu Hause.«

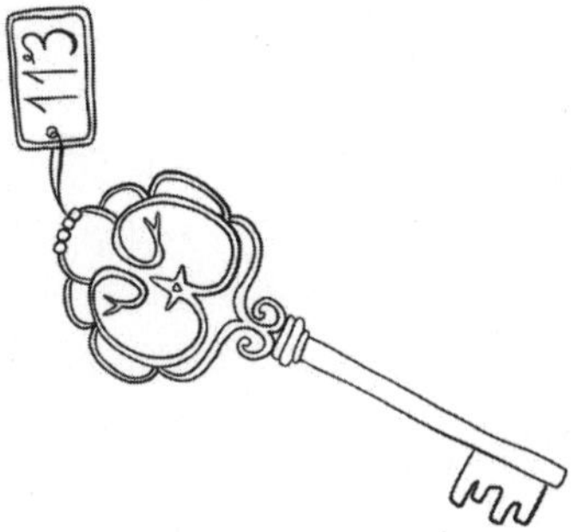

KAPITEL 3

Nur ein Mädchen

I segreti più segreti di Venezia sono quelli che si custodiscono da soli.
(Die geheimsten Geheimnisse Venedigs sind jene, die von sich selbst bewacht werden.)

Draußen ging die Welt unter, und ich konnte nichts anderes tun, als ihr dabei zuzusehen. Ein Blitzgewitter ergoss sich über die Lagune, und für ein paar wunderbare Sekunden sah ich mich dort unten sitzen. Im Mitternachtswasser in einer der schwarzen Gondeln auf dem Canal Grande, bis einer der Blitze sich erbarmte und mich traf. Bei meinem Glück wäre ich selbst in einem Paralleluniversum wohl einer dieser Fälle, der unbeschadet davonkäme.

Ich kehrte dem Schmiedeeisenbalkon den Rücken zu und öffnete gedankenverloren den Kleiderschrank.

Zeit war alles, was ich hatte, und doch reichte sie nie, um meine Pläne zu Ende zu führen. Der erste Schock war vorüber, bei uns allen, mehr oder weniger, und nun traten andere Fragen in den Vordergrund.

Wie lange würde es diesmal dauern? Sollte ich jetzt schon

mit der Jagd nach dem Erbgut beginnen, auch wenn es sich als sinnlos herausstellen würde? Wer wohl den Schrank mit maßgeschneiderten Kleidungsstücken ausgestattet hatte? Letztes Mal waren sie nicht so prunkvoll gewesen.

Und die wichtigste Frage von allen: Wer hatte uns befreit?

Es gab nur eine einzige logische Antwort darauf, das wusste ich. Außer in den vergangenen siebzehn Jahren waren verschollene Nachfahren aufgetaucht, was ich für äußerst unwahrscheinlich hielt. Also blieb nur noch Lorenzo. Lorenzo musste es getan haben. Aber wie passte das mit seiner damaligen Überzeugung zusammen? Und wo zum Henker steckte er?

»Bürschchen!«, unterbrach eine schrille Stimme meinen Gedankengang.

Ich machte mir nicht einmal die Mühe, mich umzudrehen. »Wie oft muss ich dir noch sagen, dass es unverschämt ist, ohne Ankündigung in fremde Zimmer zu platzen, Collisio?«

Ein Kichern erklang. Nicht aus der Richtung der Tür, diese war nach wie vor von innen verriegelt, wie ich sehr genau wusste.

»Das *war* meine Ankündigung, du hoffnungslose Spaßbremse! Suchst du nach der passenden Garderobe für deinen nächsten Selbstmordversuch?«

Ich würde mich nicht provozieren lassen. Erst recht nicht von einem halbwüchsigen Tunichtgut.

In all der Zeit hatte ich es nur ein einziges Mal ernsthaft probiert, doch das wusste er natürlich nicht. Sobald ich damals das Blut gesehen hatte, sobald ich verstanden hatte, was es bedeutete, dass dieses immer weiter aus meinem Arm floss, war mir ganz schwindelig geworden vor lauter Hoffnung. Doch sie war so schnell gestorben, wie sie gekommen war.

Also blieb mir nur noch eine Möglichkeit, auch wenn ich keine Ahnung hatte, wie ich sie in die Tat umsetzen sollte, solange ich Lorenzo nicht fand.

Collisio nahm Anlauf, wobei die Holzdielen unter seinen Schuhen knarzten, und ließ sich mit voller Wucht aufs Bett fallen. Sein sandfarbenes Haar fiel ihm in die Stirn, und die dunklen Augen blitzten, als er zu mir aufschaute. »Gefällt dir dein Zimmer nicht mehr? Wir können tauschen, wenn du magst.«

Triefende Ironie. Ich biss die Zähne zusammen. Die letzten Tage war es mir gelungen, mehr oder minder die Nerven zu behalten. Vor den anderen zumindest. Die Verzweiflung hob ich mir für die Nächte auf.

»Gesprächig wie eh und je«, machte Collisio direkt weiter. »Was sagst du zu Dahna? Die Gute ist diesmal übers Ziel hinausgeschossen, findest du nicht?«

Ich lächelte milde. »Schnee im Januar ist nicht unbedingt ungewöhnlich.«

»Ha! Hast du nicht beobachtet, wie der Kanal zugefroren ist? Onofrio und ich haben fast gereihert vor Lachen. Ich glaube, sie war schlecht drauf, weil es heute Mittag keinen Seeteufel gab. Salome ist außer sich vor Wut. Sie versucht seit einer halben Stunde, Schadensbegrenzung zu betreiben.«

Ich verdrehte die Augen und nickte in Richtung der Wand, die meines von Onofrios Zimmer trennte. »Was hältst du davon, wenn du jemanden mit diesen Informationen belästigst, der Interesse am Zuhören hat?«

Collisio rührte sich nicht von der Stelle. Stattdessen legte er in einer theatralischen Geste beide Hände auf seine Brust. »Oh, es tut mir schrecklich leid, ich vergaß, dass du keine Zeit für solch irdische Nichtigkeiten hast und lieber den ganzen Tag in Selbstmitleid baden würdest.«

Ich griff nach dem bodenlangen Mantel, der am goldenen Kleiderständer neben dem Schrank hing. »Na schön, mach es dir gemütlich, ich wollte ohnehin gerade gehen.«

»Triffst du dich mit Giulietta?«

Mitten in der Bewegung erstarrte ich. Mein Blick war auf die verschnörkelten Ornamente gerichtet, die den Holzboden zierten, doch in meinen Gedanken … in meinen Gedanken flammte das Gesicht auf, das mich seit Tagen heimsuchte, wenn ich die Augen schloss.

»Aha, habe ich einen wunden Punkt getroffen? Sag mir nicht, du hast dich verknallt!«

Ganz langsam drehte ich mich um. »Wie kommst du auf diesen Namen?«

Er feixte voller Triumph, da er endlich eine Reaktion aus mir herausgekitzelt hatte. »Gott, bist du niedlich, du wirst ja ganz rot!«

In zwei Schritten war ich beim Bett angelangt. Ich packte ihn am Hemdkragen und zog sein Gesicht zu mir hoch, bis uns nur wenige Millimeter trennten. »Ich werde meine Frage nicht wiederholen, Collisio«, zischte ich.

Seine Pupillen weiteten sich. »Lass mich los, du Wahnsinniger!«

Interessant, wie heftig eine Reaktion ausfallen konnte, obwohl ich ihm sowieso nichts Nennenswertes antun konnte. Für einen Moment durchfuhr mich Neid. Ich wünschte, ich hätte seinen Überlebensdrang.

Meine Finger krallten sich nur fester in den Stoff, schnürten ihm die Luft ab.

»Du hast ihren Namen geseufzt«, rief er mit erstickter Stimme. »Ungefähr hundert Mal die Stunde, während du geschlafen hast.«

Abrupt ließ ich ihn los. Wie ein nasser Sack fiel er zurück auf die rote Satinbettwäsche.

Ich grinste, auch wenn mein Magen sich drehte und schlagartiger Schwindel über mich hereinbrach. »Du hast also nichts Besseres zu tun, als dich nachts in mein Zimmer zu schleichen, um mich beim Schlafen zu beobachten? Wer von uns beiden ist nun der Liebeskranke, bello?«

Collisio lief knallrot an und stammelte unbeholfen Blödsinn, doch ich beachtete ihn schon nicht mehr. Stattdessen schlüpfte ich in den Mantel, bückte mich nach meinem Koffer und verließ das Zimmer. Der Kleine war harmlos, aber nervtötend. Und er hatte sich heute den Falschen ausgesucht.

Zügig schritt ich den Flur entlang, vorbei an kostbaren Gemälden und antiken Statuen. Als ich beim ersten Kronleuchter angekommen war, realisierte ich, dass die Tür nicht hinter mir zugefallen war.

Heilige Mutter Gottes, warum heute?

Einen Herzschlag später war Collisio wieder an meiner Seite. Lautlos preschte er über den dicken Teppichboden und lief ein paar Schritte voraus, nur um sich wieder nach mir umzudrehen. Seine Wangen waren immer noch gerötet, sein Feixen verriet mir, dass er nächstes Mal eine härtere Abfuhr benötigte.

»Scher dich zum Teufel«, presste ich hervor.

Er kicherte und wies auf die Suite, an der wir gerade vorbeikamen. Nummer 115. »Azazel vergnügt sich gerade mit Greta, diesem rothaarigen Zimmermädchen. Ich wollte ihn ungern stören.«

Wollte er mich nur ablenken? Aus Langeweile in ein Gespräch verwickeln?

Wenn es sein Ernst war, musste ich nachsehen und das arme Ding aus seinen Klauen befreien – oder wenigstens Salome aufsuchen, damit sie eingreifen konnte.

Ich sollte einfach weitergehen. Ich hatte dringend frische Luft nötig und ich ertrug den Anblick dieses gottverdammten Hotels nicht mehr. Aber der Gedanke an Azazel und seine ekelhaften Machenschaften ließ mir die Galle aufsteigen. Kurzerhand blieb ich stehen und klopfte zweimal kräftig an der Tür.

Collisio sprang neben mir vergnügt hin und her. Ich warf ihm einen mörderischen Blick zu. Wie konnte er so gelassen bleiben? Bedeutete das, er führte mich tatsächlich an der Nase herum?

Die Sekunden vergingen, und von der anderen Seite der Tür war kein Laut zu hören.

»Könntest du dich bitte nützlich machen und nachsehen?«, zischte ich Collisio zu.

Er verdrehte die Augen, dann warf er aber einen Blick rechts und links in den Flur, auf dem wir uns befanden, stellte fest, dass die Luft rein war, und lief schließlich durch die Wand neben der Tür.

Es dauerte keine zehn Sekunden, bis er wieder neben mir stand. Sein jugendliches Gesicht war frei von Emotionen.

»Ich habe mich getäuscht«, flüsterte er.

»Collisio, wenn du mich belügst, ich schwöre bei …«

»Ich lüge nicht! Er schläft.«

Meine Augen wurden schmal. »*Azazel* schläft?«

»Ja. Und du willst wohl nicht für seine Schlafunterbrechung verantwortlich sein und dann seinen Zorn abbekommen, oder?«

»Du ahnst nicht, wie egal mir sein Zorn ist«, gab ich zurück. Es war mir ein Rätsel, wie Collisio sich vor irgendjemandem der anderen fürchten konnte.

Weil es nicht so aussah, als würde ich noch etwas aus ihm herausbekommen, hämmerte ich erneut gegen die Tür, diesmal mit meiner Faust.

Erneut war nichts zu hören.

Nun gut, dann würde ich wohl oder übel Salome aufsuchen müssen, bevor ich endlich hier rauskonnte. Soweit ich wusste, befand sie sich unten in der Bar Dandolo.

Ich ignorierte Collisio und setzte mich wieder in Bewegung.

Ich war bei der Marmortreppe angelangt. Eine seltsame Art

von Erleichterung durchflutete mich. Alles war besser, als tatenlos herumzusitzen.

»Wo willst du jetzt hin?«, erklang Collisios Stimme hinter mir. Ich musste das Bedürfnis unterdrücken, ihm eine reinzuhauen.

Doch als mein Blick auf das imposante Atrium traf, war seine Anwesenheit die kleinste meiner Sorgen. Drei Menschen befanden sich unten an der Rezeption. Und ich war gerade dabei, meine goldene Regel zu brechen.

Ich wollte die Zahlen nicht sehen, die über ihren Köpfen schwebten. Wollte nicht hoffen, dass die Daten weit entfernt vom heutigen Datum waren, nur um im nächsten Moment enttäuscht zu werden. Ich wollte einfach mit gesenktem Kopf an ihnen vorbeistürmen und Salome aufsuchen. Und wenn ich damit fertig war, nach draußen, in die Apokalypse. Mich ins eisige Wasser stürzen und schwimmen, bis die farbenfrohen Häuser aus meiner Sicht verschwanden. Bis die Stadt sich hinter mir im Nichts auflöste und ich entgegen aller Vernunft fliehen konnte, ohne auf die unsichtbare Barriere zu treffen.

Es ging mir nicht um Venedig. Ja, ich verabscheute jeden Kieselstein und jeden Touristen. Jede Kuppel und jeden Turm. Aber mein Hass hätte sich genauso gut gegen jede andere Stadt richten können. Selbst wenn ich nicht zurückgeworfen wurde, selbst wenn der Fluch nicht mehr an diesen Ort gebunden war, wo sollte ich hingehen? Es ging mir nicht um Venedig.

Ich polterte die majestätische Treppe hinunter.

Und genau in diesem Moment hob sie den Kopf. Mein erster Reflex war es, den Blick abzuwenden. Sie war jung, vermutlich sogar jünger als ich. Verdammt, das waren die Schlimmsten. Alles in mir zog sich zusammen. Das Prozedere war immer das Gleiche: Datum ablesen, nachrechnen, die Nerven verlieren, wenn es zu früh war.

Ihre großen dunklen Augen registrierten mich nicht, sondern sahen geradewegs durch mich hindurch. Mein Mund war auf einmal staubtrocken. Sie war vom Regen ganz durchgeweicht, die Locken hingen strähnig und glänzend herunter, tropften auf den Teppich. Ihr Körper steckte in einer viel zu großen Jacke und vibrierte vor Kälte. Doch ihr Gesicht war unverkennbar. Und in den Augen brannte jenes Feuer, das kein Unwetter der Welt auszulöschen vermochte.

Ich wünschte, es wäre mir fremd. Ich wünschte, ich sähe es zum ersten Mal.

Hilfe suchend tastete ich nach dem Geländer.

»Hast du ein Phantom gesehen?« Collisios Stimme drang wie aus weiter Ferne an meine Ohren. Ich ignorierte ihn.

Die Blicke der beiden Männer unten waren nun auf mich gerichtet. Der Concierge, dessen Namen ich vergessen hatte und dessen Zahl über vier Jahre in der Zukunft lag. Daneben Riccardo, die neue Hausdame, wenn ich mich nicht irrte. Immerhin etwas Positives, das die voranschreitende Zeit mit sich brachte. Früher hätte kein Mann diesen Posten übernommen. Über zehn Jahre blieben ihm. Gegen meinen Willen war ich auf dem neuesten Stand, auch wenn wir erst seit kaum einer Woche hier waren. Man konnte nie wissen, wozu ich die Informationen benötigte.

Das Mädchen sah weg. Sie hatte nicht bemerkt, dass ich sie wie ein Irrer anstarrte.

Was tat sie hier? Was, verflucht noch mal, hatte ausgerechnet *sie* hier zu suchen?

»Signorina Visconti, Ihr Onkel erwartet Sie um 20 Uhr im Ristorante auf der Dachterrasse.« Riccardos Stimme klang ungeduldig.

Meine Gedanken wurden ausgelöscht, als mein Blick zu dem leeren Fleck über ihrer Gestalt wanderte.

Nichts.

Nichts?!

Ich stolperte zurück. Vergessen war Salome und selbst Azazel für den Moment. Vergessen mein Spaziergang. Auf der Stelle wirbelte ich herum und rannte wieder hoch und den Gang zurück. Zerrte unterdessen den Schlüssel aus meiner Hosentasche. 113. Meine bebenden Finger brauchten drei Anläufe, um ihn ins Schloss zu bekommen.

Die massive Tür fiel hinter mir zu, und ich sank zu Boden. Meine Suite verschwamm vor meinen Augen.

Sie war hier. Das Mädchen aus meinen Albträumen war im Grand Hotel. Hektisch schnappte ich nach Luft, steckte den Kopf zwischen die Knie, um mich zu beruhigen.

»Signorina Visconti«, wiederholte ich keuchend.

Das konnte nur eines bedeuten: Lorenzo war tot. Ihr Vater war tot. Und sie … Mein Gott, sie war hier. Nur wenige Meter von mir entfernt.

Mein Herz drohte mir aus der Brust zu springen. Zur Hölle mit vermeintlicher Hoffnung. Das Schicksal war aus dem Untergrund hervorgeschossen und tanzte mir gackernd auf der Nase herum.

Visconti. Visconti. Visconti.

»Giulietta«, wisperte ich, während glühend heiße Tränen aus meinen Augen quollen und mir über die Wangen liefen. »Du wirst meine Rettung sein.«

KAPITEL 4

Drehtür in eine andere Welt

Lachen oder schreien? Wofür würde ich mich entscheiden?

Ich betrachtete meine verwirrte Miene in den verspiegelten Schranktüren. Mein Koffer erwartete mich am Fußende des blauen Himmelbetts, das im viktorianischen Stil aus dunklem Holz geschnitzt war, während die Zimmertür hinter mir ins Schloss schnappte.

Jemand hatte sich die Mühe gemacht und die Hartschale abgewischt, denn es waren weder Regen- noch Schlammspuren darauf zu sehen. Vermutlich der Angestellte, der ihn in die zweite Etage und geradewegs in meine Suite befördert hatte. In meine geschmackvoll eingerichtete Suite mit goldener Tapete, antiken Möbelstücken und Marmorbadezimmer.

»Was zum Teufel ...« Ich probierte ein Lachen. Es klang fremd und hohl. Auf wackeligen Beinen lief ich zum Bett und ließ mich auf die dicke Matratze fallen. Meine Finger glitten über den blauen Satin der Überwurfdecke. Es fühlte sich falsch an. Dieses Zimmer, dieses ganze Gebäude war eines von der Sorte, in dem man sich jede Sekunde unwohl fühlte und Angst hatte, etwas zu beschmutzen oder zu zerstören. Allein die Gardinen waren mit hoher Wahrscheinlichkeit mehr wert als meine gesamte Zimmereinrichtung zu Hause.

Zu Hause. Diese Worte hatte Signor Esposito mit feierlicher Selbstverständlichkeit verwendet.

Der Nervenzusammenbruch nahte. Es war einfach alles zu viel. Erst der absurde Wetterumschwung, dann das.

Ich bin nicht bereit für diesen Wahnsinn, Papa. Hast du wirklich gedacht, ich würde zu Hause bleiben und Däumchen drehen? Hast du gedacht, ich würde deinem letzten Wunsch nachkommen, ohne Antworten zu verlangen?

»Okay.« Tief durchatmen.

Ich würde auf unbestimmte Zeit hier bleiben, bis ich mehr wusste.

Vincenzo Visconti, Papas Adoptivbruder, war der Besitzer eines Fünf-Sterne-Hotels. Nicht irgendeines Hotels. Der Concierge hatte mir eine Broschüre in die Hand gedrückt, bevor ich in den Aufzug gestiegen war. Das prestigereichste Hotel der Stadt. Begriffe wie *legendär, historischer Wert* und *233 Zimmer* waren mir entgegengesprungen. Ich hatte die Broschüre in meinen Rucksack gestopft, als der Sauerstoff mein Gehirn nicht mehr zu erreichen schien.

Ganz offensichtlich würde ich in diesem Schloss leben, solange ich in Venedig war. Im Schloss von Papas Familie. Meiner Familie.

Wie konnte es möglich sein, dass ich heute zum ersten Mal erfuhr, dass Papas Familie ein verfluchtes Hotel gehörte?

Ich war wohl doch nicht so gut im Recherchieren, wie ich gedacht hatte.

Weshalb hatte er diese Information verheimlicht? Und was war damals vorgefallen?

Ich schälte mich aus meiner Jacke und machte direkt mit dem Pullover weiter. Die Heizungen liefen auf Hochtouren.

Ein eleganter Strauß aus weißen Ranunkeln zierte die gold lackierte Kommode neben dem Bett, daneben thronte eine gefüllte Kristallkaraffe mit passendem Glas. Ich schenkte mir ein Glas Wasser ein und trank es in einem Zug leer. Die Minuten vergingen, während meine Gedanken Amok liefen. Gefrierendes Wasser und tobendes Gewitter von einem Moment auf den anderen. Kronleuchter. Grand Hotel.

Wie von allein griffen meine Hände nach meinem Rucksack und zerrten ihn aufs Bett. Im Schneidersitz setzte ich mich in die Mitte und stöberte darin herum, bis ich den Seidenschal ertastete. Dann zog ich das Kartendeck hervor.

»Du hast kein Recht darauf, sauer zu sein, Papa«, flüsterte ich.

Noch heute Morgen hatte mir der Gedanke an die Karten Übelkeit bereitet, jetzt war es das Natürlichste auf der Welt, sie vor mir auszubreiten. Ein wohliges Kribbeln durchfuhr mich, bevor sich schlagartig Ruhe über meinen Körper legte.

Ich könnte Noemi und Speranza anrufen. Mich so richtig ausheulen. Aber es würde nichts an den Tatsachen ändern. Außerdem würde ich ihnen damit nur noch mehr Kummer bereiten.

Die Karten änderten auch nichts daran, doch sie waren da. Sie zeigten mir die Wahrheit, so grausam sie auch sein mochte. Die Wahrheit war alles, was mir jetzt noch helfen konnte.

»Du hast mir keine Wahl gelassen, Papa«, sagte ich und begann zu mischen.

Mit hämmerndem Herzen fuhr ich hoch. Orientierungslos schaute ich mich um und brauchte ein paar Sekunden, um die luxuriöse Umgebung einzuordnen. Ich war zwischen den Karten eingenickt, verstreut lagen sie auf der Matratze, ein paar waren sogar zu Boden geflattert. Die Illustrationen hatten mich bis in meine wirren Träume verfolgt. Wieder und wieder war das halb gefiederte Skelett darin aufgetaucht.

Draußen war es inzwischen stockdunkel, wie mir ein Blick zum Balkonfenster verriet. Lediglich der Kronleuchter im Eingangsbereich des Zimmers warf subtiles Licht aufs Bett.

Ein penetrantes Klopfen ließ mich erneut zusammenzucken. Ziemlich sicher war ich davon wach geworden. Ruckartig kletterte ich vom Bett, streckte meine steifen Glieder und hastete zur Tür. Eine unheimliche Stille hatte sich ausgebreitet, Regen war keiner zu vernehmen. Wie viel Uhr es wohl war?

Ich strich mir die zerzausten Haare aus dem Gesicht, die inzwischen vollständig trocken waren, schob den goldenen Riegel beiseite und riss die Tür auf.

Grelles Flurlicht blendete mich.

»Giulietta Visconti?« Ein Mädchen ungefähr in meinem Alter lächelte mich an. Ihre rotblonden Haare waren zu einem französischen Zopf geflochten, und die Sommersprossen tanzten auf ihrer Stupsnase. Sie trug die gleiche dunkelrote Uniform wie Riccardo Esposito, aber als Kleid mit einer weißen Bluse darunter. Hinter ihr stand ein altmodischer, dreistöckiger Servierwagen auf Rollen. »Verzeihung, habe ich Sie geweckt?«

Ich fuhr mir über die verklebten Augen. Der Schlaf benebelte meine Sinne. »Ich bin achtzehn Jahre alt und hatte bis vor ein paar Stunden keinen Schimmer, dass meiner Familie dieser Schuppen gehört. Ein Teil von mir glaubt immer noch, dass ich träume. Und ich bin alles andere als eine Respektsperson. Also sag bitte Du zu mir.«

Die Augen des Mädchens blitzten vergnügt, doch ihr höfliches Lächeln blieb bestehen. »Wie Sie wünschen.«

Ich stöhnte auf, sie kicherte. Im ersten Augenblick sah sie

aus, als müsse sie den Impuls unterdrücken, sich die Hände vor den Mund zu schlagen. Dann schien sie zu verstehen, dass ich sie gerade keinem Test unterzog.

»Alles klar. Ich bin Greta.«

Wenn Chiara und die anderen mich jetzt sehen könnten ... Das seltsame Mädchen aus der letzten Reihe mit dem Tarot-Faible, das plötzlich in einem krassen Hotel hauste und von den Angestellten gesiezt wurde.

»Giulietta.« Ich lächelte. »Wie du weißt.«

»Dein Onkel erwartet dich auf der Terrazza.«

»Es ist schon acht Uhr?«

Sie nickte. »Signor Visconti hat mich geschickt, um nach dir zu sehen.«

»Danke fürs Bescheidsagen.«

»Herzlich willkommen im Grand Hotel.« Sie griff nach dem Rollwagen. »Weißt du, wie du nach oben kommst? Soll ich kurz warten, damit ich dich hinbringen kann?«

Ich schüttelte den Kopf. Ich würde mich zumindest noch umziehen müssen. Auf keinen Fall wollte ich sie von der Arbeit abhalten. »Danke. Riccardo Esposito hat's mir vorhin erklärt.«

Sie nickte. »Schönen Abend noch. Wenn du was brauchst, ruf einfach die Rezeption an.«

»Danke.«

Ich schloss die Tür und eilte zu meinem Koffer, um mir ein frisches Outfit herauszusuchen.

Zwanzig Minuten später hatte ich eine Katzenwäsche durchgeführt, meine Haare zu einem hohen Dutt gezwirbelt und mir ein schwarzes Kleid mit Fledermausärmeln angezogen. Erst als ich den Paternosteraufzug nahm und anschließend eine marmorne Wendeltreppe hinaufrannte, fragte ich mich, weshalb ich mir überhaupt die Mühe machte. Eigentlich sollte es mir egal sein, ob ich underdressed war. Aber erstens war ich viel zu spät dran, und zweitens hatte Papa mir beigebracht, dass der erste Eindruck einen bedeutenden Unterschied machte. Immerhin war mein Onkel der einzige Mensch, der mir Antworten geben konnte. Diese Chance würde ich nicht verspielen.

Ich war auf der letzten Stufe angelangt und fand mich vor zwei gläsernen Türen wieder. *Terrazza Visconti* las ich auf einer Plakette daneben ab. Zwei Michelin-Sterne. Wie sollte es auch anders sein. Durch das strahlend polierte Glas konnte ich einen Blick auf das rot-weiße Ambiente erhaschen, das hervorragend zum Rest des Hotels passte: todschick und unbequem.

Bevor ich die Tür öffnen konnte, eilte ein Kellner im blütenweißen Smoking herbei und hielt sie mir mit einer überschwänglichen Begrüßung und einer kleinen Verbeugung auf.

»Ich bin mit Vincenzo Visconti verabredet«, erklärte ich ihm, als er mich an einem schwarz glänzenden Flügel vorbeiführte, an dem ein grauhaariger Mann ein herzzerreißendes Stück zum Besten gab.

Er nickte. »Sie werden an der Balustrade erwartet, Signorina.«

Es gab einen Innenbereich mit etwa fünfzehn Tischen, die allesamt besetzt waren, holzvertäfelten Wänden und einem stattlichen Kamin gegenüber der Bar, dahinter gelangte man durch gläserne Automatiktüren auf die Terrasse. Ich kassierte beim Vorbeigehen ein paar abschätzige Blicke von Gästen, die jedes Klischee erfüllten: übertriebene Abendgarderobe, die Frauen mit funkelnden Klunkern an Ohren und Hals und kunstvollen Hochsteckfrisuren, die Männer mit Fliege oder Krawatte, zurückgegelten Haaren und Armbanduhren, deren hauptsächlicher Zweck zu sein schien, teuer auszusehen.

Auch auf der Terrasse herrschte Hochbetrieb, doch plötzlich musste ich mir keine Mühe mehr geben, die Gäste zu ignorieren. Hinter der Brüstung lag der dunkelblaue Himmel, und die Sterne glitzerten mit den Lichtern der Stadt um die Wette. Man hatte die perfekte Aussicht auf die Lagune, die Türme vom Markusplatz und die kleinen Inseln vor San Marco. Auf dem schwarzen Wasser schaukelten ein paar Dampfer im silbrigen Glanz des Mondes.

Ich riss meinen Blick vom Wasser los und suchte das Geländer ab. Die Tische waren mit geschmackvollen Laternen geschmückt, und Heizstrahler hielten die Januarkälte fern. Vom Gewitter fehlte jegliche Spur – ganz so, als wäre es lediglich ein Teil eines Albtraums gewesen.

»Gleich hier vorn, Signorina«, ertönte die Stimme des Kellners, als sich im selben Moment an einem der mittleren Tische ein Mann erhob.

Ich schluckte hart. Mein Herz raste jetzt, meine Hände waren mit einem Mal feucht.

Steh mir bei, Papa.

»Giulietta.« Die Stimme meines Onkels war rau und leise und drang trotz des Hintergrundlärms ganz deutlich an meine Ohren. Sie ging mir durch Mark und Bein. »Wie schön.«

Er war größer als Papa und sah deutlich mehr nach Reichtum aus, hatte ein breites Gesicht mit leicht hervorstehendem Kinn, das zur Hälfte von einem gestutzten Bart verdeckt wurde. Die dunklen Haare waren wellig und zurückgekämmt. An ein paar Stellen blitzten graue Strähnen hervor, die perfekt zum hellgrauen Anzug passten.

Ich schüttelte seine Hand und rutschte dann auf den schwarzen Designerstuhl, den er mir vorzog. Ungemütlich – wie erwartet.

Mit einem höflichen Pokerface setzte er sich mir gegenüber und nahm mich ins Visier. Ich wusste nicht, was ich erwartet hatte, aber nicht das. In einem Sternerestaurant mit romantischem Panoramablick mit einem Mann zu Abend zu essen, den ich noch nie zu Gesicht bekommen hatte ... Nicht einmal Fotos hatte ich gesehen. Weder von ihm noch von der restlichen Familie oder meiner Mutter. Papa hatte wirklich ganze Arbeit geleistet.

»Es freut mich wirklich sehr, dich zu sehen.«

Ich rang mir ein Lächeln ab.

Sofort war ein Kellner zur Stelle und goss mir eine roséfarbene Flüssigkeit in mein Weinglas. Sobald er fertig war, griff ich danach und kippte es in einem Zug hinunter, ohne meinem Onkel in die Augen zu schauen.

Er faltete die Hände auf dem Tisch. »Wie geht es dir?«

Der Wein war viel zu trocken, dafür schoss er mir auf direktem Wege in den Kopf und lockerte meine Zunge. »Ganz okay, den Umständen entsprechend. Wie geht es Ihnen? Oder soll ich lieber Du sagen? Immerhin sind wir ja verwandt.«

Im Licht der roten Laternen erkannte ich ein Glimmen in seinen Augen. Als er seufzte, klang es bedauernd. »Ich schulde dir eine Entschuldigung.«

Ich hob eine Braue, sagte aber nichts.

Der Kellner, der mich auf die Dachterrasse geführt hatte, trat an unseren Tisch, doch Vincenzo Visconti gab ihm ein Handzeichen, woraufhin er so schnell wieder verschwand, wie er aufgetaucht war. Allerdings nicht, bevor ihm mein Onkel die volle Weinflasche aus der Hand geschnappt hatte.

Er schenkte uns beiden nach, wobei er mich keine Sekunde aus den Augen ließ. »Du siehst genauso aus wie Lorenzo. Als ich dich das letzte Mal gesehen habe, warst du noch ein Baby.«

Mir blieb die Luft weg. War das sein Ernst? Oder sollte diese Lüge eine emotionale Verbindung zwischen uns schaffen?

Abgesehen von den riesigen, leicht hervortretenden Augen ähnelten Papa und ich uns kein bisschen. Seine Haut war dunkler, meine alabasterweiß, er hatte dünnes glattes Haar, ich kleine Korkenzieherlocken, die für gewöhnlich aussahen, als hätte ich einen Stromschlag erlitten. Auch unsere Gesichtszüge konnten verschiedener nicht sein. Ganz offensichtlich kam ich nach meiner Mutter, wer auch immer sie gewesen war.

Ich griff nach meinem Weinglas, um die hochkochenden Emotionen mit einem großen Schluck runterzuspülen.

»Mir ist bewusst, dass das alles sehr hart für dich sein muss. Wenn ich die Zeit zurückspulen könnte, würde ich es, ohne mit der Wimper zu zucken, tun.«

Die Zeit zurückspulen bis wann? Kurz nach meiner Geburt, als Papa den Kontakt zu ihm und dem Rest der Familie abgebrochen hatte?

Ich überschlug die Beine und lehnte mich zurück. »Finden Sie ...« Oder sollte ich ihn doch duzen? Nein, das wäre seltsam. Er war ein fremder Mann. »Finden Sie es nicht komisch, dass mein Vater in Venedig begraben werden möchte, wo er doch die letzten Jahre damit verbracht hat, den Kontakt zu Ihnen und zur Stadt wie die Pest zu meiden?«

Vincenzo Visconti lächelte traurig und wich meinem Blick aus. »Ich bin überglücklich, dass er mir dieses Vertrauen zusicherte. Lorenzo war meine einzige verbliebene Familie. Und so weh es tut, dass er den Kontakt zur Familie abbrach, so weh es tut, dass wir all die Jahre verschwendet haben, wir haben uns schlussendlich vertragen.«

Ich starrte ihn an. »Wann haben Sie sich bitte vertragen?«

Er räusperte sich leise. »Letzte Woche.«

»*Deshalb* kam er nach Venedig? Um sich mit *Ihnen* zu treffen?« Meine Stimme überschlug sich.

Ich weiß, dass ich ihm nicht einfach so vertrauen kann, Papa. Aber du hast mich verdammt noch mal angelogen. Wieso konntest du mir nicht einfach die Wahrheit sagen?

Als Signor Visconti mich wieder ansah, hatte sich das dunkle Grün seiner Augen verflüssigt. »Ich habe jahrelang versucht, den Kontakt wiederherzustellen. Du kannst dir nicht vorstellen, was für ein Gefühl es ist, dass er an demselben Abend, an dem er sich endlich bereit erklärte, den Streit aus dem Weg zu räumen ...« Er brach ab und griff nach einer der Stoffservietten auf dem Tisch, um sich die Augen abzutupfen.

Ich atmete tief durch. »Weshalb haben Sie sich gestritten? Papa wollte kaum Ihren Namen in den Mund nehmen.«

»Lorenzo hat dir nie davon erzählt?«, fragte er mit entsetztem Unterton, der mich an Signor Espositos vorhin erinnerte.

Ich schüttelte den Kopf. »Er wollte weder über seine Familie noch über meine Mutter reden. Ich habe über die Jahre nur wenige Infos aus ihm herausbekommen. Beispielsweise hatte ich keine Ahnung, dass dieses Hotel existiert.«

Vincenzo Visconti lachte, doch es klang alles andere als fröhlich. Er ließ seinen Blick hinter mich schweifen. »Ich weiß nicht, ob ich vielleicht Lorenzos Wunsch respektieren sollte, wenn er dir nie davon erzählt hat.«

»Mein Vater hat sich nichts mehr zu wünschen«, entfuhr es mir, und ich klammerte mich an den Stiel meines Glases. An irgendetwas musste ich mich festhalten. »Er ist tot.«

Ich sollte zurückschrecken vor diesem Wort. Es sollte mich auseinanderreißen. Und trotzdem war da nichts als Leere in mir. Es war nur ein Wort. Nicht real.

Signor Visconti betrachtete die Tischdecke, ohne ein Wort zu sagen. Als der Kellner diesmal zu uns trat, schien mein Onkel die Gelegenheit beim Schopf zu packen.

»Hast du Hunger?«, fragte er mit abwesender Stimme.

Ich nickte. Vermutlich war es vernünftig, etwas anderes als Wein zu mir zu nehmen, wenn ich heute nicht komplett durchdrehen wollte.

»Das Degustationsmenü, Luigi«, sagte er an den Kellner gewandt.

Mir fehlte die Motivation, mich zu beschweren, weil er mich nicht einmal fragte, was ich essen wollte.

»Egal, was es ist, ich kann es verkraften«, beharrte ich, als der Kellner verschwunden war. »Das Schlimmste an der ganzen Situation ist es, die einzige Ahnungslose zu sein.«

Eine Weile betrachtete er mich schweigend, dann nickte er. »Du hast die Wahrheit verdient. Und du bist sehr viel beherrschter, als man es angesichts der Umstände erwarten dürfte.«

Was daran liegt, dass ich eine Mission habe.

»Du hast gesagt, Lorenzo hat dir auch nie wirklich von deiner Mutter erzählt?«

Augenblicklich wurde ich zu Eis. Meine Miene schien Antwort genug zu sein.

»Unser Vater, dein Großvater Edoardo, der damalige Hoteldirektor, hat die Beziehung nicht geduldet. Deine Mutter stammte aus ärmlichen Verhältnissen, und dein Großvater wollte, dass sein ältester Sohn das Hotel übernahm und jemanden an seiner Seite hatte, der ... besser zu ihm passte.«

Betreten schaute er in sein Glas und senkte die Stimme, als sollte das, was jetzt folgen würde, auf keinen Fall diesen Tisch verlassen.

»Ich möchte nicht allzu schlecht über deinen Großvater sprechen, er war in vielerlei Hinsicht ein herzensguter Mann«, fuhr er im Flüsterton fort. »Ich weiß nicht, ob dein Vater dir je davon erzählte, aber ich bin adoptiert und kam erst in die Familie, als Lorenzo schon ein Teenager war. Edoardo war mir immer ein guter Vater. Doch er war auch ein Mann seiner Zeit und er machte sich Sorgen, dass deine Mutter Lorenzo lediglich wegen seines Vermögens und seiner Stellung ausnutzen wollte. Das erzähle ich dir nur, damit du verstehst, wieso ich nicht zu Lorenzo gehalten habe, als dieser sich gegen unseren Vater stellte. Ich schäme mich bis heute dafür. Ich war damals zu jung, zu ängstlich, und

Edoardo sehr dankbar für die Chance auf ein neues Leben. Mir hat der Mut gefehlt, für das Richtige einzustehen.«

Erneut wischte er sich über die Augen, ehe er weitersprach. »Lorenzo entschied sich für deine Mutter und verließ das Hotel, obwohl unser Vater damit drohte, ihn aus dem Testament zu nehmen und ihm das Erbe sowie den Platz als Hoteldirektor zu verweigern. Lorenzo war das egal, er hat sich sowieso nie für den Betrieb hier interessiert. Eine Zeit lang hatten wir noch Kontakt, doch dann kam deine Mutter bei einem schrecklichen Unfall ums Leben, und seitdem weigerte sich Lorenzo, auch nur in die Nähe von Venedig zu kommen.«

Ohne richtig zu realisieren, was ich da tat, schüttelte ich den Kopf, während meine Finger die Tischkante umklammerten. Nicht, weil die neuen Informationen so falsch klangen. Sondern weil es passte. Alles, was er erzählte, passte zu Papa. Ein Mensch, der sich gegen Sicherheit und Reichtum entschied und stattdessen die Liebe wählte.

»Wie ich bereits sagte, ich habe im Laufe der Jahre immer wieder versucht, mich zu entschuldigen und einen Schritt auf ihn zuzugehen. Doch als dein Großvater starb, übernahm ich das Hotel, und seitdem wollte Lorenzo noch weniger mit mir zu tun haben. Es hat sich für ihn wohl wie ein Verrat angefühlt. Ich verstehe ihn. Ich hätte damals anders handeln sollen.«

Ich musterte ihn eingehend. Er wirkte deutlich jünger als Papa. »Sie waren doch damals nur ein Kind«, entfuhr es mir.

Es passte auch zu meinem Vater, dass er den Kontakt zu seiner ganzen Familie abgebrochen hatte, selbst wenn sein Bruder vermutlich am wenigsten für die Situation damals konnte.

Und plötzlich verstand ich, wieso er mir nie davon erzählt hatte.

Du hast geahnt, dass ich dich zwingen würde, dich deinen Dämonen zu stellen, nicht wahr, Papa?

Bevor ich antworten konnte, war der Kellner mit unserem Essen zurück.

»Prego, Signorina, Ihre Vorspeise. Jakobsmuscheln in Weißweinsoße, dazu Montello-Creme auf Trüffelkartoffeln. Buon appetito!«

»Danke.« Ich starrte den übergroßen Teller an, den er vor mir abstellte. Das Essen bildete einen kleinen Farbklecks auf dem weißen Untergrund, kaum mehr als drei Gabeln. Was hatte ich auch anderes erwartet?

Wenn das die durchschnittliche Menge an Essen war, die es in diesem ach so tollen Sternerestaurant gab, würde ich mir später eine Pizza aufs Zimmer bestellen müssen. Oder mich zumindest am Grissini-Korb und Olivenöl vor mir vergreifen.

Nachdem ich mich an den Anblick der penibel garnierten Muscheln auf violetten Kartoffeln gewöhnt hatte, schmeckte die Konstellation ziemlich fantastisch. Das Zeug zerging mir buchstäblich auf der Zunge. Mein Magen zog sich unsanft zusammen – er erinnerte sich wohl gerade daran, dass er seit mehreren Stunden hungerte.

»Schmeckt es dir?« Mein Onkel lächelte milde.

Ich nickte. Allerdings gab es gerade deutlich wichtigere Themen zu besprechen.

»Wie sieht es bei der Polizei aus?«, wollte ich wissen. »Haben Sie schon nachgehakt, wieso es so lange mit der Obduktion dauert?«

Sollte er aufgrund des plötzlichen Themenwechsels verwirrt gewesen sein, ließ er sich davon nichts anmerken. Sein Blick verdüsterte sich.

»Ich rufe täglich an. Ihre Arbeitsweise ist unverzeihlich. Als würden wir alle nicht schon genug unter der Angelegenheit leiden.«

Ich nickte. »Was wissen Sie denn bisher?«

»Nur, dass er überfallen wurde, nachdem er sich mit mir traf. Mehr lassen sie nicht durchsickern. Ich werde dir Bescheid geben, sobald ich mehr weiß. Und sag doch bitte Du zu mir, Giulietta.«

Ich zwang mich zu einem Lächeln, das wahrscheinlich eher einer Grimasse ähnelte. Meine Gedanken rasten, einer kristallisierte sich heraus.

»Ich brauche Ablenkung. Sobald ich die Augen schließe, sehe ich meinen Vater in irgendeiner dunklen Gasse liegen.« Eine Notlüge zwischendurch war vollkommen in Ordnung, wenn ich damit mein Ziel erreichen konnte. »Also bitte geben Sie mir ... Bitte, wenn es irgendwie möglich ist, würde ich gerne im Hotel arbeiten.«

Mein Onkel leitete ein Hotel mit Angestellten, von denen sicher ein paar schon jahrelang für die Familie arbeiteten. Wenn ich mich unters Personal mischte, dürfte es ein Leichtes sein, herauszufinden, ob er Dreck am Stecken hatte und mir die Wahrheit erzählte, oder?

Nun hatte ich ihn unvorbereitet erwischt. Er runzelte die Stirn. »Ich weiß nicht recht, Giulietta. Sicherlich gibt es sinnvollere Nebenbeschäftigungen für dich, als bis zur Beerdigung im Hotel auszuhelfen.«

Nicht lockerlassen.

»Es ist mir wirklich wichtig«, sagte ich eine Spur lauter. »Papa wäre sicher begeistert von der Idee. Er wollte immer, dass ich etwas Vernünftiges mit meinem Leben anstelle. Sie wollen ihm diesen Wunsch doch nicht verwehren, oder?«

Signor Viscontis Gesicht verzog sich, als hätte er in einen sauren Apfel gebissen.

Ich aß die Vorspeise auf und kaum hatte ich den letzten Bissen genommen, war der Kellner schon zur Stelle und tauschte den Teller gegen einen noch größeren aus. Ein bräunliches

Reisgemisch war darauf zu sehen, dekoriert mit Grünzeug und irgendeinem roten Gewürz.

»Risotto mit Lobstermus an würzigem Rübengrün, dazu goldgelbe Koralle«, informierte mich der Kellner mit einer Verbeugung.

»Klingt fantastisch.« Zumindest der Risotto-Teil.

Nachdem ich meinem Onkel ein hoffentlich einnehmendes Lächeln geschenkt hatte, machte ich mich über das Essen her.

»Gut«, gab er schließlich nach. »Ich werde mit der Prima Governante sprechen, ob es offene Aufgabenfelder für dich gibt. Ich nehme an, du hast keine Erfahrung?«

Kopfschüttelnd schluckte ich den letzten Bissen runter. Schnöselverein hin oder her, das Zeug hier schmeckte verdammt gut … »Nicht direkt. Aber ich lerne schnell.«

Vincenzo Visconti nickte. »Unter einer Bedingung: Du hältst dich von der ersten Etage fern. In wenigen Tagen findet der Karneval statt, und es sind bereits ein paar Schauspieler dafür angereist. Sie sind recht eigensinnig, aber wichtige Gäste mit jeder Menge Extrawünsche, also nicht sonderlich pflegeleicht. Erfahrenere Mitarbeiter werden sich um sie kümmern. Für dich werden wir andere Arbeiten finden.«

»Kein Problem«, sagte ich sofort, und er lehnte sich in seinem Stuhl zurück und ließ den Blick nachdenklich über die Dachterrasse schweifen. Ich tat es ihm nach und versuchte dabei, mir meine Erleichterung nicht allzu deutlich anmerken zu lassen. Dieses Gespräch war deutlich erfolgreicher gelaufen als gedacht. Die Gäste waren mir so was von egal, ich war viel interessierter an den Mitarbeitern.

An mehreren Tischen wurde hinter vorgehaltener Hand getuschelt, und die Leute drehten sich mit unverhohlener Neugierde nach uns um.

Siehst du das, Papa? Es ist genau das eingetreten, was du dir schon immer für mich gewünscht hast. Wer hätte gedacht, dass ich nach Venedig kommen musste, um nicht mehr unsichtbar zu sein?

Mein Kopf war dank des Weins ein einziger Nebelwald, und nach dem köstlichen Tiramisu, das sage und schreibe 22 Euro kostete, wie ich in der Speisekarte entdeckt hatte, war sogar mein Bauch relativ zufriedengestellt. Was nichts daran änderte, dass ich mich beherrschen musste, um den Gang zu meinem Zimmer nicht entlangzurennen. Es schien, als würde mich jemand an der Kehle packen und jede Sekunde fester zudrücken. Erst als mein Onkel sich von mir verabschiedet hatte und meine Beine wie von allein über den roten Teppichboden glitten, fiel mir auf, wie schwer mir das Atmen gefallen war.

Ich wollte einfach nur den Kopf in der parfümierten Bettwäsche vergraben. Es waren kaum mehr zwanzig Meter bis zur Suite. Da fiel mir ein goldgerahmtes Gemälde ins Auge: Es zeigte einen Mann mittleren Alters, dessen Oberkörper in einem Nerzmantel verschwand und der erhobenen Hauptes den Betrachter ansah. Triumphierend. Siegessicher. Je länger ich sein Gesicht betrachtete, desto schneller klopfte mein Herz. Die Unterseite des verschnörkelten Rahmens enthielt eine Gravierung. *Edoardo Visconti.*

»Hi, Opa«, brachte ich hervor und kicherte. Meine leicht hysterische Stimme hallte in meinen Ohren wider. Ich starrte ihm wieder ins Gesicht. Noch mehr Familie, die ich nie kennengelernt hatte. »Wärst du nicht so ein Vollpfosten gewesen, hätten wir uns vielleicht kennengelernt, was?«

Ein ersticktes Geräusch erklang. Ich riss mich vom Anblick des Gemäldes los und schlich auf Zehenspitzen ein paar Schritte weiter. Zwischen den Hotelzimmern war eine kleinere, unnummerierte Tür im Schein des Kronleuchters zu erkennen. »Putzraum«, las ich lautlos vom Schild daneben ab. Das Geräusch erklang nun lauter. Gedämpft, aber unverkennbar. Jemand schluchzte sich die Seele aus dem Leib. Wenn Verzweiflung ein Laut wäre, dann wäre es dieser.

Ein paar Augenblicke starrte ich auf die Tür, bevor ich mich rechts und links umschaute. Der Gang war wie ausgestorben, und ansonsten war absolut nichts hinter den Zimmertüren zu hören. Ich griff nach dem Knauf und drehte ihn behutsam um.

Mit einem leisen Klicken sprang die Tür auf. Zusammengekauert und das Gesicht in den Händen vergraben, saß ein Mädchen auf einem umgestülpten Putzeimer. Hinter ihr reihten sich verschiedene Putzmittel, Lappen und Schwämme in einem weißen Regal.

»Ciao.«

Sie zuckte zusammen und hob den Kopf. Erst jetzt bemerkte ich ihr rotblondes Haar und die Flechtfrisur, die inzwischen ziemlich zerzaust war. Ihre Wangen waren übersät von roten Flecken und tränennass.

»Greta?«

Schock zeichnete sich in ihrem verheulten Gesicht ab.

Ich trat einen Schritt vor und ließ die Tür hinter mir ins Schloss fallen. »Alles in Ordnung? Was ist passiert?«

Es schien ihr immer noch die Sprache verschlagen zu haben. Sie öffnete den Mund, aber außer einem Krächzen brachte sie nichts hervor.

Beschwichtigend hob ich beide Hände. »Ich weiß, wir kennen uns nicht, und wenn du möchtest, haue ich sofort wieder ab. Aber falls du jemanden zum Reden brauchst, bin ich da.«

Eine Weile hob und senkte sich ihr Brustkorb viel zu schnell. Ihre Augen waren glasig.

»Bitte«, brachte sie schließlich hervor. »Bitte erzähl niemandem was, ich brauche den Job. Wenn sie mich rauswerfen, bin ich erledigt. Bitte, ich …«

»Hey«, fiel ich ihr ins Wort. »Von mir erfährt niemand was.« Warum sollte sie jemand rauswerfen, nur weil sie weinte? »Soll ich gehen?«

Mit knallroten Augen sah sie zu mir hoch. Immer mehr Tränen kamen nach.

Ich schaute mich um, konnte allerdings keinen zweiten Putzeimer erkennen, also ging ich vor ihr in die Knie und setzte mich kurzerhand auf den Boden. Ihre Augen wurden groß. Genervt wirkte sie allerdings nicht.

»Hör mal«, sagte ich und versuchte ein Lächeln. »Ich habe keine Ahnung, was hier abgeht. Gerade habe ich mit meinem Onkel zu Abend gegessen, den ich zuvor noch nie gesehen habe. Ich bin in einem kleinen Dorf aufgewachsen und habe vor wenigen Stunden erfahren, dass meiner Familie ein Luxushotel gehört. Also bin ich die perfekte Zuhörerin für dich. Ich bin eine Außenseiterin. Und ich habe absolut keine Freunde hier, denen ich irgendetwas weitererzählen könnte.«

»Signor Esposito wird mir den Hals umdrehen«, murmelte sie und wischte sich mit beiden Händen übers Gesicht.

Ich zuckte die Schultern. »Mit dem bin ich auch nicht befreundet.«

Ein kleines Lachen brach aus ihr hervor.

»Hat er irgendetwas Dummes zu dir gesagt?«, hakte ich nach. »Hat er gedroht, dich zu feuern oder bei meinem Onkel zu petzen?«

Sie schüttelte heftig den Kopf. »E-es geht um einen Gast. In der ersten Etage.«

Einer von den Schauspielern, den Vincenzo eben erwähnt hatte?

»Gab es eine Beschwerde oder so?« Es machte vermutlich Sinn, dass hier extrem strenge Richtlinien herrschten. Wahrscheinlich war es schon eine Todsünde, wenn man bei der Interaktion mit Gästen nicht überzeugend genug lächelte.

Ein weiteres Kopfschütteln. Sie wich meinem Blick aus. »Ich hab vorhin die letzte Runde vor meinem Feierabend in der ersten Etage gemacht, nachdem ich bei dir war. Als ich gerade den Flur zwischen 110 und 120 entlanggelaufen bin, kam er aus seiner Suite. Er war gut aussehend, auf eine gruselige Art. Das tut eigentlich nichts zur Sache ... Also, ich hab einen Freund, weißt du? Sandro. Wir kennen uns schon seit der Grundschule, und vor drei Monaten sind wir endlich zusammengekommen, nachdem ich jahrelang in ihn verliebt war.«

Ich bemühte mich um einen neutralen Gesichtsausdruck, um sie zum Weitersprechen zu ermuntern. Wenn sie ihren Freund erwähnte und so aufgelöst war, konnte ich mir denken, in welche Richtung diese Geschichte ging ...

»Jedenfalls war da dieser Kerl. Und selbst wenn ich Sandro nicht hätte, er war überhaupt nicht mein Typ. Da war was Seltsames in seinem Blick. Ich hatte Angst vor ihm, noch bevor er was zu mir gesagt hat. Und außerdem war er viel zu alt.«

Stechende Scham füllte meinen Bauch, und meine Wangen wurden heiß. Wie hatte ich nur so vorschnell urteilen können?

»Was ist passiert?«, hauchte ich.

Sie blinzelte mehrmals hintereinander. »Das ist es ja. Ich kann dir nicht sagen, was passiert ist. Oder vor allem, *wie*. Ich habe ihn gefragt, ob ich ihm weiterhelfen kann, und dann war da plötzlich dieses Summen in meinen Ohren, das alles übertönte. Es hat sich angefühlt, als ob mein Gehirn nur noch auf Stand-by geschaltet war, ich weiß nicht, wie ich es besser beschreiben soll. Als ich wieder klar im Kopf war, lag ich nackt neben dem Typen in seinem Kingsize-Bett.«

Ich runzelte die Stirn.

»Ich weiß, wie das klingt!«, rief sie verzweifelt und schluchzte wieder auf. »Aber ich habe keine andere Erklärung dafür. An seine Worte kann ich mich auch nicht erinnern, ich weiß nicht, wie er mich dazu gebracht hat, mit aufs Zimmer zu kommen. Ich hab das Gefühl, verrückt zu werden …«

»Alles ist gut«, murmelte ich. »Du bist nicht verrückt.«

»Woher willst du das wissen? Du kennst mich doch gar nicht.«

»Ich muss dich nicht kennen, um zu wissen, dass du mich gerade nicht anlügst. Wir müssen die Optionen durchgehen. Es gibt für alles eine Erklärung.«

Ihre Augen füllten sich wieder mit Tränen. »Du … du glaubst mir?«, japste sie.

Ohne zu zögern, nickte ich. »Ist es möglich, dass er dir was eingeflößt hat? K.-o.-Tropfen oder so?«

Verzweifelt hob sie die Schultern. »Die Erinnerung ist verschwommen, aber ich bin mir relativ sicher, dass ich in seiner Suite weder etwas getrunken noch gegessen habe. Und dieses Surren begann schon, als ich mich noch mit ihm auf dem Flur unterhalten habe.«

»In Ordnung.« Mit festem Blick schaute ich zu ihr hoch. »Hast du Schmerzen?«

Sie schüttelte den Kopf. »Körperlich fühle ich mich ganz normal.«

»Hast du nachgeschaut, ob du irgendwas sehen kannst? Irgendwelche … Spuren auf deinem Körper?«

»N-nein.« Absolute Überforderung kam mir entgegen.

Ich atmete tief durch. Ich durfte sie nicht so mit Fragen bombardieren. Musste einfühlsamer sein.

»Wir … wir könnten ins Krankenhaus fahren. Ich würde dich begleiten, je früher, desto besser. Ich kann auch für dich reden, wenn du willst. Du müsstest dich bloß untersuchen lassen.«

Vollkommen erstarrt sah sie mich an. »Im Krankenhaus werden Fragen gestellt«, wisperte sie. »Fragen, auf die ich keine Antwort habe.«

Ich brannte meinen Blick in ihren. »Wir werden der Wahrheit gemeinsam auf die Spur kommen.«

Sie wischte sich mit dem Ärmel über die Augen, ohne zu merken, dass ihre verschmierte Mascara auf der weißen Bluse landete. »Aber wie? Wie kannst du dir da so sicher sein? Ich weiß noch nicht mal, ob ich mir selbst richtig vertraue.«

»Darüber reden hilft«, erwiderte ich behutsam. »Es gibt Fachkräfte dafür. Genau für so eine Situation. Menschen, die sich damit auskennen. Und egal wie wenige Details dir einfallen, wir können immer noch Anzeige erstatten. Was du mir da erzählst, klingt ganz und gar nicht nach einvernehmlichem Spaß, Greta.«

Sie sprang auf. »Keine Polizei«, zischte sie. »Auf gar keinen Fall. Ich fühle mich *gut*, verstehst du? Ich fühle mich, als hätte ich Spaß gehabt!«

Ihre Verzweiflung war so allgegenwärtig, dass sie mir die Kehle zuschnürte.

»Aber deine Erinnerung fehlt dir«, lenkte ich sanft ein. »Und du bist völlig vernarrt in deinen Freund, hast du gesagt.«

Zitternd atmete sie aus. »Es ergibt einfach keinen Sinn.«

Eine Weile blieben wir beide ruhig, bis sie sich wieder auf den Eimer setzte und meinem Blick begegnete. »Ich möchte das einfach nur vergessen.«

»Das verstehe ich.« *Ruhig bleiben, Giulietta. Egal, wie schlimm es ist, es ist ihre Entscheidung. Nicht deine.* »Sag mir, was dir jetzt helfen würde.«

Ein trauriges Lächeln erschien auf ihren Lippen. »Gesellschaft. Ich will nicht alleine sein. Aber noch weniger will ich Sandro in diesem Zustand unter die Augen treten.«

Auch das konnte ich verstehen. »Mit Gesellschaft kann ich dienen.«

Voller Dankbarkeit sah sie mich an. Und obwohl sich in meinem Kopf die Gedanken überschlugen und mir Worte wie *Krankenhaus, jetzt sofort!* und *Polizei!* zubrüllten, kam mir noch eine andere Idee. Eine, die Greta vielleicht für den Moment beruhigen und die ihr Trost spenden konnte.

»Hast du dir schon mal die Karten legen lassen?«, hörte ich mich sagen.

»Die was?«

Vermutlich würde sie mich auslachen oder zum Teufel schicken. Die übliche Reaktion. Vermutlich war es in dieser Situation auch absolut unangebracht, aber etwas Besseres fiel mir gerade nicht ein. Ich konnte sie schlecht zum Arzt, zum Psychologen oder zur Polizei schleifen, wenn sie das nicht wollte.

»Die Karten«, erklärte ich. »Tarotkarten.«

Sie starrte mich an und legte die Stirn in Falten. »Du kennst dich damit aus?«

»Ja, und ich weiß, was du denkst. Wahrscheinlich glaubst du nicht an so etwas, hältst es für Schwachsinn, das versteh ich, den meisten geht es so, aber es ...«

»Giulietta?«

Abrupt verstummte ich. Zu meiner Überraschung lächelte sie breiter, und ihre Augen schimmerten aufgrund von etwas anderem als Tränen.

»Ich würde mir sehr gerne die Karten von dir legen lassen.«

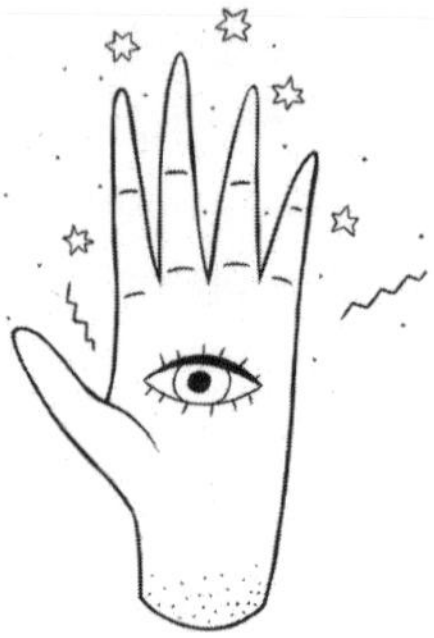

KAPITEL 5

Recherche

»Die Aufgaben des Front-Office-Managers beinhalten Rezeption, Empfang und Bewirtung der Gäste. Das übernimmt gerade Signor Bianchi, die anderen Kollegen kommen später dazu, wenn mehr Andrang herrscht.«

Riccardo Esposito, der trotz der frühen Stunde ebenso geleckt aussah wie am Vortag, deutete auf den weißhaarigen, kleinen Mann hinter dem Empfangstisch, der mir gestern die Broschüre in die Hand gedrückt hatte und mir jetzt freundlich zunickte.

»Er kümmert sich um die Buchungen, nimmt die Gäste in Empfang und telefonische Anfragen entgegen, regelt Check-in und Check-out, hinzu kommt der Concierge und Nachtportier-Service. Wenn also ein Gast ...«

Ich schaltete ab, während ich mich um eine hochinteressierte Miene bemühte. Die verschiedenen Arbeitsfelder im Hotel hatte ich bereits recherchiert, um vorbereitet zu sein und mir ein Bild darüber zu machen, bei wem ich wohl die besten Chancen auf Antworten hatte.

Signor Esposito hatte mich heute früh um sechs Uhr aus

dem Schlaf klingeln lassen und mich auf sieben in die Empfangshalle bestellt. An meiner Zimmertür hatte ein Kleidersack mit dem Hotel-Arbeitsoutfit gehangen: weiße, langärmlige Bluse, darüber ein ärmelloses Etuikleid im gleichen Burgunderrot wie Signor Espositos Anzug.

Es störte mich nicht, dass es so früh war. Ich hatte eher das Gefühl, dass ich von den Qualen der Nacht erlöst worden war, und außerdem war es eine positive Überraschung, dass sie mich schon heute arbeiten lassen wollten. Je früher ich aktiv wurde, desto besser.

Ich stand vollkommen unter Strom. Nicht nur meine neue Umgebung und das Gespräch mit Signor Visconti hatte mich aufgewühlt, auch der Gedanke an Greta kehrte immer wieder zurück. Nachdem ich ihr die Karten in meinem Hotelzimmer gelegt hatte, hatte sie mich in eine feste Umarmung geschlossen, mir versichert, es ginge ihr schon deutlich besser, und sich dann verabschiedet, um nach Hause zu fahren. Ich nahm es ihr nicht ab. Die Karten konnten beruhigen, aber sie konnten die Realität nicht ändern. Etwas war mit ihr geschehen. Etwas, was nicht hätte geschehen sollen. Und ich hatte keine Ahnung, wie ich ihr helfen sollte. Das machte mich wahnsinnig. Immer wieder war ich ihre Worte in Gedanken durchgegangen, hatte sogar überlegt, Noemi und Speranza um Rat zu fragen, es aber dann doch sein lassen. Was sollten sie aus der Entfernung schon tun? Stattdessen hatte ich ihnen ein paar optimistisch klingende Nachrichten geschickt, in denen es so wirkte, als sei es eine echte Erleichterung für mich, im Grand Hotel meiner Familie und in der Nähe meines Onkels zu sein. Wenn sie dachten, dass ich hier emotionale Unterstützung bekam und mich wohlfühlte, würden sie sich am wenigsten Sorgen um mich machen.

»Signorina Visconti?«

Ich blinzelte. Mist, ich hatte nicht mitbekommen, dass er zu reden aufgehört hatte. Hastig bemühte ich mich um ein Lächeln und nahm ihn wieder richtig ins Visier. »Ja, bitte?«

»Ob Sie noch weitere Fragen haben«, sagte er mit deutlicher Ungeduld in der Stimme.

Oh, ja, die habe ich.

Ich lächelte breiter. »Wie lange arbeiten Sie denn schon hier im Hotel?«

Verwirrung blitzte in seinen Augen auf. »Seit ein paar Monaten.«

Gut, ihn konnte ich als Informationsquelle wohl vergessen.

Ich deutete auf die Rezeption, wo Signor Bianchi gerade ein älteres Paar überschwänglich begrüßte, das offensichtlich zum ersten Mal hier war und sich gar nicht an der luxuriösen Inneneinrichtung sattsehen konnte.

»Was ist mit ihm?«

»Bitte?«

»Signor Bianchi. Er ist schon länger hier, oder?«

Ich schätzte den Kerl mindestens auf siebzig. Mit etwas Glück hatte er mehrere Jahrzehnte hier gearbeitet und sogar meinen Großvater gekannt.

»Was tut das zur Sache, Signorina?«, fragte Signor Esposito höflich, doch unter seinem linken Auge zuckte es. Er dachte sich vermutlich gerade, dass er deutlich Besseres zu tun hatte, als hier zu stehen und meine Fragen zu beantworten.

Nun setzte ich einen leidenden Blick auf. Keine Ahnung, was mein Onkel ihm und den anderen Angestellten erzählt hatte, aber Gretas erste Reaktion auf mich gestern ließ darauf schließen, dass sie Respekt vor mir hatten. Und wenn nicht Respekt, dann zumindest Mitleid. Das würde ich mir zunutze machen.

»Ich habe mich nur gefragt, ob er vielleicht meinen Vater kannte«, sagte ich mit gesenkter Stimme. »Oder den Rest meiner Familie.«

Signor Espositos Miene veränderte sich, doch Mitleid fand ich keines in seinem Gesicht. Es sah eher nach Unbehagen aus, das sich in Sekundenschnelle in Vorsicht verwandelte. Er war auf der Hut. Hatte er Angst, mir zu viel zu verraten? Hatte er die Anweisung bekommen, mir keinerlei Informationen zu geben? Oder interpretierte ich viel zu viel hinein?

Er strich seinen Schnurrbart glatt. »Signor Bianchi arbeitet ebenfalls erst seit einigen Monaten hier«, antwortete er knapp, dann deutete er mit dem Kinn in Richtung Lobby, die sich links von der imposanten Treppe und einem weiteren, kleineren Empfangstisch befand. »Kommen Sie, ich zeige Ihnen die anderen Bereiche, und dann können Sie unten ein Frühstück zu sich nehmen, bevor Sie in der Waschküche aushelfen.«

Mit großen Schritten lief er los und ich ihm hinterher. Auf dem Weg durch den unteren Hotelbereich fütterte er mich ununterbrochen mit Informationen, die ich mir größtenteils schon gestern Nacht zusammengegoogelt hatte. Ich wusste bereits, dass der Palast, in dem sich das Grand Hotel befand, im vierzehnten Jahrhundert erbaut worden war, dass hier etliche Hochzeiten, royale Empfänge und rauschende Ballfeste stattgefunden hatten, ich wusste, dass er erst vier Jahrhunderte später im Auftrag von jemandem aus der Visconti-Linie restauriert und zu einem Hotel umgebaut worden war. Und ich wusste auch, dass über die Jahre zahlreiche weltbekannte Künstler und andere Prominente hier abgestiegen waren: Die Gästeliste reichte von Goethe, den Brontë-Schwestern, Katherine Hepburn und Marie-Antoinette bis hin zu Wagner und Debussy. Zweifellos alles interessant, doch Signor Espositos Informationsschwall diente sicherlich nicht nur meiner Unterhaltung – es kam mir eher so vor, als wollte er mich zutexten, damit ich keine Gelegenheit hatte, Fragen zu stellen. Eine Weile ließ ich es über mich ergehen, während ich unsere Umgebung musterte und versuchte, mir meinen Vater hier vorzustellen. Als Kind, als Jugendlicher oder als Erwachsener.

Er gelang mir nicht. Die todschick gekleideten Gäste, die antiken Möbel, die goldgerahmten Gemälde, die kostbaren Teppiche, in denen man zu versinken schien. Papa hatte nie viel von Luxus gehalten. Von früh an hatte er mir eingebläut, dass es wichtig war, gerade so viel Geld zu besitzen, damit man unabhängig und frei leben konnte, und dass Überfluss die Menschen nur egozentrischer machte. Ich hatte immer angenommen, dass er mir das erzählte, um mich zu ermutigen, meiner wahren Leidenschaft nachzugehen und bei meiner Berufswahl nicht aufs Gehalt zu achten, so wie er – Journalismus war sein großer Traum, aber reich wurde er dadurch nicht. Kein einziges Mal hatte ich mich gefragt, ob seine Einstellung möglicherweise mit seiner Familiengeschichte zusammenhing.

Irgendwie fühlte es sich wie ein Verrat an, jetzt durch dieses Schloss zu laufen. Ich dachte an all die Jahre, in denen wir knapp bei Kasse gewesen waren. Papa hatte versucht, es immer vor mir abzuschirmen, aber ich war nicht blind. Sobald ich alt genug war, hatte ich mit diversen Nebenjobs angefangen. Ich hatte Zeitungen ausgetragen, die Kleinkinder der Nachbarn gehütet, als Küchenhilfe im einzigen Restaurant des Dorfs ausgeholfen. Erst letztes Jahr hatten wir es geschafft, das Haus abzubezahlen. Es hatte mir nie an etwas gefehlt, und die Jobs waren auch kein Problem für mich gewesen, sie hatten Spaß gemacht, obwohl keiner von ihnen meine große Leidenschaft war. Doch ich hatte mich oft gefragt, ob ich mehr Zeit mit Papa verbringen könnte, wenn er nicht jeden einzelnen Auftrag annehmen müsste, der reinkam.

Inzwischen waren wir im ersten Untergeschoss des Hotels angekommen. Hier befand sich der gastronomische Bereich und die gigantische Waschküche. Es wimmelte nur so von dunkelrot gekleideten Menschen. Signor Esposito stellte mich einigen Mitarbeitern vor, ließ mir allerdings keine Zeit, mich näher mit ihnen zu unterhalten, sondern führte mich weiter, immer weiter, wobei er nie zu reden aufhörte.

»Das Frühstücksbuffet auf der Dachterrasse ist bereits serviert, jetzt geht es darum, die verschiedenen Speisen nachzufüllen, und dann beginnt langsam das Herrichten der Zimmer. Dort brauchen wir dich heute noch nicht, am besten hilfst du beim Abwasch.«

»Entschuldigen Sie.« Ein Stechen durchfuhr meinen Kopf. Die Informationsflut, all diese Menschen und die ungewohnte Umgebung gepaart mit dem Schlafmangel trugen nicht gerade zu meiner Konzentration bei. Ich musste mich auf die wichtigsten Punkte fokussieren und durfte nicht so viel Zeit mit unnötigem Zeug verlieren.

Signor Esposito, der vor mir lief und Anstalten machte, den Hinterraum einer Großraumküche zu betreten, drehte sich mit fragendem Gesichtsausdruck nach mir um.

»Arbeitet Greta heute?«

Für einen Moment wirkte er wieder verwirrt, dann schüttelte er den Kopf. »Signorina Mancini hat sich gestern Abend krankgemeldet.«

Mein Herz pochte schneller. »Könnten Sie mir vielleicht ihre Nummer geben?«

Signor Esposito hob eine Braue. »Ich bin nicht befugt, private Daten der Angestellten mit Ihnen zu teilen, Signorina. Gibt es etwas, das ich ausrichten kann?«

Hastig schüttelte ich den Kopf. Verdammt. Ich war wirklich schlecht in so was. Und dabei hatte ich Jahr für Jahr Papa zugehört, wenn er von der Kunst des Interview-Führens erzählte.

Erst muss man sich natürlich vorbereiten. Alles, was du übers Internet oder Bücher herausfinden kannst, musst du dir im Vor-

feld aneignen. Damit sparst du Zeit und reduzierst deine Fragen auf das Wichtigste. Dann musst du dir deinen Interviewpartner genau ansehen. Was ist er für ein Mensch? Was sind mögliche Hindernisse, die im Gespräch auftauchen könnten? Gehe nie davon aus, dass er oder sie dir bereitwillig alles erzählt. Die wirklich guten Geschichten verbergen sich in den dunkelsten Ecken, Giulietta. Fang mit den unproblematischen Fragen an. Wiege deinen Gesprächspartner in Sicherheit, bis seine Zunge sich lockert und du ihn unvorbereitet erwischst. Das Interview ist ein psychologisches Spiel, man muss sich auf die verschiedensten Persönlichkeiten einstellen und sich ihren Eigenheiten anpassen. Ist jemand kurz angebunden, müssen deine Fragen ausschweifender werden, offener. Redet jemand zu viel, musst du die Frage präziser formulieren. Antizyklisches Verhalten nennt sich das. Du hältst die Zügel. Du führst das Gespräch. Lass dir niemals die Kontrolle nehmen.

Der Tag war ein ziemlicher Reinfall gewesen.

Ich starrte auf die goldene Tapete gegenüber von meinem Himmelbett und seufzte tief. Körperlich war ich ziemlich ausgelaugt, ich war stundenlang auf den Beinen gewesen und hatte mir den Mund fusselig geredet, doch mein Kopf wollte wie so oft nicht zur Ruhe kommen.

Wie konnte es sein, dass alle Mitarbeiter, mit denen ich gesprochen hatte, entweder extrem verschwiegen oder erst seit wenigen Monaten oder gar Wochen im Grand Hotel angestellt waren? Was hatte ich bitte schön für ein Pech?

Außer Beileid und distanzierter Höflichkeit hatte ich nichts bekommen. So viel zu Kontrolle über die Gespräche erlangen …

Rücklings ließ ich mich auf die butterweiche Matratze fallen und inhalierte den Geruch des Waschmittels der Bettwäsche, den ich den ganzen Tag auch in der Waschküche wahrgenommen hatte. Selbst das duftete nach purem Luxus.

Ich sollte schlafen. Es war fast Mitternacht.

Nachdem ich in der Küche beim Abwasch geholfen und Unmengen an Besteck poliert hatte, war ich in die Waschküche gesteckt worden, wo ich bei der Reinigung der Bettwäsche geholfen hatte. Die Stunden waren nur so an mir vorbeigeflogen, da ich nicht nur darauf konzentriert gewesen war, möglichst wenige Fehler zu machen, sondern auch darauf, mich mit den anderen gut zu stellen. Alle waren freundlich zu mir gewesen, aber eben nicht mehr.

Es brauchte Zeit. Das wusste ich. Wieso sollten sie die Hotelgeheimnisse an eine praktisch Fremde ausplaudern?

Nicht mal mit Mitleid kam ich weit. Sie waren alle viel zu professionell.

Außerdem ging mir Greta nicht aus dem Kopf. Ich hatte mich bei mehreren Leuten nach ihr erkundigt, doch die Antworten fielen ebenso enttäuschend aus wie Signor Espositos. Niemand wusste etwas. Oder: Niemand wollte mir etwas sagen.

Also war mir nichts anderes übrig geblieben, als mich nach meinem Arbeitstag und einem üppigen kalten Buffet für die Mitarbeiter auf mein Zimmer zu verziehen. Es war schon ein bisschen surreal, den ganzen Tag eine von ihnen zu sein und dann in einer protzigen Suite zu schlafen ... Kein Wunder, dass sie mir nichts erzählten. Ich war nicht wirklich eine von ihnen.

Die letzten paar Stunden hatte ich damit verbracht, auf das Fresko an meiner Zimmerdecke zu starren – ein dunkelblauer Nachthimmel – und mir selbst die Karten zu legen. Noemi und Speranza hatten mir beide Nachrichten geschickt, die ich halbherzig und mit schlechtem Gewissen beantwortet hatte. Es fühlte sich alles so hoffnungslos an. Die Einsamkeit hatte mich bis nach Venedig verfolgt und hier schien sie sich zu vergrößern.

»Hast du dich hier auch so gefühlt, Papa?«, flüsterte ich in die Stille. »Oder gab es eine Zeit, in der du es geliebt hast?«

Vermutlich schon. Mindestens, als er meine Mutter kennengelernt hatte, oder? Waren sie gemeinsam durch die Stadt gelaufen? Über die Hunderte von Brücken? Waren sie zusammen Gondel gefahren?

Für einen Moment hatte ich mir überlegt, draußen durch die kleinen Gässchen zu streifen und mir die Kanäle anzuschauen. Doch die Dunkelheit hatte sich bereits über Venedig gelegt, und die Nebelschwaden über dem Canal Grande waren selbst aus meinem Fenster im zweiten Stockwerk zu erkennen. Ich hatte wenig Lust, alleine in der Finsternis rumzulaufen und mich den Gefahren der Nacht auszusetzen.

Morgen. Morgen war ein neuer Tag.

Ich ließ meine Finger über die Karten wandern, schloss die Augen und zwang mich zu regelmäßigen, tiefen Atemzügen. Nach der gestrigen Nacht und dem heutigen Arbeitstag sollte ich todmüde sein.

Sollte ich. War ich nicht.

Als ein dezentes Klopfen von der Tür ertönte, fuhr ich hoch.

Mein erster Gedanke galt Greta. Auch wenn das wohl mehr Wunschdenken als sonst etwas war.

Ich schwang mich vom Bett, lief zur Tür und riss sie auf.

Im Flur standen zwei Frauen, die eine groß und dünn, mit schmalem Mund, spitzer Nase und pechschwarzem glatten Haar, das ihr bis zu den Hüften ging, die andere deutlich kleiner, breitschultrig, das weißblonde Haar in goldfarbene Lockenwickler gedreht, die vollen Lippen blutrot angemalt, und mit falschen Wimpern, in denen funkelnde Steinchen glitzerten. Sie trugen beide bodenlange Satinmäntel, die Schwarzhaarige einen metallfarbenen, die Blonde einen goldenen, dazu passende Samtpantoffeln. Ihr Alter war mir ein Rätsel – es hätte alles zwischen zwanzig und vierzig sein können.

Die Blonde hatte sich bei der Schwarzhaarigen untergehakt und strahlte mich an.

»Oh, gut, sie ist noch wach.« Sie kicherte. Glockenhell hallte es von den Wänden wider.

Ihre Begleitung warf ihr einen warnenden Blick zu, ehe sie sich mir zuwandte.

»Uns ist zu Ohren gekommen, dass du Karten legst.« Ihre Stimme klang tief und rau, als hätte sie mindestens eine halbe Schachtel Zigaretten geraucht. Der Geruch, der zu mir herüberwehte, war allerdings angenehm, irgendwie würzig, nach Nelken und Zimt.

Ich öffnete den Mund und schloss ihn wieder.

»Wir sollten uns vielleicht erst vorstellen«, fügte die Blonde mit einem weiteren Kichern hinzu, bevor ich die Gelegenheit bekam, mir eine Antwort zurechtzulegen.

»Mein Name ist Lucia«, sie deutete auf die Schwarzhaarige, »und das hier ist Deluna.«

Ich runzelte die Stirn und umschloss die Türklinke fester. »Giulietta.«

»Das wissen wir«, erwiderte Lucia gut gelaunt.

Abwartend schauten sie mich beide an.

»Woher?«

Deluna lächelte sanft, und ein geheimnisvolles Glitzern erschien in ihren dunklen Augen. »Wir haben eine gemeinsame Bekannte.«

»Greta«, fügte Lucia hinzu. »Ein wirklich reizendes Mädchen. Das netteste von den Stubenmädchen, nicht wahr? Sie hat uns von deinen Künsten berichtet.«

Stubenmädchen?

Meine *Künste*?

»Zimmermädchen«, korrigierte Deluna sofort und warf ihr einen weiteren strafenden Blick zu. »Sie ist wirklich äußerst zuvorkommend. Und so effizient.« Jetzt trat sie einen Schritt auf mich zu. Ihr würziger Geruch eilte ihr voraus. »Wir beide interessieren uns außerordentlich für die Magie des Tarots. Und da wir beide heute keinen Schlaf finden können, was ohne Zweifel dem nahenden Vollmond zu verdanken ist«, an dieser Stelle tauschten die zwei Frauen ein verschwörerisches, fast ironisches Lächeln, »haben wir uns gefragt, ob es dir vielleicht ähnlich geht und du uns die Ehre erweisen würdest.«

Einen Moment lang konnte ich nur starren.

Was für ein merkwürdiger Zufall, dass sie mich gerade jetzt aufsuchten, wenn auch ich nicht schlafen konnte.

Doch es gab Dringenderes zu bedenken: Wann hatten sie bitte mit Greta gesprochen? Wussten sie womöglich mehr über deren aktuellen Zustand?

Halte dich zurück. Unproblematische Fragen zuerst. Du musst diesmal klüger vorgehen.

»Ihr seid beide Gäste, oder?«, erkundigte ich mich also freundlich, auch wenn ich mir diese Frage selbst beantworten konnte – zum Personal gehörten sie wohl kaum, viele Optionen blieben nicht mehr, wenn sie um diese Uhrzeit an meiner Zimmertür auftauchten.

Sie nickten.

»Langjährige Stammkunden«, zwitscherte Lucia.

»So wie du«, fügte Deluna hinzu und strich sich eine lange schwarze Strähne hinters Ohr.

»Nun, nicht ganz wie sie.« Lucia lachte noch lauter. »Immerhin ist Giulietta eine Visconti.«

Sie wirkte, als wollte sie mehr sagen, doch Delunas Miene brachte sie wohl zum Schweigen.

»Okay«, entfuhr es mir. »Einen Augenblick. Ich hole die Karten.«

Während einer Legung hätte ich genug Zeit, die beiden kennenzulernen, nach Greta zu befragen und vielleicht sogar mehr über das Hotel herauszufinden. Und außerdem war die Vorstellung deutlich erträglicher, als alleine in meinem Zimmer zu liegen und an Papa zu denken.

Ich wartete ihre Antwort nicht ab, sondern drehte mich um, holte die Karten, nach kurzer Überlegung auch mein in Leder gebundenes Notizbuch, in dem ich meine Recherche über Venedig, das Hotel und meine Träume festhielt, und schlüpfte in meine Sneaker, ehe ich wieder an die Tür trat.

»Wollen wir auf eines unserer Zimmer?«, schlug Deluna mit einem Lächeln vor, das mir plötzlich raubtierhaft vorkam. Lucia nickte begeistert.

Kalt rieselte es mir den Rücken herunter.

Ich kannte die beiden nicht. Wahrscheinlich hatten sie wirklich mit Greta gesprochen, denn woher sonst sollten sie wissen, dass ich Tarotkarten legte? Seltsam, dass Greta so viel über mich erzählt hatte. Sie hatte so gar nicht den Eindruck eines Klatschmauls auf mich gemacht.

»Wo sind denn eure Zimmer?«, fragte ich, hauptsächlich, um Zeit zu schinden, während ich nach einer ungefährlicheren Alternative suchte.

Lucia deutete mit dem Daumen nach unten. »Einmal die Treppe runter. In der ersten Etage.«

Plötzlich hatte ich Vincenzos Stimme im Kopf. *Unter einer Bedingung: Du hältst dich von der ersten Etage fern.*

Dicht gefolgt von Gretas tränenerstickter: *E-es geht um einen Gast. In der ersten Etage.*

Ich hatte keine Ahnung, wie viele Zimmer sich auf der Etage befanden, aber was, wenn das komplette erste Geschoss von den speziellen Schauspiel-Gästen bewohnt wurde? Dann gehörten die beiden Frauen vor mir genauso zu ihnen wie der Kerl, der Greta wehgetan hatte.

Die Gänsehaut beschränkte sich nun nicht mehr bloß auf meinen Rücken.

Ich zwang mich zu einem Lachen und hoffte, es klang losgelöst und nicht so hysterisch, wie ich mich fühlte. »Ach, also seid ihr Schauspielerinnen? Angereist für den Karneval, stimmt's?«

Für einen Augenblick huschte Überraschung und etwas, das stark nach Verwirrung aussah, über ihre Gesichter.

Deluna fing sich zuerst. »Genau richtig.«

Eine unangenehme Pause entstand. Ich drückte das Notizbuch und die in das Seidentuch gehüllten Karten gegen mein heftig pochendes Herz. Es schlug so laut, dass ich befürchtete, die beiden könnten es hören.

Eine Pause entstand. Wir wechselten alle Blicke, meiner vorsichtig, ihre unangenehm berührt.

Lucia erlöste uns, indem sie Deluna in die Seite stieß. »Vielleicht gehen wir doch lieber an einen anderen Ort, oder? So ein Hotelzimmer ist eine furchtbar intime Sache.«

Erleichterung durchflutete mich, doch sie hielt nicht lange an. Das Restaurant auf der Dachterrasse hatte sicher schon geschlossen, und außerdem würden wir dort ebenso wie unten in der Lobby oder in der Bar viel zu viel Aufsehen erregen. Sobald anderes Personal ins Spiel kam, riskierte ich, dass sie mich bei meinem Onkel verpetzten.

Gäste waren neutraleres Terrain, oder? Sie waren dem Hoteldirektor nicht direkt etwas schuldig. Vincenzos Worte hatten eher so geklungen, als hätte *er* einen gehörigen Respekt vor den Leuten in der ersten Etage. Vermutlich, weil sie immer wiederkamen und so viel Umsatz für ihn bedeuteten.

»Ich habe eine Idee«, hauchte Deluna und nickte in Richtung des Treppenhauses. »Ein schöner Ort. Magische Atmosphäre inklusive. Er passt perfekt.«

Lucia zwinkerte mir zu, hakte sich bei ihr unter, und die beiden wandten sich zum Gehen. Mir blieb nichts anderes übrig, als nach dem goldenen Zimmerschlüssel zu greifen, die Tür hinter mir zuschnappen zu lassen und ihnen zu folgen.

Deluna führte uns nach oben – allerdings nicht mit dem Aufzug, sondern durch ein schummriges, schmales Treppenhaus, in das wir durch eine klemmende Mitarbeiter-Tür gelangten, die nur angelehnt war. Mein Herz klopfte immer schneller, aber jetzt gab es kein Zurück mehr. Außerdem konnte ich es nicht leugnen – ich hatte Lust auf ein Abenteuer. Und auf Ablenkung. Papas warnende Stimme in meinem Hinterkopf ignorierte ich gekonnt.

Vor einer dunklen Tür blieben wir stehen. Ein Schild war darauf zu sehen, doch die Aufschrift konnte ich im Halbdunkel nicht entziffern, zumal mir die beiden die Sicht darauf versperrten.

Sie tauschten einen Blick, dann stellten sie sich nebeneinander auf die letzte Treppenstufe, lächelten und warfen sich zeitgleich gegen die Tür. Mit einem lang gezogenen Ächzen schwang sie auf.

Lucia gab einen triumphierenden Laut von sich, Deluna legte mahnend einen Zeigefinger an ihre Lippen, und dann traten beide schon über die Schwelle und wurden von Finsternis verschluckt.

Papa rief meinen Namen. Ich hörte ihn ganz genau. Diese Stimme verwendete er nur, wenn es ihm wirklich wichtig war.

Ich atmete tief ein und schmeckte die staubige, abgestandene Luft auf der Zunge.

Du kannst mitkommen, Papa. Aber du solltest nicht so vorwurfsvoll sein. Sie wirken bisher ganz nett, oder?

Auch ich trat in den Raum, genau in der Sekunde, in der eine kleine Flamme die Dunkelheit durchbrach. Lucias und Delunas Gesichter flackerten in ihrem Schein nur wenige Meter vor mir auf.

»Wärst du so gut und würdest die Tür hinter dir schließen, Giulietta?«, wisperte Delunas rauchige Stimme. Lucia hielt Streichhölzer in der Hand und sah sich suchend um.

»Ah, sehr schön, ich wusste doch, wir haben die Kerzen letztes Mal hier vergessen.« Sie bückte sich nach etwas, und nur wenige Sekunden später wurde der längs geschnittene Raum noch heller erleuchtet. Zwei rote Stumpenkerzen spendeten jetzt Licht.

Ich tat wie geheißen und gesellte mich zu ihnen. Wir befanden uns auf einer Art Dachboden – weiße Laken waren über mehrere Gegenstände geworfen, in einer Ecke konnte ich die Silhouette eines Servierwagens mit fehlenden Rollen ausmachen, und ein abgenutzter Teppich lag auf dem Holzboden in der Mitte.

»Gefällt es dir?«, raunte Lucia mit einem breiten Grinsen.

Diesmal kostete es mich keine Mühe, ihr Lächeln zu erwidern. Das hier war voll nach meinem Geschmack.

»Ihr habt nicht zu viel versprochen.«

»Das ist unser kleines Geheimnis«, sagte Deluna und ließ sich in einer eleganten Bewegung auf den Teppich sinken, wo sie es sich im Schneidersitz bequem machte. »Einer der Vorteile, wenn man das Grand Hotel sein Zuhause … sein aktuelles Zuhause nennen darf. Verrate es niemandem, ja?«

Ich nickte. »Wo sind wir genau?« Wenn ich bei unserem Aufstieg richtig mitgezählt hatte, mussten wir uns auf Höhe der Dachterrasse befinden.

»Direkt neben dem Restaurant«, erwiderte Lucia und setzte sich ebenfalls. Die Steinchen zwischen ihren Wimpern funkelten im Kerzenschein. »Nachts interessiert sich niemand für diesen Raum. Es stand einmal zur Diskussion, ob sie das Restaurant erweitern und den Dachboden umbauen, aber die Idee wurde nie umgesetzt.«

Deluna neigte den Kopf. »Wollen wir beginnen?«

Ich wollte mich gerade zu ihnen setzen, da nahm ich eine Bewegung hinter Delunas Gesicht wahr. Links von ihr stand ein besonders großer Gegenstand, der von einem Laken verdeckt wurde. Die Form deutete auf einen Klavierflügel hin. Das Licht der Kerzen reichte eigentlich nicht aus, um Schatten an die Wand zu werfen, doch da war ein schwarzer Umriss. Er huschte über die Wand, nur um im nächsten Moment mit der Dunkelheit zu verschmelzen und mich an meinem Verstand zweifeln zu lassen.

Ein paar Sekunden starrte ich in die Ecke, wo sich etwas bewegt hatte, dann riss ich mich kopfschüttelnd vom Anblick los und setzte mich gegenüber von Deluna und Lucia auf den Teppich.

»Gibt's hier Mäuse?«

Deluna musterte mich interessiert. »Hast du Angst?« Der Tonfall klang irgendwie, als würde sie sich nicht bloß auf potenzielle Nagetiere beziehen.

»Keine Sorge, der Raum ist frei von anderen Lebewesen, sonst hätte der Hoteldirektor ihn längst räumen lassen«, flüsterte Lucia. »Wenn man mal von diesem vertrockneten Farn hier absieht.« Sie deutete zu ihrer Rechten, wo in ein paar Metern Entfernung tatsächlich etwas stand, das wie ein Blumentopf aussah. Dünne Pflanzenärmchen ragten heraus.

»Ich habe keine Angst«, sagte ich mit fester Stimme. »Zu dritt könnten wir es locker auch mit Mäusen aufnehmen, oder?«

Dann legte ich mein Notizbuch hinter mich und wickelte die Karten vorsichtig aus dem Tuch, ehe ich zu mischen begann. Im Gegensatz zu gewöhnlichen Spielkarten diente das Mischen beim Tarot nicht dem Zufallsspiel. Vielmehr ging es um Energieübertragung.

»Wer möchte beginnen?«, fragte ich.

»Lucia«, gab Deluna sanft zur Antwort. »Ihre Frage ist dringender als meine.«

»Also habt ihr euch schon mal die Karten legen lassen?«, erkundigte ich mich und versuchte, nicht schon wieder hinter Deluna zu schauen, wo sich erneut etwas zu bewegen schien. In meinem Nacken juckte es.

Konzentrier dich auf die Karten, Giulietta.

»Oh ja«, kam es von Lucia. »Unzählige Male, auch in diesem Hotel schon. Aber ich bekomme nicht genug davon.«

In diesem Hotel, hörst du das, Papa? Scheint so, als sei ich nicht die Einzige hier, die sich für Hokuspokus interessiert.

»Wie oft wart ihr denn schon hier?«

Lucia hob die Schultern. »Ach, bestimmt um die zehn Mal über die Jahrhunderte ... Wer zählt da schon mit?«

Ich runzelte die Stirn. Sollte das ein Insiderwitz sein?

»Achte nicht auf sie«, klinkte Deluna sich ein. »Die Qualität ihres Humors lässt oftmals zu wünschen übrig. Wie ist es bei dir? Wie oft warst du schon im Hotel?«

»Es ist mein erstes Mal.«

»Tatsächlich?«

Ich nickte. »Ich wusste bis vor Kurzem nicht einmal, dass der Familie meines Vaters ein Hotel gehört.«

Je mehr Informationen ich über mich preisgab, desto höher war die Wahrscheinlichkeit, dass sie sich wohlfühlten und ebenfalls aus dem Nähkästchen plauderten.

Ihre Gesichtsausdrücke verrieten mir, dass auch sie schon vom Tod meines Vaters gehört hatten. Eine Mischung aus Interesse, Bestürzung und Mitleid. Bevor sie mir ihr Beileid aussprechen konnte, sprach ich schnell weiter.

»Kommt ihr eigentlich viel herum? In eurem Job ist das üblich, oder?«

»In welchem …«, setzte Lucia an, doch Deluna grätschte dazwischen.

»Hauptsächlich arbeiten wir in Venedig. Wir bekommen einfach nicht genug von der Stadt.« Dann stieß sie Lucia leicht in die Seite. »Möchtest du nicht beginnen? Ich glaube, Giulietta ist mit dem Mischen fertig.«

Ich wandte mich an Lucia. »Hast du dir schon eine Frage überlegt?«

Sie nickte. »Ich möchte wissen, wie die Aussichten in meinem Liebesleben sind.«

Fächerartig breitete ich die Karten vor ihr aus.

»Sehr schön. Also ein Liebesorakel.«

Das Legesystem, das die Menschen am meisten forderten, wenn sie sich die Karten legen ließen. Gelegt wurden vier Karten, und es eignete sich besonders gut, wenn man gerade jemanden Neues kennengelernt hatte und wissen wollte, wie die Person zu einem stand – und: ob es eine Zukunft gab.

Lucia sagte noch etwas, doch in diesem Moment raschelte es. Nicht in der linken Ecke, wo ich die Bewegung gesehen hatte, sondern in der rechten, genau hinter ihr, genau dort, wo der vertrocknete Farn stand.

»Was war das?«, entfuhr es mir.

»Was war was?«, fragten die beiden wie aus einem Munde.

Ich atmete tief durch. Es war alles gut. Es war nur ein alter Dachboden. Geheimnisvolle Geräusche waren quasi vorprogrammiert.

»Beginnen wir«, sagte ich nach ein paar Sekunden. Das Rascheln war verklungen. Ich versuchte, mich voll und ganz auf Lucia zu konzentrieren. »Geht es um eine bestimmte Person? Oder ist deine Frage eher allgemeiner Natur?«

Sie kicherte. »Allgemein. Ich *wünschte*, es ginge um eine bestimmte Person!«

»Okay.« Ich deutete auf die Karten zwischen uns. »Gezogen wird mit der linken Hand, denn die linke Körperhälfte gilt als intuitive Seite. Bei der ersten Karte handelt es sich um den Signifikator. Um deine Einstellung und das wahre Thema.«

»Ich weiß«, erwiderte Lucia vergnügt, ehe sie mit der linken Hand vorsichtig über die Karten fuhr.

Sie ließ sich Zeit. Ich beobachtete ihre kurzen breiten Finger und die rundlichen Nägel. Aus den Augenwinkeln nahm ich erneut eine Bewegung wahr. Diesmal wieder von links, aber ich zwang mich, nicht hinzusehen. Ich würde mich nicht verrückt machen.

Lucia entschied sich für eine Karte und legte sie offen vor die verdeckten.

Deluna stieß ein leises Geräusch aus, mehr Wiehern als Lachen.

Ich warf ihr einen Blick zu, doch ihre Züge glätteten sich schon wieder, als bereue sie ihren Ausbruch.

»Die Sonne«, stellte Lucia fest und klang ebenfalls, als müsste sie sich vom Losprusten abhalten.

Waren die beiden wie meine ehemaligen Klassenkameraden und nahmen Tarot nicht ernst? Machten sie sich lustig über mich?

Ich schaute zwischen ihnen hin und her, dann zur Karte. In jeder Ecke befand sich eine Schwalbe, von der Mitte aus gingen mehrere Linien zum Rand, die an eine strahlende Sonne erinnerten.

Selbst wenn sie sich über mich lustig machten – ich würde mich nicht beirren lassen.

»Die Sonne ist eine Karte der großen Arkana«, begann ich in feierlichem Tonfall. »Wenn eine solche Karte in der Legung auftaucht, muss man besonders aufhorchen. Karten der großen Arkana sind sehr kraftvolle Zeichen.«

»Das sind sie«, hauchte Deluna, nun wieder vollkommen ernsthaft. »Eine unleugbare Magie geht von ihnen aus.«

»Sie steht für Erleuchtung, habe ich recht?«, fragte Lucia mit glitzernden Augen. »Vitalität, Wachstum, Sicherheit und eine gewisse Klarheit in allem, was ich tue.«

Okay, sie machte sich definitiv nicht lustig über mich, wenn sie die Bedeutung der Karte so genau kannte.

Gerade wollte ich zur Antwort ansetzen, doch die Bewegung in der linken Ecke wurde nun hektischer. Ich konnte mich dem Anblick nicht mehr entziehen.

Im schummrigen Halbdunkel hinter Lucia und dem verdeckten Gegenstand hob sich ein schwarzer Schatten die Wand empor. Wie hypnotisiert starrte ich darauf, während mein Atem stockte. Der Schatten gehörte nicht zu dem Gegenstand – er war rund. Und er ... Ich konnte es nicht anders beschreiben: Er begann, seine Form zu ändern.

Ich blinzelte mehrmals, doch das Bild vor meinen Augen blieb. Es dauerte etliche, viel zu hektische Herzschläge, bis ich es erkannte: Es war eine Sonne. Eine kleine Sonne wurde an die dunkle Wand reflektiert, die Strahlen lang und flirrend.

Was zur Hölle?

»S-seht ihr das?«

Lucia und Deluna drehten sich in die Richtung, in die ich wie besessen schaute.

»Machst du dir wieder Sorgen um die Mäuse?«, drang Lucias fröhliche Stimme an meine Ohren.

»Da!« Ich streckte einen Finger in die Richtung. »An der Wand!«

Doch bevor sie etwas sagen konnten, bevor sie mir versichern konnten, dass auch sie es sahen, dass ich nicht gerade dem Wahnsinn verfiel und halluzinierte, ertönte ein Klopfen hinter uns.

Wir fuhren zeitgleich herum. Es war von der Tür gekommen.

Immerhin – es war gut zu wissen, dass ich mir das Geräusch nicht auch noch eingebildet hatte.

Deluna seufzte leise und erhob sich dann genauso elegant, wie sie sich gesetzt hatte. »Ach, Magnus«, murmelte sie. »Ungeduldig wie eh und je.«

Lucia lächelte mich entschuldigend an und stand ebenfalls auf. »Verzeih, ich glaube, wir müssen unsere Sitzung verlegen.« Sie deutete auf die Karten. »Würde es dir etwas ausmachen, wenn wir das hier ein anderes Mal fortführen?«

Ich runzelte die Stirn. Sie hatten mich extra um diese Uhrzeit aufgesucht, auf den Dachboden gebracht, und jetzt wollten sie gehen, bevor wir überhaupt richtig angefangen hatten?

Mit einem Stöhnen und Knarzen öffnete sich die Tür hinter uns. Bevor ich mich umdrehte, wagte ich noch einmal einen Blick nach links.

Nichts. Nur eine dunkle Wand.

Ich schüttelte den Kopf. Schaute weg und wieder hin. Immer noch nichts.

Vielleicht war es etwas Gutes, wenn wir die Sitzung hier unterbrachen. Mir war eindeutig nicht gut.

»Sind die Damen bereit?«, erklang eine raue Stimme hinter mir.

Ich richtete mich auf und drehte mich um. Im Türrahmen vor Delunas hochgewachsener Gestalt war die Silhouette eines kleinen Mannes zu erkennen. Er trug einen kurzen Mantel mit hochgestelltem zackigem Kragen und hatte keine Haare auf dem Kopf, dafür umso mehr in seiner unteren Gesichtshälfte. Sein dunkler Bart reichte ihm bis zur Hälfte seiner Brust.

Deluna trat beiseite. »Du bist zu früh.«

»Wir waren bereits vor über einer halben Stunde verabredet«, widersprach er ihr freundlich. Dann wanderte sein Blick zu mir. »Du musst Giulietta sein.«

Er trat an ihr vorbei in den Raum, kam auf mich zu, griff nach meiner Hand und führte sie an seine Lippen. »Hocherfreut, gnädiges Fräulein. Und mein herzliches Beileid.«

Ich entzog ihm meine Hand. Meine Gänsehaut war auf einen Schlag zurück.

»Ich bin Magnus«, stellte er sich vor. Eine Reihe leuchtend weißer Zähne blitzten über mir auf.

In der Dunkelheit konnte ich mir nicht ganz sicher sein, doch er wirkte deutlich älter als die beiden Frauen. Er roch nach Pfeifentabak und Old Spice.

Sofort wanderten meine Gedanken wieder zu Gretas Erzählung. Ich hätte sie nach mehr Details fragen sollen.

»Ein Kollege von uns«, fügte Deluna hinter ihm erklärend hinzu.

»Aus der ersten Etage?«, brachte ich hervor. Meine Stimme bebte.

Falls die Frage sie verunsicherte, ließen sie sich nichts anmerken.

»Exakt«, antwortete Magnus an ihrer Stelle. »Dein Zimmer liegt in der zweiten, richtig?«

Woher wusste er das?

»Sind Sie auch ein Bekannter von Greta?«, fragte ich weiter, ohne auf ihn einzugehen.

Er verzog keine Miene, strich sich nur langsam über seinen Bart. »Das rothaarige Mädchen?«

Ich nickte und schickte ein Gebet Richtung Universum, dass ich nicht so ängstlich aussah, wie ich mich fühlte.

»Ich kenne sie nur flüchtig.«

Mein Blick fand Lucias. »Wisst ihr, wie es ihr gerade geht?«

»Ganz gut, als ich sie das letzte Mal sah«, erwiderte diese zerstreut. »Sie klagte lediglich über eine Magenverstimmung. Ich nehme an, deshalb hat sie sich auch krankgemeldet.«

Deluna schnalzte mit der Zunge. »Wollen wir?«, raunte sie. »Giulietta, es war mir eine Freude. Wir sehen uns sicherlich bald wieder.«

Verdammt, ich hatte kaum Informationen aus ihnen herausbekommen! Fieberhaft durchforstete ich mein Hirn nach etwas, das ich noch fragen konnte, damit nicht alles umsonst war. Doch bevor ich zu einem Ergebnis kam, veränderte sich etwas auf dem Dachboden.

Das Licht der Kerzen schien sich in Sekundenschnelle zu verdoppeln, dann zu verdreifachen.

Mit offenem Mund und rasendem Puls sah ich mich im Zimmer um. Ich wurde geblendet. Plötzlich war ich von unzähligen kleinen Flammen umzingelt. Verschwunden waren Lucia und Deluna, verschwunden war Magnus, und dann, Stück für Stück, auch die anderen großen Gegenstände.

Da war nur ich auf dem Teppich, mit meinem Notizbuch und meinen Karten. Nur ich und Hunderte über Hunderte brennender Kerzen.

Papa, was geschieht hier? Ist das ein Traum? Habe ich die ganze Zeit über geschlafen?

Verzweifelt tastete ich nach den Karten vor mir. Glatt, kühl, vertraut. Würde es sich auch so anfühlen, wenn ich mich in einem Traum befände?

Ich schüttelte den Kopf. Das war real. Ich war auf dem Dachboden des Hotels. Lucia und Deluna waren real. Magnus war es auch. Ich kniff die Augen zusammen. Die Kerzen waren nicht real. Ihr Licht blendete mich auch durch meine geschlossenen Lider, doch ich spürte ihre Wärme nicht. Es sollte heiß hier drin sein, bei so vielen Kerzen. Und ich hörte das Knistern des Feuers ganz leise – nur von zwei Kerzendochten. Das war real. Wären es so viele, wäre es deutlich lauter.

Das Quietschen der Tür erklang, dicht gefolgt von einem Knall.

Ich zuckte zusammen und schlug die Augen auf. Die unzähligen Kerzen waren verschwunden, ebenso wie meine drei neuen Bekanntschaften. Jetzt brannten wieder nur zwei. Und das Gerümpel war zurück.

Die Tür war geschlossen.

Mit einem Satz war ich auf den Beinen und stürzte in ihre Richtung. Ich umklammerte die Klinke und zerrte kräftig daran, einmal, zweimal, dann schwang sie auf, und ich stolperte durch die Wucht zurück.

Tief durchatmen. Alles in Ordnung.

Hastig lief ich zurück zum Teppich, bückte mich nach den Karten und meinem Notizbuch und sammelte alles wieder ein.

Es war eine dumme Idee, Papa. Du hattest recht.

Als Letztes beugte ich mich über die Kerzen, um sie auszupusten. Da fiel mein Blick auf den Farn, vor dem Lucia gesessen hatte. Mein Herz setzte einen Schlag aus.

Er war mindestens doppelt so groß wie vorhin. Und trotz der schummrigen Beleuchtung konnte ich sehen, dass die Blätter nicht mehr vertrocknet, sondern saftig grün und kerngesund waren.

KAPITEL 6

Ein Plan entsteht

D'un male nasce spesso un bene.
(Aus einem Übel erwächst oft etwas Gutes.)

»Sie ist vollkommen ahnungslos.« Deluna warf die schwarz glänzende Haarmähne über die Schulter und lehnte sich mit einem spöttischen Lächeln nach hinten in die goldbestickten Sofakissen.

Ich bemühte mich, nicht allzu interessiert auszusehen, und sank tiefer in meinen Sessel.

»Es besteht die Möglichkeit, dass sie das lediglich vorgespielt hat«, fügte Lucia hinzu, die ihre Lockenwickler Strähne für Strähne herausnahm und ihre blonden Locken behutsam mit den Fingern durchkämmte. »Wobei sie dann schon eine herausragende Schauspielerin wäre. Sie wirkte wie ein verschrecktes Reh.«

»Im Gegensatz zu dir.« Deluna rümpfte die lange Nase. »Du hast dir mehr als einen Ausrutscher geleistet.«

»Das war alles Absicht! Ich wollte sie testen.«

»Nächstes Mal ein wenig subtiler, wenn ich bitten darf. Oder du überlässt ausschließlich mir das Reden.«

Sie kabbelten sich noch eine Weile, während Magnus, der

auf dem viktorianischen Stuhl am Balkonfenster saß, die Augen theatralisch verdrehte und gedankenverloren begann, seinen langen Bart zu flechten.

»Meiner Meinung nach weiß sie von nichts«, sagte er und blickte in die Runde. »Sie ist einfach nur ein naives junges Mädchen, dessen Vater gestorben ist.«

Diese Meinung vertrat ich eigentlich auch.

Agostino seufzte und schenkte Grappa in kleine Tulpengläser. »Wir müssen weiterhin vorsichtig sein. Es kommt mir sehr unwahrscheinlich vor, dass Lorenzo ihr nie etwas erzählt hat. Selbst wenn sie nicht hier aufgewachsen ist.«

Wir befanden uns zu neunt in seiner Soprano-Suite. Salome und er hatten das Treffen einberufen und nur diejenigen von uns eingeladen, denen der Geschmack von Freiheit in den letzten Tagen nicht zu Kopf gestiegen war und die einigermaßen vertrauenswürdig waren. Im Laufe der Zeit hatte sich herauskristallisiert, wer von uns etwas Grips besaß, wer an das Wohl der Gruppe und wer nur an sich selbst dachte.

Ich hatte mir einen Platz in der hintersten Ecke des Raums gesucht, mich auch verbal im Hintergrund gehalten und Lucias, Delunas und Magnus' Erzählungen gelauscht. Mit unbewegter Miene, während in mir eine Explosion nach der anderen stattfand. Es kam mir beinahe unerträglich vor, dass sie Giulietta schon vor mir begegnet waren. Am liebsten hätte ich sie alle drei nacheinander gepackt und gezwungen, mir von jedem einzelnen Detail zu berichten.

Doch ich durfte es nicht vermasseln. Nicht, wenn ich zum ersten Mal wirklich und wahrhaftig Grund zur Hoffnung hatte.

»Will man ihren Worten Glauben schenken, dann wusste sie bis vor Kurzem nicht einmal etwas von der Existenz des Hotels«, sagte Deluna. »Es würde doch zu Lorenzo passen. Schon damals wollte er nichts von der Magie wissen.«

»Apropos Lorenzo«, erklang Stellas glockenhelle Stimme. Sie saß auf dem dicken Perserteppich direkt vor dem Glastisch und fuhr langsam, beinahe zärtlich mit den Fingerspitzen über die jadegrüne Vase, die darauf stand. Überall dort, wo sie das Material berührte, hinterließ sie goldene Spuren.

»Hast du schon versucht, Kontakt zu ihm aufzunehmen?«, fragte sie an Maurizio gewandt.

Stella war die Jüngste von uns, aber sie war blitzgescheit. Außerdem war sie mir sympathisch, weil sie sich im Gegensatz zu vielen der anderen nichts aus dem Reichtum machte, sondern die kostbare Kleidung, die sie in ihrem Schrank vorfand, gegen Lumpen der Obdachlosen am Kanalufer unten eintauschte. Die meisten nahmen an, dass es an ihrem Talent lag. Wenn man jederzeit so viel Gold haben konnte, wie man wollte, wurde man der Sache womöglich schnell überdrüssig. Doch ich wusste, es steckte mehr dahinter: Sie fühlte sich wohler darin, weil die schmutzige Kleidung sie an ihre Familie erinnerte. Auch jetzt trug sie eine ausgebeulte verblichene Hose und einen übergroßen Pullover in einem schäbigen Braungrau.

»Hey, hörst du mich nicht?«, fragte sie erneut und stupste Maurizio leicht an.

Dieser lag ausgestreckt neben ihr auf dem Teppich, die Beine überschlagen, den Kopf auf seinen verschränkten Armen ruhend und die Augen friedlich geschlossen. Sein massiger Oberkörper, der in einem silbergrauen Kaschmirpullover steckte, hob und senkte sich regelmäßig, seine kurz rasierten dunklen Haare schimmerten im Kronleuchterschein. »Es ist noch zu früh«, murmelte er und blickte dabei vermutlich zeitgleich ins Reich der Toten. »Er ist noch nicht weitergegangen.«

Das ergab Sinn für mich. Verstorbene, die zu viel unerledigte Geschäfte auf der Erde hinterließen, konnten sich lange dagegen wehren, die letzte Schwelle zu übertreten.

Auch ich hatte Maurizio schon beiläufig danach gefragt, ob er Giuliettas Vater angetroffen hatte. Aber das letzte Mal, dass mir ein Blick in Lorenzos Gedanken gewährt – oder besser gesagt: aufgezwungen – worden war, war dieser in Aufruhr gewesen. Das war weitaus mehr als der gewöhnliche Schmerz und die Überraschung eines abrupten Todes gewesen. Er war in absoluter Panik gegangen. Panik um seine einzige Tochter. Natürlich wehrte er sich dagegen, die letzte Verbindung zur Welt der Lebenden zu kappen. Dies war auch der Grund, wieso ich Giuliettas Gesicht tagelang nicht aus meinen Träumen hatte verbannen können.

Ich holte tief Luft. »Dürfte ich die Diskussion für einen Augenblick unterbrechen?«, fragte ich leise, aber bestimmt.

Sofort lagen sämtliche Blicke auf mir. Neugierig, belustigt, weil der stille Streber sich auch mal zu Wort meldete, und in Collisios Fall ein klein wenig ängstlich. Gut so. Ich hoffte, er erstickte an seinem schlechten Gewissen.

Ich schaute zu Sofia, einer rothaarigen kleinen Frau mittleren Alters in hellblauem Nachtkleid, die am weitesten von mir entfernt auf einem Klavierhocker saß.

»Azazel hat sich an einem Zimmermädchen vergriffen«, sagte ich. Meine Stimme verriet sofort, welche Emotionen beim Gedanken an diesen Widerling in mir tobten. »Ihr Name ist Greta. Ich habe versucht, es zu verhindern, aber ich wurde abgelenkt. Und Collisio hat sich dazu entschlossen, ein Feigling zu sein. Könntest du dich bitte um sie kümmern? Versuchen, ihr einen Teil ihres Schmerzes zu nehmen?«

Wir spielten Gott, doch was blieb uns anderes übrig, wenn das Unheil schon angerichtet war?

Azazel war die Personifikation meiner innersten Überzeugung: Wir waren keine Menschen. Wir waren Monster.

Und gäbe es wahrhaftig einen Gott dort oben, dann wäre unsere Existenz nie möglich gewesen.

Laute der Entrüstung erfüllten die Suite. Mindestens die Hälfte davon waren Heuchelei. Wenn wir ehrlich waren, wussten wir alle, wozu Azazel fähig war.

»Ich habe Sofia schon davon in Kenntnis gesetzt, Kleiner«, raunte Deluna mir mit grimmiger Miene zu, und dann in die Runde: »Azazel gehört kastriert. Mindestens. Immerhin hatte er den Anstand, zum Großteil ihr Gedächtnis zu löschen, nachdem er mit ihr fertig war.«

»Woher wisst ihr davon?«, wollte Collisio kleinlaut wissen. Er wagte es nicht, in meine Richtung zu schauen.

»Sie hat sich im Putzraum die Seele aus dem Leib geschluchzt und sich dann von Giulietta trösten lassen«, erwiderte Lucia schwermütig.

»Ich werde mich darum kümmern«, sagte Sofia. Tränen glitzerten in ihren hellen Augen, und sie wandte uns allen den Rücken zu, stellte sich an die zweite Balkontür, wo man tagsüber den perfekten Blick auf die Insel San Giorgio Maggiore hatte. »Sobald sie wieder ins Hotel kommt. Ich werde versuchen, dem armen Kind so viel Seelenfrieden wie möglich zurückzugeben.«

Salomes Blick hielt mich noch eine Weile gefangen. Sie stand direkt gegenüber von mir an der Wand neben dem kleinen Spiegel aus Muranoglas und hatte vorhin immer wieder zur Tür geschaut, vermutlich, weil sie ihre Schwester bei der Versammlung vermisste, doch sie konzentrierte sich jetzt ausschließlich auf mich. Sie hatte ein weiches, rundliches Gesicht, gütige Augen und kinnlanges Haar.

»Mach dir nicht zu viele Vorwürfe«, wisperte sie. Ich musste meine Gedanken nicht laut aussprechen – sie kannte mich und wusste, wie sehr mir das Ganze zu schaffen machte. »Mich trifft mindestens so viel Schuld. Hätte ich mich nicht den ganzen Tag von Dahnas Idiotie ablenken lassen, hätte ich ihn besser im Blick behalten können.«

Ich nickte knapp und sah dann hastig weg. Ich hatte wenig Lust, die anderen an einem Gefühlsausbruch teilhaben zu lassen.

»Hat sie körperliche Beschwerden?«, erkundigte sich Agostino in einem geschäftsmäßigen Ton, der mich aggressiv machte, obwohl mir klar war, dass er es nur gut meinte.

Lucia zuckte mit den Schultern. »Nicht dass ich wüsste. Azazel ist kein Sadist. Er ist einfach nur ein kleiner Junge mit zu viel Macht im Manneskörper.«

»Er ist der Teufel«, zischte ich, ohne dass ich die Worte zurückhalten konnte. Ich ballte die Hände zu Fäusten.

Verdammt, ich musste mich wirklich auf etwas anderes konzentrieren.

»Zurück zum eigentlichen Grund, wieso wir uns hier eingefunden haben«, ertönte Salomes Stimme. Sie klang so sanft, dass ich ihr den Themenwechsel nicht übel nahm. Wenn jemand meinen Schmerz angesichts dieser Gräueltat nachempfinden konnte, dann sie.

»Unsere allergrößte Priorität sollte es sein, in Giuliettas Nähe zu bleiben. Wir müssen so nett wie möglich zu ihr sein, sie näher kennenlernen, ihr Vertrauen gewinnen. Prüfungen sind hier und da in Ordnung, um sie aus ihrer Reserve zu locken, sollte sie doch etwas ahnen oder von Lorenzo eingeweiht worden sein, aber bitte übertreibt es nicht. Jeder Mensch wird zum Gläubigen, wenn er nur genügend Beweise erhält. Und sie ist am ungefährlichsten für uns, wenn sie nicht einmal ansatzweise an Magie glaubt.«

»Zumindest glaubt sie an Tarot«, entgegnete Deluna stirnrunzelnd.

Collisio lehnte sich aus seinem Sessel, offensichtlich erleichtert, dass das Greta-Thema vorerst vom Tisch war. »Wir reden die ganze Zeit nur von Lorenzo. Was ist mit Vincenzo? Könnte er sie nicht auch eingeweiht haben? Oder das zumindest planen? Immerhin hat er sie hergeholt, nicht wahr?«

Maurizio richtete sich aus seiner liegenden Position auf und nickte in Collisios Richtung. »Guter Punkt.«

»Das ist nicht der Grund, weshalb Vincenzo sie hergeholt hat«, sagte Salome in einem Tonfall, der keinen Widerspruch duldete. »Und lasst uns bitte nicht vergessen, dass er adoptiert ist. Er besitzt das Gen nicht.«

»Aber er war damals deutlich mehr angetan von uns als sein Bruder, nicht wahr?«, schoss Maurizio zurück. »Was, wenn er ihn gezwungen hat, uns zu befreien, nur um ihn anschließend zu töten?«

»Vincenzo war damals noch ein Kind«, sagte Salome knapp. »Und Lorenzo kaum erwachsen.«

Ich ließ mir Maurizios Worte durch den Kopf gehen. Diese Möglichkeit hatte ich auch schon in Erwägung gezogen. Als wir das letzte Mal auf freiem Fuß gewesen waren, war Vincenzo der Magie-Fanatiker gewesen, nicht Lorenzo. Doch mir fiel ein recht überzeugender Grund ein, aus dem Giuliettas Vater seine Meinung geändert haben könnte. Ein Grund, von dem die meisten Anwesenden hier nichts wussten.

»Wir glauben, dass Vincenzo seinen eigenen Bruder getötet hat?«, rief Agostino. »Ernsthaft?«

»Adoptivbruder«, fügte Deluna mit spöttischem Lächeln hinzu.

Ich bemühte mich um einen gleichgültigen Gesichtsausdruck.

»Was ist mit dir?«, fragte Maurizio in meine Richtung. »Du musst doch mehr zu seinem Tod sagen können.«

Oh, wenn du wüsstest, zu wie vielen Themen ich noch eine ganze Menge sagen könnte …

»Es war sehr dunkel«, sagte ich gelangweilt. »Ich erinnere mich kaum.«

»Wie dem auch sei«, verschaffte Salome sich wieder Gehör. »Es geht nun erstrangig um Giulietta. Vincenzo werden wir auch näher unter die Lupe nehmen, macht euch keine Sorgen. Aber unsere Priorität sollte das Mädchen sein. Wir dürfen sie keine Sekunde aus den Augen lassen. Ihr wisst, was damals mit Edoardo und dann mit uns passiert ist. Lasst uns unsere Fehler nicht wiederholen, in Ordnung?«

Am liebsten hätte ich gelacht. Sie tappten im Dunkeln. Hatten keine Ahnung, dass Edoardos Tod nicht im Geringsten mit unserer Gefangenschaft zu tun hatte. So funktionierte die Magie nicht. Doch ich würde mich hüten und sie darüber aufklären. Je weniger sie wussten, desto höher war die Wahrscheinlichkeit, dass sie meinen Plan nicht gefährdeten.

»Das Kartenlegen ist doch eine gute Möglichkeit, oder?«, erklang Lucias Stimme. »Lasst sie uns abwechselnd besuchen und ihr in kleinen Dosen unsere Talente vorführen, um ihre Reaktion zu testen!«

Salome runzelte die Stirn. »Das wird nicht reichen. Wir brauchen mehr. Ihr habt gesagt, sie hält uns für Schauspieler, die nur für den Karneval angereist sind. Und sie war misstrauisch, als ihr sie auf eines eurer Zimmer bringen wolltet, nicht wahr?«

Deluna nickte. »Sie hat seltsam reagiert, als sie erfahren hat, dass wir in der ersten Etage wohnen.«

»Das könnte heißen, jemand hat sie gewarnt«, überlegte Magnus.

»Oder sie ist vorsichtig, weil Greta ihr erzählt hat, dass ein Gast aus der ersten Etage ihr etwas angetan hat.« Die Worte waren mir entwischt, ehe ich mich daran erinnern konnte, dass ich mich ja eigentlich zurückhalten wollte.

»Greta«, raunte Lucia. »Wie wäre es, wenn Greta zu ihrer Verbündeten wird? Und wir sie wiederum dazu bringen, ein bisschen für uns zu spionieren?«

Wut kochte in mir hoch, und für einen Moment sah ich nur rot.

»Wir werden das arme Zimmermädchen nicht noch mehr in unsere Angelegenheiten hineinziehen«, kam Salome mir zuvor. Ihre Stimme war ruhig wie zuvor, doch mir entging das leichte Brodeln darunter nicht. »Einer von uns muss sich ihr auf eine andere Weise nähern. Auf Augenhöhe.«

Ich senkte den Blick und zählte innerlich bis drei. Ganz langsam. Dabei hielt ich meinen Körper so ruhig wie möglich. Hier war meine Gelegenheit. Ich durfte sie nicht verschenken, indem ich mich untypisch verhielt und das Misstrauen der anderen weckte.

»Wie wäre es mit ihm?«, erklang Collisios gehässige Stimme.

Erst als etliche Sekunden vergingen und kein Laut mehr von den anderen erklang, hob ich den Kopf. Sie sahen mich alle an. Zweifelnd, überrascht, nachdenklich.

Collisio wackelte mit den blonden Augenbrauen. »Du bist ungefähr so alt wie sie. Du träumst eh schon von ihr. Und du bist bestimmt ihr Typ.«

Obwohl er mir gerade in die Karten spielte, musste ich gegen das Bedürfnis ankämpfen, ihm an die Gurgel zu springen.

Ich träume von ihr, weil die Gefühle ihres Vaters noch immer in mir widerhallen, du Mistkerl.

Betont genervt verdrehte ich die Augen. Bloß nicht zu übereifrig erscheinen. Wenn ich sofort zustimmte, würde jemand Verdacht schöpfen.

»Gar keine schlechte Idee«, sagte Deluna. »Wenn du mal deinen Mund aufkriegst.«

»Immerhin ist er sehr belesen und könnte sie mit seiner Intelligenz um den Finger wickeln«, sagte Magnus mit einem ironischen Lächeln. »Falls sie auf Streber steht.«

»Ansehnlich bist du ja schon«, sagte Lucia und zwinkerte

mir zu. Diesmal war mein Augenrollen keine Scharade. »Und falls das nichts bringt, fragen wir Callisto und Cara, ob sie so gütig wären, ein wenig nachzuhelfen.«

Gerade so verkniff ich mir ein Schnauben. Nie im Leben würde ich die beiden um Rat fragen. Sie waren zwar nicht ganz so niederträchtig wie Azazel, aber nur unwesentlich vertrauenswürdiger. Das reinste, liebevollste Wesen konnte sich dem Fluch nicht widersetzen. Wir alle waren verdorben. Doch manche Talente förderten das Biest in uns mehr als andere.

»Niemand soll sie um den Finger wickeln«, sagte Salome streng. »Es geht nur darum, ein Auge auf sie zu haben.«

»Und sie vielleicht auf die falsche Fährte zu locken«, fügte Sofia hinzu, die sich inzwischen wieder vom Fenster abgewandt hatte. »Sollte sie jemals Verdacht schöpfen.«

Erneut zählte ich innerlich bis drei. Dann zuckte ich mit den Schultern.

»Von mir aus. Ich mache es.«

»Gut.« Agostino nickte. »Dann solltest du aber unbedingt darauf achten …«

Er kam nicht dazu, den Satz zu vollenden. Im nächsten Moment ertönte ein lautes, durchdringendes Klopfen an der Tür. Dreimal lang, zweimal kurz. Das ausgemachte Signal für die heutige Runde.

»Das muss Cosima sein«, sagte Salome mit sichtbarer Erleichterung und lief in Richtung Tür, um ihre Schwester hereinzulassen.

»Warum schickt sie nicht einfach ihren Schatten?«, sagte Deluna naserümpfend. »Dann müsste sie weder zu spät kommen noch anklopfen.«

Lucia kicherte, Stella begann, sie in Schutz zu nehmen, doch keiner von ihnen wies sie auf das Offensichtliche hin – dass Cosima nicht einfach verschiedene Versionen ihrer selbst in der

Weltgeschichte verteilen konnte. Nur *eine* Version enthielt ihr ganzes Bewusstsein, ihre Seele, wenn man so wollte.

Es war wirklich erstaunlich, wie wenig Verständnis sie nach all der Zeit für die Talente anderer hatten. Wie konnte man so blind sein? War ich wirklich der Einzige, der sich informierte? Nur weil meine Motivation, hier rauszukommen, größer war?

Meine Gedankengänge nahmen ein jähes Ende, als Salome Seite an Seite mit ihrer Schwester den Raum betrat.

»Ach, wie schön, dass du uns auch noch beehrst!«, rief Deluna mit triefender Ironie. »Wir sind soeben fertig geworden.«

Cosimas dunkle Haare waren zerzaust, und ihr Gesicht wirkte, als hätte sie nächtelang nicht geschlafen.

Sie trug das altrosafarbene Ballkleid – seit wir freigekommen waren, hatte ich sie in nichts anderem gesehen, obwohl ich mir sicher war, dass auch ihr Kleiderschrank mit unzähligen Alternativen bestückt war. Die anderen hatten sich darüber lustig gemacht, doch mal wieder war ihnen das Offensichtliche entgangen – es gab einen Grund, wieso Cosima genau dieses Kleid trug. Erinnerte sich wirklich niemand von ihnen daran, auf welchem Ball sie es zuletzt getragen hatte? Und mit wem sie damals getanzt hatte?

Ich wollte gerade wieder wegsehen, als mein Blick auf den Fleck über ihrer Gestalt fiel.

Mein Atem stockte, und mein Puls schoss in die Höhe. Ich blinzelte mehrfach.

Durch die gemusterte Tapete dahinter war es mir nicht gleich aufgefallen.

Wie konnte das sein?

Ich riss mich von ihrem Anblick los und blickte zu Salome, dann zu Maurizio, Sofia, Agostino. Nichts. Niemand sonst im Raum hatte ein Datum.

So wie es sein sollte. So wie es von Anfang an gewesen war.

Ich starrte wieder zu Cosima. Sie zwang sich gerade zu seinem höflichen Lächeln, das sie sämtliche Anstrengung zu kosten schien, und ließ sich von ihrer Schwester zu einer freien Chaiselongue führen. Die Ziffern über ihrem Kopf schwebten mit ihr mit. Sie hafteten dort, verfolgten sie wie schwarzes Pech.

Ich krallte meine Finger in meinem Schoß zusammen, damit sie zu zittern aufhörten. Wich Maurizios Blick aus, der mich neugierig streifte.

Ich musste mich beruhigen. Die Nerven behalten, bis ich hier raus war.

Es musste ein Fehler sein. Es konnte nur ein Fehler sein.

Doch was, wenn es keiner war?

Seit ich dieses Leben führte, seit Jahrhunderten, waren wir die Einzigen ohne Ziffern über dem Kopf. Noch nie hatte sich die Leere dort gefüllt.

Aber mir war auch noch nie ein Mensch begegnet, der keine Ziffern besaß. Bis zu jenem Moment, als ich das Mädchen aus meinen Albträumen in der Hotellobby gesehen hatte.

Das konnte kein Zufall sein. Wenn mich dieses Leben eines gelehrt hatte, dann, dass es keine Zufälle gab.

Mein Herz raste jetzt, galoppierte, frohlockte.

Wenn Cosima sterben konnte, konnten alle sterben.

KAPITEL 7

Die Fügungen des Schicksals

Schritte! Mist, da waren Schritte auf dem Flur.

So fest ich konnte, drückte ich mich an die Wand und mein Notizbuch sowie die Karten gegen die Brust. Ich hielt die Luft an. Hoffentlich war es nur ein Gast, der irgendetwas von der Rezeption brauchte und gleich wieder auf sein Zimmer verschwand. Ein gewöhnlicher Gast, nicht einer wie meine drei Bekanntschaften der Nacht. Und hoffentlich niemand, der meinem Onkel verriet, dass ich mich nachts auf den Hotelfluren herumtrieb und Gästen die Karten legte. Wenn er auch nur ansatzweise wie Papa war, dann würde er nichts von Tarot halten. Ich durfte nicht noch mehr Aufsehen erregen. Je mehr Leute Wind davon bekamen, dass ich herumschnüffelte, desto schwieriger würde es werden, an Informationen zu kommen. Außerdem hatte ich gerade genug Probleme, auch ohne erwischt zu werden. Ich konnte niemandem vertrauen.

Die Sekunden vergingen, und kein weiteres Geräusch war zu hören. Hatte ich mir die Schritte bloß eingebildet? Genau wie das eben auf dem Dachboden? Verlor ich langsam, aber sicher den Verstand? Oder lag es an meinem Schlafmangel?

Zu wenig Schlaf führte zu Halluzinationen, oder?

Ich schüttelte den Kopf. Daran glaubte ich nicht. Außerdem vertraute ich mir. Mit diesen Leuten stimmte etwas nicht. Es kam mir fast so vor, als würden sie mich verhöhnen. Ich musste schleunigst zurück in mein Zimmer und meine Gedanken ordnen. Bevor ich den Dachboden verlassen hatte, hatte ich all meinen Mut zusammengenommen und bewaffnet mit meiner Handytaschenlampe jeden staubigen Zentimeter unter die Lupe genommen. Ich hatte nichts Ungewöhnliches entdeckt, mal abgesehen vom viel zu gesunden Farn. Trotzdem hatte ich mich erst wieder auf den Weg nach unten gemacht, nachdem ich mir Notizen zu dem Erlebten gemacht hatte. Es war viel mehr Zeit dabei vergangen, als ich geplant hatte, denn ich hatte jedes einzelne Detail aufgeschrieben. Wenn ich einfach schlafen gegangen wäre, hätte ich morgen alles als Traum abgetan.

Irgendwas stimmte nicht mit diesen Schauspielern. Die Frage war nur, ob es lediglich eine Ablenkung für mich war oder irgendwie mit Papa zusammenhing.

Vorsichtig lehnte ich mich nach vorn und wagte einen Blick um die Ecke. Die Schritte waren verklungen. Mich trennten nur noch schätzungsweise zehn Meter von meinem Zimmer.

Ich zählte stumm bis zehn, dann gab ich mir einen Ruck.

Und genau in dem Moment, in dem ich losschleichen wollte, erklang ein Räuspern. Ich zuckte so heftig zusammen, dass die Karten aus dem Seidentuch rutschten, meinen Händen entglitten und auf den Teppichboden flatterten.

»Hinter dir«, erklang eine samtweiche Stimme mit einem Hauch von Ironie.

Ich fuhr herum. Nur zwei Meter von mir entfernt stand eine dunkle Gestalt, die sich jetzt herunterbeugte und nach den Karten griff. Lange Finger waren zu sehen, dann ein schwarzer

Lockenschopf und schließlich dunkle tiefliegende Augen, als er sich aufrichtete. Sie durchbohrten mich geradezu. Glühende Kohlestücke.

Ein junger Mann, gut anderthalb Köpfe größer als ich, ziemlich schmal gebaut. Er konnte kaum ein paar Jahre älter als ich sein. Sein Gesicht war glatt, und um die Augen herum waren keine Falten zu sehen. Er trug ein dunkles, an den Ärmeln mehrfach umgekrempeltes Hemd, das er in eine weite Stoffhose gesteckt hatte, dazu spitze Lackschuhe.

Definitiv ein Gast. Und definitiv einer, dem ich noch nie begegnet war. An seinen Anblick würde ich mich erinnern, da war ich mir sicher.

Die beinahe schulterlangen Haare umrahmten sein markantes Gesicht. Er hatte dunkle Wimpern, die Schatten auf die ausgeprägten Wangenknochen warfen, während er erst die Karten zwischen seinen riesigen Händen, dann mich mit schräg gelegtem Kopf musterte. Seine Unterlippe war voller als die obere, und die schmale Nase einen Tick schief. Ich wusste nicht genau, woran es lag, aber er hatte eins dieser Gesichter, das man überall wiedererkennen würde. Er sah gut aus, doch daran lag es nicht. Irgendetwas an ihm ließ mich innehalten. Lag es an den ausdrucksstarken Augen? An der Art, wie sie mich gefangen zu nehmen schienen?

Seine Lippen teilten sich, und er streckte mir die Karten entgegen. »Bitte schön.«

»Danke.«

Ich wickelte die Karten in das Seidentuch und umklammerte das Bündel, als wäre ich Tage, nicht wenige Sekunden von ihnen getrennt gewesen.

So, und jetzt würde ich mich schleunigst aus dem Staub machen, bevor er auf die Idee kam, blöde Fragen zu stellen, oder sich mein Gesicht einprägte.

»Also, schönen Abend noch ...« Ich wandte mich zum Gehen.

»Du hast noch nicht geweint, oder?«

Ich starrte ihn an.

Die Sekunden vergingen, ohne dass einer von uns beiden etwas sagte. Er musterte mich nur unaufhörlich mit diesem beschissen intensiven Blick, als wollte er in meine Seele schauen. Und als würde es ihm tatsächlich gelingen.

»Was?«, brachte ich schließlich hervor.

»Du hast ihn noch nicht zugelassen«, sagte er ganz leise. Diesmal war es keine Frage. »Den Schmerz, meine ich.«

Er kam mir weder verrückt noch betrunken vor, also gab es nur eine Erklärung für sein Verhalten.

»Bist du auch ein Bekannter von Greta?«

»Greta?«, echote er mit zusammengezogenen Brauen.

»Oder Lucia, Deluna, Magnus?«, zählte ich auf.

Oh Gott, am Ende gehörte er auch zu den Schauspielern und wollte mir einen weiteren Streich spielen.

Die Verwirrung auf seinem Gesicht nahm zu, und er schüttelte den Kopf. »Tut mir leid.«

»Dann verwechselst du mich wohl.«

»Das glaube ich kaum«, erwiderte er, so sanft, dass es mir eine Gänsehaut über den Rücken jagte. Seine Lippen verzogen sich zu einem traurigen Lächeln, während er mir eine Hand hinstreckte.

»Giulietta, richtig?«

Mein Magen machte einen Satz. Ich rührte mich nicht. »Woher kennst du meinen Namen?«

Schulterzuckend ließ er die Hand wieder sinken. »Du bist die Nichte des Hoteldirektors. Jeder kennt deinen Namen.«

Seine Worte von eben schienen von allen Seiten auf mich zuzufliegen und mich an Ort und Stelle zu fesseln.

Du hast es noch nicht zugelassen. Den Schmerz.

Was bildete er sich ein?

Meine Augenbrauen wanderten in die Höhe. »Und du bist?« Meine Stimme klang hart und kalt.

»Malvolio.«

»Aha. Und du denkst, du kannst ein Urteil über mein Gefühlsleben fällen, weil …?«

Den Rest des Satzes ließ ich zwischen uns in der Luft hängen. Ich hatte wirklich keine Ahnung, wieso ich immer noch hier stand und dieses Gespräch führte.

»Das sollte kein Urteil sein. Nur eine Vermutung.«

Diese Ruhe in seiner Stimme! Als wollte er um jeden Preis verhindern, mich zu verschrecken.

»Du kennst mich nicht«, zischte ich.

Sein Lächeln erlosch. »Ich wurde mit Sehkraft gesegnet.«

Mir reichte es.

»Und tschüss.«

Mit diesen Worten drehte ich mich um und begann, auf mein Zimmer zuzulaufen.

In wenigen Sekunden befand er sich schon neben mir.

»Bitte entschuldige«, flüsterte er. »Das war unhöflich von mir.«

»Es ist mitten in der Nacht«, gab ich zurück, ohne den Zorn in meiner Stimme zu verbergen. »Und ich würde gerne schlafen.«

Ich verlangsamte meine Schritte. War es wirklich so schlau, ihn wissen zu lassen, in welchem Zimmer ich schlief?

Andererseits – wenn Deluna und Lucia das schon herausgefunden hatten, war es wahrscheinlich nicht allzu schwer …

»Wollen wir unser Gespräch lieber bei Tageslicht fortführen?«

Ich sah ihn nicht an, doch ich hörte das Lächeln in seiner Stimme heraus, was mich nur noch wütender machte.

»Nein danke.«

»Es tut mir leid, was mit deinem Vater passiert ist«, setzte er nach, diesmal wieder todernst.

Ich seufzte tief. »Diesen Satz habe ich heute einmal zu oft gehört.«

»Er ist besonders nervtötend, wenn er von Menschen kommt, die nicht wissen, wovon sie sprechen, nicht wahr?«

Unwillkürlich blieb ich stehen und sah ihn an. »Was. Willst. Du. Von. Mir?«

Er zwirbelte sich die Haare mit beiden Händen nach hinten und wirkte plötzlich unangenehm berührt. Sein Blick huschte hinter mich, zu den Gemälden an der Wand, dann zum Marmorboden, bloß nicht zu meinem Gesicht.

»Um ehrlich zu sein, ist mir einfach langweilig. Ich suche schon seit Tagen nach jemandem, der mit mir Gondel fährt.«

»Sag mal, willst du mich verarschen?«

Unsere Blicke trafen sich. Seine Mundwinkel zuckten.

»Ich bin nur wirklich schlecht in diesen Dingen.«

»In was denn, bitte? Nachts durch die Hotelgänge schleichen und Leute belästigen?«

»Jemandem den Hof machen.« Abrupt trat er einen Schritt zurück. »Es war niemals meine Absicht, dich zu belästigen.«

Ein Lachen entwich mir. Ich konnte mich nicht dagegen wehren. Diese Nacht war einfach zu verrückt gewesen.

»Du gehörst auch zu den Irren in der ersten Etage, habe ich recht?«

Ein Funkeln erschien in seinen dunklen Augen. Er wies mit dem Kinn in Richtung Decke. »Ich habe ein Zimmer in der dritten. Aber mir sind die Schauspieler dort unten bereits aufgefallen. Sie benehmen sich irgendwie seltsam, oder?«

Das kannst du laut sagen.

Das Bedürfnis, mit jemandem darüber zu sprechen, herauszufinden, ob sie auch ihn schon mit ihren Tricks hinters Licht geführt hatten, war groß, doch mein Misstrauen war größer.

»Wenn du ein Zimmer in der dritten Etage hast, was machst du dann um diese Uhrzeit in der zweiten?«, fragte ich und umklammerte die Karten noch ein bisschen fester.

»Meine Zimmernachbarn bestehen aus einer vierköpfigen Familie mit Kleinkindern – wenn ich die während meiner Streifzüge aufwecke, ist da oben die Hölle los – und einer älteren Dame, für die nichts wichtiger ist als ihr Schönheitsschlaf. Sie ist ohnehin schon nicht besonders gut auf mich zu sprechen. Ich wollte also herausfinden, ob diese Etage entspannter ist.« Er warf ein paar verstohlene Blicke nach rechts und links. »Und ich muss zugeben, ich habe dich bereits gesehen und von dir gehört. Ich wusste, dass sich dein Zimmer auf diesem Stockwerk befindet und wollte mein Glück versuchen.«

Okay, du stellst mir also nach. Hervorragend. Soll dich dieses Geständnis in meinen Augen sympathischer machen? Glaubst du, ich finde das romantisch? Bei wie vielen hat diese Masche schon funktioniert?

Das war es, was ich ihm entgegenfauchen wollte. Doch in diesem Moment trat er einen Schritt auf mich zu und hob eine dunkle Braue.

»Was ist mit dir, Giulietta Visconti? Wieso treibst du dich mitten in der Nacht hier rum?« Lächelnd wies er auf die Karten in meinen Händen. »Gibt es hier im Grand Hotel heimliche Glückspielabende, von denen ich wissen sollte? Ich bin ein Meister in Scopa.«

Es dauerte einen Augenblick, bis ich verstand, worauf er hinauswollte.

»Das sind keine Spielkarten«, antwortete ich kühl. Ohne ihn näher zu kennen, war ich mir sicher, dass er einer der Menschen war, die sich garantiert nichts aus Tarot machten, sondern mich dafür mindestens belächelten. »Und es geht dich nichts an, was ich getan habe.«

Sein Lächeln wurde breiter. Er beugte sich ein bisschen vor und linste auf das Seidentuch, womit ich die Karten umwickelt hatte. »Tarot?«, wisperte er ehrfürchtig.

Langsam wurde es echt unheimlich, wie viele Menschen sich hier mit den Karten auskannten oder schon einmal davon gehört hatten. Wäre ich doch früher in diese Stadt gekommen ...

Komme, was wolle, halte dich von Venedig und Tarotkarten fern.

Papas Stimme in meinem Kopf war nun voller Wut. Verständlich. Ich tat genau das Gegenteil von dem, was er von mir wollte. Und jetzt stand ich auch noch nachts mit einem Wildfremden hier rum, anstatt in mein Zimmer zurückzukehren ...

Egal wie groß Papas Wut war, gegen meine Wut war sie nichts. Jahrelanges Schweigen über seine Familie, und dann log er mich an und verschwand einfach. Ließ mich mit all den unbeantworteten Fragen allein.

Ich zwang mich, mein Gegenüber zu fokussieren. »Damit kennst *du* dich aus?«, gab ich zurück und machte keinen Hehl daraus, was ich von ihm hielt. Er war ungefähr in meinem Alter. Wenn er nicht zu den Schauspielern gehörte, bedeutete das, er besaß einen Haufen Kohle. Beziehungsweise seine Familie. Und jetzt wollte er mir weismachen, er kannte sich mit Tarot aus?

»Ich habe ein Kartendeck in meiner Suite«, sagte er und legte den Kopf schief. Betrachtete mich, als hätte er in seinem Leben nichts Faszinierenderes gesehen. »Soll ich es holen?«

Ich schnaubte. »Ja, genau.«

Mein Blick huschte zu meiner Zimmertür. Und obwohl es so leicht gewesen wäre, ihm erneut den Rücken zuzuwenden und einfach schlafen zu gehen, rührte ich mich nicht von der Stelle.

Egal wie nervtötend er war, die Alternative war die drückende Stille meines Zimmers. Die Einsamkeit. Die Wut. Die Schlaflosigkeit. Nur meine Gedanken und ich.

»Du wohnst hier ganz allein?«, fuhr ich fort und musterte ihn mit voller Absicht kritisch von oben bis unten.

Er nickte. »Ich versuche, regelmäßig für den Karneval herzukommen. Die letzten Jahre hat es nicht geklappt, deshalb bin ich umso glücklicher, dass die Fügungen des Schicksals meinen Traum diesmal erfüllt haben.«

Die Fügungen des Schicksals. Versuchte er, sich über mich lustig zu machen?

»Und da dachtest du, du steigst in einem Luxushotel ab?«, höhnte ich. Bis zum Karneval waren es noch einige Tage, und die Zimmerpreise waren exorbitant.

»Du wohnst doch auch hier«, sagte er.

»Ich zahle nicht dafür.«

Er verschränkte die Arme vor der Brust. »Woher weißt du, dass *ich* dafür zahle? Verurteilst du Menschen immer so vorschnell?«

»Meine Menschenkenntnis hat mich bisher noch nie im Stich gelassen«, schoss ich zurück, obwohl seine Worte mich nicht kaltließen.

Du musst den Menschen mehr Chancen geben, tesoro. Speranzas sorgenvolle Stimme erklang aus meiner Erinnerung. *Du kannst nicht auf den ersten Blick entscheiden, dass sie dir etwas Böses wollen und sie dann für immer abschreiben. Du brauchst Gleichaltrige um dich herum. Und du darfst sie nicht alle mit Lorenzo vergleichen. Gegen die Liebe deines Vaters können sie nie ankommen.*

»Für alles gibt es ein erstes Mal«, flüsterte er, dann trat er wieder einen Schritt zurück. »Ich möchte dich ungern weiter stören. Falls du es dir anders überlegst – ich warte morgen zum

Sonnenuntergang vor dem Hoteleingang am Canal Grande. Ich würde mich freuen, wenn du mitkommst.«

Überrascht sah ich zu ihm auf.

»Dann können wir uns ja auf dem Wasser in Ruhe darüber unterhalten, wie wir beide zu Tarot stehen«, fuhr er fort. »Oder einfach die Farben des Himmels genießen.« Es sah beinahe aus, als würde Röte in seine Wangen steigen, doch sicher sein konnte ich mir nicht, denn er wandte sich von mir ab, nachdem er mir hastig eine gute Nacht wünschte.

Er ging ein paar Schritte in Richtung der großen Treppe, die nach oben führte, dann drehte er sich noch einmal nach mir um.

Seine dunklen Haare lösten sich aus dem Knoten und fielen ihm um das Gesicht. Sein Blick brannte sich in meinen. »Wo auch immer er sein mag«, raunte er. »Er kann dich vermutlich genauso wenig loslassen wie du ihn.«

KAPITEL 8

Das Gegenteil von Seelenfrieden

Der dicke Kaffeestrahl lief in das Kännchen und füllte die Luft mit dem unwiderstehlichen Geruch nach Espresso. Es war mein dritter des Tages, und es war eine wahre Herausforderung gewesen, den alten Gasherd in dem kleinen Serviceraum im Erdgeschoss anzuschmeißen. Dennoch keine so große Herausforderung, wie meine Augen offen zu halten. Ich hätte mir auch in der Großküche an der gigantischen Siebträgermaschine meinen Koffeinschub holen können, doch ich hing an dem nostalgischen Espressokocher. Ich liebte den Prozess, ich liebte den Geschmack von leicht verbranntem Kaffeepulver und ich liebte es, dass er so kochend heiß war. Außerdem war die Crema unschlagbar. Da konnte mir Davide, einer der Küchenlehrlinge und der gesprächigste meiner heutigen Arbeitskollegen, noch so oft widersprechen.

Den Vormittag hatte ich damit verbracht, den Zimmermädchen und -jungs dabei zu helfen, die Suites in der zweiten und dritten Etage zu putzen und aufzuräumen. Mein eigenes hatte ich selbst übernommen, auch wenn ich nicht gerade ein Händchen fürs Bettmachen hatte. Denn es wäre mir maximal unangenehm gewesen, das jemand anderem zu überlassen. Besonders gespannt war ich auf die dritte Etage – ich hatte nach Hinweisen gesucht, welches Malvolios Zimmer sein könnte. Ohne Erfolg. Seine Worte hatten mich bis in meine wirren Träume verfolgt. Immerhin hatten sie mich von den seltsamen Ereignissen zuvor abgelenkt. Ich hatte keine vier Stunden geschlafen, als ich für den Beginn meiner Arbeitsschicht geweckt worden war. Im ersten Moment hatte ich mich selbst dafür verflucht, dass ich mich dafür einteilen lassen hatte, doch sobald sich Papas Gesicht wieder in mein Bewusstsein schob, war ich aufgestanden und hatte mich blitzschnell fertig gemacht. Tagsüber hatte ich alles unter Kontrolle, aber die Taubheit begleitete mich nicht über die Schwelle zu meinen Träumen. Der Gefühlscocktail aus Schmerz, Wut und Verzweiflung hatte mich die ganze Nacht heimgesucht, auch wenn ich mich nicht an Details erinnerte. Ablenkung war gerade alles, was mich retten konnte. Also hatte ich gearbeitet und mal wieder versucht, die Mitarbeiter in Gespräche zu verwickeln.

Die wenigen unbefriedigenden Infos, die ich herausbekommen hatte: Für alle war es eine große Ehre, hier zu arbeiten. Niemand hatte direkte Bekanntschaft mit den Schauspielern aus der ersten Etage gemacht. Und nein, sie wussten auch nicht, ob mein Vater vor seinem Tod im Hotel gewesen war. Ja, sie glaubten, Greta war immer noch krankgemeldet, jedenfalls hatten sie sie heute noch nicht gesehen.

Ich war aber auch wirklich nicht in Top-Recherche-Form. Wenn ich nicht gerade damit beschäftigt war, hektisch zu blinzeln, um mich wach zu halten, musste ich an Malvolio denken. Und an die Dinge, die ich mir auf dem Dachboden eingebildet hatte. Außerdem war die Arbeit im Hotel wirklich kein Zuckerschlecken. Ich war froh um meine bequemen Schuhe.

Das Blubbern des Espressokochers riss mich aus meinen

Gedanken. Hastig nahm ich ihn vom Herd und drehte das Gas ab. Ich schnappte mir die goldweiße Espressotasse mit dem vergilbten Hotellogo, die ich hier in dem kleinen Schrank über dem Herd gefunden hatte, und goss mein persönliches Lebenselixier hinein. Eine Kaffeetasse mit meinem Nachnamen drauf. Ich schüttelte den Kopf. Verkehrte Welt.

In dem Augenblick ertönte ein leises Klopfen. Bevor ich die Chance bekam, etwas zu sagen, wurde die Tür schon aufgestoßen.

Mit der Tasse in der Hand drehte ich mich um.

Vor mir stand Greta. Eine bis über beide Ohren strahlende Greta. Die rotblonden Haare waren kunstvoll hochgesteckt, sie trug ihre dunkelrot-weiße Arbeitsuniform und ihr Lächeln wirkte so echt, dass ich es unwillkürlich erwidern musste.

»Giulietta!« Sie beugte sich vor, um mir einen Kuss auf die Wange und eine Keksdose, die ich jetzt erst bemerkte, in die freie Hand zu drücken. »Davide hat gesagt, dass ich dich hier finden würde. Wie geht es dir? Wie läuft dein zweiter Arbeitstag?« Grinsend wies sie auf mein Outfit. »Steht dir super.«

»Alles gut.« Mein Lächeln schwand. »Aber wie geht es *dir*?« Ich senkte den Blick auf die Dose. »Und was ist das?«

»Crema Fritta. Selbst gemacht. Es sind noch ein paar Tage bis zum Karneval, da werden sie hier in Venedig besonders gern gegessen, aber sie sind meine liebste Nachspeise und ich wollte mich bei dir bedanken. Weil du so nett zu mir warst.«

»Keine Ursache.« Ich musterte sie durchdringend. Sie sah wirklich gut aus. Mehr als gut. Man könnte meinen, dass sie sich gestern einen Wellness-Tag gegönnt hatte. »Wie geht's dir, Greta?«, wiederholte ich, diesmal nachdrücklicher.

»Gut.« Ihr Lächeln wurde breiter. »Wirklich, wirklich gut. Du musst dir keine Sorgen mehr machen. Ich habe mich um alles gekümmert, und die Sache ist erledigt.«

War sie zum Arzt gegangen? Zur Polizei? Hatte sie meinem Onkel von dem Vorfall erzählt?

»Was meinst du damit?«, fragte ich vorsichtig.

Sie machte eine wegwerfende Handbewegung. »Lass uns nicht mehr darüber sprechen. Ich würde jetzt einfach gerne Gras über die Sache wachsen lassen und weitermachen wie bisher.« Sie wies auf die Tasse in meiner Hand. »Ist davon noch was übrig? Den trink ich auch am liebsten so. Und je stärker er ist, desto besser passt er zu unserem Dessert.« Sie warf einen Blick auf ihre silberne Armbanduhr. »Ich habe noch zehn Minuten Pause. Du auch?«

Ich nickte und runzelte die Stirn. »Du bist schon seit heute Morgen hier?«

»Jep«, erwiderte sie fröhlich und quetschte sich an mir vorbei, um sich eine weitere Tasse aus dem Schrank zu holen. »Ich habe in der ersten Etage die Zimmer hergerichtet, deshalb haben wir uns wohl verpasst.«

»Du ... du arbeitest ganz normal weiter?« Im letzten Moment hielt ich mich davon ab, den Rest des Satzes auszusprechen: *und dann auch noch in der ersten Etage*?!

»Giulietta.« Sie griff nach meinem Handgelenk und lächelte jetzt nachsichtig. »Ich verstehe, dass du dir Sorgen macht, und es ehrt dich sehr, da du mich überhaupt nicht kennst, aber mir geht es gut. Bitte akzeptier das. Ich möchte nicht mehr darüber reden.«

Sofort nickte ich. Es war ihr gutes Recht, mit der Situation umzugehen, wie es für sie am erträglichsten war. »In Ordnung. Sorry, ich wollte dich nicht zusätzlich stressen. Falls du jemals das Bedürfnis hast, darüber zu sprechen, bin ich hier.«

»Ich habe keinen Stress!« Sie zwinkerte mir zu, ehe sie den Rest des Kaffees in die Tasse goss und ihre dann in die Höhe hielt. »Auf das Leben!«

Die Worte hatten einen bitteren Beigeschmack. Nicht nur, weil ich ihr die gute Laune nicht abnahm, sondern weil es mir auch etwas ironisch vorkam, dass sie mit der Tochter des kürzlich Verstorbenen auf das Leben anstoßen wollte. Aber ich hielt die Klappe und trank meinen Kaffee. Nur ein Lächeln konnte ich mir nicht mehr abringen.

Greta nahm mir die Dose aus der Hand, öffnete sie und hielt sie mir unter die Nase. »Hast du die schon mal probiert?«

Ich betrachtet die frittierten viereckigen Puddingstücke.

»Mein Vater hat sie oft gemacht.« Ich nahm mir eins und biss hinein. Bestimmt schmeckte es köstlich, doch mit einem Mal war ich wieder so taub, dass ich genauso gut Pappe hätte essen können. Auch den Kaffee schmeckte ich nicht mehr.

Betretenes Schweigen breitete sich zwischen uns aus.

»Sag mal, wieso hast du den Schauspielerinnen von mir erzählt?«, fragte ich irgendwann, als ich das Mitleid auf ihrem Gesicht nicht mehr ertrug. »Lucia und Deluna?«

Sie riss die Augen auf. »War das blöd von mir? Sorry! Ich unterhalte mich nur gerne mit den beiden, sie sind ziemlich lustig, und du kamst im Gespräch auf. Sie fanden dich besonders interessant, weil du Tarotkarten legst. Ich habe nur Gutes erzählt, das schwöre ich!«

»Schon gut.«

»Waren sie unfreundlich zu dir? Oder aufdringlich?«

Nee, sie haben mir bloß das Gefühl gegeben, völlig irre zu sein, weil in ihrer Anwesenheit echt seltsame Dinge geschehen sind.

Ich schüttelte den Kopf. »Was sind das denn genau für Leute? Kennst du sie näher? Mein Onkel hat mir gesagt, ich soll mich von ihnen fernhalten, weil sie so speziell sind und so viele Extrawünsche haben. Da soll sich lieber erfahreneres Personal um sie kümmern. So hat es sich jedenfalls für mich angehört.«

Greta nahm einen großen Schluck Kaffee. »Sie sind eigentlich ziemlich lustig. Uns wurde auch gesagt, dass du dich von ihnen fernhalten sollst.«

»Wie meinst du das?«

Sie zuckte mit den Schultern. »Anweisung von oben. Riccardo Esposito meinte im Team-Meeting nach deiner Ankunft, wir sollen dich in andere Aufgabenfelder einspannen, damit du nichts mit der ersten Etage zu tun hast. Aber ganz ehrlich, ich finde das schon etwas übertrieben. Klar, ich habe schon zuvor in einem Hotelbetrieb gearbeitet, aber *so* schwer ist es nun auch wieder nicht, gute Arbeit zu leisten. Du hast ja immer jemanden dabei, der dir hilft. Und es gibt genug Mitarbeiterinnen, die erst vor Kurzem dazugestoßen sind und kaum mehr Erfahrung als du haben – wieso müssen wir die nicht von der ersten Etage fernhalten?« Sie steckte sich ein Gebäckstück in den Mund, kaute und schluckte hastig. »Außerdem verstehe ich nicht, wieso so ein Wirbel um die Schauspieler gemacht wird. Manche sind seltsam und verschroben, aber andere wie Lucia und Deluna superlieb. Ganz normale Gäste eben.« Ein Kichern entwich ihr. »Na ja, wenn man in solch einem Hotel von normalen Gästen sprechen kann.«

Mein Herz klopfte schneller. Zwei Fragen hatten sich herauskristallisiert, während ich ihren Worten gelauscht hatte.

Erst die unproblematische stellen.

»Das ganze Mitarbeiterteam besteht irgendwie aus neuen Leuten, oder?«, fragte ich so locker und beiläufig wie nur möglich.

Greta nickte und leckte sich die Lippen, auf denen ein paar Zuckerkörner kleben geblieben waren. »Darüber haben wir auch schon geredet. Vor ein paar Monaten wurden wohl fast alle Stellen neu besetzt. Ziemlich ungewöhnlich. Vor allem, wenn es keinen Chefwechsel gibt. Aber ich will mich nicht beschweren –

nur so bin ich überhaupt erst an den Job gekommen. In solch einem schicken Etablissement werden nicht so häufig neue Stellen frei, weißt du. Die Bezahlung ist sehr großzügig, und für den Lebenslauf ist die Arbeit auch ein echtes Geschenk.«

In der Tat ziemlich ungewöhnlich.

Deshalb gab es auch niemanden, der mir mehr über die Vergangenheit meiner Familie erzählen konnte. Welchen Grund konnte es dafür geben, dass man so viele neue Leute einstellte? Das war wohl kaum ein Zufall. Es wirkte fast, als wollte man etwas vertuschen.

Eine Option wäre es, alte Mitarbeiter aufzusuchen und sie zu befragen. Wenn sie abrupt gekündigt worden waren, hätten sie vielleicht eine gute Motivation, mir schmutzige Details aus dem Arbeitsalltag im Grand Hotel zu erzählen ...

»Du bist ziemlich neugierig, was?« Greta lächelte.

Neugierde trifft es nicht ganz. Eher Verzweiflung.

»Ich würde gerne mehr über meinen Vater wissen«, sagte ich leise. »Das ist alles.«

Sofort wurde ihr Lächeln verständnisvoll. »Klar, so würde es mir auch gehen!« Ihr Blick wanderte an mir vorbei, und es wirkte, als würde sie einen Punkt in weiter Ferne fixieren. »Du könntest Davide fragen«, murmelte sie dann. »Er hat mal erwähnt, dass sein Großvater hier als Koch gearbeitet hat. Das muss vor zwanzig Jahren gewesen sein. Und Davide ist bestimmt nicht abgeneigt, mit dir zu reden. Außerdem war er beim letzten Team-Meeting krank und hat sich nicht die Rede darüber angehört, dass wir dich vor allem abschirmen müssen.«

Vor allem abschirmen.

Das konnte nett gemeint sein. Oder es bedeutete, dass mein Onkel etwas vor mir versteckte. Kamen wir also zu Frage Nummer zwei.

»Jetzt mal unter uns, Greta«, flüsterte ich verschwörerisch

und beugte mich etwas näher zu ihr. »Kommt es dir auch ein bisschen so vor, als würde mein Onkel wollen, dass ich mich nicht allzu sehr in die Geschehnisse hier einmische?«

Unmittelbar trat ein zweifelnder Ausdruck in ihre Augen. Verdammt, ich war zu weit gegangen. Sie vertraute mir zwar, weil ich bei ihrem Tiefpunkt dabei gewesen war und ihr geholfen hatte, aber ich erinnerte mich auch an ihre völlig verzweifelten Worte: *Bitte erzähl niemandem was, ich brauche den Job. Wenn sie mich rauswerfen, bin ich erledigt.*

»Ehrlich gesagt klang es eher so, als würde Signor Visconti dich vor unnötigem Schmerz bewahren wollen«, sagte sie mit fester Stimme. »Uns wurde gesagt, dass du einen schweren Schock erlitten hast und trauerst – dass dies der Grund ist, wieso wir dich nicht unnötig belasten sollen. Dass wir dich von der ersten Etage fernhalten sollen, ist vielleicht seltsam, aber wahrscheinlich auch nur lieb gemeint. Du sollst dich nicht mit unfreundlichen Gästen rumschlagen. Ich glaube, er will dich nur beschützen und es dir so angenehm wie möglich machen.«

Wollte er mich so beschützen, wie Papa mich all die Jahre beschützt hatte? Mit Geheimnissen und Stille?

Halte dich von Venedig und Tarotkarten fern.

Halte dich von der ersten Etage fern.

Obwohl ich am liebsten geschrien hätte, zwang ich mich zu einem Nicken. »Danke. Das klingt sinnvoll.«

Sie stellte die Kaffeetasse hinter uns neben dem Herd ab, dann veränderte sich ihr Blick plötzlich erneut. Als sie sprach, klang ihre Stimme weich. »Ich hab dir noch gar nicht gesagt, wie leid es mir –«

»Und genau deshalb bin ich dir so dankbar«, fiel ich ihr ins Wort.

Sie blinzelte. Für den Bruchteil einer Sekunde wollte ich meine Worte zurücknehmen. Beklemmung mischte sich in ihre

Miene, doch sie hatte sich schnell wieder unter Kontrolle. »Ich glaube, unsere Pause ist vorbei.«

Sie drückte mir die Dose in die Hand und trat einen Schritt zurück. »Wir sehen uns, ja?« Mit diesen Worten drehte sie sich um und verließ den Raum.

Ich starrte noch etliche Sekunden auf die Tür, die hinter ihr zugefallen war. Auf der einen Seite wollte ich ihr hinterherrennen, sie bei den Schultern packen und sie zwingen, über ihre Gefühle zu reden, auf der anderen wusste ich genau, wie es sich anfühlte, wenn man nicht mit einem bestimmten Thema konfrontiert werden wollte. Sie würde mit mir reden, wenn sie bereit war. Und in der Zwischenzeit musste ich meine Nachforschungen fortsetzen. Es war an der Zeit, endlich die Zügel an mich zu reißen.

Zunächst wählte ich die Nummer der lokalen Polizeistelle, nannte meinen Namen und forderte Neuigkeiten zum Fall meines Vaters. Ich wollte nicht darauf warten, dass mein Onkel sich bei mir meldete – ich hatte ihn den ganzen Tag nicht gesehen und auf Nachfrage hin erfahren, dass er »wichtige Termine außerhalb des Hotels« hatte. Meine Geduld war am Ende. Mir wurde kurz angebunden und ziemlich unfreundlich mitgeteilt, dass sie nicht befugt waren, mit mir über ein laufendes Verfahren zu sprechen, und noch während ich meine nächste Frage stellte, wurde das Telefonat unterbrochen.

Ich spülte meinen Frust mit dem restlichen Espresso runter und schwor mir, mich heute nicht unterkriegen zu lassen, egal wie viele Hindernisse mir in den Weg gelegt wurden.

Als ich den Raum verließ, entdeckte ich auf dem schmalen Flur, der zur Waschküche führte, einen ziemlich gestresst wirkenden Riccardo Esposito mit zwei jungen Frauen in Hoteluniform im Schlepptau, die beide hochrote Köpfe hatten. Allem Anschein nach war er gerade dabei, sie zur Schnecke zu machen. Aus der Entfernung schnappte ich Gesprächsfetzen wie »eine Schande«, »Ansehen« und »Bettwäsche« auf, doch er verstummte, als sein Blick auf mich traf.

»Giulietta«, begrüßte er mich in völlig verändertem Tonfall. »Wie geht es dir?«

»Sehr gut, danke.« Schnell! Chance nutzen. »Wäre es möglich, für den Rest meiner Schicht in der Küche zu arbeiten?« Ich setzte eine möglichst leidende Miene auf. »Ich finde das Aufräumen der Hotelzimmer schrecklich mühsam.«

Die Blicke der beiden Frauen wechselten in Sekundenschnelle von peinlich berührt zu ungläubig und dann zu feindselig. Kein Wunder. Aus ihrer Sicht fände ich mich auch unausstehlich. Doch ich hatte eine Spur zu verfolgen, und das hier war der beste Weg.

Signor Esposito lächelte müde. »Aber natürlich. Du kennst den Weg?«

Ich nickte. »Vielen Dank.«

In der Küche wurde ich von Davide in Empfang genommen. Er war genauso alt wie ich und schien weniger zurückhaltend als die anderen zu sein. Da er aus einem kleinen Dorf in Kalabrien stammte und zum ersten Mal weit weg von zu Hause war, hatten wir bereits eine Gemeinsamkeit. Außerdem schien er meine Anwesenheit tatsächlich zu genießen, und auch über meinen Vater hatte er noch kein einziges Wort verloren. Man hätte fast meinen können, er wüsste nicht, dass ich die Nichte des Hoteldirektors war.

Er strahlte mich an, wobei mir die Lücke zwischen seinen beiden Vorderzahnen auffiel, band mir eine Schürze mit aufgenähtem Hotel-Logo um und beugte sich von hinten nah an mein Ohr.

»Die beiden Souschefs haben richtig schlechte Laune«, teilte er mir flüsternd mit und deutete unauffällig auf einen Mann und eine Frau mit Kochmützen schräg gegenüber von uns. Sie waren mir schon am Vortag flüchtig vorgestellt worden, aber ich hatte ihre Namen bereits vergessen. Die Abläufe in dieser Küche waren nicht mit meinem alten Restaurantjob zu vergleichen. Die Arbeitsfläche war insgesamt zweihundert Quadratmeter groß und in vier Bereiche aufgeteilt: Es gab den Gardemanager mit seinem Team, der für kalte Gerichte beziehungsweise die Vorspeisen zuständig war, dann den Entremetierbereich, in dem Beilagen und Suppen gekocht wurden, den Saucier für Fleischgerichte und Soßen, und die Patisserie, wo die Süßspeisen hergestellt wurden. Für diese vier Bereiche gab es vier Postenchefs. Wenn ich mich recht erinnerte, war die Souschefin, also eine der beiden Stellvertreter des Chefkochs, für den Saucierbereich zuständig, und der Souschef für die Patisserie. Davide war eigentlich Lehrling für die Patisserie, aber half zwischendurch auch als Springer, also als Junge für alles, aus.

»Der Chefkoch hat heute frei«, fuhr er fort. Sein Atem kitzelte mich im Nacken. »Und es gibt immer wieder Beschwerden von einem Gast im Restaurant. Sie oder er hat bisher die ersten zwei Gänge fast unberührt zurückgehen lassen. Einmal weil die Suppe angeblich versalzen, dann weil das Fleisch nicht durch war. Die zwei sind richtig angepisst. Erst wollten sie es aufs Team schieben und haben nur rumgebrüllt, aber dann wurde klar, dass dieser Gast nicht zufriedenzustellen ist. Das wirft natürlich trotzdem kein gutes Licht auf uns, wenn morgen der Chef zurückkommt und wir eine fette Beschwerde am Hals haben.«

»Geht's zufällig um einen Gast aus der ersten Etage?«, gab ich in der gleichen Lautstärke zurück.

Eine kurze Pause entstand.

»Woher weißt du das?« Er ließ von meiner Schürze ab. »Ich dachte, du arbeitest erst seit zwei Tagen hier.«

Ich drehte mich zu ihm um. »Hab nur geraten. Also stimmt es?«

Davide nickte und fuhr sich über seine kurzen schwarzen Haarstoppeln. »Man munkelt, dass er oder sie von Anfang an unzufrieden war, weil es keinen Seeteufel gibt. Diese Schauspieler sind ganz schön seltsam, oder? Niemand weiß, was genau sie machen, wieso sie schon so früh angereist sind, aber es wird ein Riesentamtam um sie gemacht ...«

Davide war definitiv der richtige Ansprechpartner, wenn ich an mehr Infos gelangen wollte.

Ich schenkte ihm ein breites Lächeln. »Wollen wir uns zusammen um den Abwasch kümmern? Dann entkommen wir dem Zorn der Souschefs und können ungestört plaudern.« Um meinen Worten Ausdruck zu verleihen, klimperte ich noch ein bisschen mit den Wimpern. Schaden konnte es nicht.

»Ich dachte, du fragst nie«, hauchte er voller Melodrama, dann hakte er sich bei mir unter und führte mich zu den gigantischen Spülmaschinen im Hinterraum.

»Weißt du, hinzu kommt, dass gerade sowieso große Anspannung im ganzen Hotel herrscht«, plapperte er leise weiter, während wir uns an die Arbeit machten und das dreckige Geschirr, das sich in der Spüle häufte, einräumten. »Der Bruder von Signor Visconti ist überraschend gestorben, nachdem die beiden jahrelang keinen Kontakt zueinander hatten, und jetzt fürchten alle um ihre Jobs. Es geht das Gerücht rum, dass er manchmal wahllos Leute kündigt, wenn er seine Stimmungen hat.«

Es dauerte einen Moment, bis ihm mein Blick und mein Schweigen auffiel.

»Was ist?« Seine Augenbrauen wanderten in die Höhe. »Sag

bloß, du hast nichts von dem Todesfall gehört? Klar, in den Zeitungen haben sie nichts davon gebracht, es ist kein Geheimnis, dass Visconti gute Kontakte zur Polizei und zur Presse in der Stadt hat und keine Lust auf das große Drama, für die Kundschaft ist es wohl auch nicht besonders gut, aber hier unter den Mitarbeitern ist es das Gesprächsthema Nummer eins. Davon musst du doch was mitbekommen haben!«

Hastig widmete ich mich wieder dem Geschirr. Mir bot sich gerade die perfekte Gelegenheit. Davide wusste tatsächlich nicht, wer ich war, was bedeutete, er würde auch nicht aufpassen, welche Infos er mit mir teilte. Für ihn war ich einfach eine ganz normale neue Mitarbeiterin.

»Ah, doch, jetzt, wo du's sagst«, murmelte ich. »Klar habe ich davon gehört. Aber was meinst du mit den Stimmungen von Visconti? Wie oft kam es schon vor, dass er einfach jemanden gekündigt hat?«

Davide schien erfreut, interessiertes Publikum für den Klatsch und Tratsch gefunden zu haben. »Ich kann dir nichts Genaues sagen, zumindest nicht aus erster Hand, ich bin ja auch nicht so viel länger hier als du, aber anscheinend gab es früher schon so einen Vorfall …«

»Früher?«, hakte ich nach, als er nicht weitersprach. »Wie viel früher?«

»Vor Jahrzehnten«, raunte er und warf einen Blick über seine Schulter, wohl um sich zu vergewissern, dass wir keine Zuhörer hatten. »Weißt du, mein Opa war damals hier Souschef. Er ist der Grund, wieso ich überhaupt hergekommen bin und mich hier beworben habe. Ich habe es geliebt, ihm bei der Arbeit zuzusehen und mir die Geschichten über Venedig und das Grand Hotel Visconti anzuhören. Anscheinend ging's damals rund. Es sind ziemlich seltsame Dinge geschehen, und dann gab es einen Mordfall auf dem Grundstück. Daran musste ich direkt denken, als ich davon gehört habe, dass der Bruder des Hoteldirektors gestorben ist. Anschließend wurde auch das gesamte Personal rausgeschmissen, einschließlich meines Opas. Und jetzt fühlt es sich an, als würde die Geschichte sich wiederholen … Unheimlich, oder? Man munkelt ja, dass es auch bei diesem Todesfall nicht mit rechten Dingen –«

Er verstummte abrupt, als Schritte hinter uns erklangen.

»Giulietta? Ich dachte mir, dass ich dich hier gesehen habe.«

Ich warf einen Blick zur Tür. Mein Herz klopfte wie verrückt, und meine Gedanken rasten. Es fühlte sich an, als hätte mir jemand einen Eiswasserkübel über den Kopf geleert.

Die Souschefin, deren Name mir entfallen war, stand dort und runzelte die Stirn, während sie von mir zu Davide und wieder zu mir sah.

»Mir wurde nicht gesagt, dass du heute bei uns aushilfst.«

»Es war eine spontane Entscheidung«, erklärte ich.

Sie rümpfte die Nase. »Gut. Nächstes Mal hätte ich gerne eine Ankündigung. Aber wenn du schon mal hier bist: Hast du deinen Onkel gesehen? Oder weißt du, ob er heute im Haus ist?«

Sofort spürte ich Davides Blick auf mir. Verdammt.

»Mir wurde gesagt, er hat Termine.« Damit verriet ich mich noch nicht, oder?

Sie nickte knapp. »Und er wünscht sich, dass seine Nichte in der Küche aushilft?«

»Es war mein persönlicher Wunsch«, sagte ich mit gequältem Lächeln. »Ich habe mich schon immer besonders für die Abläufe in der Küchenbrigade interessiert.«

Bitte, geh einfach, beschwor ich sie in Gedanken. *Ich bin so kurz davor, etwas Brauchbares zu erfahren. Versau's mir nicht.*

Sie zog ihre fein gezupften Brauen zusammen. »Na, dann hoffe ich, dass du etwas Brauchbares lernst.« Ihr Blick huschte zu Davide. »Dich brauche ich in zehn Minuten draußen.«

Aus den Augenwinkeln sah ich Davide nicken. Ich hielt die Luft an. Geschafft. *So, und jetzt hau ab und lass uns bitte, bitte endlich alleine, bevor er eins und eins zusammenzählt und –*

»Mein herzliches Beileid, Giulietta.«

Ach, fuck.

Mein Lächeln ähnelte inzwischen höchstwahrscheinlich eher einer Grimasse.

»Danke«, presste ich hervor.

»Ich kannte ihn nicht, aber wenn er seinem Bruder auch nur im Entferntesten ähnelte, dann bin ich mir sicher, dein Vater war ein großartiger Mensch.«

Mir blieb einfach nichts erspart. »Danke«, wiederholte ich, diesmal deutlich härter.

Sie verließ den Raum, aber das Unheil war schon angerichtet.

Ich wagte es nicht, in Davides Richtung zu schauen, während ich mit der Arbeit fortfuhr. Eine ganze Weile war nichts als das Fließen des Wassers und das Zischen des Wasserdampfs zu hören.

»Giulietta?«

Davides Stimme verriet mir nichts über seine Gedanken.

»Hm?«

»Wie lautet dein Nachname?«

Mit einem tiefen Seufzen schaute ich nun doch zu ihm. Er beobachtete mich mit einer Mischung aus Neugierde und Ehrfurcht.

»Bitte, erzähl einfach weiter«, wisperte ich.

»Wieso?« Er legte den Kopf schief und funkelte mich an. »Damit du mich bei deinem Onkel verpetzt und er einen Grund hat, mich rauszuwerfen? Deshalb hast du mich nicht darüber aufgeklärt, wer du bist, oder? Um für ihn zu spionieren?«

Nachdrücklich schüttelte ich den Kopf. »Ich schwöre, darum geht es nicht. Von mir wird er kein einziges Wort erfahren. Ich muss nur wissen, was mit meinem Vater passiert ist. Wie du gesagt hast – auch ich glaube nicht, dass es bei seinem Tod mit rechten Dingen zuging. Aber niemand hier möchte mit mir darüber reden. Es ist, als wären sie angewiesen worden, die Klappe zu halten!«

Die Sekunden vergingen, während Davide schwieg und meinem Blick auswich.

Wie sollte ich ihm begreiflich machen, dass ich absolut kein Interesse hatte, ihn bei meinem Onkel anzuschwärzen?

Ich wollte gerade einen versöhnlichen Ton anschlagen, da wurde meine Aufmerksamkeit auf etwas an der Tür gelenkt. Eine Bewegung. War die Souschefin zurück? Ein Schatten. Ein altrosa Farbtupfer. Ich blinzelte. Im nächsten Moment war schon nichts mehr zu sehen. Meine Augen spielten mir bestimmt nur einen Streich.

»Wieso sollte ich dir glauben?«, erklang Davides Stimme neben mir. Er stand mit dem Rücken zur Tür und bekam nichts davon mit. »Du hast mich gerade angelogen.«

»Nur, weil ich nicht riskieren wollte, dass du Informationen vor mir versteckst«, sagte ich. »Du hättest mir nie davon erzählt, wenn du gewusst hättest, dass ich Viscontis Nichte bin, oder?«

»Ich hab dir gar nichts erzählt«, gab er abweisend zurück.

»Aber du warst kurz davor. Wie wär's, wenn du mir sagst, was du im Gegenzug für die Informationen willst? Ich werde garantiert niemandem davon erzählen. Ich will einfach nur die Wahrheit wissen, Davide.«

Als ich seinen Namen aussprach, hob er den Kopf.

»Bitte.« Ich versuchte, all meine Verzweiflung und meine Hoffnung in dieses Wort zu legen. »Es ist wirklich wichtig für mich.«

Plötzlich veränderte sich seine Miene. »Na schön. Wenn du Hotelerbin bist, hast du bestimmt 'nen Haufen Kohle, was?«

Was für ein Idiot. Offenbar hatte ich ihn unterschätzt – er war nicht bloß gesprächig, er besaß auch eine gute Portion kriminelle Energie. Und falls er je Interesse an mir als Person gehabt hatte – er hatte mehr Interesse an meiner Stellung.

»Ich bin keine Hotelerbin«, teilte ich ihm trocken mit. Allerdings hatte ich gerade ein Haus geerbt, und Papas Konto war jetzt wohl meines. Es war so surreal, darüber nachzudenken, dass ich keinen Schmerz spürte. Außerdem beschützte mich die Taubheit. »Aber wenn ich dich bezahlen muss, damit du mit mir redest, dann werde ich das wohl tun.« Herausfordernd sah ich ihn an. »Nenn mir deinen Preis.«

»Hundert.«

Ich schnaubte. »Fünfzig.«

Jetzt grinste er. »Siebzig.«

Mir fehlte wirklich die Geduld für dieses Gespräch. »Einverstanden«, sagte ich. »Also raus mit der Sprache. Sag mir alles, was du weißt. Ich hole das Geld anschließend. Mein Portemonnaie befindet sich in meinem Zimmer.«

Er lachte auf. »Du hältst mich wohl für bescheuert. Ich habe eine andere Idee: Wir treffen uns heute um Mitternacht hier in der Küche, wenn alle weg sind. Du bringst das Geld mit und ich die Informationen.«

Wut kochte in mir hoch, doch ich bemühte mich um eine teilnahmslose Miene. »Ich bin mir sicher, die Küche ist nachts verschlossen.«

Triumphierend griff er in seine Hosentasche und kramte einen klimpernden Schlüsselbund hervor, den er mir vor die Nase hielt.

»Na schön. Dann um Mitternacht. Aber wenn deine Informationen nichts wert sind, wirst du es bereuen.«

Er steckte die Schlüssel wieder weg und fuhr mit zufriedener Miene mit dem Abwasch fort.

In dem Moment traf mich ein Luftzug von hinten, der eine willkommene Abwechslung zur heißen Spülmaschinenluft war. Mein Kopf ruckte nach hinten zur Tür.

Um ein Haar hätte ich den Teller fallen lassen, den ich eben in die Maschine hatte einordnen wollen. Der Spalt hatte sich vergrößert. Da. Schon wieder. Altrosa. Verdreckte Schuhe. Mein Blick wanderte nach oben. Ich wurde von einem ungewöhnlich großen Augenpaar angestarrt. Einem Augenpaar, das ich nicht zum ersten Mal sah.

Die Frau in dem krassen Ballkleid, die vor meinem Haus rumgelungert hatte! Die dann von einer Sekunde auf die andere verschwunden war. Ich traute meinen Augen nicht. Musste gegen das Bedürfnis ankämpfen, mich selbst zu kneifen. Sie war hier, in demselben Kleid wie letztes Mal. Nur der goldfarbene Umhang fehlte. Und diesmal weinte sie nicht. Sie wirkte eher konzentriert.

Mein Mund war auf einen Schlag staubtrocken.

Davide drehte sich ebenfalls in Richtung Tür und gab einen erstaunten Laut von sich. »Haben Sie sich verlaufen, Signora?«

Argwohn blitzte in dem Gesicht der jungen Frau auf, dann bewegte sie sich ohne ein weiteres Wort von der Tür weg.

»Wer hat die denn hier runtergelassen?«, drang Davides Stimme wie aus weiter Ferne an mein Ohr. »Gäste dürfen auf keinen Fall den unteren Bereich betreten.«

Statt ihm zu antworten, schmiss ich den Teller beiseite, ignorierte das Scheppern und Davides Protest und stürzte zur Tür. Mit drei großen Schritten befand ich mich wieder in der Großküche und scannte den Raum. Meine Brust hob und senkte sich hektisch. Es fühlte sich an, als wäre ich einen Marathon gelaufen. Mein Herz hämmerte mit voller Kraft gegen meine Rippen.

Ein paar der Mitarbeiter schauten verwirrt zu mir, doch die meisten fuhren mit ihrer Arbeit fort und nahmen keine Notiz von mir.

»Wo ist sie hin?«, stieß ich aus.

Jetzt hoben sich mehrere Köpfe.

»Wo ist wer hin?«, fragte eine Frau mit geröteten Wangen und einem Steakmesser in der Hand.

»Die Frau!« Meine Stimme klang mehrere Oktaven höher als gewöhnlich. »Die Frau in dem Ballkleid.«

Von allen Seiten begegnete mir Verwirrung. Das konnte doch nicht wahr sein! Sie war eben noch hier gewesen. Und genau wie in der Situation mit Chiara war ich nicht die Einzige, die sie gesehen hatte. Ich war nicht verrückt. Das war real.

Als mir klar wurde, dass mich inzwischen alle anstarrten und aus der Verwirrung so langsam ernsthafte Besorgnis wurde, drehte ich mich um und eilte zurück zu Davide.

»Du hast sie auch gesehen«, zischte ich. »Du hast gesagt, sie ist ein Gast. War das nur eine Vermutung, oder kennst du sie?«

Für einen Augenblick war er wohl zu perplex, um mir zu antworten. Er musterte mich ebenso verwirrt wie die anderen, doch er fing sich schnell. Zurück war sein Grinsen. »Wie viel zahlst du, wenn ich dir diese Frage beantworte?«

Ich beugte mich vor, packte ihn an den Schultern und zog ihn so nah an mich ran, dass sich unsere Nasenspitzen beinahe berührten.

»Beantworte meine Frage«, knurrte ich.

Sein Lächeln verblasste ein wenig, aber er schien mir immer noch den letzten Nerv rauben zu wollen, denn sein Blick wurde jetzt anzüglich. »Du gehst aber schnell ran.«

»Davide.« Ich sprach seinen Namen wie eine Beleidigung aus.

Er verdrehte die Augen. »Sie gehört zu den Schauspielerinnen. Erste Etage. Sie ist mir aufgefallen, weil sie immer dieses Kleid trägt. Ich meine, sie sieht heiß darin aus, das lässt sich nicht bestreiten, aber so langsam sollte sie es mal in die Reinigung geben, oder?«

Ich ließ ihn so abrupt los, als hätte ich mich verbrannt, dann riss ich mir die Schürze vom Leib und pfefferte sie ihm entgegen.

»Bis Mitternacht«, fauchte ich.

Ich täuschte Kopfschmerzen vor und bat die Souschefin darum, mich bei Signor Esposito für den Tag abzumelden. Sie protestierte nicht, sondern machte eher den Eindruck, dass sie nur darauf gewartet hatte, mich loszuwerden. Es dauerte keine zwei Minuten, bis ich mich wieder in der Lobby befand und auf die goldene Treppe zulief, die mich nach oben bringen würde. Es war eine Herausforderung, im normalen Tempo zu gehen, um keine Aufmerksamkeit auf mich zu ziehen. Ich rang mir jedes Mal ein Lächeln ab, wenn ich jemandem vom Personal begegnete, und klammerte mich währenddessen am verzierten Geländer fest.

Was auch immer hier vor sich ging, ich würde keine weitere Sekunde verstreichen lassen, in der ich nicht aktiv wurde.

Erst als ich außer Sichtweite der beiden Empfangstische war, legte ich einen Zahn zu. Schließlich stand ich schwer atmend in der ersten Etage und starrte auf die goldenen Zimmernummern.

Was genau war mein Plan? An jede Tür klopfen, bis mir jemand sagte, was zum Teufel hier vor sich ging? Das gesamte Grand Hotel zusammenschreien?

Ich zwang mich, ein paar tiefe Atemzüge zu nehmen. Erst als ich mich ein wenig beruhigt hatte, lief ich den Flur entlang und verschaffte mir einen Überblick. Hinter den Türen war es ruhig, und auch vom Servicepersonal war im Moment nichts zu sehen.

Insgesamt gab es hier zweiundzwanzig Zimmer – von 100 bis

121. Seltsam. Auf der zweiten und dritten gab es jeweils mehr als dreimal so viele Zimmer. Ich betrachtete den dicken Teppich unter meinen schmutzigen Sneakern, ließ meinen Blick über die pompöse Tapete, die Gemälde und die Spiegel wandern.

Es gibt keine Zufälle, Papa. Ich weiß, du würdest mir da widersprechen, aber ich glaube nicht daran. Vor allem nicht an so viele auf einmal. Wer ist die Frau? Wer ist damals gestorben? Und was hast du mit alldem zu tun?

»Frecetta!«

Ich drehte mich um. Die Stimme klang männlich. Auf dem Gang war keine Menschenseele zu sehen. Stattdessen tapste eine rot-weiß-gescheckte Katze geradewegs auf mich zu.

»Frecetta, ich weiß genau, dass du mich hören kannst. Wie oft soll ich dir noch sagen, dass du tagsüber nicht rausdarfst?«

Die Katze blieb stehen, spitzte die Ohren und wandte das flauschige Köpfchen in die Richtung, aus der die Stimme erklungen war, fast so, als würde sie die Worte tatsächlich verstehen. Dann wandte sie sich wieder mir zu, setzte sich in Bewegung und strich mir um die Beine.

Unwillkürlich musste ich lächeln.

Eine Tür schräg gegenüber von mir, Zimmernummer 114, öffnete sich. Sie machte keinen Laut, also musste sie schon leicht offen gestanden haben, als ich daran vorbeigegangen war. Es war mir nicht aufgefallen.

Ein Mann mit mehreren lichten Stellen auf dem Kopf erschien. Er trug einen smaragdgrünen Bademantel, und auf seiner Schulter thronte eine pechschwarze Krähe.

Sie krächzte leise, verstummte allerdings sofort, als der Mann ihr ein paar Worte zuflüsterte, die ich aus der Entfernung nicht verstand.

»Frecetta, lässt du bitte das Mädchen in Ruhe?«, sagte er dann lauter und mit strengem Blick in Richtung der Katze.

Schließlich sah er mich an. »Bitte entschuldigen Sie. Die Kleine hat keine Manieren.«

Mit einem lauten Miauen wandte sich die Katze von mir ab und tapste erhobenen Hauptes zurück in die Suite, aus der sie vermutlich gekommen war. Aus dem Hintergrund waren Geräusche zu hören. Das Bellen eines Hundes, vermischt mit einem Krächzen, das genauso klang wie das der Krähe.

Ein ungläubiges Lachen entwich mir. »Sind Tiere im Hotel erlaubt?«

Und wenn wir schon dabei sind: Haben alle hier ein Rad ab?

Der Mann lächelte liebenswürdig. »Sie haben eine Ausnahme für mich gemacht. Ich wäre Ihnen sehr dankbar, wenn Sie diesen Zwischenfall für sich behalten könnten, Signorina.«

»K-klar.«

Sein Lächeln wurde breiter. »Ich habe schon gehört, dass Sie eine besonders zuvorkommende junge Dame sind.«

Und schon wieder jemand, der mich kannte. Es sollte langsam wirklich keine Überraschung mehr sein.

Gezwungen erwiderte ich sein Lächeln, während mein Blick immer wieder zur Krähe wanderte, die seelenruhig auf seiner Schulter verharrte. Wie machte er das?

»Darf ich Sie etwas fragen?«, brachte ich hervor.

»Aber natürlich.«

»Sie gehören doch auch zu den Schauspielern, nicht wahr?«

Er legte seine ohnehin schon sehr faltige Stirn in Falten. »Wie bitte?«

Ich war mir nicht ganz sicher, ob er mich akustisch oder inhaltlich nicht verstanden hatte, und er machte auch keine Anstalten, es mir zu erklären.

»Sie gehören zu dem Team aus Schauspielern, die für den Karneval angereist sind?«, spezifizierte ich. »Lucia, Deluna und Magnus sind Ihre Kollegen?«

Sein Lächeln kehrte zurück. »Oh, ja. Ja, das ist richtig.« Dann raunte er der Krähe etwas zu.

Ich hätte schwören können, dass die Worte *»Sag den anderen Bescheid«* gelautet hatten. Entweder meine Fantasie ging mit mir durch oder der Typ hatte ernsthafte Probleme.

Kalt rieselte es mir den Rücken herunter, als die Krähe sich von seiner Schulter abstieß und zurück ins Zimmer flatterte.

»Kennen Sie dann vielleicht auch eine junge Frau, ungefähr Mitte zwanzig, die immer ein rosafarbenes Ballkleid trägt?«, fuhr ich fort. »Sie hat dunkle Haare und ziemlich große Augen.«

Er nickte freundlich. »Sie meinen höchstwahrscheinlich Cosima.«

Das war viel zu einfach. »Cosima?«

»Cosima«, wiederholte er.

»Könnten Sie mir vielleicht sagen, in welchem Zimmer sie sich befindet?«

Meine Stimme bebte. Ihm schien es nicht aufzufallen. Oder es war ihm egal.

»Im letzten natürlich«, kam es wie aus der Pistole geschossen. »121.«

»Vielen Dank«, sagte ich atemlos. Was meinte er mit *natürlich*?

»Möchten Sie einen Moment hineinkommen und mir Gesellschaft bei meinem Nachmittagstee leisten?«, fragte er, als seien wir alte Bekannte und dieser Gesprächsverlauf nicht absolut seltsam.

»Nein, danke, ich habe noch Pläne. Wissen Sie zufällig, ob Cosima gerade in ihrem Zimmer ist?«

»Ich denke nicht«, antwortete er verträumt. »Aber ich werde ihr ausrichten, dass Sie nach ihr gefragt haben. Sie sucht Sie sicherlich gerne nachts auf, damit Sie ihr die Karten legen. Die Arme ist seit Tagen sehr verwirrt. Ein Blick in ihre Zukunft könnte sie womöglich etwas entspannen.«

»Okay, super.«

Ich wollte mich gerade verabschieden, da ertönte das unverkennbare Geräusch von flatternden Flügeln, und die Krähe ließ sich mit einem lauten Krächzen auf der Schulter des Mannes nieder.

»Danke, Demonio«, sagte der Mann zur Krähe, ehe er sich wieder mir zuwandte. »Sind Sie ganz sicher, dass Sie sich mir nicht anschließen wollen, Signorina? Auch ich würde mir gerne die Karten von Ihnen legen lassen.«

»Danke. Ein anderes Mal vielleicht.«

Ohne ihm noch eine Gelegenheit zu geben, etwas zu erwidern, drehte ich mich um und entfernte mich mit zügigen Schritten. Ich wagte es nicht, einen Blick zurückzuwerfen. Die Begegnung war mehr als unheimlich, aber sie war immerhin nicht umsonst gewesen: Ich wusste jetzt, wo die Frau zu finden war. Cosima. Und ich wusste, dass ich nicht verrückt wurde. Es musste eine Erklärung für all das geben. Sie würde mir sagen können, wieso sie vor Papas und meinem Haus gewesen war und wieso sie mich unten in der Küche beobachtet hatte.

Vor dem Zimmer 121 blieb ich stehen und klopfte. Einmal, zweimal, dreimal. Erst jetzt wagte ich es, einen Blick über die Schulter zurückzuwerfen. Der Gang war inzwischen wieder wie ausgestorben, die Tür des alten Mannes mit dem Tierfaible hatte sich geschlossen.

»Hallo?«, rief ich. Meine Stimme hallte von den Wänden wider. »Cosima?«

Nichts. Ich klopfte erneut. Mein Herz schien sich heute nicht mehr beruhigen zu wollen. Der Mann hatte gesagt, Cosima befand sich wahrscheinlich nicht in ihrem Zimmer. Wo sonst? Wieso hatte ich ihn nicht danach gefragt, verdammt? Was für ein Anfängerfehler!

Ich überlegte gerade, ob ich zurückgehen und an seine Tür

klopfen sollte, da ertönte ein Hüsteln neben mir. Viel zu nah neben mir.

Scharf sog ich die Luft ein und wankte einen Schritt zurück. Kaum eine Armlänge von mir entfernt befand sich ein dunkelhaariger Mann mittleren Alters in einem purpurfarbenen Kostüm mit goldenen Stickereien darauf. Sein Teint war sehr hell und stand im krassen Kontrast zu seinen pechschwarzen buschigen Augenbrauen, die sich wie dunkle Berge über seinen Schlupflidern erhoben. Er hatte eine Hakennase und schmale Lippen, die sich jetzt zu einem Lächeln verzogen.

»Cosima ist ausgegangen«, sagte er, und ich hörte einen Akzent heraus, den ich nicht einordnen konnte. »Sie wollte sich die Beine ein wenig vertreten.«

Es dauerte etliche Sekunden, bis ich meine Stimme wiederfand.

»Wie ... wie haben Sie das gemacht?«

Fragend sah er mich an. Sein Lächeln war gespenstisch und verwandelte meinen Schock in Panik.

»Wie konnten Sie so schnell neben mir stehen?«, fuhr ich fort, ohne das leichte Keuchen in meiner Stimme verbergen zu können. »Der Gang war eben noch leer.«

Was zur Hölle ging in diesem Hotel vor sich?

»Ich kann mich unsichtbar machen«, antwortete er und zwinkerte mir zu. »Das ist sehr praktisch.«

Unverwandt starrte ich ihn an. Ich war gerade wirklich nicht zu Scherzen aufgelegt.

»Bitte verzeihen Sie mir, ich wollte Sie nicht erschrecken«, sagte er nachdrücklich, als ich immer noch nichts erwiderte.

Mein Herz raste, und Papas Stimme erklang in meinem Hinterkopf. *Verschwinde sofort, Giulietta. Du bist hier nicht sicher.*

Für den Bruchteil einer Sekunde wünschte ich mir, er könnte neben mir stehen. Ich würde mich in seinen Armen vergraben, und er würde mir die Sicherheit geben, die ich so sehr vermisste. *Du hattest recht,* würde ich sagen. *Du hattest recht, wir sollten uns von Venedig fernhalten.* Und dann würden wir gemeinsam abreisen. Ich würde nicht nach Antworten verlangen. Es wäre mir egal, dass er so viel vor mir verheimlicht hatte. Alles, was zählte, war, dass wir zusammen waren und dass es uns gut ging.

Ich schluckte hart, während ich mein Gegenüber fixierte. Die tapetenverkleideten Wände hinter ihm verschwammen.

Papa war nicht hier. Ich befand mich alleine in einem Luxushotel, und ich wusste immer noch nicht, was wirklich mit ihm geschehen war.

»Wissen Sie, wo Cosima genau hingegangen ist?«, fragte ich den Mann.

Er schüttelte den Kopf. »Bedauere. Aber ich könnte ihr etwas ausrichten, wenn Sie wünschen.«

»Sie soll mich aufsuchen, sobald sie zurück ist. Ich würde mich gerne mit ihr unterhalten.«

Der Mann neigte den Kopf. Lächelte. Und dann ... dann verschwand er vor meinen Augen. Es gab keine bessere Erklärung für das, was sich vor mir abspielte. In einer Sekunde war er da, ein realer Mensch aus Fleisch und Blut in diesem altmodischen Kostüm, im nächsten Moment war ich alleine auf dem Flur. Mein Gott, mir blieb heute wirklich nichts erspart.

Ich kann mich unsichtbar machen. Das ist sehr praktisch.

Automatisch tastete ich nach meinem Herzen, als könnte ich es damit beruhigen. Meine Atemzüge wurden noch hektischer, und ich spürte den kalten Schweiß in meinem Nacken.

Nicht real. Nicht real. Nicht real.

Es gab keine Menschen, die sich unsichtbar machen konnten. Das war nicht real. Ich kniff die Augen zusammen. Was war mit Cosima? War sie nicht auch so schnell verschwunden, wie sie aufgetaucht war? Außer Davide hatte sie niemand in der

Küche gesehen, obwohl das praktisch unmöglich war. Dann die Halluzinationen auf dem Dachboden. Was, wenn es keine Halluzinationen waren?

Ich glaubte an Tarot. An Schicksal. Daran, dass alles eine Bedeutung hatte. Jede kleine Tat, jede Unregelmäßigkeit, jedes Zeichen. Ich glaubte daran, dass die Welt weitaus magischer war, als die meisten Menschen annahmen. Aber hauptsächlich glaubte ich, dass diese Magie sich *in* uns befand. Dass jeder von ihr Gebrauch machen konnte, wenn er sich nur darauf einließ.

Es war keine Hexerei. Es war meine Alternative zu religiösem Glauben. Eine reine, unschuldige Form von Magie, ohne Druck und Zwang. Etwas, was mir Seelenfrieden gab und woran ich mich festhalten konnte.

Doch das, was hier geschah, hatte rein gar nichts mit Seelenfrieden zu tun.

KAPITEL 9

Fallende Masken

Ich erwiderte das Nicken des Portiers, der mir die Tür aufhielt, und gab mir alle Mühe, ganz normal zu gehen und nicht nach draußen zu stürzen, als sei sonst wer hinter mir her. Aus meinem Zimmer hatte ich mir lediglich meine gefütterte Jeansjacke geholt und über mein durchgeschwitztes Arbeitsoutfit gezogen. Meine Locken flogen in alle Himmelsrichtungen – ich hatte sie aus dem engen Dutt befreit, in dem sie die letzten Stunden gesteckt hatten.

Ich brauchte eine Pause von diesem verfluchten Hotel.

Seit meiner Ankunft hatte ich versucht, an Antworten zu kommen. Mir einen Reim auf Papas Abschiedsbrief zu machen. Aber alles, was ich bekommen hatte, war nur noch mehr Verwirrung.

Vor Erleichterung stöhnte ich auf, als die eisige Luft mein Gesicht traf. Ich lief los. Die Kälte half mir dabei, mich zu sammeln. Ich würde einfach den Canal Grande entlanglaufen, in irgendwelche kleinen Gassen abbiegen, bis es so dunkel war, dass ich wieder zurückkehren musste, und dann –

»Weißt du, ich war nie ein besonders hoffnungsvoller Mensch.«

Die Stimme ließ mich innehalten. Er sprach leise, doch trotz des brausenden Windes hatte ich keine Schwierigkeiten, ihn zu verstehen.

Wie in Zeitlupe drehte ich mich zu ihm um, während seine Worte von gestern mich aus dem Nichts trafen. *Falls du es dir anders überlegst – ich warte morgen zum Sonnenuntergang vor dem Eingang am Canal Grande.*

Malvolio lehnte direkt neben dem Haupteingang des Hotels, mit bodenlangem schwarzem Mantel, grauem Schal und diesen Lackschuhen, die er gestern schon getragen hatte. Er hatte die schulterlangen Haare streng zurückgebunden, was sein Gesicht noch eindrucksvoller erscheinen ließ.

Mein Magen machte einen Satz. Es war ein kleiner Schock, ihn im Licht zu sehen. Er wirkte irgendwie unecht. Zu perfekt, um wahr zu sein. Seine dunklen Haare hatten einen Mahagoni-Schimmer, seine Augen funkelten waldgrün in seinem gebräunten Gesicht, und irgendwie wirkte er größer als gestern Nacht.

»Man sagt, wenn man lang genug lebt, versteht man, dass Hoffnung das Einzige ist, was einen morgens aufstehen lässt«, fuhr er fort und lächelte mich schief an.

Ein hübsches Gesicht war auch nicht mehr als eine schöne Fassade. Ich hatte immer noch keine Ahnung, was er von mir wollte. Wahrscheinlich gab ihm die Vorstellung, mit der Nichte des Hoteldirektors anzubandeln, einen Kick. Vielleicht war ihm wirklich langweilig.

Aber das alles war nicht mein Problem. Ich brauchte Ablenkung von dem Wahnsinn in meinem Kopf. Dafür konnte ich ihn benutzen.

Mit beiden Händen strich ich mir meine widerspenstigen Haare zurück. »Ich hatte fast schon vergessen, wie du aussiehst«, sagte ich mit einem Schnauben. »Aber dein Geschwafel lässt keinen Zweifel übrig: Du bist es.«

Sein Lächeln wurde breiter. Er stieß sich von der Wand ab und kam auf mich zu. »Guten Abend, Giulietta.« Ein feierlicher, fast schon übertrieben sentimentaler Tonfall. »Du hingegen siehst genauso schön aus wie in meiner Erinnerung.«

Ich nickte ironisch. »Der Schweiß verleiht mir diesen ganz unwiderstehlichen Glanz, oder?«

Für ein paar Sekunden starrte er mich erschrocken an, dann entwich ihm ein Kichern. Es klang jünger als alles davor und irgendwie echter. Allerdings – oder genau aus diesem Grund – schien es ihm unangenehm zu sein, denn er verstummte sofort.

»Anstrengender Tag?«, fragte er, wieder vollkommen kontrolliert, und hielt mir einen Arm hin, den ich augenrollend nahm.

Er führte uns links vom Hotel weg, vorbei an der Vaporetto-Station, zwischen Souvenirständen hindurch.

»Anstrengend ist nicht das richtige Wort«, sagte ich wahrheitsgemäß.

»Welches Wort gefällt dir besser?«

Ich spürte seinen intensiven Blick auf mir, obwohl ich meinen jetzt auf den Horizont gerichtet hatte, auf das dunkelblaue Wasser, die sanften Wellen und den Kirchturm auf der Insel, die sich in der Lagune von Venedig befand.

»Ich war im dritten Stock und habe Zimmer geputzt«, lenkte ich ab. »Dabei habe ich nach Hinweisen gesucht, welches wohl dir gehört.«

»Also hast du versucht, mir nachzuspionieren?« Das pure Vergnügen in seiner Stimme war nicht zu überhören. »Könnte man das etwa als Interesse deuten?«

Ich warf ihm einen genervten Seitenblick zu. »Das ganze Hotel kommt mir seltsam vor. Ich wollte herausfinden, ob du Leichen im Keller hast. Seit ich hier bin, weiß ich nicht mehr, was ich glauben soll. Und du bist auch nur ein Fremder von vielen, der mir ein Rätsel aufgibt.«

Mist. Der letzte Teil war mir herausgerutscht. Ich konnte nicht einfach so meine Gefühle bei ihm ausplaudern. Er war ebenso vertrauenswürdig wie der ganze Rest – also gar nicht.

Eine ganze Weile blieb er still. Er bewegte sich auch nicht mehr, sondern schaute wie ich gedankenverloren aufs Wasser.

»Bist du fündig geworden?«, durchbrach er schließlich die Stille.

»Nein. Ich war mir sicher, dass du der Typ Mensch bist, der Bilder von sich aufhängt, damit er sich jeden Morgen und Abend daran erinnern kann, wie gut er aussieht, aber ich habe mich wohl getäuscht. Da waren keine Bilder von dir in den Zimmern.«

Da war es wieder. Das Kichern. Das losgelöste.

»Und dennoch hast du dich mit mir getroffen. Also nimmst du in Kauf, dass ich Leichen im Keller habe?«

»Ich weiß nicht, ob man das wirklich als Treffen bezeichnen kann«, entgegnete ich. »Eigentlich wollte ich nur frische Luft schnappen und hatte vollkommen vergessen, dass du jemanden zum Gondelfahren bei Sonnenuntergang wolltest.« Am Ende mischte sich Spott in meine Stimme.

Seine Augen weiteten sich leicht. »Du möchtest damit sagen, es war nicht deine Absicht, dich mit mir zu treffen?«, rief er entsetzt. »Das ist alles nur ein großer Zufall?«

Ich nickte. »Nur dass ich nicht an Zufälle glaube. Also, wo geht's hin? Ich bin noch nie Gondel gefahren.«

»Ist das dein Ernst?«

»Mhm. Immerhin ist es auch mein erstes Mal in Venedig. Mein Vater wollte nie, dass ich herkomme.«

Einen Augenblick lang musterte er mich voller Neugierde, dann lächelte er wieder. »Es ist mir eine außerordentlich große Ehre, dich auf deiner ersten Fahrt zu begleiten«, sagte er mit bedeutungsschwangerer Stimme. »Lass uns beim Markusplatz starten.«

Und damit liefen wir los in Richtung Dogenpalast. Es herrschte nicht viel Betrieb auf der Riva degli Schiavoni. Nur vereinzelt waren ein paar Leute zu sehen, die die Häuser und den Kanal fotografierten. Wir liefen über eine historische Fußgängerbrücke und bogen beim Dogenpalast rechts in eine Gasse, die uns direkt auf die Piazza San Marco, den berühmten Markusplatz mit dem Dom führte. Hier waren deutlich mehr Touristen mit leuchtenden Augen und klickenden Kameras zu sehen, dazwischen eine Menge Tauben wie kleine graue Farbtupfer. Der Himmel erstrahlte in den schönsten Orange- und Rottönen, und die untergehende Sonne schwebte wie ein goldener Feuerball zwischen den imposanten Gebäuden.

Malvolio deutete nach links auf die Arkaden. »Da müssen wir durch, um zur Anlegestelle zu gelangen.«

Ich nickte bloß, während ich ihm folgte. Wie gerne ich hier stehen geblieben wäre und diese Schönheit bewundert hätte. Wie gerne ich einer dieser Menschen wäre. Eine ganz normale Touristin im Urlaub. In wenigen Tagen würde ich nach Hause zurückkehren und mein ganz normales Leben fortführen, im Gepäck die Erinnerung an die Magie des Ortes. Leider war seit jener Nacht gar nichts mehr normal, und der Gedanke an meine Rückkehr bereitete mir Übelkeit. Die Taubheit schützte mich im Augenblick noch, aber wie lange würde sie das noch tun? Bis zur Beerdigung? Bis die Polizei uns sagte, wer das Papa angetan hatte? Bis ich Antworten auf all meine Fragen bekam?

Ich wollte nicht weg. Ich wollte nicht in das Haus zurück, in dem ich aufgewachsen war und in dem mich alles an ihn erinnern würde.

Die Ereignisse des Tages jagten mir Angst ein, doch es gab noch eine viel größere Angst in mir. Ich wollte nicht, dass meine Suche endete. Denn wenn ich keine Fragen mehr hatte, wenn das Rätsel gelöst und ich der Wahrheit auf die Spur gekommen war, gab es nichts mehr, was mich vom klaffenden Loch in meinem Leben ablenken konnte.

»Du hast gesagt, das Hotel kommt dir seltsam vor«, erklang Malvolios weiche Stimme.

Dankbar für die Ablenkung warf ich ihm einen Seitenblick zu. Er musterte mich, als bereitete ihm mein Gesichtsausdruck Sorgen. »Was genau hast du gemeint?«

Wir waren durch die Arkaden gelaufen und hatten den Markusplatz hinter uns gelassen. Vor uns erstreckte sich nun das Bacino Orseolo, ein Wasserbecken, auf dem mehrere schwarze Gondeln trieben. Die Gondolieri mit den typischen blau-weiß und rot-weiß gestreiften Poloshirts und schwarzen Hosen wirkten gelangweilt – es gab nicht viel Kundschaft.

Ich sah wieder zu Malvolio, der suchend den Blick über die Gondeln gleiten ließ. Auch sein Profil wirkte zu perfekt – wie gemalt.

Er war nur ein Typ, den ich nachts im Hotel kennengelernt hatte. Er war ungefähr genauso seltsam wie meine anderen Bekanntschaften. Auch er hatte mich schon gekannt und mit mir gesprochen, als wüsste er mehr über meine Vergangenheit. Ich sollte misstrauisch sein.

Oder ich schleimte mich bei ihm ein, um mehr zu erfahren, und verbarg mein Misstrauen vorerst.

»Ich sage es dir, wenn du mir sagst, was du gestern Nacht damit gemeint hast, dass die Schauspieler dir seltsam vorkämen.«

Er zuckte die Achseln und wies auf eine freie Gondel. »Ich kenne nicht alle, aber jene, auf die ich getroffen bin, haben mir das Gefühl gegeben, den Verstand zu verlieren.«

»Wie ... wie meinst du das?«

»Du hältst mich womöglich für verrückt, wenn ich dir davon erzähle.«

Wir waren am Rand des Gehsteigs angelangt, direkt vor einer Gondel. Malvolio begrüßte den Mann und drückte ihm ein paar Scheine in die Hand, ehe ich reagieren konnte.

»Wie abgesprochen«, hörte ich ihn überdeutlich sagen, woraufhin der Kerl nickte. Dann sprang Malvolio leichtfüßig in die Gondel, wandte sich um und streckte eine Hand in meine Richtung.

Giulietta, du kennst ihn nicht.

Lass mich in Ruhe, Papa, schoss ich in Gedanken zurück.

Ich ergriff Malvolios Hand und erwiderte das zahnlose Lächeln des Gondolieres. Seine Haut war sonnengegerbt, auf seinem Kopf war nur grauer Flaum zu sehen und die Nase sah aus, als sei sie mindestens zweimal gebrochen und schief zusammengewachsen.

Wir setzten uns auf die hölzerne Sitzbank, und ich versuchte, nicht allzu sehr auf das Schwanken des Bootes zu achten.

Ohne ein Wort stieß der Gondoliere das Ruder ins Wasser.

Malvolios intensiver Blick lag mal wieder auf mir. Sein Lächeln war verschwunden, pure Ernsthaftigkeit zierte seine feinen Züge.

»Ich halte dich nicht für verrückt«, nahm ich das Gespräch wieder auf. »Versprochen.«

Er rutschte ein Stück näher zu mir und senkte den Blick. »Ich sehe Dinge, die ... sagen wir, objektiv betrachtet, nicht möglich sein können.«

Mein Atem stockte. Entweder er versuchte, mich auf den Arm zu nehmen, oder ich war nicht die Einzige, der dieser Wahnsinn im Hotel aufgefallen war.

»Rede weiter«, wies ich ihn an.

»Seit wir miteinander gesprochen haben, habe ich Nachforschungen angestellt«, gab er flüsternd zurück. »Insbesondere, was die erste Etage angeht. Ich habe mir länger Zeit beim Frühstück gelassen und versucht, mit ein paar Gästen zu sprechen.

Du hast gestern unter anderem einen Magnus erwähnt. Mit ihm saß ich am Ende auf der Terrazza zusammen, als die meisten schon gegangen waren. Ein Mann mit Glatze, beachtlichem Bart und Zähnen, die unnatürlich hell wirken, nicht wahr? Wir haben uns über dies und das unterhalten, als plötzlich das gesamte Buffet zu … nun ja, zu tanzen anfing.«

Ich hob die Augenbrauen. »Das Buffet hat getanzt?«

»Die Speisen darauf«, sagte er mit einem Nicken und wirkte ziemlich verlegen. Er richtete den Blick stur auf die Wellen, und seine Stimme wurde noch leiser. »Ich weiß, es klingt irre. Zusätzlich hat sich die Farbe der Tische verändert. Es hat sich wie ein Traum angefühlt. Mein Zeitgefühl hat mich ebenfalls verlassen. Als ich wieder … zu mir kam, war Magnus verschwunden, die Tische hatten ihre alte Farbe angenommen und ein Kellner hat mich gebeten, das Restaurant zu verlassen. Das Buffet war längst abgeräumt.«

Bittersüße Erleichterung durchströmte mich, dicht gefolgt von Aufregung. Das große Kitzeln war zurück. Wir waren etwas auf der Spur. Ich war nicht allein mit dem Wahnsinn in meinem Kopf. Wenigstens nicht mit *diesem* Wahnsinn.

»Es ist vollkommen verständlich, wenn du mir nicht glaubst«, fuhr er fort und lachte nervös. »Ich würde es mir auch nicht glauben.«

»Malvolio?«

Er zuckte beim Klang seines Namens zusammen und hob den Kopf. Seine Augen glühten.

»Meinst du das ernst?« Ich hielt seinen Blick mit meinem fest. »Oder ist das ein Spiel?«

Heftig schüttelte er den Kopf. »Mir ist bewusst, wie es klingt. Aber ich schwöre dir, ich …«

»Ich glaube dir«, fiel ich ihm ins Wort. »Erzähl mir mehr.«

»Das Wetter.« Er biss sich auf die volle Unterlippe. »Es spielt verrückt. Neulich ist der Kanal von einem Moment auf den anderen zugefroren.«

Mein Mund fühlte sich auf einen Schlag staubtrocken an. »Was hat das eine mit dem anderen zu tun?«

Da war ein nervöses Flattern in meinem Bauch. Keine Ahnung, ob es Angst oder Aufgeregtheit war.

»Ich erzähle nur, was in den letzten Tagen so passiert ist.« Er klang eine Spur abwehrend. »Venedig war schon immer eine Stadt voller Mysterien für mich, aber diesmal ist etwas anders. Wenn du es genau wissen willst …«

Pause. Ich rutschte näher zu ihm, sodass jetzt nur noch ein halber Meter zwischen uns lag. Blickte ihn fragend an. Vermutlich traf es flehend eher. Er sollte nicht aufhören. Ich wollte *alles* wissen.

»Es gab einen Gast, der sich vor meinen Augen in Luft aufgelöst hat. Und dann wieder einen, der durch …«, Malvolio holte tief Luft, »der einfach durch eine Wand gelaufen ist.«

Ein hysterisches Lachen wollte mir entweichen, doch ich hielt es mit aller Macht zurück. Ja, dieses Gespräch war absolut verrückt, aber für den Moment war mir das egal.

»Ergibt Sinn«, brachte ich mit einem Nicken hervor.

Überrumpelt sah er mich an. »Wie bitte?«

»Deine Erfahrungen decken sich ungefähr mit meinen. Ich sehe auch Menschen und Dinge, die dann wieder verschwinden, und das ist nur der Anfang.«

Er packte meine Hand, umklammerte sie mit seiner. Seine Haut war trocken und heiß an meiner kalten. »Das bedeutet, wir sind entweder beide irre oder …«

»Oder dieses Hotel ist verhext«, ergänzte ich trocken.

Sein Griff wurde fester. »Vielleicht auch die ganze Stadt.«

»Ich glaube nicht, dass ich verrückt bin.« Ich machte keine Anstalten, meine Hand wegzuziehen. Es fühlte sich gut an, ihn zu berühren, hier draußen, wo das Grand Hotel nicht mehr in Sicht war. Es war wie eine Erinnerung, dass diese Welt real war. Seine Wärme war menschlich, frei von irgendeiner übersinnlichen Kraft, die ich nicht verstand.

Es war auch nicht unangenehm, den Blickkontakt aufrechtzuerhalten, obwohl er mich mit dieser Intensität ansah. Sie passte nicht dazu, dass wir uns erst seit gestern kannten. Vielleicht war er einfach genauso erleichtert wie ich, dass ich ihn nicht für verrückt erklärte. Seine Worte hatten ein Feuer in mir entfacht, das anfing, meine Taubheit zum Schmelzen zu bringen. Doch da war noch etwas anderes. Die Erinnerung an das, was er gestern zu mir gesagt hatte.

»Du hast gesagt, du interessierst dich auch für Tarot«, wisperte ich. »Das war kein blöder Spruch, bloß damit du mir bei mir landen kannst?«

Er zog die Brauen zusammen. »Landen?«

Verwirrt sah ich ihn. Er starrte mich an, als wollte er sich einen Reim aus meinen Worten machen. Als wäre es ihm unmöglich, sie zu verstehen.

»Du hast das nicht nur gesagt, weil du wusstest, dass ich mich dafür interessiere?«, sagte ich schließlich. »Damit ich dich toll finde?«

Vehement schüttelte er den Kopf. »Ich beschäftige mich seit Jahren mit Tarot. Man könnte sagen, es ist so etwas wie mein Lebensinhalt.«

»Und du bist wie alt?«, entfuhr es mir.

Ein seltsamer Ausdruck huschte über sein Gesicht. »Neunzehn. Was tut das zur Sache?«

»Ein neunzehnjähriger Kerl, der alleine in Luxushotels übernachtet und sich für Tarot interessiert?«

Sein Blick wurde weich. »Sind wir wieder bei den Vorurteilen angelangt, Giulietta?«

Er hielt noch immer meine Hand. Wieso hielt er noch immer meine Hand?

Ich schüttelte den Kopf. Da war noch mehr, was ich wissen musste. »Und du redest von meinem ... von meinem Schmerz, als wüsstest du, wie es sich anfühlt.«

»Von deinem verdrängten Schmerz«, korrigierte er sanft. Sein Daumen fuhr ganz sachte über meinen Handrücken. Die Berührung war so sanft, so zärtlich. So unerträglich. Plötzlich übernahm die Panik die Kontrolle. Da waren Gefühle. So unendlich viele Gefühle, die unter der Oberfläche brodelten. Vor allen Dingen eines. Wenn meine Taubheit schmolz, womit sollte ich mich dann noch beschützen?

Mit einem Ruck entzog ich ihm meine Hand. »Weißt du, wie es sich anfühlt?«, fragte ich schroff. »Hast du jemanden verloren?«

Er lachte humorlos auf. Sein Blick wanderte hinter mich, auf das mitternachtsblaue Wasser. Mit einem Mal sah er aus, als befände er sich in einer anderen Welt. Bodenlose Finsternis legte sich über sein Gesicht. Sie kam so abrupt, dass ich um ein Haar zurückgewichen wäre. Seine Augen schwammen in jenen Emotionen, vor denen ich mich am allermeisten fürchtete. Egal ob alles, was er mir bisher erzählt hatte, echt war oder nicht – das hier, diese Schwärze, diese tiefe Leere, konnte nie im Leben gespielt sein.

»Ich habe sie alle verloren«, sagte er heiser.

Eine Gänsehaut überzog meinen Körper. Alle? Was meinte er mit alle?

Seine Miene hielt mich davon ab, die Frage laut auszusprechen. Ich konnte nichts anderes tun, als ihn anzustarren. Versuchen, zu verstehen.

Sekunden vergingen. Vielleicht waren es auch Minuten.

Wir hatten die kleinen engen Kanäle der Altstadt hinter uns

gelassen und schwammen jetzt auf dem Canal Grande. Die Rialtobrücke kam in Sicht. Die Farben des Himmels hatten sich verändert, die Dunkelheit ergriff auch von ihnen Besitz.

Malvolios leises Lachen lenkte meine Aufmerksamkeit wieder auf ihn. »Ich habe doch gesagt, ich bin schlecht darin, jemandem den Hof zu machen.«

Der Schmerz war nicht ganz aus seinem schönen Gesicht verschwunden, aber es war ihm gelungen, ihn zumindest ein wenig zurückzudrängen. Hatte er genauso viel Übung darin wie ich?

»Hör auf, abzulenken«, zischte ich. »Das ist wichtig. Du kannst nicht behaupten, dass du nur hier bist, um zu flirten und meine Gesellschaft zu genießen. Da ist mehr. Wir sind gerade dabei, eine Entdeckung zu machen.«

Er legte den Kopf leicht schief. Aus seinem Zopf hatten sich ein paar Strähnen gelöst, die im Fahrtwind flatterten. »Bestünde die Möglichkeit, dass wir uns da in etwas hineinsteigern, weil wir beide verzweifelt nach Ablenkung suchen?«

»Ablenkung wovon?« Meine Stimme glich einem Knurren. Die Frage war unnötig. Wir wussten beide, worum es hier ging. Auch wenn ich nicht wusste, was er erlebt hatte – die Dunkelheit in seinem Gesicht sprach Bände.

Sein Blick wurde mitleidig. »Was ist der Grund, aus dem du im Grand Hotel bist? Der wahre Grund?«

Ich kniff die Augen leicht zusammen. »Ich warte darauf, dass die Polizei mir sagt, was mit meinem Vater geschehen ist.«

»Das ist alles?«

»Ich bin für die Beerdigung hier«, sagte ich abweisend. »Bis sie seinen Leichnam freigeben, arbeite ich im Hotel.«

»Und dann? Dann reist du wieder nach Hause und führst dein Leben fort?«

»Wieso interessiert dich das?«, fauchte ich.

»Ich möchte beweisen, dass ich recht habe.«

Ich hasste es, wie ruhig und besonnen er klang. Wie abgeklärt. Als wäre er bereits zehn Schritte weiter in diesem Prozess. Ich öffnete den Mund, doch er kam mir zuvor.

»Würdest du bitte meine Frage beantworten?«

Wir sahen uns an. Das Rauschen der sanften Wellen umgab uns. Die Kulisse war unbestreitbar schön. Wir bogen in einen stillen verträumten Kanal, ließen das große Treiben der Vaporetti und der vereinzelten Gondeln hinter uns. Der Gondoliere hatte uns nach wie vor den Rücken zugekehrt. Ob er unserem Gespräch lauschte? Selbst wenn – er konnte sich bestimmt keinen Reim darauf machen.

Ich fokussierte wieder Malvolios Gesicht. Sein Blick glühte. Da war eine wilde Verzweiflung im Dunkelgrün seiner Augen. Er brauchte etwas von mir. Bestätigung?

Nein, das hier ging tiefer. Hatte er noch nie einen Menschen getroffen, der seinen Schmerz teilte?

Die Einsamkeit, die von ihm ausging, war allgegenwärtig. Sie umhüllte ihn wie eine zweite Haut. Sein hartnäckiges und kokettes Verhalten hatte mich davon abgelenkt, doch jetzt hatte er seine Maske fallen lassen. Ich sah alles.

Ließ den Blick über seine Züge wandern, über seinen Körper, der mir vollkommen zugewandt war.

Was war mit ihm geschehen? Wie war er an diesen Punkt gekommen?

Plötzlich war es mir egal, ob ich ihm vertrauen konnte oder nicht.

»Mein Vater ist nicht einfach so gestorben«, hörte ich mich sagen, noch bevor ich eine bewusste Entscheidung getroffen hatte. Ich hielt die Stimme gesenkt, sicher war sicher, aber die Worte ließen sich nicht mehr zurückhalten. »Sie sagen, es war ein Raubüberfall, der schiefging, aber ich glaube nicht daran.

Es gibt zu viele Unstimmigkeiten. Und das, was im Hotel passiert, ist nicht bloß eine Ablenkung für mich – ich bin davon überzeugt, dass alles miteinander zusammenhängt. Also nein, ich warte nicht nur auf die Beerdigung. Ich bin hier, weil ich die Wahrheit finden will. Nicht nur über seinen Tod, sondern auch über sein Leben. Alles, was er mir nie erzählt hat.«

Mit jedem weiteren Wort war die Verzweiflung aus seinen Augen gewichen. Jetzt schaute er voller Verständnis und Zuneigung zu mir. Wie absurd, dass er mir gestern noch fremd gewesen war. Wie absurd, dass ich jetzt mit ihm in diesem Boot saß und die Wahrheit ausplauderte. Doch am absurdesten war es, dass er mich ernst zu nehmen schien.

Nebelschwaden waberten hinter ihm über dem Wasser. Die Häuser, an denen wir vorbeikamen, waren tagsüber mit Sicherheit bunt, doch jetzt hatte die Nacht sich über sie ergossen und sie schimmerten in den unterschiedlichsten Grautönen. Mystisch. Ein bisschen unheimlich.

»Dein Vater hat dir nie etwas hiervon erzählt?«, durchbrach er die Stille und machte eine allumfassende Handbewegung.

Ich schüttelte den Kopf. »Er wollte nicht, dass ich nach Venedig komme. Und er wollte, dass ich mich von Tarot fernhalte. Sein letzter Wunsch an mich.«

»Wie kamst du dazu, dich für Tarot zu interessieren, wenn er so dagegen war?«, hakte er nach. Er war näher zu mir gerutscht – oder ich zu ihm –, jedenfalls konnte ich ihn riechen. Er roch ein bisschen wie ein Kamin in einer Winternacht. Und nach Rauch, verbrannten Streichhölzern und Nelken. Nach Hitze und Kälte zugleich. »Und hat er dir je gesagt, wieso es ihn so störte?«

»Wir haben zwei Nachbarinnen im Haus nebenan. Sie haben mich praktisch großgezogen, weil meine Mutter gestorben ist, als ich noch klein war.« Da war ein Stich in meiner Brust, wenn ich an Speranza und Noemi dachte. Wie sehr ich mir wünschte, bei ihnen zu sein, in dieser kleinen heilen Welt, nicht jetzt, sondern vor meiner alles zerstörenden Kartenlegung.

Ich räusperte mich. Als ich fortfuhr, war meine Stimme belegt. »Sie haben sich sehr für Esoterik interessiert, und es hat irgendwie auf mich abgefärbt. Als Papa uns zum ersten Mal beim Kartenlegen sah, ist er in die Luft gegangen. Er ist kein Mensch, der schnell laut wird, deshalb erinnere ich mich noch genau daran. Wir haben nie verstanden, wieso er so dagegen war, und er hat es uns auch nicht erklärt. Am Anfang dachten wir, es liegt an seiner katholischen Erziehung, aber er war nie besonders religiös. Er hat Tarot immer als schwachsinnig und realitätsverachtend bezeichnet. Bis vor Kurzem habe ich mich nie gefragt, ob mehr dahintersteckt.«

»Und jetzt denkst du, Tarotkarten haben irgendwie mit seinem Tod zu tun?«

Die Tatsache, dass er kein bisschen ironisch klang, machte mir Mut. »Ich weiß es noch nicht. Aber ich werde es herausfinden.«

»Ergibt Sinn«, gab er mir meine Worte von eben zurück und nickte dabei. »Ich würde es genau wie du machen.«

Gegen meinen Willen musste ich lächeln. »Du bist ja auch verrückt.«

Auch er lächelte, und es fühlte sich an wie der Moment, wenn man in einem Aufzug stand und dieser sich in Bewegung setzte. Erst Sinken. Dann Schweben. Dann beides gleichzeitig.

»So«, sagte ich, als unser Augenkontakt ein bisschen zu intim wurde. »Jetzt bist du dran. Du weißt eine Menge über mich und ich kaum etwas über dich. Wir brauchen Ausgleich.«

Sein Lächeln vertiefte sich. »Was würdest du gerne wissen?«

Wie wäre es mit *allem*?

Ich kam nicht dazu, ihm zu antworten. In diesem Moment begann es in meiner Jackentasche zu vibrieren.

Während ich eine Entschuldigung murmelte, zog ich mein Handy hervor. Malvolio zuckte zusammen, den Blick auf mein erleuchtetes Display gerichtet. Für den Bruchteil einer Sekunde sah ich ihn an, versuchte herauszufinden, wieso er so geschockt war, dann wandte ich meine Aufmerksamkeit wieder dem eingehenden Anruf zu. Es war eine unbekannte Nummer mit venezianischer Vorwahl.

Sofort schoss mein Puls in die Höhe. Wer hatte meine Handynummer? Außer meinem Onkel und der Polizei fiel mir niemand ein.

Ich klickte auf den grünen Hörer und hielt mir das Telefon ans Ohr. »Ja, bitte?«

»Giulietta? Hier ist Vincenzo.«

»Ciao.«

An seiner Stimme hätte ich ihn nicht erkannt. Seit unserem Abendessen auf der Dachterrasse hatte ich mit zu vielen neuen Menschen Kontakt gehabt, seine Stimme stach da nicht besonders heraus.

»Wo bist du?«

»Ich fahre Gondel«, antwortete ich wie maschinengesteuert. Die Frage konnte ich gerade zurückgeben. *Ich* war immerhin nicht diejenige, die die Stadt verließ, während die Untersuchungen zum Tod meines Bruders noch liefen.

»Bist du alleine?«

Hörte ich da Sorge heraus? Wieso sagte er mir nicht einfach, was Sache war?

»Ja.« Es ging ihn nicht wirklich etwas an, mit wem ich meine Zeit verbrachte. Wir kannten uns kaum. »Was gibt's?«

»Giulietta, ich hätte mir gewünscht, es dir persönlich zu sagen, aber ich bin derzeit leider für ein paar wichtige Termine verreist. Die Polizei hat sich soeben bei mir gemeldet.«

Er hielt inne.

Spuck es aus, hätte ich fast geschrien. *Lass dir nicht alles einzeln aus der Nase ziehen.*

Mit hektischen Bewegungen zupfte ich an einem Faden, der sich aus meiner Jackennaht gelöst hatte. Die Umgebung um uns verschwamm, die Kälte der Nacht sickerte bis tief in mein Inneres.

»Giulietta?«

Ungeduld mischte sich in die Stimme meines Onkels.

Geräuschvoll atmete ich aus. Mein Atem bildete eine weiße Wolke. »Was hat die Polizei gesagt?«

»Der Obduktionsbericht war eindeutig. Der Raubüberfall hatte nichts mit Lorenzos Tod zu tun. Er ist an einem einfachen Herzversagen gestorben.«

Einfach.

Es klang mühelos. Als hätte es nur den Bruchteil einer Sekunde gedauert.

Seine Worte klangen irgendwie leer. Hatte die Taubheit auch von meinem Onkel Besitz ergriffen? Beim Abendessen war er mir noch relativ emotional vorgekommen. Aber wer wusste schon, wie dieser Schutzmechanismus bei anderen funktionierte. Auf meinen war ja auch nicht immer Verlass.

Ich räusperte mich. »Papa hatte nie gesundheitliche Probleme. Nicht mal eine leichte Erkältung. Ich hab ihn praktisch nie krank erlebt.«

»Es tut mir leid.«

Mehr nicht. Er ging nicht mal auf mich ein.

»Das ist nicht möglich«, fuhr ich fort.

»Giulietta, ich weiß, wie hart das für dich sein muss. Aber glaub mir, ich kenne den Kommissar und die Kollegen in der Pathologie sehr gut, und ich kann dir versichern –«

»Wirklich?« Meine Stimme war auf einen Schlag sehr laut. Als hätte jemand spontan die Lautstärke aufgedreht. »Sie wissen, wie es sich anfühlt, seinen Vater von einen Tag auf den anderen zu verlieren?«

Pause.

Ich spürte Malvolios Blick auf mir, glühend heiß schien er meine Eisschichten durchbrechen zu wollen, doch ich konnte ihn nicht erwidern. Ein Zittern ergriff meinen Körper und breitete sich so schnell aus, dass meine Zähne aufeinanderschlugen.

»Ja«, ertönte Vincenzo Viscontis Stimme, jetzt eindeutig müde. »Auch dein Großvater starb viel zu früh durch einen Unfall. Aber das tut jetzt nichts zur Sache. Ich kann mir vorstellen, dass es für dich gerade sehr schockierend ist, und ich weiß nicht, ob du mir glaubst. Alles, was ich tun kann, ist, es dir zu versichern – die jahrelange Funkstille zwischen Lorenzo und mir hat nie etwas an meinen Gefühlen geändert. Er war immer mein Bruder und er wird immer mein Bruder sein.«

Er holte tief Luft, seine Stimme zitterte, doch der Rest schwappte über mich hinweg. Meine Gedanken waren viel zu laut. Zwei Worte liefen in Dauerschleife durch meinen Kopf, immer lauter, immer zorniger.

Kein Zufall. Kein Zufall. Kein Zufall.

Meine Mutter war bei einem Unfall in dieser Stadt gestorben. Und jetzt blieb das Herz meines Vaters stehen, nachdem er zum ersten Mal seit Jahren Venedig betrat? Nachdem er mir eine Nachricht hinterlassen hatte, dass ich auf keinen Fall herkommen sollte?

Kein. Zufall.

Ich musste mich konzentrieren. Das Rauschen in meinen Ohren unter Kontrolle bekommen. Das Zittern. Mein rasendes Herz.

Tief durchatmen. Ein und aus. Wieder und wieder.

Da war plötzlich Hitze an meiner freien Hand. Finger, die sich wie eben schon um meine schlangen. Malvolio hatte nicht abgewartet, bis er mich mit seinem Blick wärmen konnte, er hatte den direkten Weg gewählt.

Die Dankbarkeit schnürte mir die Kehle zu. Ich klammerte mich an seine Hand wie eine Ertrinkende, obwohl mir die Nähe eben noch zu viel gewesen war. Ansehen konnte ich ihn allerdings nicht.

»Wir dürfen nicht lockerlassen«, sagte ich bestimmt. Es war mir egal, ob ich meinem Onkel ins Wort fiel. Er musste verstehen, wie wichtig das war. »Bitte, wir müssen irgendetwas tun. Ich *weiß* einfach, dass ...«

»Ich wünschte, ich hätte eine andere Antwort, aber es gibt nichts mehr, was wir tun können, Giulietta.«

Willst du mich auf den Arm nehmen, Papa?

In Gedanken brüllte ich, ich tobte und schäumte.

Dein Herz bleibt einfach so stehen, ja? Dumm gelaufen, könnte jedem passieren, da lässt sich nichts machen?

Papa antwortete nicht, doch ich sah sein Gesicht vor mir. Glasklar zeichnete es sich von der Finsternis ab. Die Augenbrauen waren zusammengezogen. Vorwurfsvoll.

Ich schnaubte.

Na klar, er hatte recht, seinen Bruder traf keine Schuld. Vincenzo konnte die Wahrheit nicht sehen. Er hatte nicht die Beweise, die *ich* hatte. Er wusste nicht mit felsenfester Überzeugung, dass da etwas faul war in seinem Hotel. Und ich würde es ihm mit Sicherheit nicht sagen und mich für unzurechnungsfähig erklären lassen.

Malvolio war eine Sache – er stand auf Tarotkarten und war vermutlich offen für diesen Kram, weil er flirten wollte –, aber mein Onkel? Der Hoteldirektor?

Nein, mir blieb nur noch eine Option.

»Danke«, brachte ich hervor. Wo, verdammt noch mal, blieb die Taubheit, wenn ich sie am dringendsten brauchte? Meine

Kehle stand jetzt in Flammen, Schlucken war nahezu unmöglich. Ich klang, als würde ich ersticken. »Was machen wir jetzt?«

»Keine Sorge, Giulietta, ich werde mich um alles kümmern. Die Beerdigung findet in ein paar Tagen statt.«

»Gut. Danke. Schönen Abend noch.«

Damit nahm ich das Handy vom Ohr und beendete das Gespräch. Ich hatte genug gehört.

Noch immer zitterte ich, aber immerhin kehrte Stück für Stück die Umgebung zurück. Wir hatten unsere Runde beendet und waren wieder in dem kleinen Wasserbecken angekommen, von wo aus wir gestartet waren. Malvolio verabschiedete sich vom Gondoliere. Ich tat es ihm nach und griff nach den Händen, die mir an Land halfen. Schon bald liefen wir wieder, ich hatte mich aus seinem Griff befreit und beide Hände in den Jackentaschen vergraben, in der Hoffnung, mich so etwas aufzuwärmen und das Zittern zu stoppen. Aber wem machte ich was vor? Die Kälte stammte nicht von den Temperaturen.

Die Stimmung der Stadt hatte sich vollkommen verändert. Der Nebel hatte sich vermehrt und bewegte sich gespenstisch langsam im Schein der Straßenlaternen. Sterne glitzerten am Nachthimmel. Es wäre alles so verflucht magisch, wäre ich nicht ich und mein Leben kein einziger Albtraum.

Nein. Du gibst jetzt nicht auf. Das ist nicht das Ende. Scheiß auf die Polizei. Du kannst deinem Gefühl vertrauen.

»Giulietta?«

Malvolio klang ungeduldig, als hätte er meinen Namen gerade schon mehrmals ausgesprochen.

Ich verlangsamte meine Schritte und schaute ihn an. Trotz der Dunkelheit entging mir der Sturm in seinen Augen nicht.

»Du kannst mit mir reden, wenn du willst«, wisperte er. »Ich bin für dich da.«

»Wieso?«, gab ich zurück und schüttelte den Kopf. Dieser

gottverdammte Kloß im Hals! Ich musste mich wieder auf die Wut konzentrieren.

»Weil du sonst niemanden hast.«

Es klang nicht boshaft oder mitleidig. Sondern aufrichtig. Trotzdem war die Wut zurück. Sie hatte ein konkretes Zielobjekt gebraucht, und Malvolio stellte sich bereitwillig in die Schusslinie.

Ich ballte die Fäuste und blieb stehen. Wandte mich ihm vollständig zu, ließ ihn alles sehen, was in mir vor sich ging.

»Du kennst mich nicht«, wiederholte ich meine Worte von gestern Nacht.

Ein trauriges Lächeln umspielte seine Lippen. »Ich wurde mit Sehkraft gesegnet.«

Die Wut wärmte mich von innen heraus. Ich würde nicht heulen. Ich hatte es geschafft, die Tränen zurückzudrängen. Seinetwegen. Er war ein Idiot, aber er nahm mich ernst. Und er hatte ähnliche Erfahrungen gemacht. Außerdem hatte er recht, oder? Schon gestern hatte er recht gehabt und jetzt schon wieder. Es gab niemanden, mit dem ich reden konnte. Niemanden, der mir glauben würde. Ich war das trauernde Mädchen, das den Tod seines Vaters nicht akzeptieren konnte und verzweifelt nach mehr Antworten suchte, wo nur Sackgassen auf mich warteten. Noemi und Speranza würden sich Sorgen machen. Wie sollten sie mir glauben, wenn der Obduktionsbericht gegen mich sprach? Sie würden es als Verschwörungstheorie abtun. Würden sofort herfahren, um mich emotional zu unterstützen, mir beim Trauern beizustehen.

Aber ich wollte nicht trauern. Es gab nur eines, was ich wollte.

»Sie sagen, es war ein natürlicher Tod«, sagte ich und packte Malvolio an beiden Armen, trat näher auf ihn zu. Seine Augen weiteten sich, doch er rührte sich nicht von der Stelle. »Aber das ist kompletter Bullshit. Ich *weiß* es. Es sind einfach zu viele Zufälle.«

»Und wir glauben beide nicht an Zufälle«, flüsterte er. Unsere Blicke verketteten sich. Meine Wut blieb, aber sie richtete sich nun nicht mehr gegen ihn. Für ihn hatte ich in diesem Moment nichts als Dankbarkeit übrig.

»Was ist dein Plan?«, fragte er. Nicht verurteilend, nicht ironisch, sondern interessiert.

Ich lächelte grimmig. »Ich werde den Mörder meines Vaters finden.«

Er nickte. Seine Augen badeten wie vorhin in Dunkelheit. Ich war mir sicher, er spiegelte den Ausdruck in meinen.

»Brauchst du Hilfe?«

Ein hilfloses Lachen entwich mir. »Wenn du sonst nichts Besseres zu tun hast.«

Kopfschütteln. »Wo fangen wir an?«

Wie schnell sich meine Mission in etwas Handfestes verwandelt hatte, nur weil es einen einzigen Menschen gab, der mich darin unterstützte. Einen Menschen, den ich nicht mal kannte. Und der trotzdem dieses Gefühl in mir auslöste, dass ich es schaffen konnte und noch nicht alles verloren war. Auch wenn dies vermutlich die größte Lüge von allen war.

Wir sahen uns an, und für ein paar Sekunden schmeckte ich die süße Hoffnung auf der Zunge. Dann schlug die Realität mit voller Wucht auf mich ein.

»Es gibt einen Lehrling in der Hotelküche, der mehr über die Vergangenheit meiner Familie weiß. Er wollte mich um Mitternacht in der Restaurantküche treffen, um mir davon zu erzählen. Es ist nicht viel, aber es ist ein Anfang. Die Lösung versteckt sich in diesem Hotel, da bin ich mir sicher.«

Meine Stimme bebte jetzt nicht vor Wut, nicht vor Verzweiflung, sondern vor leidenschaftlicher Entschlossenheit.

Wir hatten gerade den Markusplatz zur Hälfte überquert, als Malvolio plötzlich stehen blieb und sich mit einer Hand an dem Geländer festklammerte, das die Basilica von der Piazza trennte. Sein ganzer Körper wurde starr, und Verzweiflung blitzte in seinen Augen auf. Schließlich kippte sein Kopf vornüber, und ein gequälter Atemzug erfüllte die Luft.

Sofort trat ich neben ihn. »Alles okay?«

»Geh ... geh schon mal vor. Ich muss nur ... ich bin gleich ...«

Ich beugte mich zu ihm herunter. Jedes Wort schien ihm Höllenqualen zu bereiten. »Was ist los mit dir?«

Er glaubte doch wohl kaum, dass ich ihn in diesem Zustand alleine ließ. Sein gesamter Körper bebte jetzt, und er schien Mühe zu haben, sich aufrecht zu halten.

Mein gezischter Name drang durch seine Lippen, halb Warnung, halb Drohung. Was geschah hier?

»Das ... passiert ... öfter ...«

Die drei Worte gaben ihm wohl den Rest. Im nächsten Moment knickten seine Beine zusammen und er ging zu Boden. Völlig erstarrt beobachtete ich ihn. Es ging alles viel zu schnell. Er krümmte sich und ächzte.

»Soll ich einen Krankenwagen rufen?«

Meine Stimme klang völlig schrill.

»Giulietta!«, knurrte er zwischen den Schmerzenslauten.

Wie konnte er noch Sekunden zuvor ganz normal neben mir gelaufen sein? Wieso klang er jetzt so wütend?

Ich ging neben ihm in die Knie, suchte seinen Blick, schrak vor dem wilden Ausdruck in seinen Augen zurück.

»Lass mich dir helfen.«

Er schüttelte den Kopf, hin und her, presste die Lider fest zusammen, versuchte, regelmäßig zu atmen. Seine Hände tasteten nach seinem Hals, ein animalisches Röcheln ertönte. Die Adern an seiner Stirn traten hervor, seine Augen rollten nach hinten.

Mein Herz hämmerte schmerzhaft in meiner Brust. Der Platz war menschenverlassen, und die Hilflosigkeit ergriff Besitz von mir. Ich musste irgendetwas tun, ich ...

»Ich erkläre dir alles später«, zischte er, für einen Augenblick war es ihm wieder gelungen, durchzuatmen. »Wir treffen uns um Mitternacht in der Küche.«

Erklären? Was zur Hölle wollte er mir erklären?

Ich schüttelte den Kopf. »Du brauchst Hilfe.«

Abrupt ließ er seinen Hals los, packte mein Gesicht mit beiden Händen und zog mich ruckartig zu sich.

»*Ver-schwin-de*!«

Jetzt bekam ich es erst so richtig mit der Angst zu tun.

Was, wenn er irgendwelche Drogen nahm? Ich kannte ihn nicht, verdammt. Nur weil er sich bereit erklärte, mir beim Lösen des Mordfalls meines Vaters zu helfen, bedeutete das nicht, dass ich ihm vertrauen sollte.

Er ließ mich los, und ich rappelte mich hastig auf. Wie ferngesteuert begann ich, mich von ihm wegzubewegen. Seine abgehackten Atemzüge hallten noch lange in meinen Ohren wider, nachdem ich außer Hörweite war.

KAPITEL 10

Zwei Tote in einer Nacht

Presto e bene non vanno insieme.
(Schnell und gut passen nicht zusammen.)

Ich hätte es wissen müssen. Früher oder später passierte es immer. Nur hatte ich nicht erwartet, dass sie so schnell dabei sein würde. Es war ein Fehltritt. Noch war ich weit davon entfernt, ihr Vertrauen zu gewinnen, und ein Moment wie dieser würde alles gefährden. Am liebsten hätte ich ihr noch heute die Wahrheit erzählt. Zumindest die Version der Wahrheit, die sie hören musste, um mir behilflich sein zu wollen. Jeder Mensch hatte seinen Preis. Sie hatte mir heute ihren verraten: der Mörder ihres Vaters.

Der klägliche Rest meines schlechten Gewissens ließ sich schnell damit beruhigen, dass ich sie der Wahrheit tatsächlich näherbrachte. Ich würde ihr keine Märchengeschichte auftischen, die vollkommen erlogen war. Ich würde ihr Antworten bieten, auf die sie vermutlich ihr gesamtes Leben lang gewartet hatte. Nur ein, zwei kleine Details würde ich ändern. Es war das Beste für sie.

Meine Hände umschlossen das goldene Treppengeländer, während ich mich Stufe für Stufe nach oben quälte. Es war eine Herausforderung gewesen, durch den Hintereingang ins Hotel zu gelangen, ohne Aufsehen zu erregen. Zweimal hatte ich mich vor Mitarbeitern verstecken müssen. Meine viel zu hektischen Atemzüge hätten mich um ein Haar verraten.

Die Folgen des letzten Zwischenfalls steckten mir noch in den Knochen. Sofias leichenblasses Gesicht ging mir nicht mehr aus dem Sinn. Ihre Augen waren weit aufgerissen, die rötlichen Haarsträhnen klebten an ihrer schweißnassen Stirn. Sie war sanftmütig. Ihre Reflexe hatten sie vermutlich selbst überrascht, als sie nach dem spitzen Kerzenständer hinter sich gegriffen hatte. Ich war mir sicher, sie hatte nicht vorgehabt, ihn dem Kerl in die Brust zu rammen, sie hatte ihn damit nur von sich stoßen wollen, damit seine Hände sie freigaben. Seine Hände, meine Hände.

Ich erschauderte, und ein Röcheln drang aus meinen Lippen, während meine Umgebung unscharf wurde. Der Kerl hatte nicht kapiert, was mit ihm geschah. Der Kerzenständer war nicht der Todesgrund. Er … *Ich* war nach hinten gestolpert und beim Fallen mit dem Kopf gegen den Kamin geknallt. Die Wucht des Aufpralls reichte. Es ging ganz schnell. Das würde ich Sofia zumindest sagen können. Der lächerliche Versuch eines Trostes. *Mach dir keine Sorgen, er hat nicht gelitten.*

Er hatte kaum verstanden, was vor sich ging. Nur sein letzter Gedanke hatte Erkenntnis gezeigt. *Das ist es nicht wert*, hatte er gedacht. *Angela hatte recht, es war das Geld nie wert.*

Ich zwang mich zu tiefen Atemzügen, klammerte mich fester an das Geländer und verharrte für einen Moment so. Also hatte ihn jemand geschickt. Wer würde Sofia schaden wollen? Sie war so sanftmütig.

Nein, es ging hier nicht um Sofia. Es ging hier um uns alle.

Erst das Datum über Cosimas Gestalt, jetzt das. Jemand wollte uns töten. Jemand, der wusste, was geschah, wenn jemand von uns starb. Der Leichen in Kauf nahm. Die Magie sorgte dafür, dass keine Karte jemals unbesetzt blieb. Wenn jemand von uns starb, suchte die Karte sich einen Ersatz. Den Menschen, der sich zufällig am nächsten befand. Doch wenn jemand Karten töten wollte, bedeutete das, dass es hier nicht um einen zufälligen Ersatz ging. Jemand *wollte* zur Karte werden.

Aber nur eine Karte von uns konnte sterben, soweit ich wusste. Durch ihre eigene Hand. Und das war nicht Sofia.

Wer? Wer wusste Bescheid? Und wer war dumm genug zu glauben, dass wir alle sterben konnten? Vincenzo kam nicht infrage. Er kannte die alten Geheimnisse. Nahezu so gut wie ich.

Was, wenn ich Giulietta unterschätzte? Sie hatte so aufrichtig geklungen. So erleichtert, dass sie endlich mit jemandem über die Geschehnisse sprechen konnte. Ich konnte Menschen lesen, aber was, wenn ich so sehr an meinem Plan hing, wenn die Hoffnung mich unvorsichtig machte, sodass ich blind war für das, was sich vor meinen Augen abspielte?

»Hier bist du!«

Ich unterdrückte ein Stöhnen. Collisio war soeben durch die Wand gekommen und lehnte sich gegenüber von mir ans Geländer. Ich gab mir Mühe, ihn zu fokussieren. Sein sandfarbenes Haar war zerzaust, und ein ungewöhnlich ernster Ausdruck lag in seinen Augen.

»Ich habe dich überall gesucht.«

Es klang nicht wie ein Vorwurf, eher nach Erleichterung.

»Was willst du?«, brachte ich hervor.

»Sofia und die anderen wollen wissen, ob du Informationen hast.«

»Er wurde dafür bezahlt. Mehr weiß ich nicht. Es ging viel zu schnell.«

»Sie wollte nicht, dass er stirbt.«

Sieh an, sieh an. Selbst Collisio kam von seinem kindischen Gehabe weg, wenn jemand wie Sofia zur Mörderin wurde. Ich richtete mich auf und zwang mich, auf die Details zu achten. Rote Äderchen durchzogen das Weiß seiner Augen, und trotz der spärlichen Beleuchtung im schmalen Treppenhaus konnte man erkennen, dass sein Teint fast so grau war wie Sofias in meiner Erinnerung.

»Ich weiß«, entgegnete ich. »Es war Notwehr. Er hat ihr in ihrem Zimmer aufgelauert. Jeder hätte an ihrer Stelle so reagiert.«

Nun … vielleicht nicht jeder. Die meisten von uns fühlten sich so mächtig, dass sie vermutlich nicht mal mit der Wimper gezuckt, sondern eher gelacht hätten. Ich mit Sicherheit nicht. Ich hätte den Augenblick genossen und mir für einen Herzschlag lang erlaubt, an die unrealistische Möglichkeit zu denken, meinem Schicksal einfach zu entkommen.

»Sie hat sofort Salome und Agostino gerufen«, sprach er weiter, als hätte ich gar nichts gesagt. »Aber es war zu spät.«

Salome konnte Fähigkeiten neutralisieren und sogar rückgängig machen, aber auch sie kam nicht gegen die erbarmungslosen Klauen des Todes an. Und was Agostino anging – Wunden einer Leiche zu heilen, war wohl der Inbegriff von vergeblicher Liebesmüh.

»Ich verstehe nicht, wieso dieser Mann in ihrem Zimmer war«, sprach Collisio weiter, und die Hysterie lugte hinter seinen Worten hervor. »Ich verstehe nicht, was das alles zu bedeuten hat. Wenn er bezahlt wurde – heißt das, er will uns alle umbringen?«

Meine Lippen verzogen sich zu einem spöttischen Lächeln, das mir fast sämtliche Kräfte raubte. »Angst vor dem Tod, Collisio?«

Er warf mir einen vernichtenden Blick zu. »Es bereitet dir keine Sorgen, dass uns offensichtlich jemand umbringen will?«

Mir bereitet eher Sorgen, dass uns niemand umbringen kann.

Zumindest war es das gewesen, was ich seit langer Zeit geglaubt hatte. Cosima war der Beweis, dass ich mich irrte.

»Ich habe gerade andere Probleme«, erwiderte ich. Das war immerhin die Wahrheit. Ich benötigte Giuliettas Vertrauen. Dafür musste ich ihr eine Erklärung für vorhin bieten. Und nebenbei meine zweitwichtigste Aufgabe erfüllen, ohne dass jemand Verdacht schöpfte. »Und nur weil es ein Mal passiert, heißt es nicht, dass es ein zweites Mal passieren wird. Es könnte ein Zufall sein. Eine Verwechslung.«

»Stella hat gesagt, sie fühlt sich verfolgt.« Collisios Stimme wurde immer lauter. »Und auch Maurizio sagte vorhin, er könnte schwören, jemand sei in seinem Zimmer gewesen. Seine Habseligkeiten waren überall verstreut. Ein Zufall? Ist das dein Ernst?«

Ein paar Sekunden starrte ich ihm kühl in die Augen, dann gab ich mir einen Ruck. Ich stieß mich vom Geländer ab und schloss ihn in meine Arme. Im ersten Moment versteifte er sich, doch dann erwiderte er die Umarmung mit einer Heftigkeit, die mich fast mein Gleichgewicht kostete. Noch immer war ich nicht der Alte. Die Erschöpfung drohte mich mitzureißen, aber ich gab nicht nach. Während ich ihn umarmte, ließ ich eine Hand in seinen Haarschopf wandern.

»Ich will nicht wieder sterben«, wisperte er. »Wir sind doch gerade erst wieder frei.«

Wieder und wieder strich ich ihm liebevoll über den Kopf, bis ich lose Haare zwischen den Fingern spürte. Sein Egoismus war abstoßend, vor allem, wenn ich daran dachte, wie gleichgültig er auf Gretas Schicksal reagiert hatte, doch auf der anderen Seite konnte ich ihn auch verstehen. Er wollte nichts sehnlicher als ein Leben in Freiheit. Wollten sie das nicht alle?

Wenn er wüsste, dass die größte Gefährdung seiner Freiheit ihn gerade in den Armen hielt.

»Du kannst nicht sterben«, flüsterte ich zurück und ließ von seinem Hinterkopf ab, umschloss die Haare in meiner Handfläche wie einen Schatz. »Konzentriere dich darauf. Es wird alles gut.«

Dann löste ich mich von ihm, drehte mich um und lief die Treppe nach oben. Schneller als zuvor, auch wenn mein Körper bei jedem Schritt erbebte und mich anflehte, gnädiger zu ihm zu sein.

Ich hatte keine Zeit für Gnade.

Wie lächerlich einfach es plötzlich war, meinen Plan in die Tat umzusetzen. Und das nur, weil ich das letzte Teil gefunden hatte. Giulietta. Bald würde ich sie einweihen. Ich brauchte nur noch einen Beweis. Etwas Großes, damit sie mir Glauben schenken konnte.

Callisto und Cara warteten vor meinem Zimmer auf mich. Die Zwillinge waren dunkelblond, mit großen Mündern und lachenden Augen, und sie wirkten nicht, als wären sie allzu aufgewühlt wegen der Sache mit Sofia. Sie trugen ihre besten Abendkleider, schillerndes Rot und Blau, und feixten, als sie mich sahen.

Eigentlich war ihre Anwesenheit ungünstig, weil ich Collisios Haare sicher verwahren musste, ohne dass sie es mitbekamen, und wenig Lust auf weitere Ablenkungen hatte. Schließlich musste ich mich darauf vorbereiten, Giulietta heute um Mitternacht wieder gegenüberzutreten. Jedoch besaß ich noch immer keine DNA von Cara. Mit Callisto hatte ich mich kürzlich auf einen Tanz vor dem Canal Grande eingelassen, nachdem sie mich nachts an der Hotelbar bedrängt hatte. Anschließend waren wir auf ihr Zimmer gegangen. Ich hatte Glück – ein paar abgeschnittene Fingernägel warteten wie nur auf mich am Waschbeckenrand ihres Badezimmers, das sie sich mit Cara teilte. Ich konnte mir nicht sicher sein, wessen Fingernägel das waren und ob ich Souvenirs von beiden Zwillingen benötigte, also musste ich sicherheitshalber mehr sammeln.

Seit diesem Abend verschlang Callisto mich mit Blicken. In letzter Sekunde hatte ich die Flucht ergreifen können, ehe sie mir die Kleidung vom Leib gerissen hatte. Ich wusste, sie wartete auf eine weitere Gelegenheit, mir nahezukommen, aber ich wusste auch, dass ich ihre Avancen nicht ernst nehmen musste. Ich war nur ihr aktuell auserkorenes Spielzeug; wenn ich sie abwies, würde ich höchstens ihren Stolz verletzen. Von Zeit zu Zeit brauchte sie lediglich eine wahre Herausforderung, keinen Menschen, der ihren Annäherungsversuchen nur allzu schnell nachgeben würde.

Ich machte einen Knicks und zückte meinen Zimmerschlüssel. »Die Damen.«

»Du siehst scheußlich aus«, raunte Cara.

Statt einer Antwort hob ich nur eine Braue. *Erzähl mir was Neues.*

»Wir haben gehört, du warst mit Giulietta unterwegs«, sagte Callisto mit honigsüßer Stimme. Ihr schien mein ausgemergelter Anblick wenig auszumachen. »Ich war recht eifersüchtig. Mich hast du nie gefragt, ob ich mit dir Gondel fahren will.«

Der einzige Grund, wieso ich mit Giulietta Gondel fahren wollte: Es war der einzige Ort in dieser verfluchten Stadt, an dem wir nicht belauscht werden konnten.

»Mach dir keine Sorgen, es hatte nichts zu bedeuten.« Meine Stimme klang mindestens so weich und schmeichelhaft wie ihre. Sowohl sie als auch ihre etwas zurückhaltende Schwester waren mir mit ihrem Talent zuwider. Die beiden waren mindestens so gefährlich wie Azazel, wenn auch nicht so unberechenbar. Das bedeutete, ich durfte sie nicht zu meinen Feindinnen machen.

»Wir wollten eigentlich nur fragen, wie es lief«, fügte Cara hinzu und befeuchtete ihre Lippen mit der Zungenspitze. »Und ob du unsere Hilfe benötigst.«

»Nein, danke.« Ich rang mir ein Lächeln ab und steckte den Schlüssel ins Schloss. »Wollt ihr auf einen Drink hereinkommen?«

Und euch hoffentlich, hoffentlich, so bald wie möglich aus dem Staub machen, nachdem ihr beide euren Speichel an den Kristallgläsern hinterlassen habt?

Callisto strahlte, Cara nickte höflich.

Fünf Minuten später saßen wir uns auf den rabenschwarzen Sesseln in meinem Loungebereich gegenüber. Wir alle hatten ein Glas Martini in der Hand. In meinem befand sich im Gegensatz zu ihren lediglich Wasser – ich hatte nicht vor, den Abend in Watte gehüllt zu verbringen.

»Vertraut sie dir schon?«, hauchte Callisto und beugte sich verschwörerisch vor. Sie spielte gedankenverloren mit dem Zahnstocher, auf dem die grüne Olive aufgespießt war. Ihre dunkelrot lackierten Fingernägel schimmerten im Schein der Hängeleuchte.

»Wir müssten es ja nicht übertreiben«, fügte Cara in geschäftsmäßigem Ton hinzu. »Nicht aufs Ganze gehen. Falls du die Herausforderung genießt.«

Beinahe hätte ich mich an meinem Getränk verschluckt. Als ginge es mir um die Herausforderung. Als wäre ich wie sie.

Ich stellte das Glas vor mir ab und sah ihr in die hellen Augen. Für einen Moment zog ich ihr Angebot in Erwägung.

Warum eigentlich nicht? Cara und Callisto konnten lediglich Gefühle beeinflussen, sie konnten nicht wissen, was ich damit anzustellen gedachte. Wenn Giulietta Vertrauen zu mir oder gar romantische Gefühle für mich hätte, wäre es umso einfacher, sie zu überzeugen, mir zu helfen. Das war eine Tatsache. Es sollte mir nur um mein Ziel gehen. Je schneller ich mein Ziel erreichte, desto besser. Auch Giulietta wäre im Endeffekt besser dran. Ihren Vater konnte ich ihr nicht zurückgeben, doch ich konnte verhindern, dass noch mehr Leid über diese Stadt hineinbrach. Wen scherte es da schon, wenn ich unfair spielte?

Ich ließ meinen Blick von Cara zu Callisto und wieder zurück wandern. Erwartungsvoll sahen sie mich an. Sie glaubten, wir hätten dasselbe Ziel.

Lorenzos Gefühle in mir waren verblasst. Er war nicht der Grund für mein Zögern. Seine Gefühle waren durch meine eigenen ersetzt worden. Ich war mir nicht genau darüber im Klaren, was sie zu bedeuten hatten. Giulietta war nur Mittel zum Zweck für mich. Doch sosehr ich mich dagegen wehren wollte, ich besaß ein Herz. Schon lange war ich einem frisch trauernden Menschen nicht mehr so nahegekommen. Im wahren Leben – nicht wenn der Fluch mich traf.

Der altbekannte Schmerz, der ihr aus jeder Pore zu dringen schien, hatte mich ebenfalls mitgerissen. So nah nebeneinander in der Gondel zu sitzen, hatte sich wie Ertrinken angefühlt. Seite an Seite war ich mit ihr in dem Gefühl geschwommen, auch wenn sie es kaum zugelassen hatte. Sie glaubte, sie musste alleine leiden. Sie erinnerte mich an mich.

Aber wenn ich ehrlich war, dann war das nicht alles. Es lag nicht ausschließlich am Mitleid. Ich mochte es, mit ihr zu reden. Sie war schlau. Hilfsbereit. Und sie ließ mich vergessen. Die Zeit mit ihr raste.

Das war der wahre Grund, wieso ich keine übernatürliche Hilfe wollte. Sie hatte etwas Besseres verdient. Und so lächerlich, so unausweichlich es war, ich wehrte mich mit Händen und Füßen dagegen, ein Monster zu sein. Ich wollte sie nicht noch mehr manipulieren. Zumindest in dieser einen Sache wollte ich ihr den Willen lassen. Selbst wenn es meinen Plan gefährdete.

»Ach, wisst ihr«, sagte ich mit meinem breitesten Lächeln und lehnte mich im Sessel zurück. »Ich kann einfach der Herausforderung nicht widerstehen. Deshalb möchte ich es ganz alleine schaffen.«

Ich hatte kaum zu Ende gesprochen, da geschah es.

Sie bekamen keine Gelegenheit zu antworten. Oder vielleicht antworteten sie, doch ich hörte sie nicht mehr. Meine Hotelsuite inklusive der beiden verschwamm vor meinen Augen und nahm jegliche Geräusche mit sich. Auf einen Schlag befand ich mich unten in der Hotelküche. Ich war allein. Um diese Uhrzeit trieb sich normalerweise niemand in der Hotelküche herum. Ich war nicht mehr ich. Die Hände gehörten nicht zu mir. Sie ließen etwas fallen. Der Geschmack der Nüsse lag mir noch auf der Zunge. Wie meine Zunge brannte! Das Röcheln gehörte ebenfalls nicht zu mir. Ich trug Arbeitskleidung. Sank auf die blank polierten Fliesen. Rang nach Atem. Ich war vollkommen allein. Ich konnte nicht atmen. Gottverdammt, ich konnte nicht atmen.

Erdnüsse.

Wer hatte Erdnüsse in das Sandwich getan?

KAPITEL 11

Die Schlinge zieht sich zu

Ich hätte ihn nach seiner Handynummer fragen sollen. Oder bei ihm bleiben sollen. Auch wenn er mich angefleht hatte abzuhauen. Wer ließ jemanden alleine, der voller Schmerzen am Boden lag?

Inzwischen hatte ich Zeit gehabt, mir in Ruhe über den Abend Gedanken zu machen. Malvolio kam mir nicht wie jemand vor, der Drogen nahm. Und er hatte gesagt, dass er mir später eine Erklärung liefern würde. Das bedeutete, es gab eine Erklärung für das alles. Hatte er nur seinen Zusammenbruch gemeint? Oder hing das irgendwie mit unserem Gespräch davor zusammen?

Rücklings ließ ich mich auf mein Himmelbett fallen und vergrub das Gesicht in den Händen. Bis Mitternacht hatte ich noch über eine Stunde totzuschlagen. Die letzten Stunden war ich in meinem Zimmer auf und ab gegangen und hatte mir zwischendurch Notizen in meinem Lederbuch gemacht. Ich hatte mir ein belegtes Panino aufs Zimmer bestellt, weil ich es nicht gewagt hatte, in den Gängen herumzustreifen. Insbesondere nicht im ersten Stock. Für heute hatte ich genug gehabt.

Eigentlich hatte ich geplant, vor meinem Treffen mit Malvolio und Davide ein bisschen Schlaf nachzuholen, doch das war vergeblich. Was, wenn Malvolio nicht auftauchen würde? Wenn es ihm körperlich so schlecht ging, dass er sich nicht bewegen konnte? Das Gedankenkarussell verfolgte mich die ganze Zeit über und wurde durch die Erinnerung an das Telefonat mit Vincenzo zusätzlich vorangetrieben. *Einfaches Herzversagen.*

Ich wollte schreien. Jemandem wehtun. Mir vielleicht.

Giulietta. Die sanfte Stimme meines Vaters flüsterte mir ins Ohr. Er klang nicht mehr böse oder mahnend. Sondern so, wie er immer geklungen hatte, wenn er mich leiden sah. Als würde sich sein eigenes Leid dadurch verdoppeln.

Abrupt stieß ich mich wieder vom Bett ab.

Ich hatte einen Komplizen. Und ich hatte eine erste Spur. Es hatte damals einen Mordfall auf dem Hotelgrundstück gegeben, hatte Davide gesagt. Ich musste herausfinden, ob irgendeine Verbindung zu heute bestand.

Aber bevor ich das tun konnte, musste ich sicherstellen, dass es Malvolio gut ging.

Ich schlüpfte in meine Stiefel, band mir meine Haare zusammen und verließ meine Suite. Statt die Treppe nach unten zu nehmen, stieg ich in den Aufzug. Ich hatte wirklich keine Lust auf seltsame Begegnungen in der ersten Etage.

In der Lobby war es relativ ruhig. Vier Gäste waren hinten im Sitzbereich zu sehen, ansonsten war es menschenleer. Weder der Nachtportier noch der Herr am kleineren Empfangstresen kamen mir bekannt vor. Das machte es schwieriger.

Trotzdem setzte ich mein überzeugendstes Lächeln auf und lief zum Tresen, der sich direkt neben dem Aufzug befand. Der Kerl dahinter war etwa zehn Jahre älter als ich und las in einem historischen Roman, den er hastig in einer Schublade verstaute, als er mich bemerkte.

Ich lächelte breiter. »Der ist echt gut, oder? Schon die Anfangsszene hat mich völlig vom Hocker gehauen.«

Der Typ lief rot an und lächelte zaghaft zurück. »Sie haben *Das goldene Schwert* gelesen?«

Mit verschwörerischem Blick legte ich beide Handflächen zwischen uns auf den Tresen und beugte mich näher. »*Verschlungen*, meinen Sie wohl!«

Okay, stell mir bitte keine spezifische Frage zum Buch, sonst fliege ich auf.

»Ich wollte Sie auch gar nicht beim Lesen stören«, flötete ich. »Ich habe nur eine kurze Frage.«

»Aber … aber natürlich, Signorina Visconti. Sie stören doch nicht.«

Sehr schön, er wusste, wer ich war. Das könnte hilfreich sein.

»Sehen Sie, ich habe vorhin einen Ausflug mit einem Gast aus der dritten Etage unternommen. Leider hatte er gesundheitliche Probleme, und wir mussten uns kurzfristig voneinander verabschieden. Ich mache mir ziemlich große Sorgen und wollte mich nach seiner Gesundheit erkundigen. Dummerweise habe ich vergessen, in welchem Zimmer er momentan wohnt. Und auch sonst habe ich keine Möglichkeit, ihn zu kontaktieren. Es ging alles so schnell.«

Sein Blick wurde mit jedem meiner Worte weicher. Na, wer sagt's denn! Das ging einfacher als gedacht. Und ich spielte sogar mit offenen Karten. Wenn man von der Anfangslüge mit dem Buch absah.

Der Concierge lächelte verständnisvoll. »Wie heißt der Gast denn?«

»Malvolio. Seinen Nachnamen weiß ich leider nicht.«

Meine Anfrage würde vielleicht verdächtiger klingen, wäre ich nicht die Nichte des Hoteldirektors.

Der Kerl nickte. »Kein Problem. Dritte Etage, sagten Sie?«

»Genau!«

Er wollte sich gerade seinem Computer zuwenden, da wanderte sein Blick hinter mich, und er zog für den Bruchteil einer Sekunde die Augenbrauen zusammen.

Ich drehte mich um. Hinter uns, keine zwei Meter von mir entfernt, stand ein älterer Mann in einem silbergrauen altmodischen Frack und mit einem gefährlichen Glitzern in den Augen. Ich hatte ihn nicht näher kommen gehört. Eine Gänsehaut breitete sich auf meinen Armen aus. Zwar war er mir noch nie begegnet, doch wenn ich wetten müsste, hätte ich darauf getippt, dass er zum Schauspielerteam gehörte. Hatte er hinten in der Lobby gesessen? Wenn er die Treppe heruntergekommen wäre oder den Aufzug benutzt hätte, hätte ich ihn mit Sicherheit gehört.

Gerade wollte ich mich wieder dem Tresen zuwenden, da zwinkerte er mir zu. Mein Magen rutschte eine Etage tiefer. Was wollte der Kerl von mir?

»Signorina Visconti?«, erklang die Stimme des Concierge. »Sind Sie sich ganz sicher, dass es sich um die dritte Etage –«

Er kam nicht dazu, den Satz zu vollenden. In diesem Augenblick ertönte ein lautes Zischen, und dann war es auf einen Schlag stockdunkel. Sämtliche Lichter in der Lobby waren erloschen.

Ein spitzer Schrei erklang, gefolgt von einem überraschten Atemzug.

Ich fuhr erneut herum. Lediglich die Straßenlaternen, die man durch die gläserne Drehtür sehen konnte, spendeten ein wenig Licht. Schemenhafte Umrisse von zwei Menschen waren vor mir zu sehen. Reflexartig trat ich zurück, bis mein Rücken gegen den Tresen stieß. Das Tempo meines Herzschlags verdoppelte sich. Ein Stromausfall. Nur ein Stromausfall. Alles gut.

Das Zwinkern des Kerls im Frack ging mir nicht aus dem

Sinn. Als hätte er geahnt, dass es geschehen würde … Als wäre *er* derjenige …

Ich schüttelte den Kopf. *Mach dich nicht lächerlich, Giulietta!*

»Alles in Ordnung, Signorina Visconti?«

Der Concierge klang nicht halb so erschrocken wie ich.

Erleichtert atmete ich auf. »A-alles gut.«

Im nächsten Moment erhellte der schmale Lichtstreifen einer Taschenlampe den Tresen.

»Bitte entschuldigen Sie mich«, sagte er. »Ich werde nach der Ursache des Stromausfalls schauen.«

Mit diesen Worten lief er los. Ich unterdrückte den Impuls, ihm hinterherzurufen, mich nicht alleine zu lassen.

Nicht einmal mein Handy hatte ich mitgenommen, sodass ich nicht die Handytaschenlampe nutzen konnte. Sollte ich im Dunkeln wieder nach oben? Mich Stück für Stück das Geländer entlanghangeln? Es sah allerdings ganz danach aus, als wäre auch in den oberen Stockwerken der Strom ausgefallen. Ein paar gedämpfte Rufe waren zu hören.

Kaum waren die Schritte des Concierge verklungen, flackerte das Licht des Kronleuchters auf, der sich direkt über mir befand. Es wirkte gespenstisch. Ein einsamer Kronleuchter, dessen Licht die Finsternis durchbrach und der sein Muster auf den Marmorboden warf.

Ich sah mich um und unterdrückte einen Schrei. Vor mir stand eine Frau. Dunkle Locken, große Augen und das Ballkleid, das sie schon getragen hatte, als ich sie vor unserem Haus gesehen hatte. Sie starrte mich an.

Der Mann im Frack entfernte sich gerade in Richtung Drehtür, und mit jedem seiner Schritte kehrte mehr Licht ins Atrium zurück. Als er nach draußen trat und seine Gestalt vom Nebel verschluckt wurde, brannte wieder jedes einzelne Licht. Mir blieb keine Zeit, mich zu erholen. Der Blick der Frau war erbarmungslos.

Hatte der komische Kerl aus dem ersten Stock sie zu mir geschickt? Der Kerl, der anschließend unsichtbar geworden war?

»Cosima«, entfuhr es mir.

Sie zuckte heftig zusammen. Für ein paar Sekunden wirkte es, als würde sie jeden Moment ihr Gleichgewicht verlieren und zu Boden stürzen, doch dann ging ein Ruck durch ihren schmalen Körper, und sie straffte die Schultern. Sie war über einen Kopf größer als ich. Von Nahem wirkte sie jünger. Eine kalte Maske legte sich über ihre geschockten Züge.

Okay, es sah nicht danach aus, als wäre sie hier, weil sie wusste, dass ich nach ihr gesucht hatte. Aber wieso dann?

Es gab so viele Fragen, die ich ihr stellen wollte. Obwohl auch sie zu den Schauspielern gehörte, war es etwas anderes, ihr zu begegnen. *Sie* hatte ich nicht zum ersten Mal in Venedig getroffen. Ich täuschte mich nicht. Ihr Outfit war Beweis genug. Mein Blick wanderte ihren Körper hinab. Das Kleid war heruntergekommen, am Saum deutlich verdreckt. Ich schaute ihr wieder ins Gesicht. Außerdem sah sie aus, als hätte sie in den letzten Tagen ebenso wenig Schlaf wie ich abbekommen. Ihre Haare glänzten ungewaschen, ihre dunklen Augen waren knallrot. Die Verzweiflung, die von ihr ausging, war zum Greifen nahe. Sie stieß mich ab, doch gleichzeitig faszinierte sie mich. Was war mit ihr geschehen? In welcher Verbindung stand sie zu mir? Zu meinem Vater? Wieso verfolgte sie mich?

»Giulietta«, hauchte sie mit einer Stimme, die sie Jahre älter klingen ließ. »Würdest du mir die Ehre erweisen und mir die Karten legen?«

Ich nahm sie mit auf mein Zimmer. Es war mir egal, ob es gefährlich war. Die Zeit bis Mitternacht war knapp, und ich musste die Gelegenheit beim Schopf packen. In der Lobby konnten wir wohl kaum ungestört sprechen, und auf den Dachboden würden mich keine zehn Pferde mehr bringen.

Auf dem Weg in den zweiten Stock sprachen wir kein Wort. Wir nahmen die Treppe, der Aufzug war mir zu gefährlich, sollte es erneut zu einem Stromausfall kommen. Immer wenn ich wegschaute, ruhte ihr Blick auf mir. Wie erwartet brannte auch oben wieder das Licht. Als wir meine Suite betraten, blieb sie stocksteif im Raum stehen, während ich die Karten herausholte. Mit einem gierigen Gesichtsausdruck scannte sie den Raum. Mein ungemachtes Bett, mein Arbeitsoutfit, das zusammengeknüllt auf dem Teppich lag, das benutzte Handtuch, das ich über einen Sessel geworfen hatte. Unter anderen Umständen hätte ich mich für die Unordnung geniert. Das Chaos schien sie nicht zu stören, sie wirkte eher fasziniert.

Ich deutete auf den kleinen Tisch mit den beiden Stühlen, der am Fenster hinter meinem Bett stand.

Erst als wir uns gegenübersaßen und ich die Karten zu mischen begann, traute ich mich, die Stille zu durchbrechen.

»Sie gehören auch zum Schauspielteam?«

Meine Stimme klang ironisch. Wie oft würde ich diese Frage noch stellen?

Sie neigte den Kopf leicht.

»Und Sie haben mich beobachtet«, fuhr ich fort.

Keine Regung in ihrem Gesicht. Immerhin stritt sie es nicht ab.

»Welches Thema interessiert Sie besonders?«

Jetzt blitzte etwas in ihren Augen auf. Sie faltete die Hände wie zum Gebet zusammen und durchbohrte mich mit ihrem Röntgenblick. »Wie bitte?«

Ich wies mit dem Kinn auf die Karten in meiner Hand. »Was möchten Sie von den Karten wissen?«

»Fegefeuer«, wisperte sie.

Es dauerte einen Augenblick, bis ich verstand. Natürlich. Natürlich kannte auch sie sich mit Tarot aus. Das Fegefeuer war ein Legesystem, bei dem vier Karten gezogen wurden. Es machte besonders Sinn, wenn man sich nicht darüber im Klaren war, welches Thema im Leben mehr Aufmerksamkeit verlangte. Wenn man sich unsicher war.

Ich probierte ein Lächeln. »Alles klar.«

Während ich die Karten zwischen uns ausbreitete, bemerkte ich ihr Zittern. Sie versuchte, es zu unterdrücken, doch es gelang ihr nicht ganz. Ihr gesamter Körper vibrierte. Die Temperatur im Zimmer war angenehm, fast zu warm, daran konnte es also nicht liegen.

»Möchten Sie vielleicht einen Tee?«

Mit zusammengepressten Lippen schüttelte sie den Kopf.

Dann eben nicht.

»Ziehen Sie eine Karte«, sagte ich sanft. »Die erste symbolisiert das Problem, das bearbeitet werden soll. Das Thema, das metaphorisch gesehen im Feuer steht.«

Mit einer abrupten Bewegung beugte sie sich vor, zog eine Karte mit der linken Hand und knallte sie zwischen uns auf den Tisch. Eine rotgelbe Schlange, die sich in Form eines Unendlichkeitszeichens um einen Stab mit drei Blüten daran schlängelte.

»Die Prinzessin der Stäbe.« Es war die Karte, die ich ganz am Ende bei meiner letzten Legung mit Noemi und Speranza gezogen hatte. Die Karte, die den Abschluss bildete. Meine Zukunft. Sie hatte mir Hoffnung gegeben. Vielleicht konnte ich auch ihr Hoffnung damit geben, was auch immer sie beschäftigte.

»Sie symbolisiert einen Freigeist«, erklärte ich. »Eine junge Frau, die eine Verwandlung durchmacht. In ihrem Fall, da Sie die Karte an dieser Stelle gezogen haben, könnte es bedeuten, dass …«

»Wie geht es dir, Giulietta?«, fiel mir Cosima kalt ins Wort.

Ich schaute auf. Tränen glitzerten in ihren Augen. Tränen, die so gar nicht zur Kälte ihrer Stimmung passten.

»W-was?«

»Wie geht es dir mit dem Tod deines Vaters?«

Ich erstarrte. Also ließen wir das Vorgeplänkel jetzt hinter uns und kamen zum Punkt?

»Was weißt du vom Tod meines Vaters?«

Ihr Gesicht verzog sich, als würde sie Qualen erleiden. »Nicht annähernd genug.«

»Ich habe dich im Garten vor unserem Haus gesehen. Du hast dasselbe Kleid getragen wie jetzt. Und dann vorhin in der Küche unten. Beide Male warst du so schnell verschwunden, wie du gekommen bist.«

So. Jetzt war es raus.

Sie zuckte nicht mal mit der Wimper. »Möchtest du eine Frage stellen?«

»Wer bist du?«

»Cosima. Ich gehöre zu den Schauspielerinnen aus der ersten Etage.«

Ruhig bleiben.

»Kanntest du meinen Vater?«

Sie nickte knapp. Der Sauerstoff schien meine Lungen nicht zu erreichen.

»Von wo? Wie habt ihr euch kennengelernt?«

Nun umspielte ein Lächeln ihre Lippen. Es war gruseliger als alles zuvor.

»Ich habe einen Vorschlag«, flüsterte sie. »Wir stellen abwechselnd Fragen.«

Von mir aus. Inzwischen war uns wohl beiden klar, dass wir nicht wegen der Tarotkarten hier waren.

Ich verschränkte die Arme vor der Brust und lehnte mich zurück. Versuchte verzweifelt, gelassen auszusehen, während in mir ein Unwetter ausbrach.

Cosima imitierte meine Haltung. Ihre Augen glänzten, allerdings nicht mehr von den Tränen. Ein Feuer brannte jetzt in ihnen.

»Wie geht es dir mit dem Tod deines Vaters?«, wiederholte sie.

Ich schnaubte. »Super. Wie soll es mir sonst gehen?«

»Du solltest ehrlich antworten, wenn du möchtest, dass auch ich dir ehrlich antworte«, erwiderte sie wie aus der Pistole geschossen.

Ruhig. Bleiben.

Ich musste die Wahrheit sagen. Was hatte ich schon zu verlieren?

»Es war ein Schock. Vor allem, dass es in Venedig passiert ist, wo er mich doch mein ganzes Leben von der Stadt fernhalten wollte. Er hat mich angelogen – mir nicht verraten, dass er nach Venedig fährt. Und jetzt hat die Polizei beschlossen, dass es nur ein Unfall war.«

Das Feuer in ihren Augen wurde größer. »Also bist du wütend auf ihn?«

Ich nickte. Dachte an ihr tränenüberströmtes Gesicht vor meinem Haus. Ich sah ihr Zittern. Plötzlich kamen die Worte wie von selbst.

»Ich klammere mich an die Wut. Denn wenn ich nicht mehr wütend bin, dann muss ich den Schmerz zulassen. Ich weiß nicht, ob ich ihn überleben werde. Mein Vater ...« Meine Stimme versagte, doch ich kämpfte weiter. »Mein Vater ist der wichtigste Mensch in meinem Leben. Ich kann mir keine Welt ohne ihn vorstellen.«

Eine ganze Weile blieb es still. Meine Kehle war wie zugeschnürt.

»Erzähl mir mehr von ihm«, flüsterte sie schließlich.

Wieso klang sie so verzweifelt? Wieso so wütend?

Ich wollte ihr die Fragen stellen, wollte sie darauf hinweisen, dass ich an der Reihe war. Doch etwas in ihrem Blick brachte mich dazu weiterzusprechen. Vielleicht war es auch das Bedürfnis in mir, den Schmerz jemandem anzuvertrauen, der Papa gekannt hatte. Jemandem, der auch so viel Schmerz in sich trug. Auch wenn ich nicht wusste, wieso.

»Er ... er ist der beste Zuhörer der Welt. So ruhig, so sanft, so voller Liebe. Jedes Mal, wenn er mich anschaut, fühle ich mich sicher. Alles ist dann irgendwie machbar. Und er ist witzig. Er ist so voller unterhaltsamer Geschichten. Es liegt nicht nur an seinem Job – es liegt daran, dass er Interesse für jeden einzelnen Menschen hat, dem er begegnet. *Hinter jedem verkniffenen Gesicht lauert die nächste große Geschichte*, das hat er mal gesagt. Und wenn mich jemand ungerecht behandelt, dann sollte ich mich wehren, aber ich sollte mich auch immer in mein Gegenüber hineinversetzen: *Es gibt immer eine Erklärung, Giulietta. Keine Rechtfertigung, aber eine Erklärung. Suche immer erst nach der Erklärung, bevor du ein Urteil fällst.*«

Ich konnte Cosima nicht mehr ansehen. Mein Blick war weit in die Ferne gerichtet, mein Herz an einem anderen Ort. *Wo auch immer du gerade bist, Papa, ich wünschte, ich wäre bei dir.*

»Wenn ich bei ihm bin, brauche ich niemanden sonst. Ich weiß, das klingt abhängig. Und ich weiß auch, dass es Leute gibt, die sich deshalb Sorgen gemacht haben. Aber es ist mir egal. Sie verstehen nicht, was Seelenverwandtschaft ist. Was es bedeutet, jemanden bedingungslos zu lieben. Es gibt keinen Menschen, der so gut ist wie er. Er könnte keiner Fliege etwas zuleide tun.«

Meine Stimme vibrierte, meine Augen wurden feucht. Ich zwang mich zu regelmäßigen Atemzügen. Als ich es endlich schaffte, meinen Blick wieder auf Cosima zu richten, zuckte ich heftig zusammen.

Eine unmenschliche Wut verzerrte ihr hübsches Gesicht. Sie war kaum mehr wiederzuerkennen. Als hätte das Tier in ihr übernommen. Mein Herz klopfte schneller, die Angst breitete sich in Sekundenschnelle in mir aus.

Ein Lachen entwich ihr. Ein schreckliches, tragisches Lachen, das nur noch animalischer klang.

Schick sie weg, erklang Papas panische Stimme. *Sag ihr, sie soll das Zimmer verlassen. Du kennst sie nicht. Du weißt nicht, wozu sie fähig ist!*

Doch bevor ich die Gelegenheit bekam, seinen Worten Folge zu leisten, sprang Cosima so heftig auf, dass ihr Stuhl mit einem Poltern auf dem Boden landete. Mein Mund klappte auf.

Was zur ...

Sie warf mir noch einen letzten Blick voller Abscheu zu, dann rauschte sie durch mein Zimmer, riss die Tür auf und verschwand.

Reflexartig fasste ich mir an die Brust, als könnte ich so mein armes Herz beruhigen.

Was zur Hölle war das?

Es dauerte ein paar Augenblicke, bis ich mich beruhigt hatte. Als ich die Angst zurückgedrängt hatte, kamen andere Emotionen zum Vorschein: Scham, Frust und eine unerträgliche Leere. Ich hatte ihr gerade mein Herz ausgeschüttet. Seit Papa weg war, hatte ich niemandem so ausführlich von ihm erzählt. Ja, ich hatte sie auch zum Reden bringen wollen, hatte mehr von ihr erfahren wollen, aber meine Worte waren keine Scharade gewesen, um Cosima zu täuschen. Sie waren echt. Und es tat verdammt weh, dass sie mich so hängen ließ, auch wenn wir uns nicht kannten. Immerhin hatte sie Papa gekannt. Mein Gott, wie bescheuert von mir, all das auszuplaudern und mich bei einer Wildfremden auf diese Weise verletzlich zu machen!

Das passte überhaupt nicht zu mir. Die alte Giulietta hätte sich diesen Fehltritt niemals geleistet. Aber die alte Giulietta war auch nicht so verloren gewesen, da es am Ende des Tages immer diese eine Person in ihrem Leben gegeben hatte, an die sie sich wenden konnte. Ich schüttelte den Kopf. Schluss damit. Das brachte mich kein Stück weiter.

Stöhnend erhob ich mich. Was für eine Zeitverschwendung! Ich hatte so gut wie nichts aus ihr herausbekommen. Wie sollte das weitergehen? Wieder und wieder begegnete ich irgendwelchen Unbekannten, die etwas mit Papa zu tun haben schienen. Das Gefühl, dass etwas nicht stimmte, verstärkte sich, aber am Ende war ich genauso ratlos wie zuvor.

Wo blieben meine Antworten?

Ich schnappte mir mein Handy, das ich auf meinem Bett liegen gelassen hatte. 23:49.

Ich würde sie mir holen.

Auch diesmal nahm ich nicht den Aufzug. Um in die Hotelküche zu gelangen, musste ich mich durch die Lobby zum schmalen Treppenhaus schleichen, das mich ins Kellergeschoss führte. Und zwar so, dass es niemand mitbekam. Wenn ich Glück hatte, war immer noch nur der kleine Empfangstresen besetzt, nicht der direkt neben der Drehtür, von dem aus man einen direkten Blick darauf hatte, wer die Treppe herunterkam. Der Nachtportier stand für gewöhnlich neben dem Eingang, auf ihn musste ich also ebenfalls achtgeben.

Auf Zehenspitzen lief ich durch den Flur im zweiten Stockwerk, bis ich bei der majestätischen Treppe angelangt war. Ich hastete so leise wie möglich nach unten, nahm Stufe für Stufe, während ich auf alle Geräusche in meiner Umgebung achtete.

Als ich in der ersten Etage angekommen war und um die Ecke lugen wollte, um herauszufinden, ob der Portier in meine Richtung schaute, ertönte ein leises Zischen.

Auf der Stelle erstarrte ich. Bitte keiner von den Schauspielern.

»Wo gedenkst du, hinzugehen, Giulietta?«

Ich wirbelte herum. Hinter einem besonders pompösen Barockspiegel und einer gigantischen Blumenvase mit blutroten Rosen trat eine Gestalt hervor. Schwarze Locken, dunkle Augen, schwarze Kleidung und die charakteristischen Lackschuhe.

»Was machst du hier?«, zischte ich zurück.

Sein rechter Mundwinkel hob sich. »Irre ich mich oder waren wir nicht gleich verabredet?«

Ich trat auf ihn zu. Wollte etwas erwidern, als ich sein Gesicht direkt unter dem Kronleuchter richtig registrierte.

Unwillkürlich riss ich die Augen auf. »Wie geht's dir? Was ist mit dir passiert?«

Er sah so viel schlimmer als vorhin aus, als ich ihn auf dem Markusplatz alleine gelassen hatte. Zum einen wirkte er um mehrere Jahre gealtert, seine Haut hatte eine ungesunde gräuliche Farbe angenommen, sein Gesicht war irgendwie ... eingefallen. Als hätte er tagelang kein Essen zu sich genommen. Die Wangenknochen ragten geradezu unter der Haut hervor.

»Du ... siehst aus, als hättest du dir den Tod geholt«, keuchte ich. »Ich hätte dich nicht alleine lassen sollen.«

Seine Augen blitzten. »Bitte entschuldige, mir war nicht bewusst, dass für unser nächtliches Treffen gutes Aussehen vorausgesetzt war. Sonst hätte ich vielleicht noch einen Abstecher in den Wellnessbereich unternommen.«

Ich machte noch einen Schritt auf ihn zu und packte ihn am Pulloverärmel. »Das ist nicht lustig!«

Er legte den Kopf schief. »Zurück zu meiner Frage: Wo willst du hin?«

Stirnrunzelnd ließ ich meinen Blick über sein Gesicht gleiten. Ich konnte einfach nicht wegschauen. Wie konnte er so seelenruhig vor mir stehen und Witze reißen, wenn er so fertig aussah?

»In die Hotelküche?«

Jetzt grinste er. Es schien ihn einiges an Kraft zu kosten. »Das dachte ich mir, aber wenn du durch das Atrium gehst, wirst du mit Sicherheit bemerkt.«

Ich kniff die Augen zusammen. »Hast du etwa einen besseren Vorschlag?«

Sein Lächeln wurde breiter. »In der Tat.« Er hielt mir einen Arm hin.

Zögernd nahm ich ihn. »Du hast versprochen, mir zu erklären, was vorhin los war«, flüsterte ich, während wir nach rechts in den Gang und damit weg von der Treppe liefen. Ich sollte mich nicht allzu sehr darauf konzentrieren, dass wir uns in der ersten Etage befanden.

»Und das werde ich. Aber zunächst sollten wir uns um deinen Kontakt in der Küche kümmern, findest du nicht? Möchtest du nicht wissen, was er zur Vergangenheit zu sagen hat?«

Ich warf ihm einen bösen Blick zu. »Hör auf, mir auszuweichen. Ich habe wirklich die Schnauze voll von Geheimnissen.«

Für einen Moment wurde er ganz ernst. Ein wehmütiger Ausdruck huschte über sein Gesicht. »Keine Geheimnisse mehr«, wisperte er.

Und dann stieß er eine Tür auf, die als »Putzraum« gekennzeichnet war. Es war ein kleiner dunkler Raum wie der, in dem ich die weinende Greta aufgefunden hatte. Malvolio zog mich mit Schwung hinein und schloss die Tür hinter uns. Der Geruch von Zitronenkonzentrat lag in der Luft und vermischte sich mit dem nach alten Lappen.

Mein Puls schoss in die Höhe. Wollte er mich auf den Arm nehmen?

»Was tun wir hier?«, zischte ich in die Dunkelheit und zog mein Handy aus meiner Jeanstasche. Mit einem Klick betätigte ich die Taschenlampe.

Malvolio schreckte vor mir zurück, als hätte ich ein Messer gezückt. Über dem dünnen Lichtstrahl wirkte sein Gesicht nur noch eingefallener.

»Es ist nur mein Handy«, sagte ich ironisch. »Es wird dich nicht beißen.«

Sofort setzte er wieder seine lässige Maske auf.

»Apropos Handy«, fuhr ich fort. »Kannst du mir bitte deine Nummer geben, damit ich dich in Zukunft erreichen kann und mir keine Sorgen machen musst, dass du tot auf der Straße rumliegst?«

Verwirrung zuckte über sein Gesicht. Er blieb stumm.

»Deine Handynummer?«, hakte ich nach. »Bist du dir zu fein dafür?« Ich verdrehte die Augen. »Für Notfälle sollten wir uns erreichen können, findest du nicht?«

»Wir wohnen im selben Hotel«, sagte er kühl. »Und ich habe kein Handy.«

Ich schnaubte. »Ach so, ja klar.«

Für einen Augenblick musterte er mich noch, dann wandte er sich von mir ab. Seine Schulter streifte mich. Es gab hier drin nicht besonders viel Platz.

»Was tun wir hier, Malvolio?«, wiederholte ich, diesmal deutlich ungeduldiger. Er fuhr mit den Handflächen die Seiten des Regals hoch und runter, als suchte er etwas.

»Wir gelangen unbeobachtet in die Hotelküche«, gab er nüchtern zurück.

Egal, was für ein Spiel er spielte, ich hatte keine Nerven dafür. Nicht nach diesem Tag. Ich tastete hinter mich und bekam den Türknauf zu fassen. Und genau in dem Moment, in dem ich ihn umdrehen wollte, bewegte Malvolio den Putzschrank mit einem Klicken.

Er schob ihn nicht einfach ein paar Zentimeter zur Seite. Der Schrank bewegte sich von selbst, mit einem Ruck glitt er gut einen halben Meter nach links.

Ich keuchte auf und hob die Hand, in der sich mein Handy mit der eingeschalteten Taschenlampenfunktion befand. Hinter dem Schrank gab es einen Durchgang. Ich leuchtete direkt hinein. Eine dunkle Öffnung, durch die locker ein Mensch passte. In der Dunkelheit dahinter konnte ich schemenhaft Stufen ausmachen.

Malvolio warf einen Blick über die Schulter. »Verriegelst du bitte die Tür hinter uns?«

Ich tat wie geheißen. Ich war viel zu aufgeregt, um Widerworte zu geben.

Er nickte in Richtung Durchgang. »Du zuerst?«

Mein trockenes Lachen erfüllte den Raum. »Netter Versuch.«

Er lächelte, dann zuckte er mit den Schultern und ging voraus. »Wie du wünschst.«

»Es sollte mich wirklich nicht wundern, dass dieses Hotel Geheimgänge besitzt«, murmelte ich, während wir die schmalen Stufen in die Tiefe nahmen. »Mein erster Eindruck war, dass es sich um ein Geisterschloss handelt. Die eigentliche Frage ist, wieso *du* sie kennst. Und jetzt sag mir bloß nicht, du hast diesen Durchgang hier durch Zufall gefunden.«

»Man muss lediglich die Augen offen halten, Giulietta«, erklang seine Stimme gedämpft von vorne, inzwischen weder amüsiert noch lässig. Eine seltsame Dunkelheit lag in ihr. »An jeder Ecke verstecken sich Hinweise.«

Ich schnaubte. »Keine Geheimnisse mehr. Das hast du gerade bestätigt. Ich lasse mich nicht mehr mit kryptischen Aussagen abspeisen.«

»Es ist nicht mein erstes Mal im Grand Hotel«, erwiderte er mit einem Seufzen. »Ich hatte ausreichend Zeit, mich hier umzusehen.«

Vorerst gab ich mich mit dieser Antwort zufrieden. Ich hatte sowieso viel dringendere Fragen.

»Hast du eine chronische Krankheit?«

»Ja, so kann man das sagen.«

»Du nimmst also keine Drogen?«

Sein Kichern erklang. Es klang so echt, dass Erleichterung mich durchflutete.

»Nein, Giulietta, ich nehme keine Drogen. Manchmal wären sie eine willkommene Abwechslung, doch ich fürchte, auf Dauer würden sie die Lage verschlimmern.«

»Wie heißt deine Krankheit?«

»Es gibt keinen Namen dafür. Die Ärzte sind ratlos. Sie löst Schmerzanfälle aus. Diese treffen mich aus dem Nichts, aber sie gehen auch wieder so schnell, wie sie gekommen sind. Ich habe sie seit Jahren, und sie haben noch nie nachhaltige Schäden hinterlassen. Es besteht also kein Grund zur Sorge.«

Die Worte sprudelten aus ihm hervor, als sei er das Thema leid und wollte es schnellstmöglich hinter sich bringen. Trotzdem konnte ich mich nicht zurückhalten.

»Wie oft hast du diese Anfälle?«

»Unregelmäßig.« Plötzlich klang er nicht genervt, sondern verzweifelt. »Manchmal lassen sie mich tagelang in Ruhe, doch heute hatte ich beispielsweise zweimal einen. Aber wie gesagt – es ist nichts Neues und es ist nichts Ernsthaftes.«

Sein schmerzentstelltes Gesicht kam mir in den Sinn. Die abgehackten Laute, die aus seinen Lippen gedrungen waren.

Ich schauderte. »Ja, außer dass es deine Lebensqualität vermindert«, raunte ich. »Das tut mir leid. Ich kann mir nicht vorstellen, wie anstrengend das sein muss.«

»Danke.«

Ich wollte mehr erfahren, wollte wissen, wie lange ihn die Anfälle schon quälten, doch in diesem Moment blieb er stehen und zwang mich so auch zum Stillstand. Seine große Gestalt versperrte mir die Sicht, und trotzdem gab es im schmalen Treppenhaus plötzlich mehr Licht.

»Führt der Durchgang direkt in die Küche?«, flüsterte ich.

Er schüttelte den Kopf. »In die Speisekammer. Aber wir können durch ein Gitter einen Blick in die Küche erhaschen. So kannst du feststellen, ob der Kerl unten auf dich wartet. Ich kann hier bleiben, wenn du möchtest. Vielleicht wäre es klüger, wenn du alleine gehst und dich mit ihm triffst. So wird er vermutlich eher gewillt sein, sein Wissen auszuplaudern.«

»Mhm.« Das klang vernünftig.

»Falls er ausfällig wird, gibst du mir einfach ein Zeichen, dann komme ich und kümmere mich um ihn.«

»Ich wünschte, du könntest gerade sehen, wie sehr ich meine Augen verdrehe«, gab ich zurück.

»Wieso?« Ehrliche Verwirrung.

Ich stöhnte auf. »Weil ich keinen Mann brauche, der mich aus der Not rettet.«

Kurz herrschte Stille. Ha, hatte ich sein Ego verletzt?

»Ich möchte dir nicht helfen, weil ich ein Mann bin, sondern weil ich mich besser in diesem Hotel auskenne als du«, sagte er leise. »Und weil man zu zweit stärker ist als alleine.«

Ich beließ es bei einem weiteren Augenrollen. Wir arbeiteten uns weiter vor, bis es immer heller wurde und ich mein Handy wegsteckte.

Malvolio drehte sich zu mir und presste sich gegen die Wand, um mir den Vortritt zu lassen. Unsere Oberkörper streiften sich, als ich begann, mich an ihm vorbeizudrücken. Sein Herz pochte wild in seiner Brust.

Ich verharrte einen Moment vor ihm. »Alles okay bei dir?«

Sein Adamsapfel hüpfte. »Ja. Und bei dir?«

Wieso klang er so ängstlich?

»Hast du Schiss?«

Mehrfaches Blinzeln. »Wie bitte?«

»Ob du Angst hast.«

Er lächelte schwach, doch es erreichte seine Augen nicht. »Nur um dich.«

Ich boxte ihn leicht in die Seite. Sein Lächeln verblasste. Unser Augenkontakt war zu intensiv.

»Ich hoffe wirklich, das hier wird kein Reinfall«, wisperte ich hastig, um mich von meinem eigenen Herzklopfen abzulenken. »Ich habe eben die Bekanntschaft einer weiteren *Schauspielerin* gemacht, und sie hat mich nur noch verwirrter zurückgelassen.«

Er zog die dunklen Brauen zusammen. »Was ist passiert?«

»Das erzähle ich dir, sobald wir hier fertig sind.«

Damit schob ich mich vollständig an ihm vorbei und ging die restlichen Stufen nach unten. Das Gitter, von dem er gesprochen hatte, kam oberhalb der Treppe in Sicht, und ich musste mich auf die Zehenspitzen stellen, um hindurchsehen zu können. Es war etwa einen Meter breit und einen halben Meter hoch, außerdem mit ein paar Spinnenweben benetzt. Von dort aus fiel das Licht hinein. Ein Blick auf mein Handy verriet mir, dass es bereits nach Mitternacht war. Wenn sich Davide also an sein Wort hielt, sollte er bereits auf mich warten.

Ich stützte mich rechts und links davon an der Wand ab. Zunächst sah ich nur die leere Großküche. Ein Teil des Patisseriebereichs lag in meinem Sichtfeld. Sauberer als bei Tag, die Oberflächen blank poliert, die Küchengeräte ordentlich nebeneinander aufgestellt. Ich streckte mich weiter. Von Davide war zumindest hier nichts zu sehen, allerdings brannte überall Licht. Das würde doch nachts bestimmt ausgeschaltet werden, wenn niemand mehr hier zugange war? Also bestand Hoffnung.

Ich drehte meinen Kopf nach links. Alles war ruhig. Nach rechts. Mein Atem stockte, und im letzten Moment konnte ich mich davon abhalten, einen Schreckenslaut auszustoßen. Da waren Füße. Vor einem besonders großen Metalltisch schauten zwei dunkelblaue Sneaker und Beine, die in Jeans steckten, hervor.

Ich wandte mich Malvolio zu. »Komm her«, flüsterte ich. »Schnell.«

Ein undefinierbarer Ausdruck lag auf seinem Gesicht. Für einen Moment bildete ich mir ein, Mitleid zu erkennen. Mit gerunzelter Stirn trat er näher.

»Heb mich hoch«, wies ich ihn leise an.

Er sah peinlich berührt aus.

»Mach schon!«

Im nächsten Moment schlangen sich seine Arme um meine Mitte, ich hörte, wie er in die Knie ging, und schon wurde ich mit einem Ruck in die Höhe gehoben, gerade so, dass ich durch die Mitte des Gitters, nicht nur den unteren Rand, sehen konnte.

»Fuck ...«

Für den Bruchteil einer Sekunde wünschte ich mir, ich hätte Malvolio nicht um seine Hilfe gebeten.

Da lag ein Kerl auf dem Rücken zwischen zwei Tischen, die Augen geschlossen, den Mund geöffnet. Ich blinzelte. Aus dieser Position und nicht in Arbeits-, sondern Alltagskleidung wirkte er ganz anders, doch es bestand kein Zweifel. Ich konnte die Zahnlücke von hier aus sehen. Das war Davide. Und er sah ganz und gar nicht danach aus, als hätte er sich auf die kalten Fliesen gelegt, um ein kleines Nickerchen zu halten, während er auf meine Ankunft wartete. Er wirkte völlig … Alles in mir sträubte sich dagegen, das Wort auch nur zu denken. Noch bestand Hoffnung. Darauf musste ich mich konzentrieren.

Ein paar Zentimeter von ihm entfernt lagen Scherben und die Überreste von irgendwelchen Lebensmitteln, die ich aus der Entfernung nicht identifizieren konnte. Sekunden vergingen, ohne dass er sich regte. Ich kniff die Augen zusammen. Es musste nichts heißen, dass es aus meiner Position so aussah, als würde er nicht atmen. *Das musste nichts heißen.*

Ich bewegte mich kurz, um Malvolio zu verstehen zu geben, dass er mich runterlassen sollte.

Mein Oberkörper hob und senkte sich hektisch, als ich wieder festen Boden unter den Füßen hatte und ihm in die Augen starrte.

»Wir müssen sofort in die Küche.«

»Was hast du gesehen?«

Ich atmete tief durch. »Davide liegt am Boden. Er bewegt sich nicht. Wir müssen ihm helfen.«

Ich musste den Durchgang weiterlaufen. Er würde in die Speisekammer führen, das hatte Malvolio gesagt. Von dort aus konnte ich …

»Giulietta, warte.« Er klang viel zu gefasst.

»Worauf soll ich warten?«, zischte ich, so leise ich konnte. »Er braucht eindeutig Hilfe.«

Er nickte. »Ich bin deiner Meinung, aber wir befinden uns in einem Geheimgang. Und wer weiß alles davon, dass du dich um Mitternacht mit Davide in der Küche treffen wolltest?«

Was zur Hölle redete er da? Wie hing das zusammen?

»Giulietta, wenn ihm etwas zugestoßen ist und du dich gleich bei ihm in der Küche befindest, mitten in der Nacht, wie wird das aussehen?«

»Ist mir scheißegal, wie das –«

»Weiß jemand von eurem Treffen?«, fiel er mir mit gesenkter, aber drängender Stimme ins Wort.

»Nein, verdammt! Wir müssen ihm jetzt sofort helfen.«

»In Ordnung. Aber wir können nicht diesen Eingang benutzen. Niemand weiß davon.«

Am liebsten hätte ich ihn geschüttelt. Wie konnte ihm sein bescheuerter Eingang wichtiger als ein Menschenleben sein?

Ich würde nicht mit ihm weiterdiskutieren. Jetzt zählte jede Sekunde.

»Mach, was du willst. Mich wirst du nicht davon –«

Schon wieder kam ich nicht dazu, meinen Satz zu vollenden. Doch diesmal war nicht Malvolio schuld. Schritte ertönten, gefolgt von Gemurmel, und schließlich einem spitzen Schrei.

Ohne dass wir uns absprachen, hob Malvolio mich im nächsten Moment wieder in die Höhe.

Ich stützte mich an der Wand ab und versuchte, mich innerlich zu wappnen.

Im ersten Moment durchflutete mich Erleichterung. In meinem Blickfeld befanden sich jetzt außer Davide drei weitere Menschen. Zwei trugen Sanitäteroveralls, einer die Hotelarbeitskleidung. Es war eine Frau mit grauem Haar und absolutem Entsetzen im Gesicht. Der eine Sanitäter beugte sich über Davide, der andere legte einen Arm um die Frau und versuchte, sie wegzulotsen. »Kommen Sie. Wir können nichts mehr für ihn tun.«

Meine Erleichterung löste sich in Sekundenschnelle auf. Stattdessen kehrte die Taubheit zurück.

Das darf nicht wahr sein. Das darf einfach nicht wahr sein.

Malvolio ließ mich herunter. Im nächsten Augenblick spürte ich seine Finger auf meinen Schultern. Ganz sanft drehte er mich zu sich. Ich wusste nicht, was er in meinem Gesicht fand, doch als Reaktion darauf presste er seine Lippen fest zusammen, bis die Farbe aus ihnen wich. Da war es wieder. Mitleid.

Ich wusste nicht, wie lange wir hier so standen. Ein Teil von mir wollte erneut durchs Gitter schauen, um sich von der grausamen Realität zu überzeugen, die so schnell, so hart, so völlig ohne Vorwarnung eingetreten war.

Der andere Teil wollte vergessen, dass ich jemals durch dieses Gitter geschaut hatte.

»Gehen wir«, formte Malvolio mit den Lippen. Sein Gesicht war schmerzverzerrt. Der Anblick ließ mich seinen Protest vor der schrecklichen Erkenntnis für einen Moment vergessen. Ich nahm kaum Notiz von unserem Aufstieg. Gefühlt vergingen nur Sekunden, bis wir wieder in der Putzkammer standen und Malvolio den Schrank vor den Eingang schob. Ich betätigte mit eiskalten Fingern meine Handytaschenlampe und beobachtete seine Umrisse, während meine Gedanken verrücktspielten.

Wir können nichts mehr für ihn tun.

Davides leblose Gestalt auf den Küchenfliesen.

Er hatte sich mit mir treffen wollen. Ein Zufall? So wie alle anderen Zufälle?

Das Grauen schnürte mir die Luft ab.

Malvolio war fertig und drehte sich zu mir um. Eine Weile starrte er mich wortlos an. Dann ergriff er meine Hand.

»Wir müssen weg von hier.«

»Wozu?«

»Wir müssen reden.«

Seine Tonlage ließ darauf schließen, dass es nicht nur um Davide ging.

»Worüber willst du reden?«, schoss ich mit bebender Stimme zurück. »Ich habe keine Ahnung, was hier vor sich geht.«

»Ich weiß.« Es klang fast zärtlich. »Deshalb müssen wir reden. Ich habe Antworten.«

»Was für Antworten?«

»Nicht hier«, zischte er.

»Dann gehen wir eben auf mein Zimmer! Aber ich muss zuerst wissen, was mit Davide ist.«

Ich wusste, was mit Davide war. Die Endgültigkeit in den Worten des Sanitäters war unmissverständlich gewesen. Es war die gleiche wie bei der Polizistin vor meinem Haus. Und trotzdem klammerte ich mich an die Hoffnung.

»Dein Zimmer ist nicht sicher. Dieses ganze Hotel ist nicht sicher.« Zum ersten Mal hörte ich Furcht aus seiner Stimme heraus, obwohl seine Worte immer leiser wurden. Als hätte er Angst, belauscht zu werden.

»Was zur Hölle redest du da?«

»Ich habe Antworten«, wiederholte er. Nun sah er so aus, als würde er mich gerne schütteln.

»Worauf?«

»Nicht hier!«

»Wieso sollte ich dir vertrauen?«

Er lachte auf. Das Geräusch klang so verzweifelt, dass ich zurückzuckte.

»Weil du keine andere Wahl hast.«

KAPITEL 12

Eine Geschichte

Natürlich hatte ich eine Wahl. Man hatte immer eine Wahl. Ich könnte einfach in mein Zimmer zurückkehren, mir die Bettdecke über den Kopf ziehen und schlafen. Mit der Hoffnung, morgen aufzuwachen und festzustellen, dass es sich bei heute Nacht lediglich um einen bösen Traum handelte.

Die Hoffnung starb, als ich dicht gefolgt von Malvolio die riesige Treppe herunterschlich. Nachdem wir uns vergewissert hatten, dass auf dem Hotelflur kein Laut zu hören war, hatten wir die Putzkammer verlassen.

In der Lobby herrschte helle Aufregung. Mehrere Mitarbeiter standen in Grüppchen zusammen und tuschelten, zwei Carabinieri unterhielten sich mit Riccardo Esposito, der in einem dunklen Morgenmantel am Empfangstresen lehnte und ziemlich müde wirkte.

Mit großen Schritten lief ich zu einer Menschentraube, in der ich den Concierge von vorhin ausmachte.

»Was ist passiert?«, fragte ich, als ich bei ihnen angekommen war.

Die meisten waren in ihre Gespräche vertieft, nur ein paar

Leute wurden auf mich aufmerksam. Sie musterten mich mit einer Mischung aus Argwohn und Neugierde, doch der Concierge trat sofort auf mich zu.

»Signorina Visconti! Es tut mir leid, dass unser Gespräch vorhin so abrupt geendet hat.«

Mit einer ungeduldigen Handbewegung wischte ich seine Entschuldigung fort und deutete hinter mich zu den Carabinieri. »Was ist hier los?«

Eine Frau mit spitzem Kinn und Sensationsgeilheit in den Augen beugte sich vor. »Anscheinend wurde eine Leiche in der Hotelküche gefunden.«

Mein Magen drehte sich um, auch wenn die Worte keine Überraschung waren. Ich spürte eine Berührung an meinem Arm.

Malvolio befand sich hinter mir. Mit flehendem Gesichtsausdruck betrachtete er mich.

»Gehen wir eine Runde spazieren?«, sagte er mit seltsam höflicher Stimme.

Er hatte Antworten. Das behauptete er zumindest. Antworten auf dieses Desaster hier?

Mir blieb nichts anderes übrig, als es selbst herauszufinden. Ich zwang mich zu einem entschuldigenden Lächeln in Richtung des Concierge, dann ließ ich mich von Malvolio zur goldenen Drehtür führen. Als wir kaum mehr einen Meter von ihr entfernt waren, wurde einer der Polizisten auf uns aufmerksam.

»Hey! Wo wollen Sie hin?«

Ich zögerte keine Sekunde. »Uns die Beine ein wenig vertreten. Wir können bei der ganzen Aufregung im Hotel nicht schlafen.«

Der Kerl wurde durch meine Worte nur noch misstrauischer, ich sah es genau. Er öffnete den Mund, doch da legte ihm Signor Esposito eine Hand auf die Schulter.

»Sie ist die Nichte von Vincenzo«, sagte er mit dünner Stimme und nickte mir zu.

Die Miene des Polizisten wandelte sich sofort. Enttäuschung machte sich auf seinem Gesicht breit. Dann blickte er zu Malvolio. »Und was ist mit dem jungen Mann?«

»Er ist ihre Begleitung«, sagte Signor Esposito, nun mit deutlicher Schärfe.

Ein paar Sekunden starrte der Polizist uns noch an, dann wandte er sich ab.

Malvolio atmete erleichtert aus und zog mich weiter.

Die Kälte schlug mir entgegen, sobald wir aus der Drehtür ins Freie stolperten. Neben der Gondelanlegestation und der Vaporetti-Haltestelle befanden sich zwei weitere Boote am Ufer. Ein weißes mit der Aufschrift *Ambulanza*, und ein dunkelblaues – *Carabinieri*.

Malvolio griff nach meiner Hand und beschleunigte seine Schritte. Er führte mich in die entgegengesetzte Richtung, in die wir vorhin gegangen waren, und mir blieb nichts übrig, als ebenfalls einen Zahn zuzulegen. Das hier war kein Spaziergang. Es war eine Flucht.

Wovor? Er schien ein ganz konkretes Ziel zu haben.

»Rede«, wies ich ihn an, als mir so langsam die Puste ausging. Wir ließen den Canal Grande hinter uns, bogen in eine menschenverlassene Seitengasse ein, liefen vorbei an geschlossenen Restaurants und kleineren Pensionen, über Brücken und durch schmale Seitenstraßen.

»Nicht hier«, wiederholte er seine Worte aus der Putzkammer.

Ich entriss ihm meine Hand und blieb stehen. »Wo dann, Malvolio?«

Es war wirklich arschkalt, und ich hatte keine Ahnung, wo wir uns inzwischen befanden. Meine Orientierung war mir längst abhandengekommen.

»Auf dem Wasser. Dort, wo uns niemand belauschen kann.«

Verständnislos sah ich erst ihn, dann die Gasse an, in der wir uns befanden. Es herrschte Totenstille. Bei dieser Kälte und um diese Uhrzeit war niemand mehr auf den Straßen.

»Wer soll uns hier bitte belauschen?«

»Du hast jemanden gesehen, der sich unsichtbar machen kann, oder etwa nicht? Was glaubst du, wie einfach es für so jemanden wäre, uns zu folgen?«

Ich starrte ihn an. »Ist das gerade dein Ernst?«

»Es gibt eine Erklärung für alles, Giulietta. Aber du musst mir jetzt vertrauen.«

»Für *alles*?«, echote ich schaudernd.

Er trat einen Schritt auf mich zu, bis uns keine Armlänge mehr voneinander trennte und sein Duft mir in die Nase stieg. Seine Augen glühten. »Für den Tod deines Vaters.«

Mein Herz setzte einen Schlag aus. Im nächsten Moment packte ich wieder seine Hand.

»Los«, zischte ich.

Ich achtete kaum mehr auf unsere Umgebung. Schon bald begannen wir zu rennen, ich folgte einfach seinem Kommando.

Er hat eine Erklärung für deinen Tod, Papa.

Am Ende eines heruntergekommenen Wegs kam er zum Stehen und ließ mich los. Überquellende Müllsäcke reihten sich an der Wand vor dem schmutzigen Kanalwasser aneinander, und eine einzelne Gondel schwankte vor uns hin und her. Sie sah verloren aus. Malvolio trat ans Wasser und gab dem Vorderteil des Rumpfes einen festen Tritt.

Ich schnappte nach Luft, als sich etwas in der Gondel regte. Im nächsten Moment richtete sich eine dunkle Gestalt auf und drehte sich in unsere Richtung. Ich blinzelte. In der Gondel hatte ein Mann geschlafen, der überhaupt nicht erfreut wirkte. Er öffnete den Mund, und heraus kam nichts als ein Krächzen.

Malvolio sagte kein Wort. Er kramte lediglich in seiner Tasche und hielt dem Kerl dann ein paar Scheine hin. Wie vorhin. Nicht ganz. Es waren deutlich mehr Scheine als vorhin. Ich kniff die Augen leicht zusammen. Beim Nähertreten scannte ich den Mann. Er trug einen dunklen Pullover, kein gestreiftes Shirt, und trotzdem erkannte ich ihn wieder: die schiefe Nase, die dunkle Haut und der nahezu kahle Kopf. Es war unser Gondoliere von vorhin, inzwischen deutlich schlechter gelaunt, was kein Wunder war bei der Art und Weise, wie Malvolio ihn aufgeweckt hatte. Abfällig musterte er ihn von oben bis unten, dann streckte er sich und schnappte sich die Scheine, ehe er sich umwandte.

»Hätten wir nicht eine andere Gondel nehmen können?«, zischte ich Malvolio zu, der Anstalten machte, ins Boot zu springen.

»Hätten wir. Aber nicht jeder Gondoliere in Venedig ist bestechlich. Oder taub.«

Eine Minute später saß ich neben Malvolio auf der Holzbank, während der Gondoliere das Ruder ins schwarze Wasser stieß. Wir schwammen den engen Kanal entlang, zwischen Wohnhäusern mit schwitzenden Fensterscheiben und Schornsteinen, aus denen dampfender Rauch in den Nachthimmel stieg.

Erst als wir in eine breitere Wasserstraße einbogen, wandte sich Malvolio mir zu. Mit feierlichem Ernst sah er mich im Halbdunkel an. Ich zitterte am ganzen Leib, der Fahrtwind war erbarmungslos, doch als er sprach, trat die Kälte in den Hintergrund.

»Ich habe dich angelogen.«

Giulietta, du hättest nie mit ihm in eine Gondel steigen sollen. Vorhin nicht. Und jetzt erst recht nicht.

»Wann?«, fragte ich so ruhig, wie es mein beschleunigter Herzschlag zuließ.

»Als du mich gestern Nacht gefragt hast, was ich von dir will. Es ging nie um romantisches Interesse.«

»Sag bloß.« Fast hätte ich gelacht. »Worum ging es dir dann?«

»Ich wollte dir von Anfang an die ganze Wahrheit erzählen, aber ich wusste nicht, wie. Ich musste erst sichergehen, dass du mir glauben würdest.«

»Klartext, bitte«, presste ich hervor.

Er rutschte näher zu mir. »Unser Gespräch vorhin in der Gondel hat mir Mut gegeben. Weil auch du Dinge im Hotel erlebt hast, die du dir mit deinem gesunden Menschenverstand nicht erklären kannst. Und weil du nicht daran glaubst, verrückt zu sein, sondern Antworten willst.«

Mein Herz schlug nun so schnell, dass mir übel wurde. Ich wagte es kaum zu atmen.

»Was hat das mit dem Tod meines Vaters zu tun?«

»Alles. Aber ich muss von vorne anfangen, sonst ergibt es keinen Sinn.«

Obwohl ich ihn anschreien wollte, dass er es mir endlich sagen sollte, blieb ich stumm. Wartete, bis er weitersprach. Versuchte, mich währenddessen auf das beruhigende Rauschen der Wellen zu konzentrieren, die sich an unserer Gondel brachen.

»Wie gesagt, ich hatte Hoffnung. Doch mein Anliegen ist zu wichtig, um vorschnell Entscheidungen zu treffen und dich damit zu vergraulen, wenn du noch nicht bereit für die Wahrheit bist.«

»Ich bin bereit«, knurrte ich.

Er nickte ernst. »Ich glaube nicht, dass der Küchenjunge zufällig sterben musste, nur Stunden, nachdem du ein Treffen mit ihm vereinbart hast. Ein Treffen, bei dem er dir die Wahrheit erzählen wollte. Ich habe dich vorhin gefragt, ob noch jemand von eurer Vereinbarung wusste. Könntest du mir diese Frage bitte beantworten?«

Einen Scheiß werde ich dir beantworten, bevor du mir nicht sagst, was zur Hölle hier abgeht!

Das war es, was ich ihm entgegenbrüllen wollte. Aber in diesem Moment sah ich das verdreckte altrosafarbene Ballkleid vor mir. Die dunklen Locken. Die großen Augen.

»Cosima«, hauchte ich entsetzt.

»Wie bitte?«

Ich räusperte mich. Die Übelkeit in mir wurde größer. »Da war eine Frau vor der Spülküche. Eine der Schauspielerinnen, der ich vorhin spontan die Karten gelegt habe. Davide hat sie auch gesehen. Aber als ich sie zur Rede stellen wollte, war sie plötzlich verschwunden. Niemand von den anderen Mitarbeitern hat sie gesehen, obwohl sie dieses krasse Outfit trug.«

»Cosima.« Verwirrung glänzte in Malvolios Augen.

»Kennst du sie?«

Er spannte seinen Kiefer an. »Ich kenne sie alle, Giulietta.«

»Was?«

»Die Schauspieler. Es sind keine Schauspieler. Und sie sind auch nicht für den Karneval hier.«

Das war nicht allzu überraschend. Aber weshalb waren sie dann im Hotel?

Mein Zittern wurde stärker. Verdammt, ich musste mich zusammenreißen. Ich war so nah dran. Das hier war erst der Anfang, ich sah es in seinen Augen. Der Anfang vom Ende meines Lebens, wie ich es gekannt hatte.

Aber nein, angefangen hatte es schon zuvor. Mit meiner letzten Kartenlegung. Mit der Polizistin vor der Tür. Mit Papas Nachricht.

»Du warst verwundert, dass ich mich mit Tarotkarten auskenne«, wisperte er.

»Irgendwie kennen sich verdammt viele Leute in diesem Hotel mit Tarot aus.«

»Und das hat einen Grund.« Er klang seltsam resigniert. »Ich nehme an, du weißt, was die großen Arkana sind?«

»Soll das ein Scherz sein?«

»Ich wünschte, das alles wäre ein Scherz.«

»Natürlich weiß ich, was die großen Arkana sind!«, fauchte ich. Die zweiundzwanzig Trumpfkarten in einem Tarotdeck – die wichtigsten Karten. Es waren zweiundzwanzig Sinnbilder für alle Aspekte des Menschseins, die man sehr ernst nehmen sollte, wenn sie in einer Legung auftauchen.

Malvolio nickte. »Kennst du dich auch mit dem Ursprung von Tarot aus?«

»Dem Ursprung?«

»Wie die Karten entstanden sind? Wer sie entwarf?«

Ich schüttelte den Kopf. Mit Noemi und Speranza hatte ich nie darüber gesprochen, soweit ich mich erinnerte. Wir hatten uns auf die Bedeutungen der Karten und ihre Verbindung zu den vier Elementen und zur Astrologie konzentriert. Darauf, wie wir ihre Magie auf unser Leben übertragen konnten.

»Alles begann im sechzehnten Jahrhundert«, begann er mit einem tiefen Seufzen. »Damals war Magie viel verbreiteter als heutzutage, da mehr Menschen daran glaubten. Drei von ihnen waren der Herzog von Mailand, Filippo Maria, dessen Lehrer und engster Berater Marziano, der außerdem Astrologe war, und Michelino Molinari, einer der angesehensten Maler seiner Zeit. Der Herzog wollte …«

»Malvolio.« Meine Geduld war am Ende. »Kannst du mir erklären, was das alles soll?«

»Bitte, höre dir an, was ich zu sagen habe. Es ist wichtig, die ganze Geschichte zu kennen, um zu verstehen. Anschließend werde ich dir alle deine Fragen beantworten.«

»Versprichst du es?«

Er nickte ernst.

Zähneknirschend bedeutete ich ihm fortzufahren. Ich schlang meine Arme um mich selbst, ein verzweifelter Versuch, mich zu wärmen. Auch Malvolio zitterte vor Kälte, schien allerdings keine Notiz davon zu nehmen.

»Der Herzog war ein großer Liebhaber von Kartenspielen und wollte einen magischen Gegenstand entwerfen, der die Zeit überdauerte. In Zusammenarbeit mit seinem Lehrer verbrachte er den Großteil seines Lebens mit der Suche nach den Regeln der Magie. Schließlich wurde er in der Astrologie fündig. Die Magie der Sterne ist seit Beginn unserer Welt eine besonders mächtige.« Malvolio begann, die Oberfläche der Sitzbank zwischen uns mit den Fingern nachzumalen. Seine Worte klangen einstudiert. Eine Geschichte, die er schon oft erzählt hatte. Oder die ihm schon oft erzählt worden war. »Der Herzog war für die Idee und die Finanzierung des streng geheimen Projekts zuständig, sein Lehrer entwarf das Regelbuch und ordnete den Karten Eigenschaften zu, und der Maler, den sie engagierten, als sie ihn bei der Durchreise in Venedig kennenlernten, willigte ein, sein künstlerisches Talent beizusteuern. Er war ebenfalls äußerst an der Magie interessiert. Für die Realisierung des Projekts trafen sie sich monatelang nachts im Keller des Palazzo Dandolo, zu dem der Herzog wegen seiner hohen Stellung Zugang hatte.«

»Palazzo Dandolo«, wiederholte ich. Woran erinnerte mich der Name?

Malvolio sah mich lange an. »Der Palast, in dem sich heute der alte Teil des Grand Hotel Visconti befindet.«

Ich schluckte. *Nur eine Geschichte. Es war nur eine Geschichte.*

Aber was, wenn es mehr als eine Geschichte war?

»Die drei Männer hofften auf Erfolg«, fuhr Malvolio mit unheilschwangerer Stimme fort. »Doch keiner von ihnen realisierte, wie kraftvoll die Magie aufgrund ihres unerschütterlichen Glaubens sein würde. Sie mischten alle drei ihr Blut unter die Farben, und sobald das Kartendeck vollendet war, nahm der Fluch seinen Lauf.«

Er schwieg so lange, dass ich befürchtete, er würde die Erzählung hier enden lassen.

»Was für ein Fluch?« Meine Stimme klang nicht halb so spöttisch wie gewollt.

Malvolio sah mir fest in die Augen. »Die zweiundzwanzig Menschen im Palazzo, die sich am nächsten befanden, wurden von der Magie der Karten gepackt.«

»Was meinst du mit gepackt?«

»Sie wurden zu den Figuren der großen Arkana«, sagte er vollkommen ernsthaft. »Sie waren keine Menschen mehr, sondern Kartenfiguren. Und jede Figur hatte eine andere übernatürliche Eigenschaft, die mit der Bedeutung ihrer Karte zusammenhing.«

Tausend Fragen kamen mir in den Sinn, doch eine war am lautesten.

»Was ... was für Eigenschaften?«

»Der Eremit, der als Karte für Abgeschiedenheit steht, besitzt die Eigenschaft, sich unsichtbar machen zu können«, sagte er ruhig. »Nur, um ein Beispiel zu nennen.«

Ein irres Lachen entwich mir. Worte brachte ich allerdings keine hervor. Malvolio nutzte die Gelegenheit und sprach weiter.

»Als die drei Männer feststellten, dass sie ihre Kräfte überschätzt und es mit dunkler Magie zu tun hatten, die alle Menschen in der Umgebung, einschließlich sie selbst, gefährdete, sperrten sie die Figuren zurück in die Karten. Nur einer ihrer direkten Nachfahren kann sie wieder daraus befreien, denn die Magie ist über das Blut –«

»Warte, warte, warte.« In meinem Kopf drehte sich alles. »Können wir bitte einen Schritt zurück? Was hat es genau mit den Figuren auf sich? Wie sehen sie aus? Was für Eigenschaften gibt es noch?«

»Sie sehen aus wie gewöhnliche Menschen«, antwortete er geduldig. War das Dankbarkeit in seinem Blick? Weil ich ihn nicht direkt auslachte, sondern Fragen stellte? »Genau wie die Menschen, die damals im sechzehnten Jahrhundert vom Fluch getroffen wurden. In gewisser Weise sind sie auch immer noch diese Menschen. Nur dass sie übersinnliche Kräfte besitzen. Und ...« Er biss sich auf die Unterlippe.

Ich rückte näher an ihn ran. »Und?«

»Und dass sie nicht altern.«

»W-was?«

»Ich weiß, die Vorstellung widerspricht deinen gesamten Glaubenssätzen. Aber diese Menschen, diese *Figuren* sind in ihrer menschlichen Form unsterblich. Sie sehen genau so aus, wie sie vor fünf Jahrhunderten aussahen.«

Einatmen.

Ausatmen.

Ich musste es wie ein Gedankenexperiment betrachten. Sonst würde ich den Verstand verlieren.

»Du willst mir sagen, dass ... Zum Beispiel dieser Kerl, der vor meinen Augen verschwunden ist. Der mit den buschigen Augenbrauen und der Hakennase ...«

»Monaco«, ergänzte Malvolio mit einem Nicken. »Das ist sein Name.«

»Also ... Monaco stammt ursprünglich aus dem sechzehnten Jahrhundert. Er wurde damals von dem Fluch der Karten getroffen und damit unsterblich. Seitdem kann er sich unsichtbar machen.«

»Richtig.«

»Erinnert er sich an sein altes Leben? Weiß er noch, wie es ist, ein Mensch zu sein? Oder ist er durch und durch die Tarotfigur?«

Malvolio lächelte gequält. »Er weiß noch alles. Er ist immer noch der Mensch, der er damals war. Denn für ihn ist seitdem nicht besonders viel Zeit vergangen.«

»Fünfhundert Jahre sind nicht viel für ihn?«, brachte ich hervor. »Vergeht die Zeit für die Figuren schneller als für uns?«

»Nein, sie nehmen die Zeit genau wie wir wahr. Aber seit sie zu den Figuren wurden, waren sie nicht immer auf freiem Fuß. Um genau zu sein, haben sie den Großteil dieser Jahrhunderte in Gefangenschaft verbracht. Insgesamt wurden sie nur zehnmal befreit. Die längste Zeit war etwas über zwei Jahre. Meist war es deutlich kürzer.«

Ich starrte ihn an, versuchte, mir einen Reim aus seinen Worten zu machen. »Du … du hast gesagt, als die drei Männer, die das erste Deck entwarfen, gesehen haben, was sie da erschaffen haben, haben sie die Figuren eingesperrt. Was genau bedeutet das?«

»In die Karten«, erklärte er. »Sie wurden in die Karten gesperrt. In das erste Tarotkartendeck. So unglaublich das klingt, Giulietta, sie verschwanden von der Welt, denn sie waren keine Menschen mehr. Sie waren die großen Arkana in menschlicher Form.«

»Okay.« *Alles gut.* Es war nur eine Geschichte. »Okay. Und wie genau funktioniert das Einsperren noch mal? Und das Befreien? Du hast was von Blut gesagt?«

»Ich werde dir alles erklären, bis ins kleinste Detail, aber ich muss erst sichergehen, dass du auf meiner Seite bist. Diese Informationen dürfen nicht in die falschen Hände gelangen.«

»Wem soll ich das denn bitte erzählen?« Ich lachte auf. »Wer würde mir das glauben?«

Seine Augen wurden schmal. »Eine der Figuren vielleicht.«

Ich runzelte die Stirn. »Dann erzähl mir halt nicht, wie der konkrete Ablauf ist. Aber erzähl mir den ganzen Rest. Und wovor du solche Angst hast.« Denn es war definitiv Angst, was da in seinen Augen schimmerte. Ausgewachsene Panik, um genau zu sein. »Ich kann nicht wissen, ob ich auf deiner Seite bin, bevor ich alle Puzzlestücke habe.«

Er nickte. »Wie ich sagte, die Figuren der großen Arkana wurden seit der Entstehung des originalen Kartendecks nur zehnmal freigelassen. Die Fähigkeit, die Figuren einzusperren und zu befreien, besitzen nur Nachfahren der drei Männer. Die Magie wurde über die drei Blutlinien übertragen. Im Laufe der Jahre wanderte das magische Kartendeck zwischen den drei Familien hin und her, und das Geheimnis wurde nur innerhalb der Familien weitergegeben. Das war die strengste Regel. Denn Unsichtbarkeit ist nur eine der Eigenschaften, die die Figuren besitzen, und dazu eine der harmloseren.«

Ich schauderte und wollte nachfragen, aber er sprach schon weiter.

»Die Welt wurde immer weniger magisch. Jedes Mal, wenn etwa Hexen verbrannt wurden oder wenn die Menschen sich über Magie lustig machten, wich sie ein weiteres Stück von unserer Erde, und schließlich glaubten so wenige daran, dass es unmöglich war, ein solches Deck oder einen ähnlichen magischen Gegenstand zu entwerfen. Die drei Männer von damals waren keine Zauberer, keine übernatürlichen Wesen. Ihr Glaube an das Magische in der Welt war lediglich unerschütterlich. Magie kann nur dort entstehen, wo sie gefüttert wird.«

Es war das erste Mal, seit er mit dieser abgefahrenen Geschichte begonnen hatte, dass ich seine Worte kein bisschen anzweifelte. Das war genau das, woran auch ich glaubte. So funktionierte Magie. Sie brauchte Menschen, die sie praktizierten und sich nicht davon abbringen ließen. Kein leichtes Unterfangen in unserer heutigen Welt. Die Logik sprach dagegen. Die Forschung. Der gesunde, intelligente Menschenverstand. Doch was war mit den Dingen, die uns Logik und Intelligenz nicht erklären konnten?

»Die Blutlinie des Herzogs war besonders fasziniert von der Macht der Karten«, fuhr Malvolio fort. »Sie war in den Folgejahren hauptsächlich für die Befreiung der Kartenfiguren verantwortlich. Die Nachfahren des Herzogs wollten sie studieren, sich an ihrer Macht berauschen, sie besitzen. Die Blutlinie des Lehrers stand im Kontrast dazu: Sie war strikt gegen die Befreiung und fürchtete sich vor den dunklen Seiten der Magie. So wurde in dieser Familie über die Generationen stets eine Warnung weitergegeben. Das oberste Ziel war es, die Menschen vor dem Fluch der Karten zu bewahren. Und dann war da noch die Blutlinie des Malers, die sowohl die Vorteile als auch die Nachteile sah und die als Bindeglied zwischen den anderen beiden Familien fungierte. Ihnen wurde das originale Kartendeck über die Jahre am meisten anvertraut, weil sie die Figuren weder aus einem egomanischen Impuls heraus befreien noch das Deck zu zerstören versuchen würden.«

Malvolio löste seinen Blick von mir und schaute nach vorn. Erst jetzt bemerkte ich, dass das Boot sich nicht mehr bewegte und der Gondoliere sich nach hinten gedreht hatte. Wir befanden uns auf einem breiteren Kanal, ein paar Meter entfernt von einer Steinbrücke mit vier Obelisken, die sich jeweils am Ende des Geländers befanden. Am Ufer brannten Straßenlaternen und Hängeleuchten an den typisch venezianischen Häusern. Es wirkte bei Nacht gruselig, aber immer noch wunderschön.

Ich schaute wieder zum Gondoliere. Seine Augen schienen ihm fast zuzufallen, doch Malvolio schüttelte den Kopf, griff in seine Hosentasche und zog weitere Geldscheine heraus, die er dem armen Kerl reichte. Dann machte er eine kreisende Bewegung mit dem Zeigefinger. Mit starrer Miene griff der Gondoliere nach dem Geld und drehte sich wieder um. Sekunden später setzten wir uns in Bewegung, in die Richtung, aus der wir soeben gekommen waren.

»Wir kommen nun zu dem wichtigsten Teil der Geschichte«, raunte Malvolio mir zu und fuhr sich mit einer Hand durch die dunklen Locken. »Dem Teil, der die Geschichte mit unserem Leben verbindet. Du fragst dich sicherlich, weshalb ich all diese Informationen besitze und weshalb ich sie ausgerechnet dir erzähle.«

Ich nickte stumm. Unsere Umgebung verschwand wieder in Rekordschnelle aus meinem Bewusstsein. Alles, was zählte, war der junge Mann, der neben mir auf der Holzbank saß und die Antworten auf meine drängendsten Fragen zu haben schien.

»Mein voller Name lautet Malvolio da Tortona«, sagte er, beinahe feierlich. »Der Lehrer des Herzoges hieß Marziano da Tortona.«

»Das heißt ... du bist ein direkter Nachfahre von einem der drei Männer, die das originale Deck entwarfen?«

Er schüttelte den Kopf. »Nein.«

»Das verstehe ich nicht. Habt ihr zufällig den gleichen Namen?«

Erneutes Kopfschütteln. »Ich bin adoptiert.«

Ich runzelte wie die Stirn. »Wie mein Onkel ...«

»Wie dein Onkel.«

»Was für ein Zufall.«

»Es gibt keine Zufälle, Giulietta«, sagte er mit einem Lächeln. »Darauf hatten wir uns bereits geeinigt.«

»Und was willst du damit sagen?«

Mein Puls raste. Das Blut rauschte in meinen Ohren.

Er befeuchtete seine Lippen. Höchste Konzentration lag in

seinem Blick. »Der Name des Malers lautete Michelino Molina da Besozzo. Und der des Herzoges Filippo Maria Visconti.«

Stille.

Nein, da war keine Stille. Die Geräusche der Nacht und des Kanalwassers waren allgegenwärtig, doch hier, zwischen uns, in dieser Gondel, herrschte Totenstille.

Ich wusste, was ich fragen wollte, doch plötzlich war ich nicht mehr in der Lage, die Worte zu formen.

»Dein Onkel wurde von der Visconti-Linie adoptiert, so wie ich von den da Tortonas adoptiert wurde, weil es in den drei Blutlinien so üblich war«, sagte er leise. »Die Fähigkeit der drei Männer sollte nicht an willkürlich viele Menschen weitervererbt werden. So wurde die Magie etwas eingeschränkt.«

»Bin ich ... bin ich auch adoptiert?«

So was würdest du nie vor mir geheim halten, Papa, oder? Basiert mein ganzes Leben auf einer Lüge?

Malvolios Blick glühte. »Nein, Giulietta. Du bist eine wahre Visconti. Und das ist unser Glück.«

»Glück?«, warf ich das Wort zurück.

»Falls man unter diesen Umständen von Glück sprechen kann.«

»Mein Vater?«, brachte ich schließlich hervor.

»Dein Vater ist auch ein Visconti. Im Gegensatz zu seinem Bruder. Und ich glaube, das ist der Grund, wieso er sterben musste.«

Meine Zähne schlugen aufeinander. »W-wieso?«

»Weil eine oder mehrere Kartenfiguren verhindern wollten, jemals wieder eingesperrt zu werden.«

»Die Figuren sind auf freiem Fuß?«

Sobald ich die Frage ausgesprochen hatte, hätte ich mich am liebsten geohrfeigt. Natürlich waren sie das. Ich war schließlich mehreren von ihnen begegnet.

»Ich gehe davon aus, dass dein Vater sie befreit hat.«

Ein Keuchen entwich mir, halb Verzweiflung, halb Schmerz. »Er wusste von alldem.«

Komme, was wolle, halte dich von Venedig und Tarotkarten fern.

Versprich es mir.

»Wieso diese Stadt?«, stieß ich hervor.

»Weil das Kartendeck hier entworfen wurde. Weil der Fluch hier begann, in dem Gebäude, in dem sich heute das Grand Hotel Visconti befindet. Die Figuren sind an die Stadt gebunden. Sie können Venedig niemals verlassen. Sie sind unsterblich, haben übernatürliche Kräfte, doch am Ende des Tages ist es immer noch ein Fluch.«

Ich wollte lachen. Das waren genau die Antworten, nach denen ich gesucht hatte.

Und ich wollte schreien. Es waren genau die Antworten, die ich nicht ertragen würde.

Es ging nie um den Unfall meiner Mutter, stimmt's, Papa? Es ging immer nur um Venedig und das gottverdammte Kartendeck. Du hattest Angst vor der Stadt. Angst davor, was geschehen würde, wenn ich davon erfahre?

Ich schüttelte den Kopf. »Wieso sollte mein Vater die Figuren befreien? Er hat mich mein Leben lang von Tarot und Venedig fernhalten wollen.«

»Das weiß ich nicht.« Malvolio sah mich traurig an. »Ich weiß nur, dass er es gewesen sein muss, wenn du es nicht warst. Außer euch gibt es keine weiteren Nachfahren der drei Blutlinien.«

»Wie kannst du dir da so sicher sein?«

»Meine Familie hat ihr Leben der Suche danach gewidmet, Giulietta. Denk daran, was ich dir gesagt habe: Die Figuren sind gefährlich. Wir wollten immer die Menschheit vor ihnen schützen.«

»Aber mein Vater hat Tarot gehasst, verstehst du? Das war keine normale Abneigung. Mit allem, was er hatte, wollte er mich davor beschützen. Es ergibt keinen Sinn!«

»Irgendetwas muss seine Meinung geändert haben«, sagte Malvolio sanft. »Schließlich stammte er von den Viscontis ab. Seine Familie war verrückt nach den Karten. Nach der Magie. Sein Vater selbst ließ sie das letzte Mal frei. Und zahlte dann den Preis dafür.«

Ich wollte widersprechen, doch da sah ich plötzlich wieder Davide vor meinem inneren Auge. Nicht Davide, wie er bewegungslos auf den Fliesen lag, sondern den feixenden Jungen neben mir in der Spülküche. Seine Worte hallten in meinen Gedanken wider.

Anscheinend ging's damals rund. Es sind ziemlich seltsame Dinge geschehen, und dann gab es einen Mordfall auf dem Grundstück. Daran musste ich direkt denken, als ich davon gehört habe, dass der Bruder des Hoteldirektors gestorben ist. Anschließend wurde auch das gesamte Personal rausgeschmissen, einschließlich meines Opas. Und jetzt fühlt es sich an, als würde die Geschichte sich wiederholen … Unheimlich, oder?

»Was ist damals passiert?«, hauchte ich. »Als die Figuren das letzte Mal befreit wurden?«

Malvolio wandte den Blick ab, als könnte er nicht ertragen, mir in die Augen zu sehen, während er diese Frage beantwortete. »Dein Großvater, der damalige Hoteldirektor, starb. Er wurde von einer der Figuren ermordet.«

Oh Gott.

»Das ist es, was Davide mir erzählen wollte, nicht wahr?«

»Ich … ich denke, ja.«

»Das ist der Grund, wieso ihn jemand umgebracht hat? Jemand, der verhindern wollte, dass ich die Wahrheit erfahre?«

Ich zuckte selbst vor dem Wort *umgebracht* zusammen. Malvolio nickte. Jede Hoffnung, dass Davide möglicherweise noch lebte, war verschwunden.

Cosima hatte unser Gespräch in der Spülküche belauscht. Cosima, die in der ersten Etage lebte. Cosima, die ich Stunden später in mein Hotelzimmer mitgenommen hatte.

»Du wusstest, was er mir sagen würde, und hast es vor mir verheimlicht?«

Die Angst trat für einen Augenblick in den Hintergrund. Wut kochte in mir hoch.

Malvolios Blick zuckte zurück zu mir. »Es tut mir leid. Ich war nicht sicher, wann ich die Informationen mit dir teilen soll. Du musst verstehen ...«

»Was muss ich verstehen? Dass du mich belogen hast, wie mein Vater mich mein Leben lang belogen hat?«

»Wir sind alle in Gefahr, Giulietta«, zischte er, nun ebenfalls wütend. »Ich musste vorsichtig sein. Und so eine Geschichte tischt man nicht eben mal jemandem auf, den man gerade kennengelernt hat. Nicht ohne triftigen Grund. Hättest du mir am Anfang geglaubt? Noch bevor all diese Dinge im Hotel geschehen sind, die du dir nicht erklären konntest? Noch bevor Davide sterben musste?«

Wütend wandte ich mich ab, starrte auf die Gischt. Er hatte recht, und diese Tatsache trieb mich nur noch mehr in den Wahnsinn.

»Also hast du gewartet, bis noch jemand stirbt, damit du es mir erzählen kannst?« Meine Stimme überschlug sich. »War der Tod meines Vaters nicht genug?«

»Sag du es mir«, flüsterte er. »War er genug? Wenn du den Schmerz noch immer nicht zulassen kannst?«

Ich fuhr wieder zu ihm herum. »Hör endlich auf, über meinen Schmerz zu reden, verdammt!«

»Ich habe nicht auf einen weiteren Tod gewartet«, beantwortete er meine vorherige Frage. »Sondern auf einen Beweis, der stark genug ist, damit du mir glauben kannst.«

»Und das soll mich jetzt besänftigen, oder was?«

»Du bist wütend.« Er schlug einen beruhigenden Ton ein. Am liebsten wäre ich ihm an die Gurgel gegangen. »Das verstehe ich. Aber es geht hier auch um deine Sicherheit.«

»Warum?« Ich lachte hohl. »Weil mich alle Figuren um die Ecke bringen wollen?«

Er nickte. Dann schüttelte er den Kopf. »Nicht alle.«

Abwartend sah ich ihn an. Noch immer war ich wütend, doch Cosima ging mir nicht mehr aus dem Sinn. Wenn sie irgendetwas mit Davides Tod zu tun hatte ... Ich hatte sie bereitwillig in meine Nähe gelassen. Nur wir beide in meiner Suite. Wie einfach wäre es für sie gewesen, mir etwas anzutun?

»Nicht alle zweiundzwanzig Figuren haben böse Absichten. Viele sind der Meinung, dass sie dich schützen müssen. Sie wollen zwar in Freiheit leben, doch sie wollen dabei kein Menschenleben auf dem Gewissen haben.«

»Und darauf soll ich mich verlassen?«

Ich hatte keine Ahnung mehr, was ich zuerst fühlen sollte.

Es war zu viel.

Taubheit. Ich brauchte die Taubheit. Das hier war längst kein Gedankenexperiment mehr.

»Selbstverständlich nicht.« Er griff nach meiner Hand. Wie heute Nachmittag, bei meiner ersten Gondelfahrt. Mein Anker zu dieser Welt, die gerade endgültig aus den Fugen geraten war. »Es ist viel zu riskant. Die Figuren sind unberechenbar. Für alle Menschen gefährlich, aber ganz besonders für uns.«

»Die ... die Figuren wissen, dass wir beide Nachfahren der drei Typen sind?«

»Nur du.« Mit dem Daumen fuhr er über meinen Handrücken. Seine Hand war noch kälter als meine, und doch durchfloss mich bei seiner Berührung Wärme. »Nur du bist eine wahre Nachfahrin. Aber ja, sie wissen von mir, und sie wissen von dir. Deshalb befinden wir uns auf einer Gondel, mit einem Gondoliere, der keines unserer Worte verstehen kann. Die Figuren sind auf der Hut. Sie sind sich nicht sicher, wie tief du bereits in der Sache drinsteckst, deshalb suchen sie immer wieder deine Nähe und versuchen, dich zu testen. Sie möchten wissen, mit wem sie es zu tun haben. Wie viel dein Vater dir erzählt hat.«

Das Schlucken tat mir weh. Fieberhaft ließ ich die letzten Tage Revue passieren. Cosima war meine erste seltsame Begegnung gewesen, oder? Als ich noch nicht mal in Venedig gewesen war ...

»Warte.« Ich runzelte die Stirn. »Du hast gesagt, die Figuren können die Stadt nicht verlassen. Das kann nicht stimmen.«

Die Bewegungen seines Daumens auf meiner Haut stoppten. »Wie bitte?«

»Ich habe Cosima bereits in meinem Heimatdorf gesehen. Sie ist vor unserem Haus auf- und abgegangen. Ich bin mir absolut sicher, denn ich war nicht die Einzige, die sie gesehen hat. Das war kurz nach dem Tod meines Vaters.«

Malvolio drückte meine Hand und ließ sie los. »Du hast nicht Cosima gesehen, sondern ihren Schatten.«

»Ich kann einen Menschen von einem Schatten unterscheiden.«

Der Anflug eines Lächelns umspielte seine Lippen. »Kein gewöhnlicher Schatten, wir nennen es nur so. Ihr Talent ist die Replikation. Cosima kann eine Kopie von sich selbst erzeugen. Diese Kopie enthält Teile ihres Bewusstseins und sieht so aus wie sie, sie hört und sieht alles, was sich in ihrer Umgebung abspielt, doch sie ist kein eigenständiger Mensch. Sie wird durch Cosima gesteuert, die ihr Bewusstsein aufteilen muss, um an zwei Orten gleichzeitig sein zu können. Dieser Schatten kann Venedig verlassen, Cosima selbst nicht.«

»Welche Karte der großen Arkana ist sie?«, entfuhr es mir, obwohl es so viel wichtigere Fragen gab. Wenn der Eremit die Fähigkeit besaß, sich unsichtbar zu machen, und die Fähigkeit direkt an die Bedeutung der Karte geknüpft war ... Welche kam bei Replikation infrage?

»Die Gerechtigkeit vielleicht? Wenn es um eine Teilung seines Ichs geht?«

In meinem Kartendeck wurde die achte Karte der großen Arkana von der Illustration zweier Katzen und einem Schwert zwischen ihnen dargestellt. Eine weiße und eine schwarze Katze, die den Betrachter erwartungsvoll ansahen. Die Karte stand für Entscheidungen, für das Abschätzen von mehreren Möglichkeiten.

Malvolio schüttelte den Kopf. »Interessante Überlegung, aber die Teilung ihres Ichs steht in diesem Fall nicht lediglich für eine Ambivalenz, sondern für das große Ganze. Sie ist in der Lage, an zwei Orten gleichzeitig zu sein, und besitzt doch nur ein einziges Bewusstsein. Dieser Widerspruch ist in uns allen. Auch wir können uns in Gedanken an jeden beliebigen Ort transportieren, ohne unsere Ausgangsposition zu ändern, nicht wahr? Aber wirklich vollkommen sind wir nur, wenn wir uns auf das Hier und Jetzt konzentrieren.«

Die Vorstellung, mit ihm über alle Fähigkeiten und ihre Verknüpfung mit der jeweiligen Karte zu sprechen, war verlockend. In jeder anderen Situation hätte ich mich mit Freuden in diese Diskussion gestürzt. Es war eine schöne Abwechslung, mit jemand anderem als Noemi und Speranza über Tarot zu sprechen – mit jemandem in meinem Alter, der es ernst nahm. Und sogar mehr Wissen als ich besaß.

Ich schüttelte den Kopf. Dafür war keine Zeit.

»Die Welt«, sagte Malvolio leise. »Sie ist die Welt.«

Die zweiundzwanzigste und damit die letzte Karte der großen Arkana. Eine Karte, die genau wie die Prinzessin der Stäbe in meiner letzten Legung aufgetaucht war. Was hatte das zu bedeuten? Hatte es überhaupt etwas zu bedeuten? Funktionierte Tarot, wie ich es kannte, wenn der wahre Ursprung ein ganz anderer war?

»Was will sie von mir?«, fragte ich schroff. »Warum hat sie mich beobachtet? Warum hat sie mir vorhin all diese Fragen über meinen Vater gestellt?«

Malvolio zuckte mit den Schultern. »Sie hat vermutlich nur versucht herauszufinden, wie viel er dir von der Wahrheit erzählt hat.«

»Sie hat gesagt, sie kannte ihn. Stimmt das?«

»Es ist sehr gut möglich. Schließlich ist dein Vater im Grand Hotel aufgewachsen. Das bedeutet, er befand sich dort, als sein Vater die Figuren damals befreite. Aber Giulietta ... lass uns bitte über das Wesentliche sprechen. Die Zeit läuft uns davon.«

Ich holte tief Luft. »Wer meinen Vater getötet hat?«

Er schüttelte den Kopf. »Wie wir die Karten wieder einsperren können.«

»Wir?«

»Du. Mit meiner Hilfe. Mit meinem Wissen.«

»Ich dachte, du willst mir nicht davon erzählen, weil du nicht weißt, ob ich vertrauenswürdig bin.«

»Ich halte dich für außerordentlich vertrauenswürdig. Die Frage ist nur, wem du dein Vertrauen schenken willst. Es wäre verständlich für mich, wenn dir das hier«, er gestikulierte zwischen uns beiden hin und her, »zu schnell ginge. Wenn dein Gehirn sich gegen alles wehrt und du Zeit zum Nachdenken benötigst.«

»Du hast gesagt, die Zeit läuft uns davon.«

Er seufzte. »Das tut sie. Mit jedem weiteren Tag, an dem die Figuren in Freiheit sind, riskieren wir weitere Menschenleben.«

Das konnte alles nicht wahr sein. Zweiundzwanzig potenziell gefährliche Figuren mit übernatürlichen Eigenschaften, die allen Menschen überlegen waren. Und ich sollte die Einzige sein, die noch die Macht hatte, dem Ganzen ein Ende zu bereiten?

Er hatte recht. Es ging zu schnell. Mein Gehirn wollte nicht begreifen. Doch wie man es drehte und wendete, es war die einzige überzeugende Erklärung, die ich bisher zum Tod meines Vaters bekommen hatte.

»Wer hat ihn getötet?«, hörte ich mich fragen. »Wer hat meinen Vater getötet? Und ...« Mein Herzschlag nahm wieder an Tempo auf. »Was hat mein Onkel mit alldem zu tun?«

»Ich weiß nicht, welche der Figuren deinen Vater getötet hat. Der Teufel, die fünfzehnte Figur, war es, der damals dem Hoteldirektor Edoardo Visconti, deinem Großvater, das Leben nahm. Es wäre plausibel, wenn er auch jetzt der Mörder ist. Er schreckt vor nichts zurück.«

»Was ... was ist sein Talent?«

Malvolios Blick wurde hart und kalt. »Gedankenmanipulation. Er kann jedem Menschen innerhalb von Sekunden seinen Willen aufzwingen.«

Ein Schreckenslaut entwich mir.

Gretas verweintes Gesicht. Ihre verzweifelten Worte.

Ich kann dir nicht sagen, was passiert ist. Oder vor allem, wie. Ich habe ihn gefragt, ob ich ihm weiterhelfen kann, und dann war da plötzlich dieses Summen in meinen Ohren, das alles übertönte. Es hat sich angefühlt, als ob mein Gehirn nur noch auf Stand-by geschaltet war, ich weiß nicht, wie ich es besser beschreiben soll. Als ich wieder klar im Kopf war, lag ich nackt neben dem Typen in seinem Kingsize-Bett.

Oh Gott, Greta. Oh Gott, es ergab Sinn.

Ehe ich mein Entsetzen in Worte fassen konnte, sprach Malvolio weiter.

»Dein Onkel ist adoptiert, und es ist unklar, wie viel er von den Familiengeheimnissen weiß. Meine Vermutung ist, er ist völlig ahnungslos. Sonst hätte er nicht zugelassen, dass du nach Venedig kommst.«

»Wie kann er nicht wissen, was in seinem Hotel abgeht?«, stieß ich hervor. »Und wenn er damals genau wie mein Vater im Hotel lebte, muss er doch irgendetwas mitbekommen haben?«

»Giulietta.« Zum ersten Mal mischte sich Ungeduld in seine Stimme. »Das sind die falschen Fragen.«

Ich hätte wieder in die Luft gehen können. Oder ich hörte auf ihn und konzentrierte mich auf das Wesentliche.

»Der Teufel«, zischte ich. Das Wort hinterließ nichts als Kälte in mir. Die Karte stand für Abhängigkeit und Obsession. Für die Dunkelheit in uns. »Gibt es irgendeine Möglichkeit, sich vor seiner Manipulation zu schützen?«

»Es gibt eine Figur, die die Fähigkeiten der anderen neutralisieren und in manchen Fällen auch rückgängig machen kann. Die Gerechtigkeit. Sie ist der einzige Ausweg. Aber sie kann ihn nicht immer beschatten, sonst wird er nur noch ausfälliger.« Der Hass in seinen Worten war nicht zu überhören. »Und es gibt genug andere Figuren, die ebenfalls Dummheiten anstellen. Sie hat rund um die Uhr zu tun.«

»Also gibt es keinen wirklichen Schutz«, fasste ich zusammen.

Halte dich von Venedig und Tarotkarten fern.

Das hier war der pure Wahnsinn.

Malvolio schüttelte den Kopf. »Verstehst du jetzt? Egal wie faszinierend die Figuren sind, sie sind das größte Übel. Die größte Gefahr für alle Menschen in dieser Stadt. Wir müssen ihnen ein Ende bereiten.«

»Ich will mehr wissen«, würgte ich hervor.

Das war eine Lüge. Ich wollte meinen Kopf ins eisige Kanalwasser stecken und nie wieder auftauchen. Ich wollte jedes einzelne Wort vergessen, was in dieser Gondel gesprochen worden war. Ich wollte fliehen. Mich und alle Menschen, die ich kannte, in Sicherheit bringen. Aber wem wäre damit geholfen?

Also musste ich ihn weiterreden lassen. Auch wenn ich Gefahr lief durchzudrehen. Ich musste alles wissen. Es gab kein Zurück mehr. Nicht, wenn ich der einzige Mensch war, der die Macht hatte, es zu beenden.

»Lucia?«, fragte ich. »Wer ist sie? Was kann sie?«

»Die Sonne.« Er zögerte keine Sekunde. Gestern noch hatte er verwirrt getan, als ich den Namen erwähnt hatte, nun waren die Schleusen weit geöffnet. »Sie kann Pflanzenwachstum beschleunigen.«

Der vertrocknete Farn auf dem Dachboden. Der innerhalb weniger Sekunden nicht nur frisch und grün gewesen war, sondern auch viel größer als zuvor.

»Deluna?« Meine Stimme klang geschäftsmäßig. Es tat gut, wenigstens für ein paar Augenblicke so zu tun, als hätte ich alles unter Kontrolle.

»Der Mond. Sie hat Nachtsicht und kann Schatten beeinflussen. Die beiden sind recht harmlos.«

Ich nickte. Das war es also, was ich über den Dachboden hinter Deluna herumhuschen gesehen hatte. Schatten.

»Magnus?«, fuhr ich fort. »Von ihm hast du mir auch erzählt. Er hat das Buffet tanzen lassen. Bei mir waren es Kerzen. Ich war plötzlich von Hunderten von Kerzen auf dem Dachboden umgeben.«

Malvolio lächelte. »Möchtest du raten?«

»Er beeinflusst unsere Wahrnehmung? Lässt uns Dinge sehen, die nicht da sind?«

Er nickte anerkennend. »Er ist der Magier.«

»Hast du dir das nur ausgedacht? Das tanzende Buffet? Damit ich dir vertraue?«

»Ich wollte wissen, wie viele außergewöhnliche Erfahrungen du bisher gemacht hast. Du solltest wissen, dass du damit nicht allein bist.«

Das war weder ein Ja noch ein Nein. Es spielte keine Rolle. Ich konnte verstehen, wieso er mir nicht früher davon erzählt hatte.

»Da war ein Mann mit mehreren Tieren in seinem Zimmer. Ich habe mich kurz mit ihm unterhalten. Er hat mir gesagt, wer Cosima ist. Und ... ich hatte irgendwie das Gefühl, dass die Tiere ihn verstehen.«

»Onofrio«, sagte Malvolio mit einem weiteren Nicken. »Er ist die Mäßigkeit. Und er kann in der Tat mit Tieren sprechen.«

Die Fähigkeit klang irgendwie schön. Friedlich. Im ersten Moment jedenfalls. Wenn man an niedliche Katzen dachte. Stellte man sich jedoch vor, wozu man etwa gefährliche Raubtiere überreden könnte ...

Nein. Nicht weiterdenken.

»Ich möchte eine Liste mit allen Figuren«, verlangte ich. »Wie sie heißen. Wie sie aussehen. Was ihre Fähigkeiten sind.«

Malvolio nickte. »Du wirst alles erfahren. Jetzt sollten wir allerdings die nächsten Schritte besprechen. Wir müssen bald zurück ins Hotel. Je länger wir weg sind, desto mehr Verdacht werden die Figuren schöpfen.«

»Du ... du willst zurück ins Hotel?«

Alles in mir wehrte sich gegen den Gedanken. Ich kannte nicht mal die Hälfte der Figureneigenschaften. Jemand war gestorben, weil er mir die Wahrheit hatte sagen wollen. Möglicherweise umgebracht von der Person, die ich nur Stunden nach dem Gespräch mit Davide bereitwillig mit in mein Hotelzimmer genommen hatte. Wie konnte Malvolio so seelenruhig neben mir sitzen und darüber reden zurückzugehen? Wie konnte er jemals freiwillig ins Hotel gekommen sein, wenn er all diese Informationen hatte?

Sein Gesicht verschwamm genau wie unsere Umgebung vor meinen Augen. Die Straßenlaternen, die Sterne am Nachthimmel, der Mond, der hinter den Wolken hervorblitzte. Alles floss ineinander. Papa hatte recht. Die Gewissheit wurde zum Zentrum meiner Gedanken. Ich musste weg. Meine Suche aufgeben. Es spielte keine Rolle, wer genau an seinem Tod schuld war. Es ging hier auch um mich. Um *mein* Leben.

Die Verzweiflung stieg aus den dunklen Tiefen des Wassers empor, packte mich an der Kehle und drohte mich nach unten zu ziehen.

Mein Leben. Was für ein Leben sollte das sein?

Nein, ich konnte nicht zurück. Ich würde es nicht verkraften. Aber wie sollte ich vorwärtsgehen?

Wie soll ich das ohne dich schaffen, Papa?

In meiner Vorstellung begann ich, auf ihn einzuschlagen.

Mit deinen Lügen und deinem Schweigen wolltest du mich schützen, und dabei hast du mich vollkommen schutzlos zurückgelassen!

»Giulietta.«

Die Gondel bewegte sich nicht mehr. Wir befanden uns nicht vor der gleichen Gasse, an der wir losgefahren waren, aber diese hier war ebenfalls eng und menschenverlassen. Absolute Trostlosigkeit. Die Farbe der Fassade blätterte ab, das Licht, das an der Hausmauer angebracht war, flackerte einmal kurz auf und erlosch dann. Mir war so schlecht.

Ich zwang mich, nach vorn zu schauen, und begegnete dem Blick unseres Gondolieres. Abwartend starrte er uns an.

»Giulietta, wir müssen hier raus.«

Malvolio klang besorgt. Ich stand zu schnell auf, sodass das Boot ins Wanken kam, scherte mich nicht darum, sondern krallte mich am Holzpfeiler vor uns fest und zog mich an Land. Hitze durchflutete mich. Die Übelkeit war unerträglich. Ich schaute mich nicht nach meinem Begleiter um, sondern setzte einen Schritt vor den anderen, weg vom Wasser, weg von seinen Worten, in meinen Ohren mein alles übertönender Herzschlag.

Als die Dunkelheit mich vollständig umhüllte, blieb ich stehen.

Ich stützte mich mit einer Hand an der kalten Steinmauer ab, schaffte es gerade noch so, meine Haare mit der freien Hand zurückzuhalten, dann erbrach ich mich. Wieder und wieder und wieder.

Inmitten dieser Endlosigkeit spürte ich eine Hand an meiner Schulter. Ich schaffte es, sie abzuschütteln. Ich wollte nicht angefasst werden. Es gab niemanden, der mir jetzt helfen konnte. Ich hatte endlich, endlich verstanden. Durch manche Dinge musste man alleine gehen.

Dafür hasse ich dich am meisten, Papa. Dass du mir mein Leben lang das Gefühl gegeben hast, du würdest da sein. Für jedes Glück und für jeden Schmerz. Was für eine grausame Lüge.

Mein Magen krampfte sich zusammen. Es war nichts mehr übrig. Schwer atmend richtete ich mich auf und wischte mir mit dem Ärmel über den Mund.

»Giulietta …«

Ich drehte mich um. In der Finsternis konnte ich nur die Umrisse von Malvolios Gestalt erkennen, doch die Emotion in seiner Stimme war unverkennbar.

Meine Übelkeit war verschwunden. Die Hitze in mir ebenfalls. Sie war wieder von eisiger Kälte ersetzt worden. Ich war vollkommen leer.

»Steck dir dein Mitleid sonst wohin«, fauchte ich.

Wieso sollte ich dir vertrauen?

Weil du keine andere Wahl hast.

Ich hatte tatsächlich keine Wahl. Nicht, wenn ich die Chance hatte, den Tod meines Vaters zu rächen.

Malvolio holte tief Luft, doch ich ließ ihn nicht zu Wort kommen.

»Sag mir, was ich zu tun habe.«

Das Hotel war vollkommen ruhig. Nichts wies auf das hin, was sich vor etwa einer Stunde hier abgespielt hatte. Keine Sanitäter, keine Polizisten und keine Gäste in der Lobby. Ein älterer Concierge, den ich noch nie gesehen hatte, begrüßte mich mit einem müden Nicken, nachdem er den goldenen Zimmerschlüssel in meiner Hand gesehen und mein Gesicht kurz gescannt hatte. Ich lief an ihm vorbei zum Aufzug, der schon auf mich wartete. Mit einem Ruck setzte er sich in Bewegung, nachdem ich auf die Zwei gedrückt hatte. Mein gesamter Körper war in Alarmbereitschaft, als der Aufzug im ersten Stock für den Bruchteil einer Sekunde verharrte, ehe er mit einem Knarzen weiterfuhr. Mein Herz klopfte wie verrückt.

Die Automatiktüren sprangen auseinander. Ich zuckte zusammen, dann stürzte ich aus dem Aufzug und auf mein Zimmer zu. Meine Hände zitterten so sehr, dass ich zwei Anläufe brauchte, um aufzuschließen.

Sobald ich die schwere Tür hinter mir geschlossen und von innen verriegelt hatte, fiel mein Blick auf die verstreuten Tarotkarten auf dem kleinen Tisch schräg hinter meinem Bett. Mein Herz drohte mir aus der Brust zu springen.

Ich zwang mich wegzusehen und steuerte das Badezimmer an. Mit fahrigen Bewegungen putzte ich mir die Zähne, bis der bittere Geschmack aus meinem Mund verschwunden war. Anschließend spritzte ich mir literweise eiskaltes Wasser ins Gesicht. Erst dann wagte ich einen Blick in den verschnörkelten Barockspiegel über dem Marmorwaschbecken.

Mein Spiegelbild bestätigte mir das, was ich schon längst wusste: Es war der absolute Wahnsinn, hier zu sein. Meine Augen waren weit aufgerissen, die nackte Panik schimmerte darin, meine Hautfarbe war kalkweiß.

Ich hätte den Nachtzug nach Rovigo nehmen und dann Noemi und Speranza anrufen können, damit sie mich vom Bahnhof abholten. Sie wären mitten in der Nacht gekommen, da war ich mir sicher. Meinem Onkel hätte ich irgendeine Ausrede aufgetischt. Die Trauer war zu viel zu mich. Er würde Verständnis haben. Er schien sich ohnehin nicht besonders um mich zu scheren – seit unserem Abendessen hatten wir uns nicht gesehen.

Ich könnte eine eigene Beerdigung für Papa abhalten, dafür brauchte ich seine Leiche nicht.

Meine Finger klammerten sich am Waschbeckenrand fest. Meine Beine schienen jeden Moment nachgeben zu wollen.

Das wäre die vernünftige Option. Die Entscheidung, die auch mein Vater befürwortet hätte.

Stattdessen war ich freiwillig in die Höhle des Löwen zurückgekehrt. Im Ohr Malvolios Stimme, die mich warnte, heute Nacht mein Zimmer nicht mehr zu verlassen und niemanden reinzulassen. *Es ist alles in Ordnung. Du bist vorerst nicht in Lebensgefahr. Solange sie dich für unwissend halten, bist du einigermaßen sicher. Lass dir auf keinen Fall anmerken, dass du die Wahrheit kennst. Wir sehen uns morgen. Es wird alles gut.*

Obwohl ich sein Mitleid nicht ertragen konnte, hatte ich ihn für einen Augenblick fragen wollen, ob er heute Nacht bei mir schlafen wollte. Er war der einzige Mensch, der ansatzweise verstehen konnte, wie ich mich fühlte.

Doch ich hatte es nicht über mich gebracht. Ich war so gewöhnt daran, Menschen zu misstrauen und auf Distanz zu halten. Außerdem gab es immer noch einen klitzekleinen Teil in mir, der glaubte, hoffte, *flehte*, dass Malvolio einfach verrückt war und die Geschichte, die er mir erzählt hatte, nichts weiter als ein Hirngespinst.

Er hatte mich angewiesen, vorzugehen. Je weniger man uns zusammen sah, desto besser, hatte er gesagt. Mit jedem Schritt, mit dem ich mich von ihm entfernte, war meine Verzweiflung größer geworden. Mir blieb nichts anderes übrig. Ich konnte ihn nicht mal anrufen. Oder ihm schreiben. Ich musste einfach die Nacht überstehen. Alleine.

Ich war nicht einmal mehr in der Stimmung, Papa anzuschreien. Nachdem der erste Schock von mir gewichen war, hatte ich mich in seine Situation hineinversetzt. Was hätte ich an seiner Stelle getan? Hätte ich meiner Tochter, die dasselbe Talent wie ich in sich trug, die Wahrheit erzählt und ihr Leben riskiert? Oder hätte ich sie mit allem, was ich hatte, von dieser verfluchten Stadt und dem Hotel ferngehalten?

Papa kannte meine Neugierde. Er kannte meinen Hang zu übernatürlichen Dingen. Er hatte mich nur beschützen wollen.

Allein die Frage, wieso er die Figuren befreit haben sollte, hielt mich davon ab, mich vollständig der Verzweiflung hinzugeben. Solange es ein ungelöstes Rätsel gab, würde ich die Nerven bewahren.

Ich kehrte ins Schlafzimmer zurück, zog meinen löchrigen Pyjama an, schaltete das Licht aus und schlüpfte unter die schwere Bettdecke.

Dann griff ich nach meinem Handy und klickte mich zu Noemis und Speranzas Festnetznummer durch. Es klingelte nur zweimal, ehe es in der Leitung klickte.

»Guten Abend.«

Wärme durchflutete mich.

»Hallo, Speranza.« Das Schlucken fiel mir mit einem Mal schwer. »Ich hoffe, ich störe nicht.«

Kurz herrschte Stille. Dann ein Keuchen. Es klang nach Erleichterung.

»Tesoro! Oh, wie sehr ich deine Stimme vermisst habe!«

Ich schloss die Augen. Konzentrierte mich auf den Klang ihrer Stimme. Atmete tief durch.

»Noemi!«, rief sie. »Giulietta ist dran.«

Keine fünf Sekunden später war Noemis aufgeregte Stimme gedämpft im Hintergrund zu hören. »Dem Himmel sei Dank. Wie geht es dem Kind? Mach den Lautsprecher an!«

»Mir geht es gut«, sagte ich, so leise ich konnte, damit sie nicht heraushörten, dass meine Stimme brach. »Jetzt geht es mir gut.«

KAPITEL 13

Bei Tageslicht

Ein Klopfen ließ mich aufschrecken. Einen Herzschlag lang hatte ich keine Ahnung, wo ich mich befand. Gemusterte Tapete, dicker Teppich, antike Möbelstücke. Der Raum war lichtdurchflutet.

»Giulietta?« Eine weibliche Stimme. »Bist du wach?«

Ich blinzelte mir den Schlaf aus den Augen und warf die Decke zurück. Bei der Bewegung schlitterte mein Handy zu Boden. Ich hatte noch lange mit Noemi und Speranza telefoniert, hatte sie gebeten, mir vom neuesten Klatsch in ihrem Leben zu erzählen, bis die Müdigkeit mich übermannte. Irgendwann mittendrin musste ich eingeschlafen sein, auch wenn ich mir zuvor sicher gewesen war, kein Auge zumachen zu können.

Auf einen Schlag kamen die gestrigen Ereignisse zurück. Davides Körper auf den Fliesen. Malvolios Worte.

Die Schläfrigkeit wich von mir. Wer war an der Tür? Wieso sollte ich noch irgendjemandem die Tür öffnen?

»Ja?«, rief ich.

»Giulietta, hier ist Greta. Falls es gerade schlecht ist, komme ich später wieder.«

Ich lief zur Tür. Greta war in Ordnung. Greta war nur ein Zimmermädchen.

Als ich den Schlüssel umdrehte und die Tür öffnete, war sie gerade dabei, den Rückzug anzutreten.

»Guten Morgen!«

Zerknirscht sah sie mich an. »Oh, sorry, du hast noch geschlafen. Ich wollte dir nur schnell was vorbeibringen.«

Sie trug ihre Arbeitsuniform und hatte ihre rotblonden Haare zu einem strengen Dutt nach hinten gebunden. Über ihrem angewinkelten Arm trug sie eine riesige weiße Kleiderhülle mit dem goldfarbenen Hotellogo.

Ich unterdrückte ein Gähnen. »Kein Problem. Wie spät ist es?«

»Kurz nach zwölf.« Sie grinste verschwörerisch. »Lange Nacht gehabt?«

Wieso hatte mich niemand für meine Arbeitsschicht geweckt?

Und: Wie konnte sie immer noch so unbeschwert aussehen? Nichts deutete darauf hin, dass etwas Schlimmes im Hotel geschehen war. Oder dass mit *ihr* vor ein paar Tagen etwas Schlimmes geschehen war.

War das ihr Verdrängungsmechanismus?

Oder lag es an den Karten? War sie erneut von jemandem manipuliert worden, damit sie so fröhlich wirkte?

Was, wenn jemand in ihrem Kopf herumgepfuscht hatte? Malvolio hatte gesagt, es gab eine Figur, die die Fähigkeiten der anderen rückgängig machen konnte ... Hatte sie eingegriffen? Ging es Greta deshalb besser? Konnte man so etwas Grauenhaftes rückgängig machen?

Mein Herz klopfte schneller. Hastig warf ich einen Blick rechts und links in den Flur. Nichts.

Was nichts bedeuten muss, wenn es hier Gäste gibt, die sich unsichtbar machen können ...

Dann griff ich nach ihrem Handgelenk und zog sie sanft in meine Suite, bevor ich die Tür hinter uns zukickte.

Ihr Grinsen wurde breiter. »Willst du mir in Ruhe die Details erzählen? Ich habe nur kurz Zeit, aber ich bin ganz Ohr.«

»Hast du etwas von Davide gehört?«, zischte ich, ohne auf ihre Worte einzugehen.

Sie zog die feinen Augenbrauen zusammen.

»Gestern war die Polizei da«, fuhr ich fort. »Und jemand vom Krankenhaus. Etwas ist mit ihm passiert.«

»Er soll heute Morgen überstürzt gekündigt haben, hat mir eine Kollegin vorhin erzählt. Sie hat gesagt, er passte sowieso nicht so richtig zum Team, aber mir kommt es schon komisch vor. Hat er gestern irgendwie anders auf dich gewirkt? Hat er dir vielleicht verraten, wieso er nicht mehr hier arbeiten will?«

Was zur Hölle?

Ich habe seinen reglosen Körper in der Küche liegen gesehen!

Gerade noch hielt ich mich davon ab, die Worte auszusprechen. Kein Grund, Greta in das ganze Schlamassel reinzuziehen.

Ich schüttelte den Kopf. »Er hat mir nichts gesagt.«

»Na, wie auch immer.« Sie schüttelte zerstreut den Kopf und drückte mir die Kleiderhülle in die Arme. »Das hier ist für dich. Vom Hoteldirektor.«

Unschlüssig starrte ich auf die Hülle. Sie war schwerer als erwartet.

»Mein Onkel ist wieder hier?«

Wenn jemand das gestrige Geschehen vertuscht hatte, musste er doch etwas davon mitbekommen haben. Ich sollte dringend mit ihm sprechen.

»Nein, er hat das Kleid schon vor Tagen für dich gekauft. Heute kam es nur aus der Reinigung.«

»Das … Kleid?«

»Für den Maskenball heute Abend«, sagte Greta fröhlich und deutete auf den Reißverschluss. »Ich habe kurz einen Blick hineingeworfen, es ist ein absoluter Traum! Und die dazu passende Maske erst. Du musst mir heute Abend unbedingt Fotos machen, ich habe gehört, die erste Ballnacht zum Karnevalsbeginn ist nicht von dieser Welt. Sie ist Tradition hier im Hotel. Wie gerne ich auch mal daran teilnehmen würde, aber die Ticketpreise sind wirklich unfassbar …«

Ihre Stimme wurde zu einem unverständlichen Hintergrundrauschen, während meine Gedanken sich überschlugen.

Ich sollte auf einen Maskenball gehen. Nach dem, was ich gestern erfahren hatte. Nachdem jemand Davide aus dem Weg geschafft hatte, damit er mir nicht die Wahrheit sagen konnte. Nachdem ich seine mutmaßliche Mörderin in meine Nähe gelassen hatte.

»Giulietta?«

Mit aller Macht konzentrierte ich mich wieder auf Gretas Stimme.

»Ich soll dir von Signor Esposito ausrichten, dass du nicht an den Vorbereitungen teilnehmen musst, wenn du nicht möchtest. Er hat dich heute früh nicht wecken lassen, weil er gehört hat, dass du gestern Nacht noch bis spät unterwegs warst.«

»K-kein Problem«, brachte ich hervor. »Ich will helfen.«

»Alles klar.« Neugierig musterte sie mich, als hätte sie die Hoffnung, ich würde sie mit schmutzigen Details zu gestern Nacht versorgen. Wusste sie aus irgendeinem Grund, dass ich mit Malvolio das Hotel verlassen hatte?

Ich rang mir ein Lächeln ab. »Dann sehen wir uns gleich?«

Sie nickte und drehte sich zur Tür um. In dem Moment hallte Malvolios Stimme in meinen Gedanken wider. *Die Figuren sind unberechenbar. Für alle Menschen gefährlich …*

»Greta.« Ich trat einen Schritt auf sie zu, nahm sie mit meinem Blick gefangen. »Bitte halte dich von der ersten Etage fern.«

Sie lachte. »Warum sollte ich das tun?«

Ihre Stimme klang völlig gelassen, höchstens ein kleines bisschen verwirrt.

Weil dich einer der Gäste mit übernatürlichen Fähigkeiten manipuliert und vergewaltigt hat. Weil er es jederzeit wieder tun könnte.

»Bitte tu mir den Gefallen«, sagte ich. »Die Gäste dort sind nicht normal.«

Jetzt trat sie einen Schritt zurück und verschränkte die Arme vor der Brust. Ärger blitzte in ihren Augen auf.

»Giulietta, es ist meine Aufgabe, mich um die Zimmer aller Gäste zu kümmern. Und die Schauspieler scheinen dir etwas seltsam vorzukommen, aber das hat nur mit ihrer Profession zu tun! Ich kann dir versichern, es sind sehr interessante und unterhaltsame Persönlichkeiten dabei.«

Vor Machtlosigkeit hätte ich am liebsten geschrien. Doch das würde mich keinen Schritt weiterbringen.

»Du ... du solltest nur vorsichtig sein«, sagte ich lahm. Genauso gut hätte ich die Klappe halten können. Wie sollte ich es ihr begreiflich machen?

Sie nickte nur knapp. »Bis später.«

Und damit ließ sie mich alleine.

Sekundenlang starrte ich auf die Tür, die hinter ihr zugefallen war. Dann stöhnte ich und lief zu meinem Bett, worauf ich die Kleiderhülle warf.

Ich musste dringend mit Malvolio sprechen und herausfinden, womit genau wir es zu tun hatten. Und ob ich ihm wirklich glauben konnte.

Doch zunächst musste ich herausfinden, ob mein Onkel von

Davide wusste. Ich schnappte mir mein Handy und wählte die Nummer, von der er mich gestern angerufen hatte.

Beim ersten Mal drückte er mich weg, doch so leicht würde ich mich nicht abwimmeln lassen. Meine Hartnäckigkeit zahlte sich aus – drei Versuche später nahm er den Anruf an.

»Giulietta.« Seine Stimme klang gepresst. Im Hintergrund war ein seltsames Geräusch zu hören. Wie ein Winseln. Hatte er einen Hund bei sich?

»Wann kommen Sie zurück?«

Für falsche Höflichkeit hatte ich keine Nerven mehr.

»Ich bin bereits unterwegs«, sagte er, nun eine Spur freundlicher. »Hast du mein Geschenk für heute Abend erhalten?«

Es war eine Herausforderung, mich vom Schnauben abzuhalten. »Ja, danke sehr. Können wir uns heute sehen?«

»Ich –«

Das Geräusch im Hintergrund wurde lauter. Jetzt klang es eher wie ein Wimmern. Und nicht mehr so sehr nach einem Tier. Eine Gänsehaut überzog meinen Körper.

»Ist alles in Ordnung bei Ihnen?«, entfuhr es mir.

Plötzlich herrschte Stille. Dann ein Räuspern.

»Alles bestens. Ich werde pünktlich zum Maskenball kommen. Wollen wir uns dort vielleicht unterhalten?«

Gott, wie gerne ich meiner Wut Luft gemacht hätte.

Einen Tag, nachdem er mir mitgeteilt hatte, dass der Mordfall meines Vaters als Unfall eingestuft wurde, wollte er gemeinsam mit mir feiern, oder was?

Reiß dich zusammen. Er hat ein Fünf-Sterne-Hotel zu führen. Und er hat höchstwahrscheinlich keinen blassen Schimmer, was hier wirklich vor sich geht.

»Gestern Nacht war die Polizei da«, sagte ich, als ich mir sicher war, dass ich nicht zu schreien beginnen würde. »Und die Notambulanz. Wissen Sie, was geschehen ist?«

»Nichts, was dir Sorgen bereiten sollte.«

»Ist jemand gestorben?«, machte ich weiter, als hätte er nichts gesagt.

»Wie bitte?« Ein Hüsteln. »Wie kommst du denn darauf, Giulietta?«

Vielleicht, weil ich die Leiche mit eigenen Augen gesehen habe.

Ich hätte weiter nachbohren können. Oder ich gab mich damit zufrieden, dass er wirklich keine Ahnung hatte.

»Okay. Dann bis heute Abend?«

»Bis heute Abend, Giulietta. Ich freue mich auf dich.«

Er beendete den Anruf, bevor ich noch etwas erwidern konnte.

Grimmig blickte ich auf die Kleiderhülle. »Und ich mich erst ...«

Eigentlich hatte ich nur herausfinden wollen, ob einer der Mitarbeiter mir mehr zu Davide und zu den Ereignissen der vergangenen Nacht erzählen konnte. Ich trug nicht mal meine Arbeitsuniform, als ich mein Zimmer verließ. Doch sobald ich das Erdgeschoss des Hotels betrat, wurde ich in die Küche gesteckt und für mehrere kleine Aufgaben eingespannt. Die Stimmung war anders als sonst. Alle arbeiteten schneller, weniger Privatgespräche wurden geführt, höchste Konzentration war angesagt. Kalte Buffetspeisen wurden für den Abend zubereitet, Kuchen und Törtchen verziert, aber nicht so wie sonst, sondern üppiger, farbenfroher, kunstvoller. Ich wanderte von Station zu Station, nahm gerufene Befehle entgegen, wusch ab, putzte hinter ihnen hinterher, schnitt Gemüse und Obst, bis die Souschefin mir das Messer aus der Hand nahm und die Arbeit in dreifacher

Geschwindigkeit und mit deutlich mehr Präzision übernahm. Stunden vergingen wie Minuten, und schon bald spürte ich, wie mir der Schweiß den Körper herabrann.

Immer wieder wanderte mein Blick zu dem Fleck auf dem Boden, wo Davide gelegen hatte.

Wie kann die Welt sich normal weiterdrehen?

Doch mir blieb keine Zeit, den Gedanken zu vertiefen, denn im nächsten Moment erklang schon wieder mein Name und ich nahm die nächste Aufgabe entgegen.

Die perfekte Realitätsflucht. Hier unten, fernab von den Gästen der ersten Etage, konnte ich für ein paar köstliche Momente so tun, als hätte sich gestern Nacht nicht alles geändert. Hier konnte ich mich fast davon überzeugen, dass Malvolios Worte nichts als eine Märchengeschichte gewesen waren.

»Hey!« Mir wurde eine Wasserflasche in die Hand gedrückt. Ich blickte auf. Eine Köchin aus der Vorspeisestation stand vor mir. Sie wischte sich den Schweiß mit dem Zipfel ihrer Küchenschürze ab. »Soll ich dir von Malvolio geben.«

Bevor ich nachhaken konnte, hatte sie sich schon abgewandt und verschwand in Richtung Spülküche.

Ich starrte auf die Glasflasche in meiner Hand. Ganz langsam drehte ich sie. Da. Auf dem Etikett, direkt unter dem Haltbarkeitsdatum, waren kleine geschwungene Buchstaben zu sehen.

14 Uhr. Putzkammer zwischen 314 und 315.

Ich zog mein Handy aus meiner Jeanstasche. Mir blieben noch fünf Minuten bis 14 Uhr.

Hektisch sah ich mich um, wich dem Blick eines Kochs aus, der so aussah, als würde er mich jede Sekunde zu sich herüberrufen wollen, murmelte etwas von »Toilette« zu dem Mädchen, das neben mir arbeitete, und stürzte nach draußen. Ich hielt den Kopf gesenkt, während ich hastig zum Lastenaufzug am Ende des Gangs lief und dabei herumeilenden Hotelmitarbeitern auswich. Ich betrat den Aufzug und presste meinen Finger auf die Drei. Während der Aufzug sich ruckelnd in Bewegung setzte, nahm ich ein paar große Schlucke aus der Flasche. Ich war vollkommen verdurstet.

Im dritten Stock angekommen, schaute ich mich erneut um, ehe ich losschlich. Das Geräusch eines Staubsaugers war zu hören, und ein gigantischer Wäschekorb stand auf dem Flur ein paar Meter von mir entfernt vor einer geöffneten Zimmertür. Nummer 303. Auf Zehenspitzen schlich ich daran vorbei. Sicher war sicher. Immer wieder drehte ich mich um, bis ich bei den richtigen Zimmern angekommen war. Zwischen ihnen war eine schmale Tür zu sehen. »Putzraum«. Bingo. Ich griff nach der Klinke und wollte sie gerade nach unten drücken, als mir jemand auf der anderen Seite die Arbeit abnahm. Die Tür öffnete sich schwungvoll nach innen, und ich stolperte vorwärts. Direkt in zwei Arme, die mich in die Dunkelheit zogen. Mein Herz hämmerte, mein Atem stockte. Ich roch ihn, noch bevor ich seine Umrisse ausmachen konnte. Streichhölzer und Nelken. Sein Duft vermischte sich mit dem penetranten Geruch nach Chemikalien.

»Hat dich jemand gesehen?«, raunte er, ohne Anstalten zu machen, das Licht einzuschalten.

»Ich glaube nicht.«

»Gut.« Seine Finger waren noch immer um meine Arme geschlossen, er konnte kaum ein paar Zentimeter von mir entfernt sein. »Weißt du, wie schwer es war, dich ausfindig zu machen?«

Der Vorwurf in seiner Stimme war nicht zu überhören.

Ich schnaubte. »Ach, glaubst du, ich hätte mich in die Hotellobby setzen und darauf warten sollen, dass du mich zur Arbeit rufst?«

»Nicht so laut«, zischte er.

»Was tun wir hier?«, zischte ich zurück.

»Uns unterhalten.«

Ich machte mich von ihm los und trat einen Schritt nach hinten, wobei ich prompt gegen etwas stieß, das sich wie ein Besen anfühlte.

»Wie geht es dir?«, erklang seine Stimme, diesmal deutlich weicher.

»Sie haben Davides Tod vertuscht. Und mein Onkel scheint wirklich von nichts zu wissen.«

Obwohl er mich von den Gästen der ersten Etage hatte fernhalten wollen ... Aber das konnte auch nur bedeuten, dass er sie tatsächlich für wichtige Leute hielt.

»Danach habe ich nicht gefragt.«

Ich seufzte. »Das beantwortet deine Frage, würde ich sagen.«

»Fürchtest du dich?«

Die ehrliche Antwort wäre Ja gewesen. Natürlich hatte ich Angst, wenn ich daran dachte, was er mir gestern erzählt hatte. Solange ich mir erlaubte, es als die Wahrheit zu betrachten.

Ich schüttelte den Kopf. Keine Ahnung, ob er das sehen konnte.

»Ich weiß nicht, ob ich dir vertrauen kann«, flüsterte ich dann. »Was du mir gestern erzählt hast ... Es tut mir leid, aber es ist einfach nur irre.«

»Das ist mir durchaus bewusst.«

»Und du erwartest von mir, dass ich dir jetzt helfe? Bei einer Mission, die ich überhaupt nicht verstehe? Ich meine, wie lange kennen wir uns? Du könntest mich völlig an der Nase herumführen ...«

»Was willst du?«

Es klang verzweifelt.

»Was?«

»Sag mir, was du brauchst. Ich habe dir gesagt, worum es

hier geht. Ich möchte weiteres Elend verhindern. Weitere Tode! Aber wenn dir das nicht genug ist, dann sag mir, was du benötigst, um mir helfen zu wollen.«

»Malvolio, ich weiß nicht mal, ob ich dir *glauben* kann.«

Es war die Wahrheit. Seine Worte, so verrückt und realitätsfern sie geklungen hatten, ergaben Sinn. Sie waren eine Erklärung für das, was in den letzten Tagen passiert war. Aber alles in mir wehrte sich dagegen, sie zu akzeptieren. An Tarot zu glauben war eine Sache. Das hier eine völlig andere.

»Du brauchst einen Beweis.«

Ich nickte. »Ich möchte dir glauben. Wirklich. Und helfen will ich dir auch, wenn das alles stimmt. Aber du kannst nicht erwarten, dass ich dir einfach so –«

»Giulietta.« Er war wieder näher gekommen. Sein warmer Atem strich mir übers Gesicht. Wie sein Geruch, nur konzentrierter. »Beobachte das Wetter.«

»Bitte was?«

»Das Wetter. Ich werde zu Dahna gehen und sie provozieren. Die Herrscherin. Große Arkana, Karte Nummer drei. Achte in den nächsten Stunden auf das Wetter. Wenn sie emotional wird, spielt das Wetter verrückt.«

Ich öffnete den Mund, wollte ihm sagen, dass das völlig schwachsinnig klang, doch er ließ mich nicht zu Wort kommen.

»Und wenn dir das nicht genug ist, sei heute Abend meine Begleitung auf dem Maskenball. Die Figuren werden da sein. So ein Ereignis lassen sie sich nicht entgehen. Dann wirst du die Wahrheit mit eigenen Augen sehen.«

»Ich …«

»Das Wetter«, wiederholte er und kam so nah, dass unsere Nasenspitzen sich berührten. Meine Lippen waren nur Millimeter von seinen entfernt. Die Kälte in mir schmolz. Ich wusste, wie Verlangen sich anfühlte. Jemandem nahe sein zu wollen, um das Chaos im Kopf zu ersticken. Aber Verlangen vermischt mit Verzweiflung war eine andere Liga. Gefährlich.

»Achte auf das Wetter.«

Er öffnete die Tür, Licht flutete den Raum. Dunkle Augen direkt vor mir, dunkle Locken, ein gesünderer Teint als gestern. Wärme, nein, Hitze, ein Lodern in meiner Brust, alles in Bruchteilen von Sekunden. Er war so schön wie immer, aber zum ersten Mal wirkte er verletzlich, jung, unschuldig. Mein Magen zog sich zusammen. Ein Flattern. Ein Pulsieren.

Er drehte sich um. Lief los. Der Spuk war vorbei. Das Herzrasen blieb.

Ich kehrte nicht sofort nach unten zurück. Stattdessen verließ ich die Putzkammer und nahm die Treppe, um in meine Suite zu gelangen. Bevor ich sie verlassen hatte, hatte ich das »Nicht stören«-Schild draußen angebracht. Ich wollte niemanden in diesem Zimmer sehen. Auf wackeligen Beinen lief ich zum Fenster und öffnete es weit. Sogleich blies mir eisiger Wind ins Gesicht. Er fegte ins Zimmer, und ein paar der Tarotkarten, die auf dem Tisch vor dem Fenster lagen, wirbelten durch die Luft. Wie hypnotisiert starrte ich an ihnen vorbei nach draußen. Auf den majestätischen Canal Grande, auf das Treiben, auf die Menschen, von denen ein paar schon verkleidet waren.

Heute begann der Karneval. Die aufregendste Zeit in dieser Stadt. Historische Kostüme, farbenprächtige Masken, gutes Essen, gute Musik, eine unvergessliche Show.

Wie oft hatte Papa den Karneval miterlebt? Wie oft hatte er sich verkleidet? Wie oft hatte er an Maskenbällen teilgenommen? Hatte es ihm Freude bereitet, oder war er die ganze Scharade leid gewesen? Zu viele Menschenmassen? Zu viel Trubel?

Wir hatten nie darüber gesprochen. Obwohl ich mein gesamtes Leben mit ihm verbracht hatte, obwohl er jeden Schritt mit mir gegangen war und jeden Winkel in meinem Kopf kannte, wusste ich so wenig über ihn. Das war keine Seelenverwandtschaft. Das war einseitig. Und es war verdammt unfair.

Ich schlang die Arme um mich selbst, während ich die Gondeln und die Wasserbusse mit den Augen verfolgte. Wie konnte jemand an einem Tag da sein, Frühstück machen, Zeitung lesen, sich verabschieden, und dann nie wieder zurückkehren? Wie sollte man das mit dem gesunden Menschenverstand begreifen?

Vielleicht war das der Grund, wieso Menschen anfingen, an *mehr* zu glauben, und sich schließlich wie verrückt an diesen Glauben klammerten. Wieso sie zu verschiedenen Göttern beteten, die alle anders hießen, aber im Grunde den gleichen Zweck hatten – eine Erklärung für diesen Wahnsinn bieten, zu trösten, die Leere ein bisschen zu füllen.

Ich bildete keine Ausnahme. Tarot war immer meine Religion gewesen. Mein sicherer Hafen, zu dem ich zurückkehren konnte, wenn die Welt keinen Sinn ergab oder mir wehtat. Doch seit Papa weg war, hatte Schmerz eine neue Bedeutung bekommen. Die Welt hatte mir noch nie so wehgetan wie dieses Mal. Diese Art von Schmerz war neu, so groß, so zerstörerisch, dass man sich nicht einmal in seine Nähe wagte und alles dafür tat, um ihm zu entkommen. Ich war nicht dumm. Ich wusste seit Tagen, dass er tot war. Doch es war eine Sache, es zu wissen, und eine ganz andere, das Gefühl zuzulassen.

Das Ende nahte. Ich hatte Papa versprochen, ich würde nicht ruhen, bis ich die Wahrheit kannte.

Deshalb ging es nicht nur darum, dass ich einen Beweis von Malvolio benötigte. Ich *wollte* gar keinen Beweis. Ich war so nah, aber die Wahrheit bedeutete auch, dass es danach nichts mehr gab, woran ich mich festhalten konnte.

Genau in diesem Moment krachte es draußen. Ein gewaltiges Donnergrollen. Die Menschen dort unten zuckten zusammen, ein Schreckenslaut war zu hören. Wie bei meiner ersten Fahrt über den Kanal, nachdem Signor Esposito mich vom Bahnhof abgeholt hatte, verdunkelte sich der eben noch strahlend blaue Winterhimmel in Sekundenschnelle. Im nächsten Augenblick folgte Platzregen, und der Wind wurde so stark, dass ich einen Schritt zurückwankte.

Es war keine Angst, die mich an Ort und Stelle fesselte. Ich zog nicht einmal in Erwägung, das Fenster zu schließen. Etwas Großes, Schweres drückte auf mein Herz.

Minutenlang kam erbarmungsloser Regen herunter, und dann, plötzlich, als hätte ich ihn mir nur eingebildet, wurde er von dicken Schneeflocken ersetzt, die wild in der Luft und in mein Hotelzimmer wirbelten. Der Himmel klarte auf, die Wolken zogen vorbei, ein paar Sonnenstrahlten küssten die Wasseroberfläche, ließen sie glitzern, und ergossen sich über den Dächern der Stadt.

Wie oft hatte ich mir gewünscht, mehr Magie in meinem Leben zu haben? Wieso fühlte es sich jetzt an, als würde die Welt dadurch nicht größer, sondern kleiner, enger, unausweichlicher werden?

Ich würde nicht weinen.

Noch nicht.

Mein Blick wanderte zurück zum Bett. Stattdessen würde ich mir die Verkleidung überstreifen und mit ihr die kalte Hülle der Taubheit.

Ein Maskenball wartete auf mich.

KAPITEL 14

Späte Erkenntnisse

Se non è vero, è ben trovato.
(Wenn es nicht wahr ist, ist es gut erfunden.)

Die Mission lief besser als gedacht.

Ich zog die Tür von Dahnas Suite hinter mir zu. Wie einfach es gewesen war, sie aus dem Konzept zu bringen. Sie war eine tickende Zeitbombe. Jedes kleine Wort konnte die Zündschnur zum Glühen bringen.

Wenn man so viel Zeit miteinander verbrachte, kannte man nicht nur die Fähigkeiten, sondern auch die Schwachstellen des anderen. Wir waren eine Familie. Eine große, verdorbene Familie.

Ich hatte ihr erzählt, dass ich Domenichino unten in der Bar Dandolo mit einer schwarzhaarigen Schönheit hatte anbandeln sehen. *Es fällt mir wirklich schwer, dir das zu sagen, Dahna, aber ich dachte mir, wenn ich an deiner Stelle wäre, würde ich es wissen wollen.*

Ich war ein Mistkerl. Aber Domenichino war ein noch größerer Mistkerl, also bereute ich die Notlüge nicht. Dahna hatte keine Sekunde lang an meinen Worten gezweifelt, ehe sie in die Luft gegangen war. Wenn es ihr so leichtfiel, mir Glauben zu schenken, sagte das eine Menge über ihre Beziehung aus.

Früher hatte ich die beiden beneidet. Gemeinsam mit seinem Ehegatten verflucht zu werden, musste gewiss erträglicher sein, als Jahrhundert für Jahrhundert mutterseelenallein aufzuwachen. Doch je mehr Zeit ich mit ihnen verbrachte, desto dankbarer war ich für meine Einsamkeit.

Außerdem war sie durch mein kleines Theater so abgelenkt gewesen, dass ich eines ihrer langen Haare vom Sofa hatte pflücken und unauffällig in meiner Tasche verstauen können.

Mir war es noch nie so schnell gelungen, die DNA zu sammeln. Lediglich Cosimas fehlte. Es war verdammt schwer, sie zu erwischen.

Ich sollte erleichtert sein. Niemand schöpfte Verdacht. Giulietta war kurz davor, mir zu helfen. Es tat mir leid, dass ich sie in die Hotelküche geführt hatte, obwohl ich gewusst hatte, was uns dort erwarten würde. Doch es war ein weiterer Beweis gewesen. Davides Leiche hatte sichergestellt, dass sie mir zuhörte. Es war nur natürlich, dass sie noch zweifelte. Ich hatte es vorhergesehen, als ich sie mit der Wahrheit überfallen hatte. Mit der Version der Wahrheit, die mir in die Hände spielte.

Uns allen, erinnerte ich mich. *Der Menschheit.*

Mein Ziel war nicht egoistischer Natur. Ich hätte mich hier und jetzt von dieser Welt verabschieden und mich nicht darum scheren können, wen der Fluch als Nächstes traf. Und dennoch war ich immer noch hier, nach all den Jahren, nach all den Qualen. Ich war hier, und ich war der Lösung zum ersten Mal so nahe.

Nur noch die Karten fehlten. *Nur* war ein kleines Wort. Angesichts der Tatsache, dass meine Bemühungen ohne die Karten zwecklos sein würden, erschien es mir viel zu groß.

Unruhe breitete sich in mir aus. Nicht nur wegen der Karten.

Es war schwachsinnig, es gefährdete die Mission, und dennoch plagte mich das schlechte Gewissen, während ich Stunde für Stunde durchs Hotel zog, mich mit den anderen unterhielt, ihnen geschickt das entwendete, was ihr Ende bedeuten würde. Ihnen gegenüber hatte ich kein schlechtes Gewissen, obwohl sie es waren, die am meisten darunter leiden würden. Giulietta war anders. Sie war ein Mensch. Sie hatte es nicht verdient, Teil dieser Geschichte zu sein.

Doch da war noch eine andere Emotion. Ich fühlte mich verstanden. Ihre Dunkelheit war wie meine, obwohl wir nicht annähernd dasselbe Leben geführt hatten. Und dann war da noch das Bedürfnis, sie in den Arm zu nehmen. Sie zu beschützen. Nicht nur vor den anderen, sondern vor allem Übel dieser Welt.

Irrsinnig. Paradox. Absurd.

Ich war Teil des Übels. Auch wenn ich versuchte, alle vor uns zu retten. Wenn sie wüsste, wer ich war, würde sie keine Sekunde in meiner Anwesenheit verbringen wollen. Und das war gut so.

Wieso war der Gedanke so unerträglich?

Wütend schüttelte ich den Kopf. Ich hatte so lange ohne diese Bedürfnisse überlebt, ich würde es auch noch ein paar Tage länger ertragen.

In der Tat, die Mission lief besser als gedacht, doch noch durfte ich mich nicht ausruhen. Wer könnte das Kartendeck besitzen? Genau wie wir konnte es Venedig nicht verlassen. Die Suche danach könnte Jahre dauern. Giulietta wusste nichts. Jegliche Zweifel waren gestern Nacht verschwunden. Also Lorenzo. Es war wahrscheinlich, dass er die Karten vor seinem Tod versteckt hatte. Mehr als wahrscheinlich.

Ich verharrte auf der Stelle, als die Stimmen erklangen. Lauschte. Sie kamen vom Ende des Flurs. Eindeutig.

War Cosima etwa in ihrer Suite?

Lautlos setzte ich mich wieder in Bewegung, bis ich vor der 121 angelangt war. Mit jedem Schritt waren die Stimmen lauter geworden. Die Wände und Türen waren alles andere als schalldicht. Egal wie luxuriös dieses Gebäude war – in erster Linie war es alt.

»Es sollte nicht noch mehr Tote geben.«

Ein Mann. Eine Stimme, die mir nicht unbekannt war.

»Mir war nicht bewusst, dass du ihn sofort töten würdest.«

Cosima. Sie klang nicht besonders schockiert. Eher gelangweilt. Nein, da war noch ein anderer Unterton. Sie klang, als müsste sie sich mit aller Macht zusammenreißen.

»Nicht so laut, bitte.«

»Ich dachte, du würdest lediglich mit ihm reden.« Cosima sprach kein bisschen leiser. »Ich bereue es, dir überhaupt etwas gesagt zu haben. Der Junge war ungefährlich. Er hat nur zu viel geredet.«

Eine kurze Pause entstand. Dann ertönte wieder die Stimme des Mannes.

»Und ich dachte, wir waren einer Meinung, was Giulietta und ihre Involvierung angeht.«

»Das sind wir noch immer.« Cosimas Stimme war plötzlich verändert. Nicht leiser. Zärtlicher. »Mein Liebster. Ich mache mir lediglich Sorgen um dich.«

Scharf sog ich die Luft ein. Mit wem zur Hölle sprach sie? Liebster?! War das möglich? Konnte sie über alles hinweg sein, was damals geschehen war? So kurz nach Lorenzos Verrat? Nach seinem Tod?

Ich schüttelte den Kopf. Nie im Leben. Das passte nicht im Geringsten damit zusammen, wie sie sich die letzten Tage verhalten hatte.

Eine Weile herrschte Stille. Wie gerne ich in diesem Augenblick Collisios Gabe gehabt hätte.

»Sei unbesorgt«, raunte der Mann. Ich musste mein Ohr gegen die Tür pressen, um die Worte zu verstehen. »Es wird alles gut, das verspreche ich dir. Wir sollten uns allerdings über Giulietta unterhalten. Der Fall ist geschlossen, die Beerdigung liegt bald hinter uns. Ich möchte dich nicht drängen, du weißt, das ist das Letzte, was ich will, aber wir sollten eine Entscheidung treffen.«

Erneut blieb es sekundenlang still. Vorsichtshalber trat ich ein bisschen von der Tür weg. Nicht dass sie im nächsten Augenblick aufgerissen wurde und ich beim Lauschen erwischt wurde.

»Gib mir noch einen Tag. Ich werde dir morgen meine Entscheidung mitteilen.«

Cosima klang nicht wie sie selbst. Die Worte waren zuckersüß. Mich schüttelte es.

»Wäre das in Ordnung für dich?«, fuhr sie samtweich fort.

Was ging hier vor sich? Wie hing es mit Giulietta zusammen? Wer wusste noch Bescheid? Außer Salome und mir niemand, oder? Irrte ich mich? Was hatte ich übersehen?

Schritte erklangen, allerdings nicht vom Inneren des Zimmers, sondern vom Ende des Flurs. Jemand lief die Treppe nach oben.

Hastig wandte ich mich ab und lief den Gang zurück in die Richtung meines eigenen Zimmers. Ich wollte in Cosimas Nähe bleiben, aber noch mehr wollte ich gerade wissen, mit wem sie sich unterhielt.

Als ich den goldenen Schlüssel ins Schloss gesteckt hatte, passierten zwei Dinge gleichzeitig. Zum einen flog Onofrios Zimmertür, die direkt neben meiner lag, auf, und heraus flitzte eine Katze, dicht gefolgt von Onofrios Zischen. Zum anderen öffnete sich am Ende des Flurs Cosimas Tür, und jemand trat heraus. Ich zwang mich, den Kopf nicht zu heben, und tat so, als würde der Schlüssel klemmen, bis die Gestalt direkt neben mir angelangt war. Onofrio, bekleidet mit nichts als seinem Bademantel, stürzte aus seinem Zimmer und rannte der Katze hinterher. Es war der perfekte Moment, um unauffällig den Blick zu heben.

Ich brauchte nur den Bruchteil einer Sekunde, um den Kerl zu erkennen. Ein breites Gesicht mit spitzem Kinn. Bart und Haare von silbergrauen Strähnen durchzogen. Ein kühler Blick, der so gar nichts mit dem gemeinsam hatte, der mich durchbohrt hatte, als ich in diesem Jahr erwacht war, gerade dabei, jämmerlich in einer verlassenen Gasse zu verrecken. Durch seine Hand.

Sein Blick streifte mich wie beiläufig, und ich schaute hastig weg. Drehte den Schlüssel um und verschwand in meiner Suite, während mein Puls in die Höhe schoss.

Vincenzo und Cosima.

Verdammt, ich hätte es ahnen sollen. Spätestens in jenem Moment, als Giulietta mir davon erzählt hatte, dass Cosima sie in der Spülküche belauscht hatte.

Beide hatten gute Gründe, Lorenzo zu hassen. Ich erinnerte mich noch genau an das Gespräch mit Giulietta. Ich hatte es ihr selbst gesagt:

Dein Onkel ist adoptiert, und es ist unklar, wie viel er von den Familiengeheimnissen weiß. Meine Vermutung ist, er ist völlig ahnungslos. Sonst hätte er nicht zugelassen, dass du nach Venedig kommst.

Keine Verdrehung der Wahrheit, sondern eine Lüge. Ja, Vincenzo war adoptiert, nein, Vincenzo trug das Gen nicht in sich, aber ahnungslos war er auf keinen Fall. Er war ebenso besessen von den Geheimnissen wie Edoardo damals. Außerdem war er rasend vor Eifersucht auf seinen Bruder gewesen, der seine eigene Macht nie hatte wertschätzen können.

Was wollten sie mit Giulietta? Was für eine Entscheidung wollten sie treffen?

Ich hatte angenommen, dass Vincenzo seine Nichte nach Venedig geholt hatte, um sie in die Geheimnisse einzuweihen, sie Stück für Stück der Wahrheit näherzubringen und zu seiner Komplizin zu machen. Doch das hier klang eher danach, als wäre es Cosimas Wille gewesen, Giulietta herzuholen.

Konnte das stimmen? Und wenn ja – was hatte es zu bedeuten?

Dann war da noch die andere Frage, die unbeantwortet zwischen den anderen hing: Was zur Hölle hatte Lorenzo dazu bewogen, uns zu befreien?

KAPITEL 15

Masken über Masken

Das Kleid war wirklich ein Traum. Und es passte wie angegossen. Es war schulterfrei, hatte eine lange Schleppe, bestand aus schwarzem Tüll und war bestickt mit goldener Spitze. Wie Sterne, die sich in einer klaren Winternacht über dem Himmel ergossen. Meine Maske war schwarz und filigran, die Satinbänder, mit der ich sie an meinem Hinterkopf befestigte, goldfarben. Nachdem ich noch ein wenig in der Küche ausgeholfen hatte, hatte ich lange geduscht und mich noch länger mit meinem Make-up und meiner Frisur beschäftigt. Smokey Eyes und eine Menge Highlighter, dazu natürliche Lippen. Meine Haare verflocht ich zu einer Hochsteckfrisur, die den Perücken Konkurrenz machte, die ich in der Bildergalerie des Hotels entdeckte, als ich nach den vergangenen Maskenbällen googelte.

Bis ich Malvolio wiedersah, musste ich mich ablenken. Nachdenken war keine Option – unter diesen Umständen war es mit Selbstsabotage gleichzusetzen. Er hatte mir den versprochenen Beweis geliefert, jetzt musste ich noch die Nacht überstehen, mit meinem Onkel sprechen und dann herausfinden, was ich als Nächstes tun würde. Schritt für Schritt.

Der Ball würde in allen drei Veranstaltungssälen des Grand Hotels stattfinden, die miteinander verbunden waren. In einem Raum war das üppige Buffet zu finden, im nächsten gab es eine historische Tanzshow, und im letzten wurden die Gäste selbst zum Tanzen eingeladen. Das hatte jedenfalls meine Recherche für die vergangenen Bälle ergeben. Der Eintritt wurde ausschließlich gewährt, wenn man in Abendgarderobe und maskiert kam. Außerdem kosteten die Tickets 800 Euro. Ich verschwendete keinen Gedanken daran. Es war erstaunlich einfach, den Luxus lässig hinzunehmen, wenn um einen herum die halbe Welt ins Wanken gekommen war.

Vor dem großen Barockspiegel in meiner Suite drehte ich mich um meine eigene Achse, dann machte ich ein Foto von mir und schickte es an Noemi und Speranza. *Fröhlichen Karnevalsbeginn*, schrieb ich dazu. Sie würden sich sicherlich freuen, wenn sie annahmen, dass ich mich ein bisschen amüsierte und mich ablenken konnte.

Ich zog mir selbst eine Grimasse, dann wandte ich mich von meinem Spiegelbild ab und schlüpfte in meine bequemen Sneaker. Unter dem Kleid waren sie sowieso nicht zu sehen, und schickere Schuhe hatte ich nicht zu bieten. Mein altes Leben hatte wenig mit Prunk zu tun gehabt, und ich würde mir garantiert keine Schuhe nur für diesen Anlass besorgen. Wenn das alles vorbei war, würde ich in eine Welt zurückkehren, in der ich solche Veranstaltungen nur in Büchern oder Filmen besuchte.

Als Nächstes griff ich nach meiner schwarzen Umhängetasche, in der ich das Nötigste verstaute.

Gerade wollte ich den Raum verlassen, als mein Blick auf meinen Nachttisch fiel. In die Schublade hatte ich nicht nur die Karten und mein Notizbuch verstaut, sondern auch das einzige Schmuckstück, das ich besaß: ein goldenes Armband, das mir Papa geschenkt hatte, als ich alt genug war, um es zu tragen. Es hatte meiner Mutter gehört, mehr hatte er nicht dazu gesagt. Es war schlicht, mit einem einzigen Anhänger in der Mitte – ein mehrästiger Baum, der sich in einem runden Rahmen befand.

Das ist der Baum des Lebens, hatte Speranza mir später erklärt, als sie es an meinem Arm entdeckt hatte. *Er ist ein uraltes Symbol für die Anima Mundi – die Seele der Welt. Genau wie jeder Mensch einen Körper und eine Seele besitzt, ist die Welt ein lebendiger Organismus mit Seele. Anima Mundi besagt, dass es eine Verbindung zwischen der Gesamtheit der Welt und dem einzelnen Menschen gibt. Kurz gesagt: Es soll dich daran erinnern, dass du nie allein bist, sondern Teil eines Ganzen, tesoro.*

Ich öffnete die Schublade, holte das Armband aus dem kleinen Seidensäckchen, in dem ich es immer transportierte, und legte es mir um. Das Gold passte perfekt zu meinem Kleid. Und auch wenn es vermutlich bescheuert war – es fühlte sich wie eine Art Talisman an. In der Vergangenheit hatte ich es mir immer nur umgelegt, wenn ich eine Extraportion Glück benötigte. Wenn etwas Wichtiges anstand.

Heute benötigte ich das ganze Glück der Welt.

Nach einem letzten Blick in den Spiegel verließ ich meine Suite.

Auf in den Kampf.

Das Atrium war voller kostümierter Menschen. Für einen Moment blieb ich auf der majestätischen Treppe stehen, dessen Geländer heute mit schwarzen Federn und blutroten Rosen geschmückt war, die ihren schweren Duft in der Luft verbreiteten.

Das Hotel war die perfekte Kulisse für einen Maskenball – es wirkte, als wäre es genau für solche Anlässe erbaut worden. Die Gäste standen in der Lobby in einer Reihe, die nach links führte, dort, wo auch die Bar Dondolo sich befand. Das Stimmengewirr drang zu mir hoch, ohne dass ich ein Wort verstehen konnte.

Der Anblick war berauschend. Als wäre ich in einer anderen Zeit gelandet.

Vielleicht im sechzehnten Jahrhundert?

Eine Gänsehaut überzog meinen Körper. Hatte es damals schon solche Bälle gegeben? Soweit ich wusste, wurde der Karneval in Venedig seit mehreren Jahrhunderten gefeiert, bereits vor dem sechzehnten, obwohl die Kirche immer wieder versucht hatte, ihn zu verbieten.

Die Masken boten die perfekte Anonymität – für ein paar Tage im Februar konnte man in eine fremde Haut schlüpfen, Sitten und soziale Normen vergessen. Adelige wurden zu Dienern, Diener zu Adeligen.

In welche Haut würde ich heute schlüpfen? Ich konnte nicht leugnen, dass meine Maske mir ein Gefühl von Sicherheit gab. Die anderen Leute würden mich nicht so einfach erkennen, mit Ausnahme meines Onkels vielleicht. Aber genauso wenig würde ich wissen, mit wem ich es zu tun hatte. Jede und jeder könnte zu den Figuren gehören. Zur großen Arkana. Menschen, die seit über vierhundert Jahren existierten.

Der Gedanke war so verrückt, dass ich für den Moment keine Angst empfand. Nein, er war nicht bloß verrückt – er war verlockend.

Vielleicht lag das an meiner Blutlinie. Ich stammte vom Herzog Visconti ab. Was hatte Malvolio gesagt?

Die Nachfahren des Herzoges wollten sie studieren, sich an ihrer Macht berauschen, sie besitzen.

Zumindest konnte ich nachvollziehen, wieso man sie studieren wollte. Allerdings eher aus sicherer Distanz als aus unmittelbarer Nähe. Was, wenn Papas Neugierde über die Jahre zu groß geworden war? Wenn er mit seiner Tarot-Abneigung nicht nur mich, sondern auch sich selbst davon hatte überzeugen wollen, dass die Karten eine schlechte Idee waren?

Wie würde ich mich fühlen, wenn ich in diesem Hotel aufgewachsen wäre? Wenn mein eigener Vater verrückt nach der Magie gewesen wäre? Wenn es ihn sein Leben gekostet hätte?

Es ergab wirklich keinen Sinn. Papa würde es nicht tun. Niemals würde er die Karten befreien, wenn er das Risiko kannte. Er war noch nie ein Mensch gewesen, der große Risiken einging, ganz im Gegenteil. Er schaute sich immer in Ruhe die Fakten an, wog verschiedene Optionen ab, traf erst eine Entscheidung, wenn er sich sicher war. Aber Malvolio hatte gesagt, mein Vater wäre der Einzige außer mir mit der Gabe gewesen. Also musste er einen triftigen Grund gehabt haben, der stärker als das Risiko war. Oder er hatte nicht freiwillig gehandelt ...

Ich holte tief Luft, hob den Rock meines Kleides ein bisschen in die Höhe, um mich beim Laufen nicht zu verheddern, und lief den Rest der Treppe herunter. Gerade als ich mich in der Reihe anstellen wollte, erklang mein Name.

Ungefähr zehn Meter von mir entfernt stand ein maskierter Mann neben der Menschenschlange und hob eine Hand in die Höhe. Er trug einen altmodischen schwarzen Anzug, das Jackett aus Samt, dazu ein schwarzes glänzendes Hemd mit Rüschen am Kragen. Sein Gesicht wurde von einer ebenfalls schwarzen Schnabelmaske verdeckt, die aussah, als bestünde sie ausschließlich aus Rabenfedern.

Die Statur und die dunklen Locken, die ihm ungezähmt ins Gesicht fielen, passten zu Malvolio, aber sicher sein konnte ich mir erst, als ich ein paar Schritte auf ihn zulief und schließlich die dunkelgrünen Augen erkannte.

Einen halben Meter vor ihm blieb ich stehen und rang mir ein Lächeln ab. »Wie hast du mich erkannt?«

»Das war einfach.« Er neigte den Kopf leicht. »Ich habe mich lediglich nach der schönsten Person im Hotel umgesehen.«

Ich verdrehte die Augen, war gleichzeitig aber dankbar für

seinen Tonfall. Es half, wenn er den Ernst ein bisschen aus dieser wahnsinnigen Situation herausnahm. Wenn er mit mir umging, als wären wir einfach nur ein Junge und ein Mädchen mit zu viel Kohle, die heute den Karnevalsbeginn feierten.

»Ich dachte, wir hatten geklärt, dass du nur geflirtet hast, um die Wahrheit zu verschleiern und dich mir unauffällig zu nähern.«

Mit einem schiefen Grinsen hielt er mir einen Arm hin. »Können diese Dinge nicht Hand in Hand gehen?«

Mit einem Seufzen hakte ich mich bei ihm unter und ließ mich vorbei an der Schlange, durch die Bar und bis zum Eingangsbereich des ersten Ballsaals führen. Sein Duft wirbelte mir in die Nase. Er hatte Parfum aufgetragen. Irgendetwas Würziges.

»In einem anderen Leben könnten wir beide so viel Spaß haben«, raunte ich betont lasziv.

Sein Lächeln verschwand abrupt.

»In einem anderen Leben …«, wiederholte er ganz leise.

Ich runzelte die Stirn. Hatte ich ihn verletzt? Er konnte unmöglich echtes Interesse an mir haben, oder? Wer hatte für so etwas Zeit?

Die beiden Türsteher winkten uns vor, sobald sie uns entdeckten. Im Gegensatz zu den anderen Gästen mussten wir keine Tickets vorzeigen, wir bekamen lediglich einen Stempel mit dem Hotellogo auf den Handrücken gedrückt, nachdem wir unsere Zimmerschlüssel vorgezeigt hatten, und schon befanden wir uns im Saal. Aus den Lautsprechern war klassische Musik zu hören, ein melancholisches Klavierstück, das mir irgendwie bekannt vorkam.

Die Decke war mindestens fünf Meter hoch und kunstvoll mit Engeln, Wolken und Sternen bemalt, prunkvolle Kronleuchter hingen von ihr herab, der Boden war aus gemustertem

Marmor, und mehrere riesige Gemälde hingen an der Wand. Die meterhohen Fenster wurden von schweren dunkelgrünen Vorhängen verdeckt, und der Geruch deutete darauf hin, dass wir im Essbereich gelandet waren.

Unzählige runde Tische mit purpurfarbenen Tischdecken und schwarz-goldener Dekoration standen in der Mitte, an den Seiten waren gigantische mehrstöckige Schokoladen- und Champagnerbrunnen zu sehen. Dazwischen war das Buffet, das wir heute in der Küche zubereitet hatten, wie ein Kunstwerk ausgestellt. Es wirkte viel zu schön zum Essen. Farbenfrohes Obst und Gemüse, verschiedene Käsesorten, Panini, Antipasti.

Die Hälfte der Tische war belegt, einige der Gäste standen bereits mit Tellern am Buffet und bedienten sich, während mehrere Kellner herumwirbelten und leeres Geschirr einsammelten. Das Personal war wie immer in Bordeaux gekleidet, und heute trugen sie allesamt goldfarbene Masken.

Wie auf Kommando knurrte mein Magen, aber ich ließ mich bereitwillig von Malvolio weiterziehen. Es gab gerade Wichtigeres als Essen.

Wir liefen zwischen zwei geöffneten Flügeltüren hindurch, und sogleich wurde die sanfte Musik von einem dramatischen Geigenstück abgelöst. In der Mitte des Saals, der dem ersten ähnelte, allerdings etwas größer war, befand sich eine Art Tanzfläche, die noch leer war, aber bereits von mehreren Gästen umringt wurde.

Malvolios Blick huschte ein paar Sekunden über die Menschenmenge, dann schüttelte er ganz kurz den Kopf und führte mich weiter.

Wen suchte er? Vorhin hatte er davon gesprochen, dass der Maskenball mir einen letzten Beweis liefern würde. Weil die Figuren heute anwesend sein würden. Aber er konnte unmöglich wissen, in welchen Kostümen sie auftauchen würden, oder?

Als hätte er meine Gedanken gehört, beugte er sich näher zu mir. Seine Lippen streiften mein Ohr, und ich bekam prompt eine Gänsehaut. »Wir erkennen sie daran, dass sie die authentischsten Kostüme tragen. Die meisten Gäste tragen eine wilde Mischung aus den unterschiedlichsten Epochen und Stilen. Und ihre Masken sind meist aus Kunststoff und nicht handgemacht wie die Originale.«

Mit dem Kinn wies er diskret auf eine Dame mit heller Perücke und weißer viereckiger Maske mit dreieckigem Kinn, an der wir soeben vorbeiliefen. Ihr Kleid schimmerte in den prächtigsten Pinktönen.

»Sie trägt eine Bauta«, klärte Malvolio mich flüsternd auf. »Diese Maske wird eigentlich mit einem schwarzen Umhang getragen, um Anonymität zu wahren und die Schranken der sozialen Klassen zu umgehen. Ihr Kleid ist jedoch das Gegenteil von unauffällig. Früher wurde diese Maske vor allem vom männlichen Stadtadel getragen.«

»Und du willst mir sagen, du erkennst sofort, wer hier mit qualitativ hochwertigen und historisch korrekten Kostümen aufkreuzt?«, raunte ich zurück und hob eine Braue in die Höhe, was er wegen meiner Maske vermutlich nicht sehen konnte.

Er nickte ernst. »Ich habe sehr viel Zeit mit Recherche verbracht.«

»Und was ist mit deiner Maske? Wie heißt die?«

»Das ist eine Pestmaske«, gab er zurück, diesmal lauter. »Sie wurde im Mittelalter von den Ärzten zur Bekämpfung der Pest getragen. Der lange Schnabel enthielt Kräuter, mit denen sie sich vor der Krankheit zu schützen glaubten, und sie filterten den unangenehmen Geruch der Seuche. Außerdem hielt sie die Patienten auf Abstand und verlieh dem Träger eine gewisse Autorität, weil die Form der Maske so Furcht einflößend wirkte.«

»Cool, ich bin mit einem wandelnden Geschichtsbuch unterwegs.«

Seine Augen blitzten vergnügt, als unsere Blicke sich trafen.

»Also wolltest du heute furchterregend rüberkommen?«, fuhr ich fort.

Wir hatten schon wieder den Saal durchquert und liefen jetzt in den letzten.

»Mir war heute einfach nach Schwarz.«

Ich war mir sicher, seine Lippen verzogen sich unter der Maske gerade zu einem Lächeln.

»Was ist mit meiner? Ist die Maske authentisch?«

»Fürs einundzwanzigste Jahrhundert, ja«, sagte er ironisch. »Aber sie steht dir hervorragend, falls dich das tröstet.«

»Danke, Schönheit ist immer meine allergrößte Priorität.«

Seine Augen suchten schon wieder den Saal ab. Es war der vollste von allen dreien. Auch hier standen keine Tische, und es gab in der Mitte eine Tanzfläche, auf der sich bereits mehrere Paare zur Walzermusik drehten.

»Lass uns tanzen«, sagte er auf einmal mit veränderter Stimme.

Woher kam die Anspannung? Hatte er jemanden erkannt?

»Ich kann nicht tanzen«, erwiderte ich. Keinen Standardtanz zumindest. Meine Spezialität war eher, das Radio laut aufzudrehen und durchs ganze Haus zu springen. Ich gehorchte keinen Regeln, wenn ich tanzte. Ließ mich nur von meinem Gefühl leiten. So lange, bis ich Papa damit ansteckte und er mitmachte, obwohl er keinen Funken Rhythmusgefühl besaß.

Der plötzliche Schmerz raubte mir den Atem. Als hätte mir jemand in den Bauch geboxt.

»Es ist ganz einfach«, hörte ich Malvolios Stimme wie aus weiter Ferne.

Wir befanden uns schon am Rand der Tanzfläche. Er ließ mich

los, nur um mich sanft vor sich zu drehen, mit einer Hand nach meiner Hüfte zu tasten und mit der anderen nach meiner Hand zu greifen, sie in die Höhe zu heben. Die Farbenkulisse des Saals verschwamm vor meinen Augen, genau wie mein Begleiter.

»Alles in Ordnung, Giulietta?«

Um Himmels willen, reiß dich zusammen.

Ich schluckte, blinzelte, nickte. Und dann riss ich mich zusammen. Ich klammerte mich an seiner Hand fest und legte die andere auf seinen Arm. Versuchte, mich auf die Wärme unter seinem Jackett zu konzentrieren. Auf die Musik. Auf die magische Stimmung.

Wir begannen langsam. Seine Führung war sicher, er schien genau zu wissen, was er tat, und es half mir, mich zu orientieren. Schon nach wenigen Sekunden hatte ich den Dreh raus, und wir wirbelten an den anderen maskierten Paaren vorbei.

»Du siehst ein bisschen blass aus«, flüsterte er. Wir waren einander so nah, dass sein Duft mich vollständig umhüllte. Es war eine Herausforderung, mich auf seine Worte zu konzentrieren.

»Sind sie hier?«

Er nickte kaum merklich.

»Wie viele?«

»Fast alle.«

Oh Gott.

»Ist das nicht der absolute Wahnsinn?«, entfuhr es mir.

Sein Griff an meiner Hüfte verstärkte sich, sein Blick glühte. »Ich lasse nicht zu, dass dir etwas passiert.«

»Ach, und wie willst du das anstellen? Du bist doch genauso wehrlos wie ich, oder?«

»Ich weiß aber, mit wem wir es zu tun haben.«

Es klang nicht überheblich. Eher resigniert.

»Ich möchte nicht von dir beschützt werden«, fuhr ich fort. »Ich möchte von niemandem beschützt werden.«

»Wieso nicht?«

Obwohl ich nur seine Augen sehen konnte, war es leicht, seine Gemütsstimmung zu erfassen. Die Augen eines Menschen sprachen Bände. Es war diesmal keine Belustigung, die ich in seinen fand. Sondern Neugierde.

Es gab so viele gute Antworten auf diese Frage. Mir fiel gerade nur eine einzige ein.

»Weil ich nie wieder von jemandem abhängig sein will.«

»Warst du von deinem Vater abhängig?«, schoss er zurück.

Sekunden später wirkte sein Blick betreten, und er murmelte hastig eine Entschuldigung.

Ich musste nicht antworten. Ich könnte ihn nach den Figuren befragen. Mich nach Vincenzo umsehen. Doch mit einem Mal kamen die Worte wie von selbst.

»Natürlich war ich das. Meine ganze Welt hat sich um ihn gedreht. Solange er bei mir war, war alles okay. Die anderen Menschen in meiner Umgebung haben uns entweder beneidet oder uns für seltsam gehalten, weil wir so ein gutes Verhältnis zueinander hatten. Aber wenn man sein Glück von anderen Menschen abhängig macht oder seine Sicherheit oder *irgendetwas*, dann kann man nur verlieren.«

Eine Weile blieb er still, und wir tanzten weiter. Ich ließ es zu, dass die Musik bis tief in mein Inneres wanderte und die Kälte meines Herzens schmolz.

»Du hast recht«, sagte er und beugte sich näher zu mir. »Menschen sind nur Enttäuschungen. Am Ende des Tages können wir uns nur auf uns selbst verlassen. Einsamkeit bedeutet Sicherheit. Aber das ist kein Leben. Man vegetiert lediglich vor sich hin.«

»Was willst du damit sagen?«

»Ich weiß, wie es ist. Ich habe die letzten Jahre damit verbracht, jeden als Feind anzusehen, niemanden an mich heranzulassen und die gesamte Welt zu verfluchen.« Er holte tief Luft. Seine Stimme bebte. »Aber für dich gibt es Hoffnung, Giulietta. Du bist jung. Du hast alles vor dir. Hast so viele Möglichkeiten. Bitte vergiss das nie.«

»Und du nicht?«, gab ich spöttisch zurück. »Du bist doch genauso jung und hast genauso viele Möglichkeiten wie ich. Wenn wir es schaffen, die Figuren ...« Sein warnender Blick ließ mich verstummen. »Wenn wir hier fertig sind«, formulierte ich um, »wenn keine Gefahr mehr herrscht, steht dir die ganze Welt offen. Du kannst das alles einfach hinter dir lassen und tun und lassen, was du willst.«

Seine Augen waren voller Schmerz. Reue. Einsamkeit. Verzweiflung.

Obwohl ich keine Ahnung hatte, was diese Emotionen in ihm auslöste, flammte der Wunsch in mir auf, ihn näher zu mir zu ziehen, ihn inmitten der tanzenden Paare zu umarmen und nicht mehr loszulassen.

War er schon so lange mit dieser Mission beschäftigt? War auch in seiner Familie jemand wegen der Figuren gestorben? Hatte er sein Leben damit verbracht zu versuchen, sie einzusperren, und konnte sich deshalb keine Alternative vorstellen? Weil der Schmerz zu einem Zuhause geworden war?

»Gibt es etwas, was du wirklich, wirklich willst?«, raunte ich. Es war einfacher, über seine Gefühle zu reden als über meine.

»Ich will frei sein«, gab er heiser zurück. »Und ich will geliebt werden. Ich will es mir wenigstens vorstellen können. Ein letztes Mal.«

Ein letztes Mal?

Die Endgültigkeit in seiner Stimme ließ mich schaudern. Da war wieder diese unausweichliche Dunkelheit. Was war mit ihm geschehen? Er verstand meinen Schmerz, doch seiner ging tiefer, oder? Er lebte schon deutlich länger damit.

Gerade wollte ich ihn danach fragen, wollte versuchen, mehr von ihm zu erfahren, da wurden wir plötzlich von zwei Gestalten flankiert. Der eine war dunkelhaarig mit hellem Teint, trug ein nachtblaues Kostüm und eine gleichfarbige Maske, die kaum etwas von seinem Gesicht erkennen ließ, der andere hatte seine schwarze Maske nach oben geschoben, sodass sein Gesicht freigelegt war. Die stechend schwarzen Augen durchbohrten mich. Er war mindestens zwanzig Jahre älter als ich, hatte ein symmetrisches, klassisch schönes Gesicht und war groß und schlank mit breiten Schultern. Sein Kostüm war so schwarz wie Malvolios und betonte seinen Körperbau. Wie ein Kerl mittleren Alters, der auf Männermagazinen abgebildet war. Zu glatt. Er musterte mich mit unverhohlener Gier, ließ seinen Blick genüsslich über meine nackten Schultern und mein Dekolleté wandern. Sein Rasierwasser stieg mir in die Nase. Mein Magen drehte sich um.

Malvolio und ich hatten automatisch zu tanzen aufgehört, doch seine Hand lag immer noch auf meiner Hüfte, die Finger gruben sich in meine Haut, als wollte er mich jede Sekunde packen und aus dem Raum zerren.

»Malvolio.« Obwohl die Musik immer noch laut war und die anderen Paare an uns vorbeitanzten, hatte ich keine Probleme, ihn zu verstehen. Kam mir diese Stimme nicht bekannt vor? Oder spielte mein Gehirn mir einen Streich? Ich hatte in letzter Zeit viel zu viele neue Bekanntschaften gemacht, um mir sicher sein zu können.

Malvolio ließ mich abrupt los und trat einen Schritt zur Seite. »Alles in Ordnung?«

Seine Stimme verriet keine Gefühlsregung. Er klang gelassen und höflich.

Der unmaskierte Typ verzog seine Lippen zu einem süffisanten Lächeln, während er mir wieder in die Augen schaute.

»Giulietta, hättest du etwas dagegen, wenn wir deinen Tanzpartner für einen Moment entführen?«

Ich öffnete den Mund, wollte ihn fragen, wer er war und weshalb er sich das Recht herausnahm, unseren Tanz zu unterbrechen, doch auf einen Schlag war der Gedanke wie ausgelöscht. In meinem Kopf drehte es sich, als hätte ich mir mehrere Gläser Wein genehmigt und als würden sie jetzt geballt ihre Wirkung entfalten.

»Selbstverständlich nicht«, hörte ich mich hauchen und konnte es nicht fassen, dass ich diejenige war, die diese Worte aussprach.

Bleib, wo du bist. Rühre dich nicht von der Stelle, bis du von einem Mann mit blauen Augen zum Tanz aufgefordert wirst.

Es war die Stimme des Mannes. Sie befand sich direkt in meinem Kopf. Und da war plötzlich dieses Summen in meinen Ohren. Ein lautes, durchdringendes Geräusch, das alle anderen verschluckte. Nicht wie mein Selbstschutz. Lauter. Unausweichlicher.

Bis ich Malvolios angespanntes Gesicht sah.

»Hör sofort damit auf«, zischte er. »Ich komme mit euch. Es ist nicht nötig, dass du sie ...«

Der Rest verschwand in weiterem Summen. Ich schloss die Augen. Der Wunsch, mitten auf dieser Tanzfläche zu bleiben, für alle Ewigkeiten hier zu stehen, wurde allgegenwärtig. Es gab keinen Widerstand. Keine Zweifel.

Mein Gehirn war ...

Wie hatte Greta es formuliert?

Es war wie auf Stand-by geschaltet.

KAPITEL 16

In der Klemme

Chi semina vento raccoglie tempesta.
(Wer Wind sät, wird Sturm ernten.)

Ich war ein Narr. Ich hätte sie niemals auf den Maskenball einladen sollen. Hätte niemals an ihrer Seite auftauchen und dieses Gespräch führen sollen.

Wenn ich ehrlich zu mir war, dann hatte dieser Abend überhaupt nichts mit dem Plan zu tun. Überzeugen konnte ich sie, auch ohne uns gemeinsam auf dem Silbertablett zu servieren.

Doch ich hatte ihr die Wahrheit gesagt: Ich wollte das Gefühl von Freiheit genießen. Wenigstens einen Abend lang so tun, als wäre nicht alles umsonst. Ich wollte mit einem Mädchen an meiner Seite auf einen Ball gehen, wollte den Karnevalsbeginn feiern wie die anderen. Für eine Nacht wollte ich ein Mensch sein. Jemand, der es wert war, eines Tages geliebt zu werden.

Ich war wirklich ein Narr. Ich hatte nicht nur den Plan, sondern auch sie gefährdet.

Die Wut kochte in mir hoch. Diese Leere in ihren Augen,

sobald Azazel sein Unwesen getrieben hatte. Ich hasste ihn. Mit jeder Faser meines Körpers hasste ich ihn und alles, wofür er stand.

Monaco und er hatten mich rechts und links an den Armen gepackt und zerrten mich an den Menschenmassen vorbei nach draußen auf den Balkon, auf dem weitere Leute mit ihren Champagnerflöten und Cocktailgläsern standen und Rauch oder ihren weißen Atem in die eisige Luft bliesen. Unter dem prächtigen Balkon glitzerte die Lagune mit den vereinzelten Booten. Das Feuerwerk hatte begonnen. Bunte Lichter zerrissen den Nachthimmel und beleuchteten die Kanäle. Ein farbenprächtiges Spektakel, das die Gäste auf dem Balkon zum Strahlen brachte.

Azazel ließ von mir ab und lief auf die Menschengruppe zu, die uns am nächsten war, während Monaco seinen Griff verstärkte.

Es dauerte keine drei Minuten, bis es dem Teufel gelang, die Anwesenden davon zu überzeugen, dass sie sich das Feuerwerk lieber von dem zweiten, viel überfüllteren Balkon anschauen wollten. Egal wie oft ich ihn dabei beobachtet hatte, wenn er Menschen manipulierte – jedes Mal aufs Neue wurde mir übel, und alles in mir schrie danach, ihn zu packen und im Wasser zu versenken. Jemand wie er sollte niemals existiert haben. Wir alle sollten niemals existiert haben.

Ich atmete tief durch. Giulietta war im Ballsaal. Solange Azazel hier draußen war, war sie zumindest vor seiner Macht sicher.

Übrig blieben außer Azazel, Monaco und mir noch vier weitere Menschen. Obwohl sie allesamt maskiert waren, erkannte ich sie sofort: Dahna stand Arm in Arm mit Domenichino am schmiedeeisernen Balkongeländer. Ich unterdrückte ein Fluchen. Das konnte nichts Gutes bedeuten. Magnus befand sich links neben der Balkontür gegenüber von Daniele und stützte diesen mit einem Arm, während er ihm mit der freien Hand eine goldene Espressotasse reichte. Ebenfalls keine guten Neuigkeiten. Daniele hatte seine Tage seit Beginn unserer Freiheit im Rauschzustand verbracht. Er war die zwanzigste Karte der großen Arkana – das Gericht. Soweit ich wusste, war ihm seine Gabe vollkommen egal – er wollte einfach die Freuden des irdischen Lebens in vollen Zügen genießen.

»Wir haben ihn im Caffè Florian eingesammelt«, raunte Monaco. Er war meinem Blick gefolgt. »Es hat drei Espressi gebraucht, um ihn in sein Kostüm zu zwängen, und weitere drei, um ihn in den Ballsaal zu zerren. Aber er sieht ganz gut aus, findest du nicht? Den Umständen entsprechend natürlich.«

Leider Gottes sah er wirklich ganz gut aus. Nicht ganz nüchtern, aber immerhin ansprechbar. Ich wollte nicht beginnen, mir auszumalen, wieso sie ihn hergeholt hatten …

Azazel schloss die Balkontüren hinter sich und lehnte sich mit einem zufriedenen Grinsen dagegen. Wenn ich raten müsste: Er hatte seine Maske hochgeschoben, weil er darauf angesprochen werden wollte. Er wollte den Moment genießen, in dem er von jemandem zurechtgewiesen wurde. *Signor, haben Sie nicht die Regeln für den Maskenball gelesen?*

Was für eine Freude es ihm bereiten würde, die Person mit einem Blick aus seinen schwarzen kalten Augen gefügig zu machen …

»Du hast mich angelogen«, erklang Dahnas Stimme. Weinerlich wie immer. Jetzt aber auch anklagend. Sie rührte sich nicht von der Stelle, sondern schmiegte sich in die Umarmung ihres Gatten, während sie mich mit Blicken erdolchte. Mehr war von ihrem Gesicht nicht zu erkennen – sie trug eine Moretta-Maske. Diese war traditionell schwarz und oval, lag dicht auf ihrem Gesicht. Sie ließ nur die Augen frei, und auf der Innenseite befand sich für gewöhnlich ein Knopf, den die Trägerin zwischen ihren Zähnen hielt, was ihre sozialen Interaktionen einschränkte und einen Hauch von Mysterium mit sich brachte. Eine Maske, die schon damals hauptsächlich von Frauen getragen wurde. Das Patriarchat ließ grüßen. Dahnas Maske schien sie allerdings nicht am Sprechen zu hindern. Ich war mir sicher, sie hatte die Moretta absichtlich gewählt und den Knopf als feministischen Akt weggelassen.

Also doch nicht so authentische Masken … dafür aber weniger sexistische.

»Wovon sprichst du?«, gab ich kühl zurück. Ich musste gegen den Drang ankämpfen, die Augen zu verdrehen, als Domenichinos dicke Finger auffällig langsam über ihr Korsett fuhren und er ihr einen Kuss auf eine Seite ihres freigelegten Halses drückte. Seine Maske bestand aus goldbemalter Keramik, verdeckte nur die Hälfte seines Gesichtes und war inspiriert von der Mythologie – sie sollte Jupiter, den Herrscher der römischen Götter, darstellen. Prof. Dr. Offensichtlich.

Nachdem er Dahna ein paar Sekunden liebkost hatte, schaute er zu mir.

»Du hast Gerüchte verbreitet, die nicht der Wahrheit entsprechen«, flüsterte er. »Damit solltest du nicht ungestraft davongekommen.«

»So wie du nie ungestraft mit den Affären davonkamst?«

Dahna zeterte los. »Wage es nicht, dich in meine Ehe einzumischen, du mieser kleiner …« Keine Beleidigung schien ihr schlimm genug zu sein. Schwer keuchend brach sie ab und wandte sich an ihren Gatten. »Und *du*!«, schrie sie. »Wärst du nicht so ein vermaledeiter Schwerenöter …«

Domenichino war drauf und dran, sich auf mich zu stürzen, doch Azazel trat von der Balkontür weg und stellte sich wie ein Schutzschild zwischen uns.

»Das reicht«, sagte er sanft. »Das ist nicht der Grund, aus dem wir uns hier eingefunden haben.«

Mein Herz klopfte schneller. Monaco stieß mich in die Mitte des Balkons, sodass ich nur noch eine Armlänge von Azazel entfernt war.

»Du hast es nicht besonders mit der Wahrheit, was, Kleiner?«, hauchte Azazel und fuhr mir beinahe zärtlich mit einer Hand durch meine Locken. Am liebsten hätte ich ihm ins Gesicht gespuckt, doch ich begnügte mich mit einem falschen Lächeln.

»Ich weiß immer noch nicht, worum es hier geht«, sagte ich ruhig, während mein Herz weiter randalierte.

»Natürlich nicht.« Seine Hand ruhte an meiner Wange, mit dem Daumen fuhr er über meine Haut. Heiß auf kalt. Brechreiz. »Der Junge, der so belesen ist. Der sich immer von den anderen abkapselt. Ein Eigenbrötler. Eine dunkle, verlorene Seele …«

Mein Lächeln wurde breiter. »Ich bin mir nicht sicher, ob wir noch Seelen besitzen, Azazel.«

Er packte mein Gesicht nun mit beiden Händen und zog mich näher zu sich.

»Sag uns, was du getan hast. Und sag uns, aus welchem Grund.«

Erneut wollte ich die Worte wiederholen – dass ich keine Ahnung hatte, was er meinte, aber jetzt trat Monaco hervor. Sein Blick brannte auf mir.

»Deine Aufgabe war es, Giulietta Visconti abzulenken. Sich ihr zu nähern, ihr schöne Augen zu machen, dir ihr Vertrauen zu erschleichen. In den letzten Tagen sah es ganz danach aus, als würdest du genau das tun. Doch dann hast du sie zweimal auf eine Gondel geführt. Warum solltest du mit ihr in eine Gondel steigen, wenn du nichts zu verbergen hast?«

»Sie war noch nie in Venedig. Die Kanäle gefallen ihr. Ich wollte ihr lediglich ein wenig die Stadt zeigen.«

»Mitten in der Nacht?«, kam es jetzt wieder von Azazel. Er ließ mich los und verschränkte die Arme vor der Brust. »Nach einem Mordfall im Hotel?«

»Sie war aufgewühlt. Ich wollte sie trösten.«

Meine Stimme klang absolut ruhig und beherrscht. Ich spielte dieses Spiel schon so lange. Ich würde jetzt nicht aufgeben.

»Monaco, würdest du noch einmal wiederholen, was du vor wenigen Minuten in Erfahrung gebracht hast?«, klinkte Magnus sich ein, ohne den Blick von Daniele zu nehmen, der seinen Kaffee mit einem Schlürfen austrank.

»Das Mädchen wollte wissen, ob *sie* hier sind«, sagte Monaco mit deutlicher Schärfe. »Wovon hat Giulietta gesprochen?«

Ich bemühte mich um eine verwirrte Miene. »Ich weiß nicht ganz, was …«

»Und du hast bejaht. *Fast alle*, hast du geantwortet, nachdem du dich im Saal umgesehen hast.«

»Ah …« Ich ließ meinen Blick über den Balkon gleiten, tat, als würde ich mich angestrengt zu erinnern versuchen. »In unserem Gespräch ging es um die klassischen venezianischen Masken. Wir haben darüber gesprochen, wie viele authentische Kostüme es im Raum gibt.«

Azazel lachte tief und kehlig. Dieses Geräusch hatte ich schon immer verabscheut, doch heute war es noch hässlicher als sonst. »Wir hatten eine andere Interpretation.«

Monaco nickte. »Denn anschließend hast du ihr versprochen, dass du sie beschützen wirst. Wolltest du sie vor den authentischen Masken beschützen?« Seine Stimme triefte vor Hohn.

»Das war natürlich nicht ernst gemeint.« Wie hatte Giulietta es bezeichnet? »Ich habe mit ihr geflirtet.«

Niemand ging auf mich ein. Domenichino hatte die Finger von Dahna genommen. Seite an Seite traten auch sie vor.

»Wir glauben, du hast ihr die Wahrheit erzählt«, zischte der Herrscher. »Über uns.«

»Anstatt sie davon abzubringen«, fügte Dahna wutschnaubend hinzu.

Abschätzig musterte ich sie beide. »Weshalb sollte ich das tun? Was sollte mir das nutzen?«

»Deshalb bist du hier«, sagte Azazel freundlich. »Um uns genau diese Fragen zu beantworten.«

Ich ließ ein paar Sekunden verstreichen, dann lachte ich auf. »Deshalb habt ihr mich nach draußen geschleppt? Weil ihr allen Ernstes denkt, ich würde sie in die Geheimnisse einweihen? Haltet ihr mich wirklich für so hirnverbrannt?«

Azazel hielt mich mit seinem Blick gefangen. »Oh, ich halte dich nicht für einfältig. Eher für lebensmüde.«

Es kostete mich sämtliche Willenskraft, um ihn nicht sehen zu lassen, was in mir vor sich ging. Er hatte nur Zugriff auf meine Augen, aber meine Augen reichten aus. Wenn ich nicht aufpasste, wurden sie zu einem Geständnis.

Mein Plan war nicht immer so konkret gewesen. Was bedeutete, dass ich unsere letzten Freigänge nicht damit verbracht hatte, meine wahren Intentionen vor den anderen zu verstecken. Sie alle hatten über die Jahre flüchtige Einblicke in mein Seelenleben bekommen. Am Anfang war ich bloß ein Junge gewesen, der die Ungerechtigkeit der Welt verflucht hatte. Zweiundzwanzig Figuren mit den unterschiedlichsten übernatürlichen Fähigkeiten. Zweiundzwanzig Figuren, und ich wurde ausgerechnet zu *dieser*. Doch egal, wie schlimm es wurde, ich hatte trotzdem Hoffnung gehabt. Selbst nachdem ich ein Jahrhundert nach meinem Geburtsjahr erwacht und festgestellt hatte, dass alle, die ich je geliebt oder auch nur gekannt hatte, tot waren. Ich war immerhin unsterblich. Ich war jung. Dann hatte aber die Pest erneut zugeschlagen. Im November 1630 begann die Zeit des Massensterbens. Täglich fast fünfhundert Leichen. Genau in dieser Zeit hatte man uns befreit. Wie viele Tage waren es gewesen, bis man uns wieder in die Karten gesperrt hatte? Ich erinnerte mich kaum. In meiner Erinnerung gab es nur eines: den Schwarzen Tod. Mein Körper hatte sich in dem Zimmer im Grand Hotel Visconti befunden, meine Seele bei den letzten Atemzügen der Venezianer. Es war das erste Mal, dass der Wunsch in mir konkrete Form angenommen hatte. Wenn das mein Leben war, dann wollte ich den Tod mit offenen Armen begrüßen.

»Ich habe dich beobachtet«, holte mich Azazels Stimme aus meinen Gedanken. Im Hintergrund war das Raunen der Menschen zu hören, als der nächste Feuerwerkskörper in den Himmel geschossen wurde. »Du hast dich schon immer im Selbstmitleid gesuhlt, aber wer kann es dir verdenken? Meinem schlimmsten Feind wünsche ich kein Leben wie deines.« Er grinste mich an und entblößte dabei eine Reihe glänzend weißer Zähne. »Doch wenn ich mich recht erinnere, hat sich dein Verhalten nach unserer dritten Befreiung geändert. Wann war das noch mal?«

»Neunzehntes Jahrhundert«, erklang Dahnas Stimme hinter uns.

»Ja, richtig. Herrliche Zeiten.« Azazel schaute träumerisch in die Ferne, ehe er mich wieder ins Visier nahm. »Du warst plötzlich fokussierter. Hast deine Nase ständig in Bücher gesteckt. Dich für unsere Umgebung interessiert, dir die neuen Redeweisen, die Sitten und Bräuche angeeignet. Ziemlich talentiert, der Kleine, haben wir uns immer gedacht, oder?«

Monaco nickte, als Azazels Blick eine Weile auf ihm ruhte. Der Eremit schien gelangweilt. Irgendetwas sagte mir, dass Azazel und Dahna ihn angestiftet hatten, mich zu beschatten. Normalerweise scherte er sich ausschließlich um seinen eigenen Kram, ganz im Zeichen seiner Figur.

»Allerdings haben wir uns nie intensiv damit auseinandergesetzt, woher dein Stimmungsumschwung kam«, sagte der Teufel, an mich gewandt. Sein Lächeln erlosch.

Ich räusperte mich und hoffte, es klang spöttisch. »Ablenkungen. Ich habe nach Ablenkungen gesucht, um mein Leben erträglicher zu gestalten. Wie du schon sagtest – du wünschtest niemandem dieses Schicksal. Aber ich sitze nun einmal hier fest, nicht wahr? Also habe ich mich bemüht, das Beste daraus zu machen.«

»Oder du hast nach einem Weg gesucht, deinem Leben ein Ende zu bereiten.«

Es war nicht Azazel, der die Worte ausgesprochen hatte. Sondern Daniele. Er lallte noch immer leicht, doch abgesehen davon klang er gefährlich klar im Kopf.

Verdammt, ich musste um jeden Preis verhindern, dass er mit Giulietta –

»Daniele, mein Lieber«, säuselte Azazel. »Würdest du bitte in den Saal gehen und Signorina Visconti zu einem Tanz auffordern?«

Hände packten mich rechts und links und zerrten mich von der Balkontür weg. Widerstand war zwecklos. Sie waren zu viele.

Ohnmächtig musste ich dabei zusehen, wie das Gericht, die Karte, deren Fähigkeit es war, Lügen von der Wahrheit zu unterscheiden, zwischen den Masken verschwand.

KAPITEL 17

Willenlos

Seit etlichen Minuten stand ich in der Mitte der Tanzfläche und konnte mich nicht bewegen. *Wollte* mich nicht bewegen. Die anderen Gäste tanzten um mich herum, doch mir entgingen die vorwurfsvollen Blicke und das Tuscheln nicht. Es war mir egal. Wie gut es sich anfühlte, hier zu sein. Wie richtig.

Ich beobachtete die Menschen, die geschmückten Wände, das Feuerwerk, das durch die Balkontüren zu sehen war, und zum ersten Mal seit Tagen herrschte vollkommener Frieden in mir. Da war keine Panik, keine Verzweiflung, kein Wunsch, mich auf die Suche nach Antworten zu machen. Ich hatte eine einzige Aufgabe – hierzubleiben.

Meine Augen fielen wie von alleine zu. Dankbarkeit durchfloss mich von oben bis unten. Die Musik wurde langsamer, zärtlicher. Chopin? Debussy? Ich wusste, ich hatte es bereits gehört, konnte mich aber nicht genau an den Komponisten erinnern. Papa besaß unzählige Schallplatten. Er liebte klassische Musik.

»Signorina Visconti.«

Ich blinzelte. Vor mir stand ein maskierter Mann, ganz in

Hellblau gekleidet. Pumphosen aus Samt, ein subtil schimmerndes Hemd mit am Handgelenk eng anliegenden Ärmeln und ansonsten ausladendem Schnitt. Seine Maske war silberfarben mit großen Pfauenfedern, und sie ließ lediglich den schmalen Mund und die eisblauen Augen frei. Er lächelte, verbeugte sich leicht und hielt mir dann eine Hand hin.

»Darf ich Sie zu einem Tanz bitten?«

Ohne zu überlegen, griff ich nach seiner Hand und erwiderte sein Lächeln. Das war meine Aufgabe. Genau deshalb war ich hier.

Sobald er mich näher zu sich zog, wehte mir seine Whiskeyfahne entgegen. Ich gab mir Mühe, das Gesicht nicht zu verziehen. Das war nicht nur Whiskey. Er roch auch nach kaltem Tabak.

Wir begannen zu tanzen. Seine Führung war nachlässig, kein Vergleich zu Malvolios.

»Ich habe Sie vorhin mit einem jungen Mann ganz in Schwarz tanzen sehen«, raunte der Kerl mir zu. Ich versuchte, unauffällig durch den Mund zu atmen. Ein leichtes Lallen in seiner Stimme verriet, dass der Alkohol in ihm noch wirkte. »Sie beide haben wirklich ein bezauberndes Bild abgegeben.«

Ich lächelte bloß. Der Gedanke an Malvolio zerstörte irgendwie meinen inneren Frieden. Ich sah sein angsterfülltes Gesicht vor mir, als die beiden Männer ihn nach draußen auf den Balkon gezogen hatten. Ging es ihm gut? Wieso war ich ihm nicht gefolgt?

»Malvolio ist ein guter Bekannter von mir«, fuhr mein Tanzpartner fort, stieß mich dann abrupt von sich und wirbelte mich einmal um meine eigene Achse, ehe er mich wieder dicht an seinen Körper zog.

Mit wem tanzte ich hier? Wieso war ich so unvorsichtig? Und befand sich Malvolio immer noch auf dem Balkon?

Scheiße, ich musste weg hier. Es war viel zu gefährlich …

»Wie … wie heißen Sie eigentlich?«, fragte ich mit dünner Stimme. Mein Herz raste plötzlich viel zu schnell. Ich spürte den Schweiß unter meiner Maske.

»Daniele«, hauchte der Mann. »Aber *ich* würde gerne die Fragen stellen, wenn Sie mir erlauben.«

Es klang ganz und gar nicht danach, als würde er tatsächlich meine Erlaubnis wollen.

»Was hat Malvolio Ihnen erzählt, Signorina?«

»Er-erzählt?«

Verdammt. Er gehörte eindeutig zu den Figuren. Ich musste mir eine Ausrede einfallen lassen und abhauen.

»Haben Sie Angst?«, wisperte er mir ins Ohr.

»Nein.« Mein Herz war da anderer Meinung. Die Antwort kam viel zu schnell. »Wieso sollte ich Angst haben?«

Sein Lächeln verstärkte das Bedürfnis in mir bloß.

»Wie hat sich Malvolio bei Ihnen vorgestellt?«

»Wie meinen Sie das?«

Diesmal war meine Verwirrung nicht gespielt.

»Sie haben ihn hier im Hotel kennengelernt, nicht wahr?«

Ich nickte.

»Wer ist er? Was tut er hier? Was hat er zu Ihnen gesagt?«

»Er möchte sich den Karneval ansehen«, gab ich hastig zurück.

»Das war alles?«

»Ja.«

Danieles Griff wurde stärker und er zog mich näher. Mir wurde schlecht.

»Also wissen Sie nichts von den Geheimnissen? Sie wissen nicht, was mit den Menschen in der ersten Etage los ist? Mit mir?«

Das Lallen in seiner Stimme wurde immer deutlicher.

»Ich weiß nicht, wovon Sie sprechen.«

Und ich würde jetzt gerne gehen. Das hatte ich hinzufügen wollen. Doch die Worte kamen nicht. Es war, als würde mich eine unsichtbare Macht davon abhalten. Ich tanzte weiter mit ihm. Weiter und immer weiter, obwohl jede Faser meines Körpers nach Flucht schrie.

»Signorina Visconti«, hauchte er mir ins Ohr. »Die Wahrheit ist so formbar, meinen Sie nicht?«

Wovon zur Hölle sprach er? Und wieso war ich nicht in der Lage wegzulaufen?

»Sie kennen sich mit Tarot aus, nicht wahr?«, fuhr er fort, ohne meine Antwort abzuwarten.

Erneut konnte ich nur nicken. Die Panik machte es unmöglich zu sprechen.

»Das nächste Mal, wenn Sie Ihren neuen Freund sehen, fragen Sie ihn nach seiner Zimmernummer.«

Was?

Meine Lippen teilten sich. Doch bevor ich etwas sagen konnte, roch ich ihn. Den Mann von vorhin. Sein intensives Rasierwasser. Er befand sich direkt neben uns und tauschte einen Blick mit Daniele, der sich sofort von mir löste.

Diesmal trug der Mann seine Maske. Sie war schlicht und schwarz wie seine Augen.

Alles in mir schrie danach, Daniele zu packen und ihn zurückzuzerren, obwohl ich mir bis eben noch gewünscht hatte, fliehen zu können. Bis der andere Mann mir tief in die Augen sah.

»Es ist in Ordnung«, wisperte er. »Sie müssen nicht mehr mit ihm tanzen.«

Abrupt fiel dieser verzweifelte Wunsch von mir ab.

Was war los mit mir?

Mein rasendes Herz schrie mir zu, dass ich das auch noch

herausfinden konnte, nachdem ich mich vom Acker gemacht hatte. Doch in dem Moment, in dem ich die Tanzfläche verlassen wollte, raunte mir der Mann mit den schwarzen Augen ein einziges Wort zu.

»Bleib.«

Es reichte aus, um mich an Ort und Stelle festzunageln.

Und da endlich, als ich den kalten Schweiß an meiner Stirn spürte und eine Gänsehaut meinen Körper überzog, setzte ich die Puzzleteile zusammen.

Der Teufel, die fünfzehnte Figur, war es, der damals dem Hoteldirektor Edoardo Visconti, deinem Großvater, das Leben nahm.

Der eiskalte Blick. Meine Gedanken, die nicht mehr mir zu gehören schienen.

Ich musste weg hier. Weg von diesem Saal, von dem Hotel, von dieser Stadt.

»Sie weiß Bescheid«, erklang Danieles Stimme.

Die Lippen des Mannes verzogen sich zu einem Lächeln. »Der Junge ist immer für eine Überraschung gut, das muss man ihm lassen.«

»Was jetzt?«, gab Daniele zurück, und zum ersten Mal meinte ich, so etwas wie Angst herauszuhören. Von seinem Lallen war keine Spur mehr. Als hätte ihn das Gespräch schlagartig ernüchtert. Hatte er Angst vor seinem Gegenüber? Hatten die Figuren Angst voreinander? Konnten sie sich gegenseitig etwas antun?

»Geh und amüsiere dich«, erwiderte der Mann seelenruhig, während seine kühlen Finger sich schraubstockfest um mein Handgelenk schlangen. »Du hast heute genug geleistet. Und ich ...« Sein Blick wanderte zu mir, fuhr genüsslich meinen Körper auf und ab, bis meine Übelkeit zurückkehrte. »Ich werde mich mit Signorina Visconti unterhalten. Unter vier Augen. Es ist eine Schande, dass wir bisher noch nicht die Gelegenheit dazu hatten.«

Oh Gott, das konnte alles nicht wahr sein. Ich musste es irgendwie schaffen, von ihm wegzukommen. Aber wie sollte ich das ohne Hilfe schaffen? Wie genau funktionierte die Gedankenmanipulation? Ich tat genau das, was er von mir verlangte. Vielleicht fand ich ein Schlupfloch. Vielleicht konnte ich ihn ablenken, bis jemand kam. Malvolio. Wo steckte Malvolio? Wie hatten sie herausgefunden, was er mir erzählt hatte?

Fieberhaft versuchte ich, mich an seine Worte zu erinnern, als wir in der Gondel über die Absichten der Figuren gesprochen hatten.

Es gibt eine Figur, die die Fähigkeiten der anderen neutralisieren und in manchen Fällen auch rückgängig machen kann. Die Gerechtigkeit. Sie ist der einzige Ausweg.

Würde sie mir helfen?

Malvolio hatte gesagt, nicht alle Figuren hätten böse Absichten. Viele wollten mich auch schützen.

Daniele fiel schon mal weg. Er zuckte lediglich mit den Schultern und verschwand in der tanzenden Menge Richtung Flügeltüren, die in den anderen Saal führten. Verdammt. Wer noch? Wie sollte ich die anderen erkennen? Wie sollte ich sie wissen lassen, dass ich Hilfe benötigte?

Tief durchatmen. Jetzt musste ich ihn erst zum Reden bringen. So freundlich wie möglich.

Greta. Oh Gott, Greta. Mein Großvater. Papa.

Ist er dein Mörder, Papa? Hat er dir das angetan?

Nein, Papa würde mir nicht helfen. Ich musste mir selbst helfen.

»Entschuldigen Sie«, sagte ich und lächelte. Höflich, ein bisschen verlegen. Das Schwerste war es nicht, Freundlichkeit vorzutäuschen, während er mich noch immer festhielt und jetzt anfing, mit dem Daumen über meine Haut zu streichen. Sondern seinem Blick standzuhalten. Ich hatte noch nie so schwarze, so leere Augen gesehen. »Ihr Name ist mir entgangen.«

»Wir wurden einander noch nicht vorgestellt, Signorina«, sagte er und erwiderte mein Lächeln. Dann hob er meine Hand in die Höhe und führte sie zu seinem Mund. Ich unterdrückte meinen Würgereflex.

»Azazel. Mein Name ist Azazel.«

»Es freut mich sehr, Sie kennenzulernen«, wisperte ich, aus Angst, meine Stimme würde mich verraten, wenn ich lauter sprach. »Hätten Sie Lust, mit mir zu tanzen?«

Solange wir uns zwischen den anderen Menschen befanden, war ich relativ sicher, oder? Ich musste irgendwie verhindern, dass er mich …

Sein Kopfschütteln ließ meine Gedanken verstummen.

»Ein anderes Mal, gerne. Heute Abend ist mir eher nach etwas … Intimerem zumute.«

Fuck.

»Ich –«

Er legte mir einen Finger auf den Mund. Ich wollte zurückweichen, doch mein Körper verharrte dort.

»Folge mir«, flüsterte er und schaute mir dabei tief in die Augen. »Wehre dich gegen nichts, was ich tue. Verhalte dich ganz unauffällig. Und sprich nur mit mir.«

Ich war verloren. Ausgeliefert. Wenn mir niemand half, dann war's das. Ich spürte es an dieser trügerischen Stille in meinem Kopf. An der Gewissheit, die mir vorgaukelte, dass das hier richtig und gut war. Dass ich mich genau am richtigen Ort mit der richtigen Person befand, obwohl mein Herz mir vor namenloser Angst aus der Brust zu springen drohte.

Er ergriff meine Hand und führte mich von der Tanzfläche. Ich konnte nichts anderes tun, als ihm zu folgen.

Rede, Giulietta. Verwickle ihn in ein Gespräch. Du kannst nicht kampflos untergehen.

»Sie gehören auch zu den Schauspielern, stimmt's?«, brachte ich hervor, als wir vor einer goldenen Tür angekommen waren, die uns sogleich von einem maskierten Hotelmitarbeiter geöffnet wurde.

»Lass niemanden nach uns rein«, sagte Azazel zu ihm, während er ihn mit seinem Blick durchbohrte. »Sorge dafür, dass wir in der nächsten Stunde alleine sind.«

»Si, Signor.«

In der nächsten Stunde.

Wie viel Unheil konnte man in einer Stunde anrichten?

Nein. Nicht aufgeben. Kämpfe!

»Du musst nicht mehr lügen«, sagte er, als wir uns in einem mit brennenden Kerzen und üppigen Blumenbouquets geschmückten Flur wiederfanden und die Tür sich hinter uns schloss. Zwei ältere Damen in roten Kostümen kamen uns entgegen. Sie begannen zu kichern, als Azazel ihnen ein Lächeln schenkte.

»Wir sind unter Freunden«, fuhr er fort. Vor den Frauentoiletten machte er Halt und öffnete die Tür mit einem Schwung.

»Warte hier«, wies er mich an, bevor er hineinstolzierte, als würde der Raum ihm gehören, und die vier Frauen mit jeweils einem Blick und ein paar geflüsterten Worten nach draußen schickte. Sie gehorchten widerstandslos. Wie sollten sie ihm auch etwas entgegensetzen?

Für einen kurzen Moment verfluchte ich Malvolio dafür, dass er mir nicht mehr über die Manipulationsgabe erzählt hatte – oder darüber, ob es einen Unterschied zwischen der Wirkung auf andere oder auf mich gab. Wenn ich die Nachfahrin des Herzoges Visconti war und die Macht hatte, die Figuren ins Deck zu sperren, musste ich doch noch weitere Vorteile genießen, oder etwa nicht?

Meine Hoffnung fand ein jähes Ende, als die Tür hinter der letzten Frau zufiel.

Wir waren alleine. Der Teufel und ich.

Er verschränkte die Arme vor der Brust und kam langsam näher auf mich zu.

Was wusste ich über die fünfzehnte Karte der großen Arkana? Sie stand für Verführung und Abhängigkeit. Für die bösen Seiten in jedem Menschen. Aber wie immer bei der Interpretation von Tarot – auch bei den dunkelsten Karten bestand Hoffnung. Man verfiel dem Teufel und damit dem Bösen nur, wenn man sich ihm vollständig auslieferte.

»Die anderen sind der Meinung, du seist völlig ahnungslos von deinem Vater zurückgelassen worden«, sagte Azazel und legte leicht den Kopf schief. Er bekreuzigte sich und grinste dann spöttisch. »Möge Lorenzo in Frieden ruhen.«

Sobald er Papas Namen aussprach, wich die Angst in mir zurück und machte der Wut Platz. Es war dumm. Das Gegenteil von dem, was ich tun sollte. Doch mit einem Mal war es mir egal, ob mein Verhalten völlig wahnsinnig war.

»Haben Sie ihn umgebracht?«, schoss es aus mir hervor. Ich klang jetzt weder gespielt höflich, noch zitterte meine Stimme. Mein Herz raste noch immer, zusätzlich peitschte Adrenalin durch meinen Körper.

Azazel blieb stehen, kaum eine Armlänge von mir entfernt. Sein Grinsen wurde breiter. »Wie bitte?«

»Ich weiß, dass Sie meinen Großvater getötet haben«, fauchte ich. »Und ich weiß, was Sie Greta angetan haben. Also was ist mit meinem Vater?«

»Greta ...« Sein Blick wurde träumerisch. Am liebsten hätte ich ihm zwischen die Beine getreten. Und dann seinen Kopf gegen das nächste Waschbecken geknallt. »Greta und ich haben Spaß gehabt, ich weiß wirklich nicht, was das eine mit dem anderen zu tun hat. Was mit Edoardo geschah, war zugegebenermaßen ein Fehler. Den ich nicht zu wiederholen gedenke.«

Mein Atem kam stoßweise. Das Bedürfnis, ihn zu schlagen, nahm all meine Sinne ein, doch nach ein paar Sekunden schaffte ich es, mich zu beruhigen.

Ich reckte mein Kinn. »Was ist damals geschehen?«

In seinen Augen glitzerte es. Mit einem Ruck zog er sich die Maske über sein Gesicht, legte sie neben sich auf dem Waschbecken ab und beugte sich zu mir vor. »Du weißt es wirklich nicht?«

Ich wünschte, er hätte die Maske anbehalten. Es war deutlich schwerer, die Fassung zu bewahren, wenn ich jede Regung in seinem ekelhaft perfekten Gesicht mitverfolgen konnte.

»Nein«, knurrte ich. »Ich weiß es wirklich nicht.«

»Du armes, armes Mädchen. Womöglich wärst du nie hergekommen, hättest du es geahnt …«

Ich ignorierte ihn. Wenn ich das hier durchstehen wollte, dann musste ich meinen Verstand beschäftigen.

Wozu brauchte er Daniele, wenn er mich mit seiner Gedankenmanipulation dazu zwingen konnte, die Wahrheit zu sagen?

Ehe ich die Frage laut aussprechen konnte, lagen seine Hände auf meinen Hüften.

»Du wirst nicht schreien«, erklang seine sanfte Stimme an meinem Ohr. »Egal, was sich heute Nacht zwischen uns abspielen wird …«

Mir war so schlecht. So, so schlecht.

»Dein Großvater und ich pflegten zu Beginn ein nahezu freundschaftliches Verhältnis zueinander. Er war fasziniert von mir. Hat nicht geurteilt, sondern mir lediglich Fragen gestellt. Doch er sträubte sich zunehmend dagegen, mit mir in einem Raum zu sein. Er wusste sehr genau über meine Fähigkeiten Bescheid. Obwohl er versuchte, mir alle meine Geheimnisse zu entlocken, hat er seine eigenen nur zu sicher verwahrt. Bis zum Schluss kämpfte er … und schließlich starb er für sie.«

»Was für Geheimnisse?«, brachte ich hervor. Ich wünschte, ich könnte einfach hinter mich tasten, den Türknauf ergreifen und um mein Leben rennen. Die Tür war unverschlossen. Doch mein Käfig war nicht dieser Raum, sondern der Teufel in meinen Gedanken.

»Ich ahnte bis zum Schluss nicht, dass er derjenige gewesen war, der uns kontrollierte. Der die Macht hatte, über unser Leben zu entscheiden. Ich hielt ihn für einen närrischen alten Mann.«

Azazels Hände strichen fest über den Stoff meines Kleides. Er begann bei meinem Bauch und fuhr aufwärts. Mein Magen drehte sich um, und obwohl ich alles dafür tat, meine Angst zu verbergen, zitterte ich inzwischen am gesamten Körper.

»Wie gesagt, ich habe aus meinen Fehlern gelernt. Nach dem letzten Fauxpas würde ich es niemals wagen, einem der Nachfahren das Leben zu nehmen.«

»Wieso … wieso nicht?«

»Signorina Visconti. Tatsächlich ahnungslos.« Er lachte. Ein hohles, lebloses Geräusch. »Wenn ein Nachfahre durch unser Einwirken stirbt, also durch eine Kartenfigur stirbt, dann wandern wir zurück in die Karten. So war es zumindest beim letzten Mal.«

Verwirrung durchbrach die Wellen der Panik.

»W-was?«

Das war der Grund, wieso mich niemand von den Figuren umbringen würde? Weshalb ich in Sicherheit war? Wieso hatte Malvolio mir nichts davon erzählt?

»Das letzte Mal, dass Sie auf freiem Fuß waren …« Meine Zähne schlugen aufeinander. *Reiß dich zusammen, verdammt noch mal!* »Sie und die anderen sind eingesperrt worden, weil *Sie* meinen Großvater töteten?«

Azazel neigte den Kopf, dann zuckte er mit den Schultern und ein genervter Ausdruck huschte über sein Gesicht, als sei er unser Gesprächsthema leid.

»Genug davon. Keine Sorge, mir liegt nichts an deinem Tod.« Er beugte sich noch weiter vor, drückte seine Lippen unter mein Ohrläppchen. »Es gibt so viel unterhaltsamere Beschäftigungen als Mord, wenn einem die Welt zu Füßen liegt.«

Die Tränen schossen mir in die Augen, die Verzweiflung drohte mich zu übermannen, doch ich drängte sie mit aller Kraft zurück.

»Wer ... wer hat meinen Vater dann getötet?«

Azazel wich ein Stück zurück. »Sein Bruder, nehme ich an. Er war schon immer verrückt nach der Magie. Hat Lorenzo beneidet und ihn dafür gehasst, dass er sich nicht um sein Erbe geschert hat.«

Ich erstarrte. Vincenzo. War das möglich?

»Aber –«

»Schweig«, befahl er mir, bevor ich weitersprechen konnte. Seine Stimme war noch immer sanft, sein Blick eisig. »Wir haben genug Zeit vergeudet. Drehe dich um, damit ich dir aus diesem entzückenden Kleid helfen kann.«

Bitte, wollte ich sagen. *Bitte nicht.*

Doch natürlich war es zwecklos. Ich war stumm. Und ich war gezwungen, seinen Worten Folge zu leisten.

Meine Gedanken überschlugen sich. Vincenzo hatte Papa gehasst? Konnte das wahr sein? Obwohl Malvolio gesagt hatte, dass mein Onkel keine Ahnung hatte?

Giulietta! Papas Stimme war angsterfüllt. *Giulietta, bitte!*

Es war zu spät. Es gab nichts mehr, was ich tun konnte. Ich war gefangen. Also blieb mir nichts anderes übrig, als in meinen Kopf zu fliehen. Mich im hintersten Winkel meiner Erinnerungen zu verstecken, bis es vorüber war.

Papa verstand in Sekundenschnelle. *Denk an was Schönes,* flüsterte er, plötzlich ganz sanft. *Ich bin bei dir. Egal, was geschieht, du hast mich.*

Doch das war eine Lüge. Seine Worte waren von Anfang an gelogen gewesen. Und die Stimme, die ich meinem Kopf hörte, war nicht er. Sie war mein Schutzmechanismus.

Ich war allein. Noch nie war ich so allein gewesen.

Sosehr ich mich bemühte, ich nahm alles wahr, was sich *außerhalb* abspielte. Azazel hatte den Reißverschluss meines Kleides heruntergezogen und streifte mir den Stoff nun ab. Ganz langsam, als würde er jede Sekunde auskosten.

Malvolio. Ich musste mich auf Malvolio konzentrieren. Auf das, was er gesagt hatte.

Er hatte vom Blut der Nachfahren gesprochen. Ich besaß die Macht, es zu beenden. Mit seiner Hilfe.

Sollte ich vorhin noch gezweifelt haben, an der Geschichte über die Figuren, an meiner Involvierung, so ergriff nun eine unumstößliche Überzeugung Besitz von mir.

Ich würde es tun. Ich würde alles tun, was Malvolio von mir verlangte, um sie alle wegzusperren. Und dann würde ich für immer von hier verschwinden. Scheiß auf die Geheimnisse. Scheiß auf Tarot.

Egal, was du mir antust, brüllte ich den Teufel in meinen Gedanken an, weil meine Lippen mir nicht gehorchten, *ich werde dir Schlimmeres antun. Ich werde dir ein Ende bereiten.*

Genau in diesem Moment ertönten Schritte. Mehrere Schritte. Dann Stimmen.

Azazels Hände lösten sich von mir, nur eine Sekunde, ehe die Tür aufflog.

Zuerst sah ich dunkelgrüne Augen. Sein Gesicht war von der rabenschwarzen Vogelmaske verdeckt, doch der Ausdruck war mir in der kurzen Zeit schon viel zu vertraut geworden. Schmerz.

Verzweiflung. Wut. Sein Blick streifte mich nur für den Bruchteil eines Herzschlages, dann wanderte er zu dem Widerling neben mir.

»Salome«, zischte er zwischen zusammengebissenen Zähnen.

Hinter ihm traten zwei Frauen in den Waschraum. Sie hatten beide ihre Masken nach oben gestülpt. Ich registrierte ihre Outfits kurz – türkisgrün und mehrere Cremeschattierungen, dazu passende Masken mit funkelnden Strasssteinen, Federn und Glitzer. Wie absurd, dass mein Gehirn diese Details registrierte. Und wie furchtbar, dass die Schönheit der Kleider so im Kontrast zu der Grausamkeit dieses Moments stand.

Die rothaarige, kleine Frau starrte mich voller Mitleid an. Mein Kleid war nach unten gerutscht und gab den Blick auf meine Unterwäsche frei. Eine Gänsehaut hatte meine Haut überzogen, und ich zitterte leicht. Ihre Begleiterin strich sich die kinnlangen Haare aus dem rundlichen Gesicht und machte einen Schritt an mir vorbei auf Azazel zu.

»Raus.« Ihre Stimme war tief und beruhigend, doch aus ihren Augen schienen Funken zu sprühen.

Das Grinsen war ihm vergangen. Er deutete auf Malvolio. »Er hat ihr alles verraten«, zischte er. »Sie kennt die Wahrheit.«

»Ich habe gesagt, du sollst verschwinden. Lass es mich nicht wiederholen.« Die Drohung klang besonders eindrucksvoll, weil sie immer noch völlig entspannt sprach.

Azazel sah aus, als hätte er ihr am liebsten vor die Füße gespuckt. »Ich werde nicht zulassen –«

Seine Stimme ging im Gepolter von weiteren Schritten unter. Im nächsten Moment erschien ein breitschultriger kleiner Mann im Türrahmen. Sein weißer Anzug lag hauteng an seinem stämmigen Körper an, und obwohl er zwei Köpfe kleiner als Azazel war, wandelte sich die Miene des Teufels in Rekordschnelle. Es war nicht direkt Angst. Eher Frustration. Das Gesicht eines schlechten Verlierers.

Die Frau mit den schulterlangen Haaren warf einen Blick zurück. »Danke, Arlotto.«

Alles ging ganz schnell. In einer Sekunde betrachtete Azazel den Mann mordlustig, in der nächsten wurde er von ihm mit einer blitzschnellen Bewegung in den Klammergriff genommen und aus dem Raum gezerrt.

Ich konnte mich nicht bewegen. Weder mein Kleid hochziehen, noch Malvolios Blick erwidern, der auf mir brannte. Auch er verhielt sich verdächtig still.

Die rothaarige Frau griff nach meiner Hand und suchte meinen Blick, während sie mit der freien Hand behutsam nach meinem Kleid griff.

»Darf ich?«, hauchte sie.

Ich nickte bloß. Ließ es zu, dass sie es in die richtige Position rückte und hinter mich trat, um mir den Reißverschluss hochzuziehen. Währenddessen trat die andere Frau direkt vor mich.

Plötzlich wirkte sie ganz und gar nicht mehr gelassen. Ihre großen Augen schwammen in Tränen. Ganz langsam hob sie die Hände und nahm mein Gesicht zwischen ihre Hände.

»Du bist frei«, flüsterte sie. »Egal, was er dir gesagt hat, du bist jetzt frei.«

Ich stolperte zurück, als die Empfindung mich traf. Wie eine Welle, die über mich hineinbrach. Eisige Kälte. Dann Hitze. Dann gar nichts.

Mein eigenes Keuchen hallte in meinen Ohren wider. »D-danke.«

Automatisch griff ich mir an meine Kehle. Das war meine Stimme. Ich hatte sie wieder.

Die Erleichterung durchfloss meinen Körper, Seite an Seite mit der Erkenntnis. »Danke«, wiederholte ich.

Die Gerechtigkeit. Das musste sie sein, oder? Sie hatte mich von Azazels Manipulation befreit. Das erklärte allerdings nicht, wieso die Tränen ihr unaufhörlich über die Wangen strömten.

»Giulietta«, erklang Malvolios Stimme hinter mir, bevor ich mir einen Reim darauf machen konnte.

Ich drehte mich um, nachdem ich der kleineren Frau einen dankbaren Blick zugeworfen hatte. Mein Kleid war wieder an der richtigen Stelle. Das Zittern war allerdings nicht verschwunden.

Malvolio stand stocksteif da, sein Blick tanzte über meinen Körper, als wollte er sich vergewissern, dass es mir an nichts fehlte. Jetzt war er derjenige, der mir nicht ins Gesicht sehen konnte.

»Es ... es tut mir so unendlich leid. Ich hätte dich nie auf diesen ... Ich ...«

»Hey.« Ich verschränkte die Arme vor der Brust. »Schau mich an.«

Ein paar Sekunden vergingen, bis er zur mir aufschaute. Gequält.

»Mir geht's gut«, sagte ich, so ruhig es mein Zittern zuließ. »Okay? Alles okay. Es ist nicht deine Schuld.« Dann warf ich den beiden Frauen einen Blick zu, ehe ich zurück zu ihm schaute.

Ich versuchte, ihm meine Fragen mit meinen Augen zu vermitteln. Konnten wir ihnen vertrauen? Konnten wir frei sprechen? Die eine war eine Figur, was war mit der anderen?

Malvolio atmete tief durch, als müsste er sich vom Schreien abhalten. Dann zog er die Maske ab und trat ein Stück vor. »Giulietta, das sind Salome und Sofia.« Zuerst deutete er auf die Frau, die noch immer weinte, dann auf die andere.

»Freut mich ... euch kennenzulernen.«

Die rothaarige Frau nahm erneut meine Hand. »Ich habe die Macht, Sie zu heilen, Signorina«, flüsterte sie. Auch sie schien den Tränen nahe. »Sie müssen nur ein Wort sagen, dann tue ich es. Es geht ganz schnell. Es ist nicht schmerzhaft. Sie müssen mir lediglich von dem Tumult Ihrer Seele erzählen.«

Hilfe suchend schaute ich zu Malvolio. Er schluckte schwer.

»Psychische Heilung«, erklärte er leise. »Die Hohepriesterin. Es funktioniert. Bei Greta war es auch möglich.«

Mein Herz schlug mir bis zum Hals. Okay. Also war es tatsächlich kein Geheimnis mehr, und die Figuren wussten Bescheid. Konnten wir ihnen nun doch vertrauen? Zumindest diesen beiden?

Doch bevor ich mir diese Fragen beantworten konnte, sickerten seine und auch Sofias Worte in mein Bewusstsein. Psychische Heilung. Der Tumult meiner Seele.

»Nein, danke«, brachte ich hervor. Ich wollte keine Sympathie für sie empfinden. Ja, sie hatten mir geholfen, mich vor dem Teufel gerettet, aber das hier … Mein Gott, das war *unnatürlich*. Sie waren gefährlich.

Salome schniefte, wischte sich mit einem bestickten Stofftaschentuch über die Wangen und fasste Sofia anschließend an der Schulter, schüttelte sanft den Kopf, als sich ihre Blicke kreuzten. Sekunden später schaute sie zu Malvolio. »Bring sie weg von hier. Wir werden die anderen ablenken.«

»Danke.« Malvolio straffte die Schultern, sein Gesichtsausdruck wurde geschäftsmäßig. »Behalte Monaco im Blick.«

»Um ihn haben wir uns bereits gekümmert«, sagte Sofia mit einem Nicken. »Wartet hier, wir besorgen euch neue Masken.«

Und mit diesen Worten fassten die beiden Frauen sich an den Händen, streiften mich noch ein letztes Mal mit ihren Blicken und verschwanden im Flur.

Der Waschraum kam mir plötzlich viel zu klein vor. Unsere Zweisamkeit war erdrückend. Es gab so viel, was ich ihm sagen wollte. So viele Fragen in meinem Kopf. Doch ein einziger Gedanke löste sich von den andern und schwamm an die Oberfläche, schäumte über, bevor ich etwas dagegen unternehmen konnte.

»Sollte das ein weiterer Beweis sein, damit ich dir glauben kann? Der Teufel?«

Es war nicht seine Schuld. Das hatte ich ernst gemeint. Und dennoch war er derjenige gewesen, der mich auf den Maskenball eingeladen hatte. Die Anschuldigung schwebte zwischen uns wie eine undurchdringbare Wand. Ich bereute sie, sobald sie meine Lippen verließ.

Malvolios Züge entglitten ihm. Er öffnete den Mund. Ein heiseres Krächzen entwich ihm. Er schloss ihn wieder. Eine halbe Ewigkeit starrten wir uns an. Bis der Schmerz in seinem Gesicht sich auf mich übertrug.

»Du hast das nicht geplant, ich weiß.« Ich schüttelte den Kopf. »Er ist einfach ekelhaft.«

»Ich hätte nicht gedacht, dass er es bei dir wagt«, hauchte er und rieb sich mit dem Handballen fest die Stirn. »Er war wütend auf mich. Es *ist* meine Schuld. Ich hätte viel vorsichtiger sein sollen.«

Erneut schüttelte ich den Kopf. »Ich wusste, worauf ich mich einlasse, als ich auf diesen Ball gekommen bin. Du hast mir die Wahrheit erzählt. Und weißt du was? Es ist wirklich der letzte Beweis, den ich gebraucht habe.« Eine unnatürliche Ruhe legte sich über mich. Ich begrüßte die Taubheit mit offenen Armen. Na endlich. »Lass uns abhauen. Ich bin mir jetzt sicher, dass ich dir helfen will. Ich werde alles tun, was nötig ist, das schwöre ich. Aber, Malvolio …« Jetzt, da der Schock in den Hintergrund gedrängt worden war, kam etwas anderes zum Vorschein. Ich stellte mich dicht vor ihn und senkte meine Stimme. »Azazel hat gesagt, er hat meinen Vater nicht getötet. Er hat meinen Onkel als Mörder verdächtigt.«

Für einen Moment bildete ich mir ein, eine Regung in seiner Miene zu sehen. Etwas Unerwartetes. Dann schnaubte er, und sein Blick war voller Abscheu. »Du darfst kein Wort glauben, das aus dem Mund dieses Widerlings kommt. Er wollte nur von sich selbst ablenken. Dein Onkel ist ahnungslos.«

Ich packte ihn bei den Schultern. »Er hat was davon gesagt, dass Vincenzo eifersüchtig auf meinen Vater war. Es klang, als hätte er die Bekanntschaft von beiden gemacht. Und außerdem hat er mir gesagt, dass er mich nicht töten wird, weil die Figuren dann zurück in die Karten wandern. Stimmt das?«

Er seufzte tief und schüttelte den Kopf. Dann hob er seine Hände, umschloss unendlich sanft meine Handgelenke. »Das denkt er, aber so funktioniert die Magie der Karten nicht. Wegen seinem Trugschluss bist du zumindest davor in Sicherheit. Aber den Rest kannst du vergessen. Er lügt. Vertrau mir, er will dich lediglich verwirren.«

Seine Berührung brachte mein Zittern zurück. Ich konnte nichts erwidern. Meine Taubheit war zerbrechlich. Sie würde mich nicht die ganze Nacht beschützen, das spürte ich. Malvolios Finger auf meiner Haut, die Zärtlichkeit, mit der er mich anfasste ... Ich ertrug es nicht. Nicht nach allem, was heute geschehen war. Er war mir so nah. Alles in mir schrie danach, mich in seine Arme zu werfen und zu schluchzen. Mich trösten zu lassen. Ihn anzuflehen, mir Frieden zu schenken. Mich vor diesem Wahnsinn zu beschützen.

Der Zusammenbruch nahte. Lange konnte ich ihn nicht mehr zurückhalten. Der Boden zu meinen Füßen bebte. Die Wände wackelten. Ich war nicht mehr sicher. Nicht hier, nicht in meinem Kopf. Es ging nicht nur um heute. Es ging um alles. Es war zu viel.

Ich brauchte keine Antworten. Ich brauchte Halt.

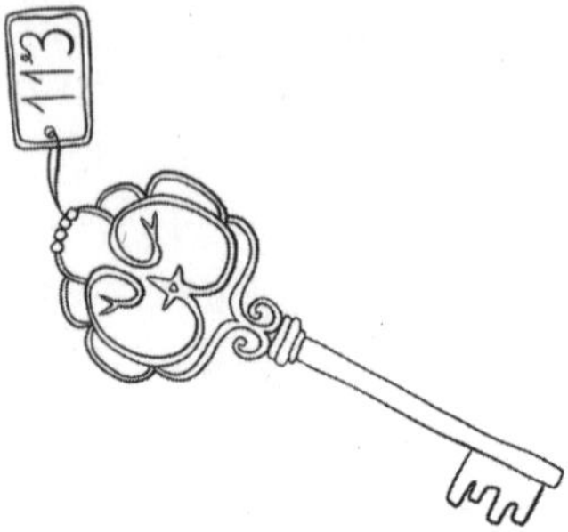

KAPITEL 18

Aufgeben

Die nächsten Minuten flogen wie im Zeitraffer an mir vorbei. Salome kehrte mit einer bunten modernen Maske für mich zurück, die mein Gesicht verhüllte, sie öffnete meine Haare und flocht sie zu zwei Zöpfen, wobei sie schon wieder zu weinen begann, und legte mir einen Umhang aus schwarzem Fell um, der mein Kleid versteckte und dessen Kapuze ich mir zusätzlich über den Kopf stülpte, während Malvolio sein schwarzes Jackett auszog und sich ein goldfarbenes überzog. Seine neue Maske war ein Stierkopf, der seinen gesamten Kopf verbarg. Hand in Hand und mit gesenkten Köpfen kehrten wir in den Ballsaal zurück, sobald Sofia uns ein Zeichen gab, dass die Luft rein war. Niemand hielt uns auf. Ich achtete nicht auf unsere Umgebung, die Gäste und die Räume verschwanden zu einem undefinierbaren Farbengemisch, die Musik drang wie aus weiter Ferne an meine Ohren. Die Türen wurden uns aufgehalten, als wir nach draußen traten, der kühle Wind fegte mir die Kapuze vom Kopf, doch ich achtete nicht darauf. Malvolios Schritte beschleunigten sich, und meine passten sich automatisch an.

Wir liefen wie schon letztes Mal nicht in Richtung Markusplatz, sondern in die entgegengesetzte, doch diesmal dauerte es deutlich länger, die Riva degli Schiavoni zu verlassen. Vor dem Canal Grande war die Hölle los. Unzählige verkleidete Menschen tummelten sich hier. Es gab Essensstände, eine Tanzshow, drei Feuerspucker. Gelächter. Betrunkene Rufe. Musik. Leben. Über der Lagune explodierten noch immer bunte Lichter. Der Karneval war im vollen Gange. Heute war die perfekte Nacht, um unbeobachtet zu verschwinden. Es waren viel zu viele Leute unterwegs. Viel zu viele Masken. Mit jedem Meter, den wir uns vom Grand Hotel entfernten, fiel mir das Atmen leichter. Niemand würde uns finden. Zumindest nicht, wenn es Salome, Sofia und Arlotto gelang, uns zu decken.

Wir schlängelten uns durch die Menschenmenge hindurch bis zu einer Seitengasse, bogen ab, noch mal, dann noch mal, waren plötzlich von Nebel umgeben. Auch in den engen Straßen war mehr los, Stimmengewirr, Gekicher, bunte Kostüme. Malvolio zog mich weiter, immer weiter. Es war kalt, doch die Stadt war vollgestopft mit Menschen und ihrer Hitze, und die Bewegung hielt mich warm.

»Bitte keine Gondel«, zischte ich ihm zu, als wir vor einer geschwungenen Brücke über einem engen Kanal standen, an dessen Rand sich die schwarzen Gondeln aneinanderreihten. Ich wollte mich nicht schon wieder übergeben.

Er drückte meine Hand und schüttelte den Kopf. »Keine Sorge.«

Dann führte er mich über die Brücke ans andere Ufer und blieb vor einem unscheinbaren Haus mit abgeblätterter Fassade stehen. Das Kanalwasser stand bis kurz unter dem Küchenfenster.

Wir liefen zur Rückseite, bis wir vor einer Holztür mit Klopfer in Löwenkopfform standen. Wie zu Hause. Das letzte Mal, als ich bewusst auf das Geräusch unseres Türklopfers geachtet hatte, hatte eine Polizistin draußen auf mich gewartet und mit ein paar wenigen Wörtern mein Leben in Stücke gerissen.

Der Schmerz traf mich unvorbereitet. Wie ein Schlag in die Magengrube, der mir jeglichen Sauerstoff entzog. Ich schloss die Augen. Zwang mich zu tiefen Atemzügen. Als ich mich wieder einigermaßen unter Kontrolle hatte, ertönte das Klopfen.

Meine Lider flatterten auf. Malvolio hämmerte mit dem Ring gegen die Tür, bis auf der anderen Seite Schritte ertönten. Drei Sekunden später öffnete sich die Tür mit einem Quietschen. Nur einen kleinen Spalt. Zwei müde Augen in einem faltigen Gesicht erschienen in der Dunkelheit. Malvolio riss sich mit einer schnellen Bewegung die Maske vom Kopf und trat nach vorn, ohne dabei meine Hand loszulassen.

»In necessariis unitas, in dubiis libertas, in omnibus caritas«, sagte er laut und deutlich.

Sekunden vergingen.

Nur die Schritte und Gespräche der Passanten in den umliegenden Gassen und das Glucksen des Kanals waren zu hören. Und dann, ganz leise, das Tröpfeln von Regen. Ich zog mir die Kapuze übers Haar.

Schließlich öffnete sich die Tür noch ein Stück. Das Quietschen bereitete mir eine Gänsehaut. Ein alter Mann mit gebückter Haltung auf einem Gehstock stand vor uns. Er trug einen dunklen Morgenmantel und dunkle Pantoffeln, seine Hände und nackten Waden waren von Altersflecken übersät, und jetzt erkannte ich auch die milchige Stelle in seiner linken Iris.

»Du?«, krächzte er. Rasselnd atmete er ein und aus.

»Guten Abend, Armando. Wir brauchen für heute Nacht eine Unterkunft«, sagte Malvolio, nachdem er sich vergewissert hatte, dass wir die Einzigen in der Gasse waren.

Der Mann stieß die Tür noch weiter auf. »Hättest du nicht

früher Bescheid geben können?« Er wankte ein paar Meter zurück.

»Tut mir leid, ich dachte nicht, dass es so schnell gehen wird«, gab Malvolio zurück und zog mich ins Innere des Hauses, bis die Dunkelheit uns verschluckte. Er griff nach der Türklinke und zog sie hinter uns zu. Ein modriger Geruch, vermischt mit dem nach verbrannten Kräutern, stieg mir in die Nase.

Ein weiterer rasselnder Atemzug erklang. »Ihr könnt nach oben. Es ist kalt.« Anschließend ertönten Schritte und das Pochen des Gehstockes.

»Danke, Armando!«, rief Malvolio ihm hinterher. »Ich werde mich revanchieren.«

Als Antwort folgte nur unbestimmtes Gemurmel.

Bevor ich etwas sagen konnte, ließ Malvolio meine Hand los und legte mir seine auf den Rücken.

»Neben dir befindet sich eine Treppe«, flüsterte er mir zu.

Das ließ ich mir nicht zwei Mal sagen. In der Dunkelheit tastete ich nach dem Geländer, während meine Augen sich langsam anpassten und ich Umrisse erkennen konnte.

Stufe für Stufe. Etwas Schweres drückte auf meine Brust, versuchte, meinen gesamten Körper runterzuziehen. Ich kämpfte weiter.

Inmitten dieser Unendlichkeit hörte ich Noemis Stimme in meiner Erinnerung.

Im Kampf gegen das eigene Innenleben ist man immer gut damit beraten, Hilfe bei Außenstehenden zu suchen.

»Wir sind hier sicher, Giulietta.«

Ich konnte nicht atmen. Mein Blick flackerte zu ihm und wieder weg. Zu dem gigantischen Wasserfleck an der grauen Tapete hinter ihm. Der Raum war spärlich eingerichtet. Ein Bett, ein alter Schreibtisch, ein Schrank. Eine einzelne Glühbirne flackerte an der niedrigen Decke. Unzählige Kratzer auf dem Holzboden. Alte Wachstropfen.

Es war hier unwesentlich wärmer als draußen.

»Sieh mich an.«

Ein Blitz zerriss draußen den Himmel. Das Licht erhellte den Raum durch die zerbrochene Fensterscheibe. Ob das das Werk der Herrscherin war?

Ich riss mir die Maske vom Gesicht und sah ihn an. Seine Locken waren zerzaust, die Augen geweitet. Voller Sorge betrachtete er mich.

»Wo sind wir hier?«

Er trat einen Schritt auf mich zu, hob die Hände, ließ sie wieder sinken. »In Sicherheit.«

»Woher willst du das wissen?«

»Salome kümmert sich darum.«

Sie hatte mir geholfen, aber auch sie gehörte zu den Figuren. Wieso klang er so, als würde er über eine alte Freundin sprechen? Als würde er ihr vertrauen, obwohl sie zu ihnen gehörte?

Nicht alle zweiundzwanzig Figuren haben böse Absichten. Viele sind der Meinung, dass sie dich schützen müssen. Sie wollen zwar in Freiheit leben, doch sie wollen dabei kein Menschenleben auf dem Gewissen haben.

Und darauf musste ich mich verlassen?

Mein Atem kam stoßweise. Ich riss mir die Maske und den Umhang von den Schultern, ließ beides achtlos zu Boden sinken, versuchte, an den Reißverschluss meines Kleides zu gelangen, kämpfte, keuchte, stöhnte, gab auf.

»Giulietta ...« Er schaute mich an, als fürchtete er, ich würde den Verstand verlieren. Kein abwegiger Gedanke.

»Ich … ich kann nicht atmen«, würgte ich die Worte hervor und wirbelte herum. »Hilf mir.«

Ein Zögern. Fingerspitzen an meinem Rücken. Stille. Nervosität.

»Mach schon!« Meine Stimme war so schrill, dass sie nicht mehr wie meine Stimme klang.

Meine Atemzüge kamen immer abgehackter. Panik, Panik, Panik. Sie füllte meine Brust, weitete sich aus, rauschte durch mein Blut.

Sobald er den Reißverschluss geöffnet hatte, zerrte ich mir das Kleid vom Leib. Zitternd stieg ich heraus und fuhr mit den Schuhen fort. Ich konnte immer noch nicht atmen. Meine Umgebung verwischte vor meinen Augen. Ich wankte in Richtung Bett und ließ mich darauf sinken. Es roch nach Staub und Motten und Einsamkeit. Ich rollte mich zusammen, zog meine Knie vor die Brust, umschlang sie, wippte mich hin und zurück, presste die Augen zu, so fest ich konnte.

Papa, ich kann das nicht. Hörst du? Ich bin nicht stark genug.

Heute war sein Schweigen wie ein Schlag ins Gesicht.

Die Matratze senkte sich neben mir. Ich wagte es nicht, die Augen zu öffnen, aber ich spürte Malvolios Körper neben mir. Die Hitze, die von ihm ausging. Sein Duft, der den Geruch des Raums übertönte.

»Sag mir, wie ich dir helfen kann.«

Seine Stimme bebte vor lauter Emotionen.

Ich brauche deine Hilfe nicht.

Aber das war eine Lüge. Ich musste nach jedem Halm greifen, der sich mir bot.

»Rede mit mir«, brachte ich hervor. »Erzähl mir genau, wie wir die Figuren zurück in die Karten sperren werden.«

Ich durfte nicht daran denken, dass sie uns finden würden, durfte mir nicht den Blick des Teufels wieder und wieder in Erinnerung rufen, das Gefühl seiner Hände auf mir, die Übelkeit, den Ekel, die Angst, durfte mir nicht vorstellen, was er mit Greta getan hatte, mit meinem Großvater, wahrscheinlich mit Papa. Ich würde durchdrehen.

Ich konnte vieles ertragen, ich war stark und unabhängig und taub, aber heute Nacht hatte ich meine Grenze erreicht.

Malvolio schien verstanden zu haben, dass ich es ernst meinte. Dass es keine Zweifel mehr in mir gab. Die Worte flossen geradezu aus ihm heraus.

»Wir brauchen die DNA von jeder Figur. Dafür habe ich bereits gesorgt. Mir fehlt nur noch eine einzige. Ich werde mich ins Hotel schleichen, ich werde sie besorgen. Und dann brauchen wir dein Blut. Nicht viel, nur so viel, dass du die Karten des originalen Decks damit tränken kannst. Das Prozedere muss auf dem Hotelgrundstück stattfinden. Ich werde dafür sorgen, dass dich niemand entdeckt. Gemeinsam können wir es schaffen. Wir sind so nah dran.«

Sie wissen doch, wer du bist! Wie hast du die DNA *besorgt, ohne dass die Figuren Verdacht geschöpft haben?*

Ich könnte ihm diese Frage stellen. Und tausend andere. Doch die Panik in mir wurde immer größer.

»Okay«, brachte ich hervor. »Erzähl mir mehr. Nicht davon. Erzähl mir von dir. Bitte. Irgendetwas aus deinem Leben.«

»In diesem Haus habe ich vor langer Zeit mit meiner Familie gelebt«, erklang seine Stimme nach einer halben Ewigkeit. Ich hielt die Augen geschlossen, tastete in meiner eigenen Finsternis nach seiner Hand, bekam sie zu fassen, klammerte mich regelrecht daran, während er weitersprach. »Wir hatten nie viel Geld. Meine Eltern, Geschwister und ich arbeiteten für eine wohlhabende Familie, die hier lebte. Uns erlaubten sie, im Untergeschoss zu schlafen. Wir teilten uns einen winzigen Raum, er war eng und dunkel, und im Winter bitterkalt, aber ich habe ihn geliebt. Es war unser erstes echtes Zuhause. Man konnte den Kanal hören. Das Wasser war so beruhigend. Die Wellen, die sich an den Gondeln brachen. Die Regentropfen, die auf die Oberfläche trafen.«

Mit aller Macht konzentrierte ich mich auf seine Worte, versuchte, in die Erzählung einzutauchen und das Hier und Jetzt zu vergessen.

»Manchmal, wenn meine Mutter nicht zu müde von der Arbeit war, erzählte sie uns Geschichten«, fuhr er fort. »Sie hatte die schönste Stimme der Welt. Innerhalb von Sekunden vergaß man alles um sich herum. Sie sagte uns, wir sollten die Augen schließen und uns vorstellen, wir befänden uns auf einem Schiff, um uns herum nichts als Wasser. Es war ein großes Schiff. Ein prunkvolles. Auf dem Schiff befanden sich unzählige Zimmer mit weichen, warmen Betten, eines für jeden von uns. Es gab immer genug zu essen, die Vorräte reichten, bis man beim nächsten Hafen anlegte und sie dort wieder auffüllen konnte. Von dem Schiff aus konnte man die Schönheit der Welt betrachten, konnte fremde Orte besuchen, ohne jemals sein Zuhause verlassen zu müssen.«

Eine ganze Weile blieb es still. Mit jedem seiner Worte waren meine Atemzüge ruhiger geworden, mein Griff nicht mehr so verzweifelt. Bei unser ersten Gondelfahrt hatte ich ihn gefragt, ob auch er jemanden verloren hatte. Seine Antwort hatte mir den Wind aus den Segeln genommen.

Ganz langsam öffnete ich meine Augen, starrte geradewegs in seine. Dunkelgrün glänzende Seen. Er hatte mir sein Gesicht zugewandt, lag nur wenige Zentimeter von mir entfernt.

Der Schmerz in seinem Gesicht war unausweichlich. Er brachte meinen eigenen hervor.

Die Tränen schossen mir in die Augen, und zum ersten Mal seit Langem wehrte ich mich nicht.

»Sie sind tot, nicht wahr?«, wisperte ich.

»Ja.« Er schluckte hart. »Das sind sie.«

Was ist passiert? Wie sind sie gestorben? Wie kann man seine gesamte Familie verlieren?

Doch es gab Fragen, die jetzt wichtiger waren.

»Wie ... wie kann man weiterleben? Wie ist das möglich?«

Auch seine Augen füllten sich mit Tränen. Mit der freien Hand fuhr er mir durchs Haar, behutsam, bis er bei meiner Wange angelangt war und dort verharrte.

»Man stellt sich vor, dass die Toten nicht wirklich tot sind«, flüsterte er. »Man schließt die Augen und versucht, sich davon zu überzeugen, dass sie in uns weiterleben. Man redet mit ihnen. Und dann setzt man einen Fuß vor den anderen, auch wenn es unerträglich ist, auch wenn man denkt, man zerreißt. Man macht weiter. Weil es das ist, was sie gewollt hätten.«

Eine einzelne Träne löste sich aus seinem Augenwinkel und lief sein Gesicht herab, tropfte auf die Matratze zwischen uns.

Ich gab auf. Mein Schluchzen erfüllte den Raum, und zum ersten Mal, seit ich das Stroboskoplicht gesehen hatte, seit die Worte der Polizistin tief in mein Bewusstsein gewandert waren, ließ ich es zu. Die Tränen quollen aus meinen Augen hervor, wie Sturzbäche flossen sie meine Wangen hinab. Viel zu lang hatte ich sie unter Verschluss gehalten. Das hier, das war das Ende. Mein Vater, der wichtigste Mensch in meinem Leben, war fort. Es spielte keine Rolle, wie er gegangen war. In diesem Moment war nur von Bedeutung, dass er nie wiederkommen würde. Dass ich alleine war.

»Papa«, brachte ich hervor, flehend, klagend, völlig außer Atem.

Wieso du?

Wieso von allen Menschen ausgerechnet du, verdammt?

Malvolio zog mich in seine Arme, presste eine Hand in mein

Haar, strich mir mit der anderen über den Rücken, wieder und wieder, während ich immer heftiger weinte. Sein Finger glühten auf meiner Haut. Auch sein Körper bebte. Ich konnte nicht sehen, ob er durch mein Schluchzen ebenfalls geschüttelt wurde oder ob es sein eigener Schmerz war. Ich war blind. Roch lediglich seinen Geruch, der noch immer so fremd war, doch in diesem Augenblick das Einzige, was mich im Hier und Jetzt hielt.

Er flüsterte mir Worte ins Ohr, die ich nicht verstand. Für eine Ewigkeit konnte ich mich nur auf die Dunkelheit in mir konzentrieren. Auf dieses klaffende Loch, das mich zu verschlingen drohte.

Irgendwann kamen keine Tränen mehr nach. Es hätten Stunden sein können. Mein Kopf hämmerte, meine Augen brannten, Malvolio hielt mich immer noch fest im Arm. Wir waren uns so nah. Aus dem Blitzgewitter draußen war ein sanfter Regen geworden, der gegen die Fensterscheibe prasselte.

Abrupt wich ich zurück. Schniefte. Wischte mir übers Gesicht.

Sein Hemd war völlig durchnässt. Seine Wangen glänzten, und das Weiß seiner Augen war rot.

Er war nur ein junger Mann, der mir nachts im Hotel über den Weg gelaufen war und mir eine unglaubliche Geschichte erzählt hatte. Er war nur der Mensch, der mir eine Erklärung für den ganzen Wahnsinn geliefert hatte. Ich sollte ihn dafür hassen. Auch wenn er nichts dafür konnte – er war derjenige, der meiner Suche ein Ende bereitet hatte.

Aber da war keine Abneigung in mir. Ich spürte die Hitze, die von seinem Körper ausging, der so nah war, so weich, so einladend. Ich sah die Tränenspuren auf seinen Wangen. Mein Schmerz war sein Schmerz war mein Schmerz. Er verstand.

Und plötzlich konnte ich die Einsamkeit nicht mehr ertragen. Ja, Ich war am Ende. Papa war weg. Aber ich war nicht allein. Nicht für diesen Moment.

In einer Sekunde starrte ich ihm in die Augen, voller Verzweiflung und Notwendigkeit, in der nächsten nahm ich sein Gesicht zwischen meine Hände. Keine drei Zentimeter zwischen uns. Sein Duft umhüllte mich, nahm all meine Sinne ein. Ganz kurz schaute ich zu seinem Mund, dann wieder zurück in seine Augen. Seine dunklen, tiefen Augen, in denen der ganze Schmerz dieser Welt versammelt schien.

Wer bist du?

Wo kamst du her, genau in diesem Moment, in dem ich dich gebraucht habe?

Sein Atem stockte. Nicht nur den Schmerz verstand er. Auch den ganzen Rest.

Plötzlich verschwand sein schönes Gesicht vor mir. Stattdessen sah ich zwei Vögel vor meinem inneren Auge. Seite an Seite flogen sie vor einem bunten Hintergrund. Zeitgleich ertönte Noemis Stimme in meinem Kopf. Worte aus einem anderen Leben. Aus dem *Davor.* Als alles noch Sinn ergeben hatte.

Du wirst die Aufregung erfahren, die Nervosität und die Spannung der ersten großen Liebe. Aber du wirst auch etwas Echtes aufbauen und feststellen, dass ein Fremder zu einem zweiten Zuhause werden kann.

Die Liebenden. Die Karte, über die ich mich lustig gemacht hatte, als sie in meiner Legung aufgetaucht war, weil ihre Bedeutung mir so realitätsfern vorkam.

Nie wieder würde ich den Fehler begehen, ein Zuhause aus einem Menschen zu machen. Malvolio war kein Zuhause. Aber er war da.

Ich blinzelte. Seine Züge erschienen wieder vor mir. Gestochen scharf. Seine Pupillen waren riesig. Er teilte seine Lippen. Ganz sanft. Mehr brauchte es nicht.

Abrupt beugte ich mich vor und drückte meinen Mund auf seinen. Er zuckte heftig zusammen, doch ich gab nicht nach.

Ich küsste ihn, als wollte ich ihn einatmen. Einmal, zweimal, dreimal. Keine Reaktion.

Ich wich zurück. Nur ein bisschen. Hielt die Augen noch einen Moment geschlossen und atmete tief durch.

Bitte. Bitte, bitte, lass es ihn auch wollen. Bitte, lass ihn verstehen.

Dann schlug ich sie auf.

Er starrte mich an, als sähe er mich zum ersten Mal. Heillos verwirrt. Nein, das war nicht nur Verwirrung. Eher Schock. Sein Adamsapfel hüpfte, als er heftig schluckte.

Verdammt. Das sah nicht nach Verlangen aus.

»Sorry, ich …« Ich wich noch ein Stück zurück. »Tut mir leid, ich wollte nicht …« Doch, doch natürlich hatte ich es gewollt. Ich brauchte es. Ich brauchte *irgendetwas.* Aber er …

»Giulietta.«

Seine Stimme war kaum mehr als ein Hauchen. Er klang noch immer völlig fassungslos.

»Ich wollte dich nicht überfallen«, würgte ich hervor, gab ihn frei und rollte ein Stück zur Seite, um noch mehr Abstand zwischen uns zu schaffen. »D-danke, dass du da bist. Ich bin nur … Ich …« Meine Stimme versagte. Nicht heulen. Nicht schon wieder heulen. Genug war genug.

Ich presste meine Augen zusammen. Stille. Sein Atem war beschleunigt. Sekundenlang sagte er gar nichts und rührte sich auch nicht.

Und dann, als ich zu einer zweiten Entschuldigung ausholen wollte, da ging plötzlich alles ganz schnell. Die Matratze senkte sich, und im nächsten Moment war da ein Gewicht auf mir. Ich schlug die Augen auf. Direkt über mir befand sich sein Gesicht. Rechts und links neben meinem stützte er sich mit beiden Armen auf. Ich spürte den kühlen, nassen Stoff seines Hemds auf meiner entblößten Haut. Seinen Körper auf meinem.

Seine Miene war noch immer geschockt, doch jetzt war da noch etwas anderes. Angst. Angst und Scham.

»Ich ...« Er schnappte nach Luft. »Verzeih mir, ich habe das noch nie gemacht.«

Ein paar hektische Atemzüge lang hatte ich keine Ahnung, wovon er sprach. Erst als seine Wangen sich im schummrigen Licht dunkler färbten, dämmerte es mir.

Die Erleichterung durchfuhr mich von oben bis unten.

»Es tut mir leid«, flüsterte ich.

Er war so nah. So unendlich nah.

»Hör auf, dich zu entschuldigen.« Die Worte klangen rau. Sie ließen die Hitze durch meinen Körper pulsieren. »Und mach es noch einmal.«

Mein Herz hämmerte mit voller Kraft gegen meinen Brustkorb. Vielleicht war es auch seines.

Erneut bekam ich sein Gesicht zu fassen, langsamer, zärtlicher, ließ eine Hand in seine Locken wandern. Ein Keuchen entwich ihm. Absolute Ekstase war ihm ins Gesicht geschrieben.

War er noch nie so berührt worden?

In diesem Moment war ich mir sicher, noch nie etwas Schöneres gesehen zu haben. Die geröteten Wangen, die geweiteten Augen, die feuchten Lippen. In diesem Moment gab es nichts außer uns beiden. Der Schmerz umhüllte uns, doch wir ertranken nicht. Wir schwammen in ihm. Gemeinsam.

Unsere Lippen begegneten sich, und diesmal erwiderte er den Kuss, nicht unbeholfen oder schüchtern, sondern mit einer Leidenschaft, die mir den Atem nahm und den Verstand mit dazu. Er küsste mich, als hätte er sein Leben lang auf diesen Moment gewartet.

KAPITEL 19

Nur ein Grund, um leben zu wollen

Chi di speranza vive, disperato muore.
(Wer von Hoffnung lebt, stirbt an Verzweiflung.)

Ich hatte mein Leben lang auf diesen Moment gewartet.

Ihr Körper unter meinem, ihre Zunge an meiner. Zwei Herzen, die zu einem wurden. Die Jahrhunderte flogen vor meinen geschlossenen Augen vorbei, explodierten und wurden zu Staub. All die Tode, all der Schmerz. Nichts als Schall und Rauch.

Ich vergaß, wer ich war, woher ich kam, wieso wir hier waren. Das Zimmer löste sich auf. Die Geräusche, die Gerüche. Da war nur ihr süßer Duft. Ihre weichen Lippen. Ihre Hände, die mich näher zogen, näher und immer näher.

Giulietta.

Ich keuchte ihren Namen in den kurzen Augenblicken, in denen wir zurückwichen, um zu Atem zu kommen.

Nur ein Mädchen. Sie war nur ein Mädchen.

Sie war alles.

Noch nie hatte ich mich so gefühlt. Als wollte ich zu Asche werden und unter ihrer Berührung eine neue Gestalt annehmen. Als ergäbe alles einen Sinn. Meine Geburt, mein viel zu kurzes menschliches Leben, dann der Fluch. Verdammt, in diesem Moment verstand ich, wieso ich auf die Welt gekommen war. Und ich verstand, wieso ich all die Jahre immer wieder zurückgekehrt war. Alles hatte zu diesem Punkt geführt. Ich konnte nicht sterben, ehe ich ihre Wärme gespürt hatte. Ehe ich verstanden hatte, was es bedeutete, nicht mehr alleine zu sein.

Ich hatte sie nicht belogen. Wir befanden uns in meinem alten Zuhause. Dem einzigen Zuhause, das ich je besessen hatte. Sie ahnte nicht, in welchem Jahrhundert, doch sie spürte die Emotionen. Ihre Wahrhaftigkeit. Wie konnte ausgerechnet *sie* dieser Mensch sein, der die Dunkelheit in mir verstand?

Giulietta.

Sie zerrte mir mein Hemd vom Leib, machte mit der Hose weiter, ließ nur kurz von mir ab, um etwas aus ihrer Handtasche hervorzuholen und es neben uns auf der Matratze abzulegen. Der Raum rotierte. Zu wenig Sauerstoff. Es war mir egal. Alles war mir egal. Ich wollte sie.

Für diesen Augenblick wollte ich sie mehr, als ich sterben wollte.

Die Panik breitete sich in mir aus, peitschte Seite an Seite mit dem Verlangen durch meinen Körper.

Seit Jahr um Jahr alle gestorben waren, ich meine gesamte Familie überlebt hatte, seit ich die unzähligen Opfer des Schwarzen Todes am eigenen Leib gespürt und realisiert hatte, dass dies kein Leben war, das jemals lebenswert sein würde, hatte ich nicht mehr an meiner Entscheidung gezweifelt. Es war die einzig logische Konsequenz, wenn ich dieses Schicksal keinem anderen unschuldigen Menschen aufhalsen wollte, denn wenn ich starb, würde sich die Karte einen Ersatz suchen.

Und jetzt?

Giulietta hatte mich bis auf die Unterwäsche ausgezogen.

Sie griff nach einer kleinen Plastikverpackung und öffnete sie. Sie beugte sich über mich. Küsste jeden Millimeter meines Körpers, während ich unter ihr erschauderte. Tat Dinge, von denen ich lange nicht mehr geglaubt hatte, sie erleben zu dürfen.

Nur ein Mädchen. Ein Mädchen, das die Macht hatte, mein Leiden zu beenden. Ein Mädchen, das ich zum ersten Mal in Gedanken ihres sterbenden Vaters gesehen hatte und seitdem nicht mehr vergessen konnte. Ein Mädchen ohne Todesdatum über dem Kopf.

Die Hoffnung traf mich so abrupt, dass mir schwindelig wurde.

Nein. Das war nicht möglich.

Und dennoch …

Nein!

Es gab keine Hoffnung. Doch es gab uns beide, hier in Sicherheit, für ein paar Augenblicke. Die Verzweiflung. Die Leidenschaft.

Lass mich das hier noch haben, flehte ich in Gedanken den Gott an, an den ich seit Jahrhunderten nicht mehr glaubte. *Eine letzte Nacht. Lass mich vergessen, wer ich bin. Lass mich so tun, als wären wir einfach nur ein Junge und ein Mädchen. Lass uns so tun, als gäbe es eine Zukunft.*

Und bitte, bitte, bitte beschließe nicht, dass für irgendjemanden in dieser gottverdammten Stadt in den nächsten Stunden das Ende gekommen ist.

Später, viel später, als der Himmel sich indigoblau färbte und das Gewitter nachgelassen hatte, als das Mädchen aus meinen Albträumen in meinen Armen schlief, Haut an Haut, ohne einen Zentimeter Abstand zwischen uns, schickte ich ein *Danke* ins Universum. Egal, was mich auf der anderen Seite erwartete, ich wusste jetzt, dass ich es ertragen würde.

Es war mein Ernst gewesen, vorhin auf der Tanzfläche. Ich wollte geliebt werden. Ich brauchte nur den Hauch einer Möglichkeit, das reichte aus.

Es war nicht wie damals, als ich mir in meiner Verzweiflung das Messer an die Halsschlagader geführt und die Klinge in mein Fleisch gepresst hatte. Dieser Moment war gezeichnet von Höllenqualen. Ich hatte gehandelt, ohne nachzudenken. Denn natürlich hatte ich gewusst, dass ein Selbstmord ausgeschlossen war – von den anderen Figuren hatte der ein oder andere es über die Jahre bereits vor mir versucht. Liebeskummer, Trauer, Langeweile – die Gründe dafür waren endlos. Wie viele Geschichten es gab, in denen von Unsterblichkeit erzählt wurde. Der Urwunsch des Menschen – unbesiegbar, unzerstörbar zu sein. Aber niemand sprach über die Sinnlosigkeit. Über die Langeweile. Über die Unfähigkeit, sich etwas Echtes aufzubauen.

Grenzen schafften Sinn. Klare Regeln. Ein vorgegebener Rahmen.

Unser Rahmen sah vor, dass uns niemand ein Haar krümmen konnte, wir aber der Gnade unserer Schöpfer und deren Nachfahren ausgeliefert waren. Genau wie wir uns gegenseitig nicht töten konnten, konnten wir uns selbst keinen dauerhaften körperlichen Schaden zufügen. Das waren *unsere* Regeln. Das war der Fluch. Nicht wahr?

Ich hatte daran geglaubt. Bis ich das Blut an meiner Haut gesehen hatte. Bis der heiße Schmerz mich durchzuckte wie ein Stromschlag, bis ich verstand, dass die Wunde sich nicht verschließen würde wie bei den anderen. Verschwunden, ehe man sie richtig erkennen konnte. Geheilt, noch bevor man den Schmerz wahrnehmen konnte.

Erst hatte ich gelacht. Dann hatte ich geschrien. Ich hätte es wissen müssen. Alle unsterblich. Alle außer dieser einen Figur … Es war Teil meiner Gabe.

Eine Explosion an Gefühlen. Ein Erdbeben, das meinen Körper nicht zur Ruhe kommen ließ. Die Erkenntnis in meinem Inneren hatte sich wie ein Lauffeuer ausgebreitet. Ich konnte sterben. Durch meine eigene Hand konnte ich sterben.

Doch dieser Gedanke brachte den nächsten mit sich. Wenn nicht ich, wer dann?

Gab es jemandem, dem ich dieses Schicksal zumuten konnte?

Azazels Worte schienen in meinem Kopf widerzuhallen. *Meinem schlimmsten Feind wünsche ich kein Leben wie deines.*

Doch es war mehr als das. Es ging nicht nur um meinen armen Nachfolger – wenn ich weg war, was passierte mit den Bewohnern Venedigs? Mit den Touristen? Was passierte Jahr für Jahr, wenn die Figuren befreit wurden? Wer konnte dem Ganzen ein Ende bereiten? Wer von ihnen wollte so dringend sterben, dass er mir helfen würde?

Nach dem ersten Schock hatten sie alle etwas sehr Menschliches getan: Sie hatten ihr Schicksal akzeptiert. Hatten angefangen, die guten Seiten zu sehen, sich zu arrangieren, sich daran zu *gewöhnen*. Es gab keine Gabe wie meine. Niemand sonst war diesen Qualen ausgesetzt. Wer wusste, was ich von diesem Dasein gehalten hätte, wäre ich der Teufel. Oder die Welt. Oder der Eremit.

Nein, mir würde niemand helfen. Ich war auf mich allein gestellt. Also hatte ich begonnen, mit jedem Atemzug gegen meinen Sterbenswunsch zu kämpfen und gleichzeitig alle Informationen zu sammeln. Ich –

»Malvolio …«

Mein Name verlor sich in ihrem Seufzen, und mein Kopf

zuckte zu ihr. Ihre Augen waren weit geöffnet, geschwollen von den vielen Tränen, ihr weicher Körper schmiegte sich fest an meinen. Die Lippen waren rissig, ihre Stimme war von Schlaf benetzt, doch sie klang klar.

»Gibt es einen Ort, an dem du gerne wärst?«

Ich runzelte die Stirn und strich ihr behutsam über den Kopf. »Wie meinst du das?«

»Lass uns zusammen abhauen. Wenn das alles vorbei ist, meine ich. Nachdem wir sie eingesperrt haben. Ich ertrage es nicht, zurück nach … nach Hause zu gehen. Es ist nicht mehr mein Zuhause. Hast du ein Zuhause?«

Mein Herz zog sich zusammen, und die verräterischen Tränen traten mir in die Augen. Ich schüttelte den Kopf. Meiner Stimme traute ich nicht.

»Dann lass uns einfach weit, weit weggehen. Irgendwohin, wo wir beide noch nie waren. Wir könnten das alles hinter uns lassen und neu beginnen. Nie wieder darüber sprechen. Normal sein.«

Es dauerte eine Weile, bis ich sprechen konnte. Ich strich ihr immer wieder übers Haar, küsste sie auf die Schläfe, inhalierte ihren Duft, versuchte, nicht die Fassung zu verlieren.

»Willst du wirklich *mich* dabeihaben?«, wisperte ich. »Würde ich dich nicht immer an das Elend erinnern?«

»Nein.« Ihre Finger fanden mein Gesicht und fuhren mir über die Wangen. »Nein, Malvolio.« Tränen sammelten sich in ihren Augen und liefen über. Sie schien sie nicht zu bemerken. »Ich glaube, du würdest mich an die Hoffnung erinnern. Daran, dass hinter jedem Ende ein neuer Anfang wartet.«

KAPITEL 20

Die Wahrheit

Er schlief. Nur wenige Zentimeter von mir entfernt lag er auf der Matratze und schlief so tief und fest, als hätte er die letzten Tage genauso wenig Erholung wie ich gehabt. Man hörte seinen Atem kaum, und er zuckte auch nicht. Würde sich seine Brust nicht so regelmäßig heben und senken, hätte ich mir Sorgen gemacht.

Minutenlang lag ich regungslos da und beobachtete ihn. Die schwarzen langen Wimpern, die tiefen Schatten unter seinen Augen, die leicht schiefe Nase, die volle Unterlippe. Seine dunklen Haare bildeten einen schönen Kontrast zum weißen Kopfkissen, die Locken ringelten sich wild umeinander. Seine Haut war nicht gebräunt, wie ich angenommen hatte, es war sein natürlicher Teint. Unter der Bettdecke war er nackt. Jeder freigelegte Zentimeter seines Körpers brachte die Erinnerung an gestern Nacht zurück.

Er war zunächst schüchtern gewesen, bis ich seine Hand in meine genommen und ihn geleitet hatte. Jede meiner Berührungen war die reinste Ekstase für ihn gewesen, das hatte ich seinem Gesicht im Dunkeln und seinem Seufzen und Stöhnen entnommen. Ich hatte noch nie so etwas erlebt. Dass der Kopf völlig dichtmachte, wenn man jemandem nahe war. Und dass jemand so heftig auf mich reagierte. Es fühlte sich zu perfekt an. Genauso perfekt wie er. Wie ein Gemälde, nicht ein Mensch aus Fleisch und Blut. Wie eine leidenschaftliche Szene aus einem Film, nicht meine Erinnerung. Vielleicht war es so intensiv, weil wir beide so verzweifelt waren. Vielleicht war ich genauso sehr sein Halt gewesen wie er meiner.

Ich hatte es ernst gemeint, als ich ihn auf der Schwelle zwischen Halbschlaf und Wachsein gefragt hatte, ob er mit mir durchbrennen wollte, wenn wir hier fertig waren. Die Idee war entstanden, während wir mit glühenden, ineinander verschlungenen Körpern dagelegen hatten. Als ich mich gefragt hatte, wie zur Hölle ich mich so gut fühlen konnte. Die Tränen meiner Verzweiflung hatten noch auf meinen Wangen geklebt. Es war irre. Aber wenn er mir für ein paar Sekunden Frieden schenken konnte, obwohl meine gesamte Welt in Trümmern lag, wieso sollte ich mich nicht mit allem, was ich hatte, daran klammern? Hatte ich das nicht verdient?

Kein Zuhause, flüsterte eine kleine Stimme in meinem Hinterkopf. *Er ist kein Zuhause, Giulietta. Er ist nur ein Junge.*

Ich zwang mich, den Blick abzuwenden. Bei Tageslicht wirkte der Raum noch heruntergekommener als bei Nacht. Es musste Ewigkeiten her sein, dass jemand hier übernachtet hatte. Von unten erklangen immer wieder Schritte und ab und zu das Klirren von Geschirr sowieso das Knarzen des Holzbodens, ansonsten war es still. Mein Blick wanderte zu meiner Handtasche, die ich achtlos neben das Bett geworfen hatte.

Ich tastete danach und zog mein Handy heraus. Sobald ich es einschaltete, blinkten mir mehrere Benachrichtigungen entgegen.

Ein Dutzend verpasste Anrufe von ein und derselben Nummer. Eine Mailboxnachricht. Und eine SMS: *Giulietta, bitte ruf mich zurück. Wir müssen miteinander reden.*

Mein Herz schlug schneller. Seit wann hatte mein Onkel es so eilig, mit mir zu sprechen?

Ganz langsam erhob ich mich von der Matratze, zog mir meine Unterwäsche und mein Kleid über, während ich immer wieder Blicke zu Malvolio warf, um mich zu vergewissern, dass ich ihn nicht weckte. Meine Sorge war unbegründet. Auch als ich auf eine besonders laut knarzende Stelle auf dem Boden trat, rührte er sich nicht. Seine Atemzüge blieben gleichmäßig.

Sobald ich fertig war – vorsichtshalber hatte ich mir sowohl Umhang als auch meine Maske übergezogen –, lief ich auf Zehenspitzen zur Tür und die schmale Holztreppe nach unten. Ein mit Landschaftsbildern und alten Puppen geschmückter Flur ging von der Haustür ab. Jetzt war nichts von dem alten Mann zu hören, der uns gestern Nacht die Tür geöffnet hatte. Ich nutzte die Gelegenheit und trat nach draußen.

Für den Moment befand sich außer mir niemand in der Gasse, aber ich hörte die Stimmen und den Lärm aus der Ferne. Dies war der erste Tag des Karnevals, was bedeutete, dass die Menschenmengen von nun an überall sein würden.

Ich sollte nur kurz telefonieren. Dann sollte ich ins Haus zurückkehren, Malvolio wecken und die nächsten Schritte mit ihm besprechen. Das wäre vernünftig.

Doch meine Gedanken wanderten zu letzter Nacht. Zu Azazel. Zu seinen Worten. Malvolio hatte gesagt, dass der Teufel mich mit seiner Vermutung nur hatte verunsichern wollen, aber wieso sollte er das nötig haben? Er hatte zugegeben, dass er meinen Großvater damals getötet hatte. Das war auch die Wahrheit gewesen, nicht wahr? Was, wenn er recht hatte? Wenn mein Onkel sehr wohl Bescheid wusste? Wenn er mich die ganze Zeit über belogen hatte? Was, wenn Malvolio blind für die Wahrheit war, weil er die Figuren so sehr hasste und schnellstmöglich ihr Ende wollte?

Ich lief ein paar Schritte, bis ich außer Reichweite des Hauses war, dann wählte ich Vincenzos Nummer.

Diesmal musste ich ihn nicht terrorisieren. Er nahm meinen Anruf nach dem ersten Klingeln an.

»Wo bist du?«

»Unterwegs«, sagte ich so gelassen, wie mein rasendes Herz es zuließ. »Was ist mit dir?«

Womöglich hatte er etwas mit Papas Tod zu tun. Siezen kam mir inzwischen unangebracht vor.

»Ich habe dich gestern auf dem Ball gesucht.« Wieso klang er so vorwurfsvoll? *Ich* war diejenige, die nach einem Treffen gefragt hatte – er hatte gestern und in den letzten Tagen eher den Eindruck erweckt, als wäre ich ihm ziemlich egal.

»Ich dich auch.«

»Wir müssen miteinander sprechen.«

Ich presste mich an die Wand einer Espressobar, wich dem gigantischen Fächer einer maskierten Frau aus und hielt mir das freie Ohr zu, um ihn besser verstehen zu können.

»Worüber?«, fragte ich dann. Mein Ton war die reinste Provokation.

»Über das, was gestern geschehen ist.«

Ich erstarrte. Wovon sprach er?

»Darüber, dass wir uns auf dem Ball verpasst haben?«

Einige Sekunden blieb es in der Leitung still. Dann erklang ein tiefer Atemzug. »Mir wurde berichtet, dass du einen Zusammenstoß mit ein paar Gästen hattest. Und dass du nicht in deiner Suite übernachtet hast. Ich mache mir Sorgen um dich.«

Zusammenstoß. Was für ein nettes Wort.

Woher wusste er, dass ich nicht im Hotel geschlafen hatte? Hatte jemand gesehen, wie Malvolio und ich abgehauen waren? Hatte man uns erkannt? Hatten Sofia oder Salome etwas ausgeplaudert? Oder hatte er in meiner Suite nachgesehen?

Fragen über Fragen. Es war keine dabei, die ich ihm ohne Risiko stellen konnte.

»Mir geht es gut«, brachte ich hervor. »Das ist alles?«

»Nein. Bitte komm ins Grand Hotel, damit wir uns unterhalten können. Es geht um die Beerdigung. Ich habe ein paar Fragen.«

Ich kniff die Augen zusammen. Jetzt plötzlich wollte er über die Beerdigung reden?

»Kannst du in einer halben Stunde im Hotel sein?«, fuhr er fort, ohne meine Antwort abzuwarten. »Ich werde in der ersten Etage auf dich warten. Zimmer 121.«

Für einen Moment schien mein Herz stehen zu bleiben, nur um im nächsten noch viel schneller zu rasen.

Erste Etage. Zimmer 121.

Könnten Sie mir vielleicht sagen, in welchem Zimmer sie sich befindet?

Im letzten natürlich. 121.

Cosima. Die Frau, die Davide und mich belauscht hatte. Die Frau, die ich mit in meine Suite genommen und die mir seltsame Fragen gestellt hatte. Die Frau, die Papa kannte. Und jetzt irgendetwas mit Vincenzo am Hut zu haben schien. Sie war eine Kartenfigur. Wieso sollte mein Onkel ein Treffen in ihrer Suite vorschlagen?

»Wieso treffen wir uns nicht in der Lobby?«, hörte ich mich nach einer Weile sagen. »Wieso in der ersten Etage, von der ich mich fernhalten sollte?«

»Giulietta.« Vincenzo senkte seine Stimme. »Ich weiß, dass du Bescheid weißt.«

Mein Atem stockte.

»Lass mich dir helfen«, raunte er. »Komm ins Grand Hotel.«

Und dann, bevor ich die Gelegenheit hatte, etwas zu erwidern, legte er auf.

Keine Ahnung, wie lange ich noch so dastand, zu Eis erstarrt, das Handy umklammert, das monotone Tuten im Ohr.

Bescheid worüber?, wollte ich schreien. *Über die Magie? Über Papa und dich?*

Doch ich blieb stumm. Während die Welt um mich herum sich weiterdrehte und mein Herz kurz vor der Explosion stand.

Egal, was er damit gemeint hatte, ich hatte nun meinen Beweis – Malvolio irrte sich. Mein Onkel war ganz und gar nicht ahnungslos.

Es dauerte genau fünf Minuten, bis ich eine Entscheidung traf. Fünf Minuten, in denen Malvolio hätte aufwachen und meine Abwesenheit bemerken können. Fünf Minuten, in denen ich mich davon hätte überzeugen können, dass es lebensmüde war, ins Grand Hotel zurückzukehren. Nichts davon geschah. Nicht einmal Papa schrie mich in Gedanken an. Ich war vollkommen ruhig. Es gab nur einen Weg für mich.

Wenn nicht jetzt, wann dann? Wenn nicht ich, wer sonst?

Ich war aus einem einzigen Grund nach Venedig gekommen – um den Mörder meines Vaters zu finden. Wieder und wieder war ich an der Nase herumgeführt worden. Und ich hatte eine Wahrheit gefunden, die haarsträubender nicht sein konnte. Doch es war nicht die ganze. Mir fehlten wichtige Teile. Vincenzos Anruf hatte es mir nur bestätigt.

Bewaffnet mit der Google-Maps-Route bahnte ich mir den Weg durch die feiernden Massen zurück zum Hotel. Es dauerte länger als gedacht, weil jede Brücke und jede Seitengasse voller Menschen war, aber wir hatten uns gestern Nacht nicht so weit vom Grand Hotel entfernt. Zwanzig Minuten später befand ich mich vor der gotischen rot-weißen Fassade des Palazzo Dandolo und lief durch die goldene Drehtür des Hotels.

Das Atrium war nicht so überfüllt wie gestern, aber es war auch nicht so leer wie die Tage zuvor. Mit großen Schritten setzte ich mich in Bewegung. Den ersten Empfangstisch direkt neben dem Eingang passierte ich unbemerkt, obwohl ich den Blick des Portiers hinter mir spürte, der meine Ankunft mit Adleraugen beobachtet hatte. Ich zwang mich, nicht schneller zu gehen, aber mich weiterhin mit einer gewissen Selbstverständlichkeit zu bewegen. Währenddessen holte ich meinen goldenen Zimmerschlüssel aus meiner Handtasche und ließ ihn aufblitzen, als ich kurz vor der imposanten Treppe neben dem kleineren Tresen angelangt war. Dahinter stand derselbe Concierge, mit dem ich mich kurz vor dem Stromausfall unterhalten hatte. Das bereitete mir keine Sorge. Nie im Leben würde er mich erkennen. Und auch sonst niemand würde ahnen, dass ich es war. Nicht auf den ersten Blick zumindest. Die Maske verbarg mein Gesicht und der Umhang meine Haare und den Großteil meines Kleids.

»Buongiorno«, sagte ich höflich, aber nicht zu laut. »Ganz schön viel los heute.«

Er öffnete den Mund, doch meine Finger schlossen sich bereits um das Treppengeländer, und ich war außer Reichweite, ehe er mich in ein Gespräch verwickeln konnte.

Mit jedem Schritt, mit dem ich mich der ersten Etage näherte, wich etwas mehr die Ruhe von mir. Die Zweifel konnte ich verdrängen, aber mein Körper ließ sich nicht austricksen. Mein Herz hämmerte, meine Beine fühlten sich bleischwer an.

Ich schwebte in Gefahr, solange ich mich in diesem Hotel befand. Auch wenn zwei der Figuren mir gestern geholfen hatten – wer wusste schon, wie viele von ihnen Böses im Sinn hatten. Und selbst wenn Azazel mich nicht angelogen hatte, selbst wenn es die Wahrheit war, dass sie mich nicht töten könnten, ohne sich selbst einzusperren – ich war nicht in Sicherheit. Er hatte recht gehabt. Es gab Schlimmeres als den Tod.

Oben angekommen, zwang ich mich, keine Sekunde innezuhalten. Die vierte Suite wurde gerade gesäubert, das Geräusch des Staubsaugers übertönte alle anderen. Die Tür war einen Spalt breit geöffnet, aber ich lief weiter, bevor ich sehen konnte, wer dort putzte. Schritt für Schritt näherte ich mich dem letzten Zimmer der Etage, das Tosen des Staubsaugers im Ohr. An den meisten Zimmertüren hing das »Bitte nicht stören«-Schild. Hatte das etwas zu bedeuten? Befanden sich alle im Ausnahmezustand? Wussten nun alle Figuren, dass ich die Wahrheit kannte?

Vor der Nummer 121 blieb ich stehen.

Giulietta, du hältst deinen Onkel für einen Mörder und die Frau, die diese Suite bewohnt, für eine Mörderin. Bist du dir wirklich sicher, dass du das tun willst?

Hatte ich eine Wahl?

Ich hob die Hand, ballte sie zur Faust und wollte soeben anklopfen, als eine Stimme hinter der Tür erklang.

»Sie ist es nicht wert!«

Die Worte wurden gebrüllt. Das war der einzige Grund, wieso ich sie verstehen konnte.

»Sie ist nichts weiter als Lorenzos Püppchen!«

Ich zuckte so heftig zusammen, dass ich um ein Haar den Schlüssel in meiner Hand hätte fallen lassen. Einen Moment später reagierte mein Körper schneller als mein Verstand. Ich beugte mich vor und presste mein Ohr gegen die Tür.

Cosima? War sie es?

»Bist du dir sicher?«, erklang nun, deutlich leiser, die Stimme eines Mannes. Nicht irgendeines Mannes. Inzwischen war mir der Klang sehr vertraut. »Ich dachte, du möchtest sie hierhaben. Ich habe sie deinetwegen hergeholt.«

»Ich habe mit ihr gesprochen!«, schrie die Frau zurück. Sie war nicht nur aufgebracht. Sie war völlig außer sich. »Sie hat gesagt, ihr Vater könne keiner Fliege etwas zuleide tun!« Ein grausames Lachen folgte. »Am liebsten hätte ich sie an Ort und Stelle …«

Jäh wurde mir jeglicher Sauerstoff entzogen. Sie sprachen von mir. Oh Gott, sie sprachen von mir.

»Bitte. Ich bitte dich, Liebste, Giulietta könnte jeden Moment auftauchen. Und die anderen könnten uns hören.«

Liebste.

Meine Augen weiteten sich. Verdammt noch mal, was ging hier vor sich?

Das war definitiv Cosima. Cosima, eine der Figuren, die sich mit meinem Onkel unterhielt. Über Papa und mich.

»Die anderen sind egal«, gab sie abfällig zurück. »Sie tappen alle im Dunkeln.«

Für ein paar Sekunden herrschte Stille. Der Staubsauger hatte aufgehört, sodass ich keine Probleme hatte, die nächsten Worte von Vincenzo zu verstehen.

»Du kannst ehrlich zu mir sein.« Er klang so zärtlich. Meine Nackenhaare richteten sich auf. »Denkst du immer noch an Lorenzo? Kannst du mir meine Kurzschlussreaktion verzeihen?«

Kurzschlussreaktion.

Was zum …

»Was schert mich Lorenzo?«, brüllte sie wieder los. »Hörst du mir nicht zu? Er hat mich verraten! Mich meiner Freiheit beraubt! Er hat mir die Chance genommen … er … er …«

»Es tut mir leid. Es tut mir leid, ich wollte deine Gefühle nicht infrage stellen«, entgegnete er beschwichtigend. »Bitte, beruhige dich. Ich wollte nur sagen, ich würde es verstehen.«

Pause.

Alles in mir zog sich zusammen. Ich schauderte. Da war es wieder. Das Gefühl, etwas zu übersehen. Obwohl ich so nah dran war. Die Gewissheit machte mich wahnsinnig. Ließ mein Inneres prickeln.

Was war es? Was hatte ich übersehen?

»Er war immerhin dein Mann.«

Die Worte meines Onkels bereiteten meiner Grübelei ein jähes Ende.

Ich starrte auf die Zimmernummer, bis die Zahlen vor meinen Augen zu tanzen begannen und ineinanderflossen.

Erneut reagierte mein Körper, noch bevor ich eine bewusste Entscheidung treffen konnte. Mein Kopf war wie leer gefegt. Ein durchdringendes Rauschen hatte alles ersetzt. Und mein Herz ... mein Herz schien vergessen zu haben, dass es Blut durch meine Adern pumpen sollte. Es stolperte. Galle stieg in mir auf.

Zuerst wankte ich rückwärts und verlor beinahe das Gleichgewicht, als ich gegen einen Putzwagen stieß, der hinter mir an der Wand gestanden hatte. Dann drehte ich mich auf der Stelle um, raffte mein Kleid zusammen und stürmte den Gang hinunter. Jemand kam aus seiner Suite, das Zimmermädchen befand sich mit einem Kollegen auf dem Flur. Ihre Gesichter flogen an mir vorbei. Ich nahm die Treppe in den zweiten Stock und umklammerte den Schlüssel in meiner Hand so fest, dass meine Knöchel weiß hervortraten. Auch oben waren sie mit Putzen beschäftigt, aber mein Zimmer war glücklicherweise ausgelassen worden. Mit zitternden Fingern schloss ich auf, während meine Sicht immer wieder unscharf wurde.

Ich schlug die Tür hinter mir zu, zerrte mir die Maske vom Gesicht und stürmte zu dem kleinen Tisch, auf dem noch immer die Tarotkarten lagen, die Hälfte davon davor auf dem Boden verstreut. Die Prinzessin der Stäbe fiel mir zuerst ins Auge, dann die Welt-Karte. Als ich danach tastete, entfuhr mir ein trockenes Schluchzen und meine Knie gaben nach. Eine ganze Weile konnte ich nichts tun, als mich auf dem kostbaren Teppichboden zusammenzukrümmen und nach Luft zu schnappen.

Die Fakten, Giulietta. Denk an die Fakten. Ganz ruhig.

Meine Mutter war bei einem Unfall in Venedig gestorben. Das hatte mir Papa erzählt. Er hatte nie über sie reden wollen, weil ihr Tod traumatisch gewesen war. Verständlich. Absolut verständlich, oder?

Genauso wenig wie er von seiner Vergangenheit in Venedig hatte erzählen wollen ...

Ein Trauma. Und weil er mich vor der Magie beschützen wollte. Nicht wahr?

Cosima vor unserem Haus. Cosima in meiner Suite.

Wie geht es dir mit dem Tod deines Vaters?

Die Verzweiflung in ihrem Gesicht.

Also bist du wütend auf ihn?

Der Zorn.

Erzähl mir mehr von ihm.

Ich schüttelte den Kopf hin und her, tastete nach den Karten, als könnten sie mir die Antwort geben.

Cosima war kaum älter als ich. Die Tränen lösten sich aus meinen Augen und flossen wie Sturzbäche meine Wangen hinab. Nein. Cosima sah lediglich kaum älter als ich aus. Cosima war seit dem sechzehnten Jahrhundert gefangen in diesem Körper, genau wie die anderen Figuren.

Sie hatte mich gerade als Lorenzos Püppchen bezeichnet. Und sie hatte geschrien, dass mein Vater ihr die Freiheit genommen hatte. Das war nicht nur Wut. Es war Hass.

Mein Körper erbebte, als die Gedanken in meinem Kopf sich überschlugen.

Wann waren die Karten das letzte Mal auf freiem Fuß gewesen? Mein Großvater hatte sie befreit und war dann von Azazel getötet worden. Woraufhin die Karten wieder ins Deck gewandert waren. Aber Malvolio hatte mir gestern Nacht etwas anderes gesagt. Er hatte erwähnt, dass ich sicher davor war, von den Figuren getötet zu werden, weil Azazel *dachte*, dass sie dadurch eingesperrt werden würden. Obwohl es nicht der Wahrheit entsprach. Der Tod eines Nachfahren durch Einwirken der Figuren bedeutete nicht, dass die Figuren automatisch zurück in die Karten wanderten. Und da das nicht der Fall war, da mein Großvater nicht mehr in der Lage gewesen war, die Karten einzusperren, bedeutete das, jemand hatte die Karten eingesperrt, nachdem der ehemalige Hoteldirektor ermordet worden war.

Jemand, der sich in Venedig befand. Der ein Nachfahre war und einen triftigen Grund hatte.

Wie etwa, dass sein Vater gerade von einer der Karten ermordet worden war. Oder ... oder dass er seine neugeborene Tochter beschützen wollte.

Vincenzos Worte hallten in mir wider. *Er war immerhin dein Mann.*

Ich schlug mir die Hände vor den Mund. War es möglich? Konnte das die Wahrheit sein, oder steigerte ich mich da in etwas rein? Konnte man als Kartenfigur schwanger werden? Ein Kind zur Welt bringen? Verlor ich den Verstand?

Die Welt. Die letzte Karte der großen Arkana. Sie war in meiner Legung an siebter Stelle aufgetaucht. Als es um mein wahres Ich ging. Das, was mich ausmachte. Ich ließ die Hände sinken. Der Ärmel meines Umhanges war hochgerutscht, und mein Blick fiel auf das goldene Armband, das ich noch immer trug. Anima Mundi. Die Weltseele. Es hatte meiner Mutter gehört.

Ein Keuchen entwich mir. Zu viele Zufälle. Das waren eindeutig zu viele Zufälle.

Blind vor Tränen tastete ich nach der Tarotkarte. Ich fixierte die Illustration, fixierte die römische Zahl darüber. Die zweiundzwanzigste Karte der großen Arkana. Und Cosimas Suite trug die Nummer 121. Mein Gedankenkarussell nahm an Fahrt auf. Tausend Erinnerungen fluteten mein Gehirn.

In diesem Moment klopfte es an meiner Tür.

»Giulietta! Bitte, mach auf, ich weiß, dass du dadrin bist.«

Malvolio. Wärme durchfuhr mich. Mein erster Impuls war es, aufzustehen, ihn reinzulassen und mich in seine Arme zu werfen. Aber ich war wie gelähmt. Und meine Gedanken rasten weiter.

Woher wusste er, dass ich hier war?

Aber es war nicht diese Frage, die mich an Ort und Stelle fesselte. Wie viel wusste er von damals? Er hatte sein Leben der Recherche gewidmet, das hatte er selbst gesagt. Seine ganze Familie hatte das getan.

Seine Familie. Die er verloren hatte. Warum hatte er seine Familie verloren?

Ich schüttelte den Kopf. Darum ging es nicht, oder? Es ging um die Zimmernummern. Ich hatte die Verbindung bisher noch nicht hergestellt. Fieberhaft versuchte ich, mich zu erinnern, während sein Klopfen lauter wurde und seine Stimme flehender.

»Giulietta, bitte!«

Der Mann, der mit Tieren sprechen konnte, war aus dem Zimmer 114 gekommen.

Ich tastete nach den Karten, richtete mich ein Stück auf, um auch die einzusammeln, die auf dem Tisch verstreut lagen. In Rekordschnelle suchte ich nach den großen Arkana, schob alle anderen beiseite, breitete die zweiundzwanzig Karten vor mir aus.

Die Nummer 14 war die Mäßigkeit. Und die Mäßigkeit hatte die Fähigkeit, mit Tieren zu sprechen. Das hatte Malvolio mir verraten. Malvolio, der alle Antworten für mich hatte. Malvolio, der in der dritten Etage des Hotels wohnte.

Das nächste Mal, wenn Sie Ihren neuen Freund sehen, fragen Sie ihn nach seiner Zimmernummer.

Danieles Worte auf der Tanzfläche waren in dem ganzen Trubel der gestrigen Nacht untergegangen, denn kurz nachdem er das zu mir gesagt hatte, hatte Azazel ihn abgelöst und ich ganz andere Probleme gehabt.

»Giulietta, du bist in Gefahr!«, erklang Malvolios Stimme hinter mir, gedämpft durch die Tür, aber immer verzweifelter.

Ich war in Gefahr. Warum war *er* nicht in Gefahr? Wenn doch die Figuren wussten, dass er von der Da-Tortona-Familie adoptiert worden und mit allen Geheimnissen vertraut war?

Eine andere Erinnerung kroch in den Vordergrund. Ich an der Rezeption, als ich den Concierge nach Malvolios Zimmernummer gefragt hatte. Bevor der Strom ausgefallen war. Zufällig genau in dem Augenblick, in dem ich meine Antwort bekommen hätte. Ein weiterer Zufall.

Signorina Visconti? Sind Sie sich ganz sicher, dass es sich um die dritte Etage –

Er hatte Malvolios Namen eingegeben. Ein Name, der so ungewöhnlich war, dass sicherlich kein zweiter Gast so hieß. Und dann hatte er sich gewundert. Was bedeutete, er hatte jemanden mit Malvolios Namen im System gefunden. Nur nicht jemanden, der in der dritten Etage lebte.

Mit einem Satz war ich auf den Beinen und stürzte zur Tür. Ich riss sie auf und starrte in ein panisches dunkelgrünes Augenpaar. Er trug keine Maske. In einer Hand hielt er einen altmodischen dunklen Koffer. Schweißperlen standen ihm auf der Stirn, und die schulterlangen Haare waren völlig zerzaust, außerdem atmete er viel zu schnell, als sei er den ganzen Weg hierher gerannt.

Sämtliche Anspannung fiel von ihm ab. »Giulietta, Gott sei Dank.«

»Sag mir, in welchem Zimmer du schläfst«, würgte ich die Worte hervor.

Er runzelte die Stirn. »Was?«

»Hier im Hotel.« Auch mein Atem war wieder beschleunigt. »Welche Zimmernummer hast du?«

Für ein paar Sekunden war alles wie immer. Die Sorge um mich stand ihm ins Gesicht geschrieben, und jetzt mischte sich Verwirrung darunter. Ich konnte ihm seine Gedanken förmlich an der Nasenspitze ablesen. *Was redet sie da? Wir sollten fliehen!*

Doch je länger unsere Blicke ineinander verkettet blieben und je größer die Panik in mir wurde, desto mehr bröckelte seine Fassade. Und dann geschah es. Die Dunkelheit in seinen Augen übernahm. Sie legte sich über sein gesamtes Gesicht.

Schmerz. Wehmut. Reue.

Nein.

Nein, nein, nein.

Nicht der einzige Mensch, dem ich vertraut hatte. Obwohl ich es hätte besser wissen müssen.

Ich wankte zurück. Er folgte mir, schloss behutsam die Tür hinter sich.

»Giulietta ...«

Seine Reaktion auf mein Handy. Seine Reaktion auf manche Wörter, die ich verwendete. Als sei er nicht gewöhnt daran. Seine kryptischen Sätze. Wie er über meinen Schmerz gesprochen hatte. Dass seine gesamte Familie tot war. Sein Zusammenbruch auf dem Markusplatz. Seine Krankheit, die keinen Namen hatte. Seine Antwort, als ich ihn gefragt hatte, was er wirklich wollte. *Ich will frei sein. Und ich will geliebt werden. Ich will es mir wenigstens vorstellen können. Ein letztes Mal.*

Oh Gott. Oh Gott, wie konnte man nur so blind sein?

»Beantworte meine Frage«, wisperte ich. Meine Tränen waren versiegt. Der ganze Raum drehte sich.

Sein Blick glitt zu Boden, als würde er es nicht ertragen, mich anzusehen. Kein Ton verließ seine Lippen.

Ich wollte ihn packen und schütteln, bis er mir antwortete. Aber jetzt war es nicht der Schock, der mich lähmte. Sondern die Angst.

Er war einer von ihnen. Und er hatte recht. Ich war in Gefahr.

»Ist Cosima meine Mutter?«, entfuhr es mir, während ich noch ein paar Schritte zurückstolperte.

Sein Kopf ruckte wieder hoch. Das Mitleid in seinen Augen war Antwort genug.

Ein Wimmern entfuhr mir.

Schmerz verzerrte seine Züge. »Ich … ich konnte es dir nicht …«

»Warum?«, fiel ich ihm ins Wort. »Warum zur Hölle nicht?«

Er spannte seinen Kiefer an. »Weil du mir dann nicht geholfen hättest.«

Sämtlicher Sauerstoff schien aus meinen Lungen zu weichen. Ein, zwei, drei Sekunden sah ich ihn noch an, dann wandte ich mich um und starrte auf die zweiundzwanzig Karten, die ich nebeneinandergelegt hatte.

Gleichzeitig kehrte ich in Gedanken zum Anfang zurück. Der Anfang vom Ende. Meine Legung. Die dritte Karte. Der Ursprung meines Problems und zugleich mein Ziel. Eine Karte, die Klarheit schaffen sollte.

Das Skelett eines Vogels. Die dreizehnte Karte der großen Arkana.

Du hast ihn noch nicht zugelassen.

Den Schmerz, meine ich.

Wo auch immer er sein mag. Er kann dich vermutlich genauso wenig loslassen wie du ihn.

Ein Fremder, der mir nachts auf dem Hotelflur begegnete und der viel zu viel über mein Innenleben zu wissen schien. Ein Fremder, der zu meinem Verbündeten geworden war. Der mir Antworten geliefert hatte.

Der Ursprung meines Problems.

Ganz langsam drehte ich mich um.

Ich wusste nicht, was er in meinem Gesicht fand, doch es verleitete ihn dazu, nach vorn zu stürzen und meine Hand zu packen.

»Giulietta, das ist jetzt alles nicht von Bedeutung. Wir müssen dich hier rausbringen. Wenn jemand bemerkt, dass du …«

»Fass mich nicht an!« Ich riss mich von ihm los.

»Bitte, ich werde dir alles erklären, aber …«

»Nummer 113«, fauchte ich. »Habe ich recht?«

Er erstarrte. »Giulietta, bitte. Es ist egal, wer ich bin. Es ändert überhaupt nichts an unserem Plan!«

»Sag mal, willst du mich vollkommen verarschen?« Meine Stimme überschlug sich. »Es ändert nichts an der Situation, dass du mich von vorne bis hinten belogen hast? Dass du … dass du …«

Er sackte in sich zusammen. »Dass ich der Tod bin?«, flüsterte er. »Nein, diese Tatsache ändert unser Problem nicht im Geringsten.«

Der Tod.

Unser Problem.

Mein Herz schien mir aus der Brust zu springen.

Stell die wichtigste Frage, brüllte die Wut, *na los, mach schon!*

Lauf weg, so schnell du kannst!, hielt die Vernunft dagegen.

Ich war noch nie besonders vernünftig gewesen.

»Was ist deine Fähigkeit?«

»Giulietta, wir haben keine Zeit, verdammt!«

»Sag es mir!«, schrie ich.

Er kämpfte dagegen an, ich sah den Sturm in seinen Augen, und ich sah, wie er sich ergab. Mit seinem Blick hielt er mich gefangen. Auch er zitterte inzwischen am ganzen Körper.

»Ich kann den Todestag jedes Menschen sehen, dem ich begegne«, sagte er und klang mit einem Mal uralt. »Und ich bekomme jeden Tod mit, der sich in Venedig ereignet.«

»Was ... was bedeutet das?«

Er konnte den Todestag jedes Menschen sehen. Ach du Scheiße.

Ich musste weg hier. Nicht nur aus diesem Zimmer, sondern aus dieser verfluchten Stadt. Vor nicht einmal zwölf Stunden hatte ich ihn gefragt, ob er mit mir durchbrennen wollte. Ob er sich ein neues Leben mit mir aufbauen wollte ...

»Als du gesehen hast, wie ich zusammengebrochen bin ... Ich habe einen Tod mitbekommen. Jedes Mal, wenn jemand in dieser Stadt stirbt, schlüpfe ich in dessen Körper, in dessen Geist, und bekomme die letzten Atemzüge mit. Für ein paar Sekunden *bin* ich dann diese Person. Ich höre ihre letzten Gedanken, ich spüre ihre letzten Gefühle ...«

Ich tastete nach dem Stuhl hinter mir, stützte mich ab, aus Angst, dass meine Beine erneut nachgeben könnten.

»Mein Vater«, krächzte ich.

Malvolio nickte. Seine Augen füllten sich mit Tränen. »Ich war bei seinem Tod dabei. Und ich habe dich in seinen Gedanken gesehen. Seine letzten Gedanken galten dir. Ich wusste nicht, wer er war, bis du im Grand Hotel ankamst und ich dich als seine Tochter identifiziert habe.«

Du hast mich benutzt. Du hast mich von Anfang an für deinen Plan gebraucht. Du hast mir gesagt, du würdest mir bei der Suche seines Mörders helfen, dabei wusstest du von Anfang an, wer es getan hat.

Die Vorwürfe sammelten sich in mir, doch es gab jetzt Wichtigeres als Vorwürfe.

»Vincenzo hat ihn getötet, oder?«

Seltsam, wie ruhig meine Stimme plötzlich klang. Ich wusste es sowieso schon. Die Art, wie mein Onkel *Kurzschlussreaktion* gesagt hatte … Er hatte Cosima *Liebste* genannt. Was war damals geschehen? Hatte sie Papa und seinen Adoptivbruder gegeneinander ausgespielt? War das von Anfang an geplant gewesen? Welche Rolle spielte ich?

Malvolio nickte und wischte sich mit beiden Händen übers Gesicht. Die Tränen konnte er damit nicht aufhalten. Es kamen immer mehr nach. Warum litt *er* so sehr darunter? Wie konnte er es wagen, mir seinen Schmerz zu zeigen?

Die Erkenntnis traf mich aus dem Nichts. »Du hast mir nicht gesagt, dass er es war, damit ich eine Motivation habe, die Figuren einzusperren, oder? Du wolltest, dass ich sie für Mörder halte?«

»Azazel *ist* ein Mörder«, zischte er. Seine Hände waren zu Fäusten geballt, und noch immer zitterte er wie verrückt.

»Ja. Aber nicht der Mörder meines Vaters.«

Es ist egal, wer ich bin. Es ändert überhaupt nichts an unserem Plan!

Und dann verstand ich. Wieso er so sehr versucht hatte, mich zu überzeugen. Wieso es tatsächlich nichts änderte, dass er eine Kartenfigur war.

»Du willst dieses Leben nicht«, stieß ich hervor, und ohne dass ich es verhindern konnte, kamen auch mir wieder die verräterischen Tränen. »Deshalb brauchst du mich.«

Es war in diesem Moment absolut wahnsinnig, absolut unbedeutend, aber ich konnte nichts gegen die Flashbacks unternehmen. Seine Haut auf meiner. Sein heißer Atem. Sein wild pochendes Herz unter meinen Fingerspitzen. *Verzeih mir, ich habe das noch nie gemacht.*

Ein Junge, der noch nie geküsst worden war. Ein Junge aus dem sechzehnten Jahrhundert, der seine ganze Familie verloren hatte. Ein Junge mit so viel Dunkelheit im Herzen, dass sie selbst meine übertraf.

Ein Junge, der sterben wollte.

Ich lachte hart auf. »Der Tod, der nicht leben will. Was für eine gottverdammte Ironie.«

Mit blutunterlaufenen Augen starrte er mich an. »Das ist kein Leben, Giulietta.«

In jeder anderen Situation hätte ich Mitleid empfunden. Wie viele Tode hatte er miterlebt? War er gezwungen gewesen, die der wichtigsten Menschen seines Lebens zu bezeugen?

In dieser Situation war ich nur zu einer einzigen Emotion in der Lage: Wut.

»Es war alles gespielt? Seit wir uns kennen? Ich war nur Mittel zum Zweck, habe ich recht?«

Er schniefte. Öffnete den Mund. Schloss ihn wieder.

Ein bitteres Lachen entwich mir. »Gestern Nacht?«

Sein Blick wurde hart. »Du warst nur Mittel zum Zweck. Ich könnte niemals etwas für einen Menschen empfinden. Ich bin kein Mensch, verstehst du? Deshalb musst du mir helfen. Es ist der einzige Weg, wie dieser Fluch endlich ein Ende nimmt.«

Er hatte recht. Es war ein Fluch. All meine Fragen waren beantwortet. Ich hatte sogar Antworten auf die bekommen, die ich nicht gestellt hatte. Die seit Jahren in mir schlummerten.

Wenn er nicht menschlich war, war es meine Mutter auch nicht. Was machte das aus mir?

Und ich befand mich noch immer in Venedig, noch immer im Hotel eines Mannes, der seinen eigenen Bruder getötet hatte.

Also tat ich das Letzte, was mir noch übrig blieb. Ich stürzte an ihm vorbei, riss die Tür auf und ergriff die Flucht.

Es war mir egal, dass ich die Einzige war, die es beenden konnte.

Scheiß auf die Einsamkeit. Scheiß auf den Schmerz. Ich würde ihn überleben. Eines Tages würde ich heilen. Einen neuen Sinn finden. Wenn ich hierblieb, würde ich überhaupt nichts überleben.

Mein Vater hatte mich immer beschützt. Es war ihm ausschließlich um mein Wohl gegangen. Selbst mit seiner letzten Nachricht hatte er versucht, mich vor diesem Wahnsinn zu bewahren.

Halte dich von Venedig und Tarotkarten fern.

Von Anfang an hätte ich auf ihn hören müssen. Aber noch war es nicht zu spät. Noch konnte ich fliehen und alles hinter mir lassen.

Ich rannte den Flur entlang, stolperte über meine eigenen Beine, strauchelte, fing mich, rannte weiter.

Ich schwöre es dir, Papa. Wenn ich lebendig hier rauskomme, dann werde ich nie wieder an deinen Worten zweifeln. Ich werde mich nie wieder in die Nähe von Tarot begeben. Und ich werde nie wieder einen Fuß in diese Stadt setzen. Ich verzeihe dir alles, hörst du? Ich verzeihe dir und ich liebe dich. Ich weiß, du wolltest nur mein Bestes. Es tut mir so unendlich leid.

Meine Finger fanden das Treppengeländer. Ich nahm zwei Stufen gleichzeitig. Ich musste zum Bahnhof. Ich hatte mein Handy bei mir und noch ein bisschen Bargeld. Das würde reichen. Um alles andere würde ich mich kümmern, sobald ich im nächstbesten Zug saß. Ich musste raus. Keine Sekunde länger konnte ich …

»Giulietta.«

Obwohl mein ganzer Körper im Fluchtmodus war, ließ mich die Stimme erstarren. Ich war in der ersten Etage angelangt. Und nur einen Meter von mir entfernt stand die Frau in dem verdreckten Ballkleid und dem goldenen Umhang. Wie beim ersten Mal, als ich sie gesehen hatte, war ihr Gesicht tränenüberströmt.

Irgendetwas in mir begann zu bröckeln.

Scheiße, sie sah so jung aus. Viel zu jung, um die Frau zu sein, an die ich mich mein Leben lang zu erinnern versucht hatte.

Wie oft hatte ich mir das Gesicht meiner Mutter vorgestellt? Wie oft hatte ich nachts in meinem Bett gelegen und versucht, ihre Stimme aus den Tiefen meiner Erinnerung hervorzuholen?

Meine Mutter, die gestorben war, noch bevor ich sie richtig kennenlernen konnte. Von der es keine Bilder im Haus gab, weil mein Vater den Anblick nicht ertrug. Irgendwann hatte ich es aufgegeben. Papa war genug. Wer brauchte schon eine Mutter, wenn man den weltbesten Vater hatte?

»Cosima«, brachte ich hervor, während sie einen Schritt auf mich zutrat.

Ihr Name aus meinem Mund schien ihr Höllenqualen zu bereiten.

Lorenzos Püppchen.

Diese Finsternis in ihren Augen ...

Flieh. Du bist hier nicht sicher. Du kannst niemandem außer dir selbst vertrauen.

Und genau in dem Moment, in dem ich rückwärtsgehen wollte, in dem mein Fluchtreflex wieder übernahm, da packte sie mich. Mit überraschender Kraft griff sie nach meinen Händen und wirbelte mich hinter sich, weg von der Treppe. Erneut stolperte ich, diesmal gegen eine Vase, die krachend zu Boden ging, und ehe ich mich wieder fangen konnte, war sie schon bei mir. Nein, nicht sie. Sie war zu weit weg. Konnte sich nicht so schnell bewegt haben. Die Person stand hinter mir. Ihre Finger schlossen sich schraubstockfest um mein linkes Handgelenk, während sie die Nägel ihrer anderen Hand in meinen rechten

Oberarm hämmerte. Sie begann, mich von der Treppe wegzuzerren.

Ein Keuchen entwich mir, als ich einen Blick über die Schulter warf und dann wieder vor mich, während ich den Gang entlanggeschleift wurde. Da war Cosima. Eine zweite Cosima. Eine exakte Kopie der ersten. Gleiches Outfit, gleicher wilder Blick. Ihre Tränen waren inzwischen versiegt. Sowohl bei der ersten als auch bei der zweiten. Oh mein Gott, das konnte nicht wahr sein. Cosimas Gestalt hatte sich vor mir verdoppelt. Cosima – diejenige, die sich hinter mir befand – wirkte irgendwie seltsam, unnatürlich, ihre Hautfarbe war viel zu grau, um menschlich zu sein. Panik durchflutete mich. Dafür fühlte sich ihr Griff um mein Gelenk sehr menschlich an. Der Schmerz zog sich durch meinen ganzen Arm. Ihre Haut war kühl an meiner heißen, der Druck, den sie auf mich ausübte, wurde immer schlimmer. Schweißgeruch stieg mir in die Nase und ließ meinen Magen rebellieren. Die Cosima, die jetzt auf uns zukam und mich an meinem rechten Handgelenk packte, schien die richtige, menschlichere Version zu sein.

Hätte mich in diesem Moment nicht die Erkenntnis getroffen, wäre ich mir sicher gewesen, dass ich verrückt geworden war.

Ein Schatten, hörte ich Malvolios Stimme wie aus weiter Ferne. *Kein gewöhnlicher Schatten, wir nennen es nur so. Ihr Talent ist die Replikation. Cosima kann eine Kopie von sich selbst erzeugen.*

Ich war geliefert.

Mein Entsetzen vergrößerte sich mit jeder Sekunde. Ich strauchelte und kickte und versuchte, mich freizukämpfen, aber sie waren zu zweit. Von beiden Seiten hielten sie meine Arme umklammert und meinen Oberkörper aufrecht, während sie mich mit doppelter Kraft weiterzogen und links und rechts zurückkickten, als ich mich verteidigen wollte. Der Schmerz nahm mir für ein paar Sekunden die Sicht. Es war zwecklos, körperlich waren sie mir überlegen. Als ich schreien wollte, hielt mir die Schattengestalt den Mund zu, während Cosima in der Zwischenzeit meine beiden Handgelenke umfasste und mich weiterzerrte. Dafür, dass sie so unmenschlich aussah, fühlte sich die Hand an meinem Gesicht verdammt echt an. Viel zu schnell standen wir vor dem letzten Zimmer im Flur. Nummer 121.

Die richtige Cosima holte blitzschnell den Schlüssel hervor, schloss auf und stieß mich ins Innere.

Ich fand mich in einer Suite wieder, deren Vorraum doppelt so groß wie mein Zimmer war. Die vorherrschenden Töne waren Rot und Gold, wir befanden uns in einer Art Vorraum, und wir schienen allein zu sein. Von Vincenzo war jedenfalls nichts mehr zu hören. Bevor ich die Gelegenheit hatte, mich umzusehen, zerrte mich die Schattenversion zu einem Stuhl und drehte meine Arme nach hinten. Ein schneidender Schmerz traf mich wie ein Stromschlag. Die Bewegung tat noch mehr weh, weil sie mich eben schon gewaltsam an den Handgelenken gepackt hatten. Cosimas zweite Version kannte keine Gnade. Sie begann, mich mit einem Band, das sie von den Gardinen am Fenster löste, dort festzubinden. Die echte Cosima lief vor uns auf und ab, raufte sich die Haare und versuchte offensichtlich, sich zu beruhigen. Sie war völlig außer sich. Das musste ich irgendwie zu meinem Vorteil nutzen.

»Hey«, sagte ich. »Hey, bitte schau mich kurz an.«

Wie angewurzelt blieb sie stehen. Ihr Blick schien mich verbrennen zu wollen.

»Ich wusste von nichts, das schwöre ich.« Meine Stimme bebte, aber ich musste weiterreden. Mir blieb nichts anderes übrig. »Mein Vater hat mir nie etwas erzählt. Weder von dir noch von Venedig oder den Geheimnissen. Er hat mir gesagt, du bist bei einem Unfall gestorben ...« Die Tränen quollen aus meinen Augen hervor und liefen mir über die Wangen. »Hätte ich das alles gewusst, hätte ich das letzte Mal nicht so mit dir –«

Ein Kreischen zerriss die Luft zwischen uns. Die Berührung an meinen Händen war verschwunden. Cosimas Körper vibrierte. Dann war sie mit einem Satz bei mir, ging vor mir in die Knie. Ich warf einen Blick zurück.

Hinter mir befand sich niemand mehr.

»Du weißt Bescheid?«

Schniefend nickte ich. »Ich möchte dir nichts Böses. Ich will einfach hier weg.«

In dem Augenblick, in dem ich die Worte aussprach, realisierte ich, dass ich das Falsche gesagt hatte.

Ein gackerndes Lachen erklang. »Du willst hier weg, ja? Das arme, kleine Mädchen hat genug?«

Sie richtete sich auf, griff mit eisigen Fingern nach meinem Gesicht, hämmerte ihre langen Nägel in meine Wangen. »Ach, Giulietta. Soll ich dir etwas verraten? Ich will auch hier weg. Seit über fünfhundert Jahren, um genau zu sein.«

Irgendetwas an ihrer Stimme sagte mir, dass es ihr nicht um dasselbe wie Malvolio ging.

Egal. Ich musste das Gespräch am Laufen halten.

»Mein Vater hat dich eingesperrt, nicht wahr?«, brachte ich keuchend hervor. »Du hast ihm vertraut. Und er hat dich verraten, habe ich recht?«

Abrupt ließ sie mich los und wankte zurück. Ihr Blick wurde plötzlich glasig. Sie schien geradewegs durch mich hindurchzuschauen.

»Ich habe ihn geliebt«, hauchte sie. »Und es gab eine Zeit, da hat auch er mich geliebt. Wir haben zueinandergefunden, weil wir beide die Magie hassten. Zu Beginn wusste er nicht, wer ich war. Obwohl sein Vater uns befreite und ihn als seinen Nachfolger ausbildete, wollte Lorenzo nie etwas mit der Magie zu tun haben. Er war blind für das Offensichtliche, und ich habe, solange ich konnte, versucht, es zu verbergen.«

Es funktionierte! Ich hatte es geschafft, sie zum Reden zu bringen. Auf einen Schlag sah sie aus, als befände sie sich in einer anderen Zeit.

»Und dann …«, ihre Stimme versagte kurz, »dann erfuhr er davon, und ich glaubte, in diesem Moment sei alles zu Ende. Ich war schließlich kein Mensch. Ich war das, was er am allermeisten verabscheute. Was wir beide am meisten verabscheuten.« Ein Schluchzen ließ ihren Körper erbeben. »Doch Lorenzo entschied sich für die Liebe. Er entschied sich für *mich*.« Sie lachte erneut. Ich war mir sicher, noch nie in meinem Leben ein traurigeres Geräusch gehört zu haben. »Er hat mir das Gefühl gegeben, ein Mensch zu sein. Selbst als er die Wahrheit kannte. *Ich sehe dein Herz, cara mia,* hat er mir gesagt. *Dein Herz ist rein. Was interessiert mich der Rest?*«

Ich sah ihn vor mir. Papa vor fast zwanzig Jahren. Ich hörte seine Stimme. Er hatte sie wirklich geliebt, oder? Er musste sie geliebt haben …

»Was … was ist dann passiert?«, fragte ich, als sie nicht weitersprach.

Sie blinzelte. Erst jetzt schien sie mich wieder zu registrieren. Ein wüster Fluch verließ ihre Lippen. »Lorenzo hat dir nie etwas erzählt.« Jedes Wort war wie ein Messerstich. Sie schüttelte den Kopf. »Ich nehme an, es war einfacher, mich für tot zu erklären.«

Ein irres Glitzern trat in ihre Augen. Was wollte sie von mir? Wieso hatte sie mich gefesselt? Was könnte ich sagen, damit sie mich gehen ließ?

»Was ist mit Vincenzo?«, sprudelte es aus mir hervor, weil es das Erstbeste war, was mir einfiel und was von Papa ablenkte.

Jetzt wirkte ihr Lachen aufrichtig. »Er ist noch wahnhafter, als ich damals angenommen habe. Meine Güte, er hat das Kartendeck hiergelassen. Er denkt wirklich, ich könnte ihn lieben. Ausgerechnet ihn! Nach dem, was er mir angetan hat …«

Das Kartendeck. Das originale Kartendeck war hier?!

»Nach-nachdem er Lorenzo getötet hat?«, stieß ich bebend hervor.

Ihr Lachen verebbte. Ihre Zähne schlugen aufeinander. »Er denkt, er habe mir einen Gefallen getan. Dabei hat er mir das Letzte genommen, was mir noch blieb.« Sie trat wieder vor mich und beugte sich zu mir herunter, sodass ich ihren säuerlichen Atem riechen konnte. »Rache.«

»Ich …«

Sie presste mir einen Finger auf den Mund.

»Das werde ich ihm nie verzeihen. Er sollte jeden Moment wiederkehren. Ich habe ihn weggeschickt, um mich alleine mit dir zu unterhalten. Es ist kaum zu glauben, doch er tut wirklich alles, was ich von ihm verlange.«

»Das ist es, was du willst? Mit mir reden?«

Sie ließ ihren Finger sinken. Ihre Augen waren so dunkel. Schwarze, leere Löcher.

»Nein, Giulietta. Was ich will, ist Freiheit. Das letzte bisschen Freiheit, das mir noch zusteht.«

Und dann zog sie etwas aus der Tasche ihres Umhanges hervor. Silbern blitzte das Metall vor mir auf.

»Dafür musst du sterben.«

In meinem Kopf hörte ich Papas Schrei, so klar und deutlich, als stünde er neben uns.

Flehe sie an! Tue alles, was nötig ist!

»Ich … ich bin deine Tochter.«

Fast liebevoll schüttelte Cosima den Kopf. »Das warst du einmal. Aber Lorenzo nahm mir die Chance, jemals eine Mutter zu sein.«

»Es ist noch nicht zu spät!«, rief ich schrill. »Ich … Wir können noch …«

»Schweig«, blaffte sie mich an. »Es ist die einzige Möglichkeit, wie wir in Freiheit leben können.«

Wir. Für den Bruchteil einer Sekunde dachte ich, sie meinte Vincenzo und sich. Aber das ergab keinen Sinn. Sie meinte die Karten.

Ich schüttelte den Kopf. »Ich schwöre dir, ich haue ab und werde nie wieder einen Fuß in diese Stadt setzen. Ich habe kein Interesse an der Magie. Oder daran, euch einzusperren. Ich will einfach weg.«

Cosima lächelte sanft und hob die Klinge an meine Kehle. Sie drückte das scharfe Messer in meine Haut und lehnte sich weiter vor, bis ihre Lippen mein Ohr berührten. »Du bist Lorenzos Tochter, durch und durch. Ich kann es mir nicht leisten, deinem Schwur zu glauben.«

»Du kannst mich nicht töten!«, schrie ich. »Wenn einer der Nachfahren getötet wird, wandern die Karten zurück ins Deck!«

Es war mein letzter kläglicher Versuch. Natürlich war er umsonst. Sie wusste, dass Lorenzo sie eingesperrt hatte. Im Gegensatz zu Azazel wusste sie, dass der Tod des ehemaligen Hotelbesitzers nichts mit ihrem Freiheitsentzug zu tun hatte.

»Lebe wohl, Giulietta. Grüße Lorenzo, solltest du ihn wiedersehen. Ihr beide gehört zusammen.«

Der scharfe Schmerz an meiner Kehle durchzuckte mich. Ich spürte das heiße Blut.

»Bitte … Bitte, ich …«

Doch ich verstummte ganz von selbst, ehe sie mich zum Schweigen bringen konnte. Meine Augen fielen zu.

Kämpfe!, schrie Papa in mir. *Kämpfe, Giulietta!*

Mein Onkel war ein Mörder, meine Mutter war gerade dabei, eine Mörderin zu werden. Der einzige Mensch, dem ich in

Venedig vertraut hatte, hatte mich nur für seine Zwecke benutzt. Und mein Vater ... mein Vater war tot. Die Stimme in meinem Kopf war pure Einbildung, weil ich die Realität nicht ertragen konnte.

Seit dem ersten Moment hatte ich gekämpft. Gegen die Wahrheit, gegen die Verzweiflung, gegen den Schmerz.

Was, wenn sie recht hatte? Wenn er und ich zusammengehörten?

Es tut mir leid, Papa. Ich presste meine Augen fester zusammen und hoffte, es würde schnell gehen. *Es tut mir leid, aber ich bin fertig mit Kämpfen.*

KAPITEL 21

Die Magie des Todes

Finche c'e vita, c'e speranza.
(Solange es Leben gibt, gibt es Hoffnung.)

Cosimas gackerndes Lachen ging mir durch Mark und Bein.

Als ich Giulietta hinterhergelaufen war, hatte ich gerade noch mit ansehen können, wie Cosima sie in die Suite zerrte, während ihr Schatten Giulietta den Mund zuhielt.

Ich hätte es wissen müssen. Cosima war von Anfang an unzurechnungsfähig gewesen. Ich hatte geahnt, dass es ihr zusetzte, ihre Tochter nach all den Jahren wiederzusehen, aber nach Davides Tod hatte ich angenommen, dass sie die Wahrheit vor Giulietta verstecken wollte. Dass dies die Entscheidung war, die sie Vincenzo mitteilen wollte.

Ich war so unendlich dumm. Cosima war Giuliettas Mutter, aber Cosima war auch eine Frau, die von ihrem eigenen Mann verraten worden war. Alles, was sie jetzt wollte, war, am Leben zu bleiben. Und dafür hatte sie Vincenzo benutzt, nicht wahr? Dafür hatte sie ihm die Geheimnisse entlockt. Er war ungefährlich für ihre Freiheit, aber ihre Tochter war es nicht.

Mein Herz raste, als ich von der Zimmertür 121 zurücktrat und zu rennen begann. Die Zeit lief mir davon. Nein, die Zeit lief Giulietta davon. Es ging hier nicht mehr nur um meinen Willen. Sie kannte die Wahrheit. Sie hatte fliehen wollen, und jetzt befand sie sich in Cosimas Klauen. Wie weit würde Cosima gehen?

Ich würde nicht warten, um es herauszufinden.

Bei der 116 blieb ich stehen und hämmerte mit der Faust gegen die Tür, während ich mit der freien Hand den Griff meines Koffers fester umklammerte. Niemand hatte das Versteck in meiner gestrigen Abwesenheit gefunden. Obwohl sie mein Zimmer durchwühlt hatten. Obwohl sie jetzt wussten, dass sie mir nicht vertrauen konnten.

Schritte ertönten, und Sekunden später öffnete Collisio die Tür. Er sah verschlafen aus, sein sandfarbenes Haar stand in alle Richtungen ab, und er gähnte, doch sobald er mich entdeckte, erstarrte er und riss die Augen auf.

»Du …«

»Ich brauche deine Hilfe«, zischte ich. »Jetzt.«

Beinahe ängstlich trat er zurück. »Alle suchen dich.«

»Collisio!«

Er mochte mich, das wusste ich. Unter anderen Umständen hätten wir so etwas wie Freunde sein können. Doch das würde mich heute nicht weiterbringen. Es stand zu viel auf dem Spiel. Gestern Nacht hatte ich den Großteil der anderen gegen mich aufgebracht.

»Du hast Gretas Schmerz auf dem Gewissen«, sagte ich und betonte jedes Wort einzeln, während ich ihn mit meinem Blick gefangen hielt. »Hättest du die Wahrheit gesagt, hätten wir sie von Azazel fernhalten können.«

Die Reue blitzte in seinen Augen auf. Es würde funktionieren. Wenn etwas funktionierte, dann das. Er war nicht herzlos. Er war nur feige.

»Du hast die Chance, es wiedergutzumachen«, fuhr ich fort. »Hier und jetzt.«

Eine halbe Ewigkeit verging. Meine Hände waren schweißnass, meine Gedanken waren beim Zimmer 121. Mit aller Macht hielt ich mich davon ab, ihm an die Gurgel zu gehen.

Geräuschvoll atmete er aus. »Was soll ich tun?«

Ich packte ihn an der Hand und zog ihn auf den Flur. Noch waren wir alleine, aber es handelte sich nur um eine Frage der Zeit, bis jemand auf mich aufmerksam wurde.

»Giulietta ist in Gefahr«, flüsterte ich ihm zu, während wir den Flur entlanghasteten. »Ein weiteres unschuldiges Mädchen.« Ich senkte meine Stimme noch mehr. »Du musst in Cosimas Zimmer eindringen und mir die Tür öffnen. Das ist alles. Danach verschwindest du und tust, als wäre es nie geschehen. Mehr brauche ich nicht von dir.«

Angst flackerte in seinem Gesicht auf. Doch dann presste er die Lippen zusammen und nickte.

Wir liefen zu Cosimas Zimmer.

»Sie sagen, du bist lebensmüde«, brachte er hervor, als wir vor ihrem Zimmer angekommen waren. Ein Schrei war zu hören. Meine Nackenhaare richteten sich auf. »Dass dies der Grund ist, wieso …«

»Collisio«, fauchte ich. »Cosima ist diejenige, die lebensmüde ist. Sie will Giulietta töten. Das würde unser aller Ende bedeuten. Erinnere dich daran, was letztes Mal geschehen ist. Ich erkläre dir alles später, versprochen.«

Die Lüge in meinen Worten war nicht zu überhören. Ich klang viel zu verzweifelt. Doch Collisio schluckte sie. Er richtete seinen Blick auf die Tür, straffte die Schultern, und lief geradewegs hindurch. Drei Sekunden später öffnete er die Tür. Das Entsetzen verzerrte seine Züge. Egal, was er im Inneren gesehen hatte, es schien ihn vollständig überzeugt zu haben.

»Brauchst du … brauchst du Hilfe?«, stammelte er.

Ich schüttelte den Kopf. »Keine Sorge. Ich habe alles unter Kontrolle.« Dann zog ich ihn auf den Flur, schlüpfte in Cosimas Suite und schloss die Tür hinter mir. Den Koffer stellte ich behutsam neben mir ab.

Cosimas Gestalt war über Giulietta gebeugt. Ein Gurgeln war zu hören. Ich zögerte keine Sekunde mehr. Wenn sie die Gefahr hinter sich erkannte und sich verdoppelte, war es zu spät. Es grenzte an Wahnsinn, dass sie noch nichts bemerkt hatte. Meine einzige Chance war das Überraschungsmoment.

Einen Herzschlag später stürzte ich mich auf sie, packte sie und schleuderte sie zur Seite. Sie kam ins Wanken und stürzte gegen die Kommode, verlor das Gleichgewicht, ging zu Boden.

Die Eindrücke flogen auf mich zu. Zuerst sah ich das Blut an Giuliettas Hals. Ihre aufgerissenen Augen. Dann hörte ich Cosimas Ächzen, als sie mit dem Rücken auf den Boden krachte. Ich sah das Messer in ihrer Hand, das durch meinen Angriff aus ihrer Hand rutschte.

Ehe sie reagieren konnte, hatte ich danach gegriffen und zog es ihr aus der Hand. Ich umklammerte den Griff, so fest ich konnte. Die Klinge war länger als meine Hand. Ich setzte mich auf Cosima und holte mit der Hand aus, in der sich das Messer befand.

Ein wütender Schrei hinter mir ertönte. Ich drehte mich nicht um. Ich wusste, dass Cosimas Schattengestalt sich hinter mir befand. Ehe sie mich wegzerren könnte, rammte ich der Cosima vor mir das Messer mit voller Kraft in die Brust.

Ihre tränenverschmierten Augen wurden groß. Schock flackerte in ihnen auf. Schock, gefolgt von Hass. Ihr Körper wurde mit einem Mal ganz starr. Ich warf einen schnellen Blick hinter mich. Von dem Schatten war keine Spur mehr. Mir war es gelungen, sie abzulenken. Kartenfiguren konnten zwar nicht sterben, aber immerhin verloren sie für eine Weile das Bewusstsein, wenn man sie zu töten versuchte. Und wenn Cosima das Bewusstsein verlor, konnte sie auch nicht mehr ihr Talent ausüben. Ich zog das Messer hervor. Vorsichtshalber holte ich ein weiteres Mal aus und stieß das Messer erneut in ihren Brustkorb.

Ein weiterer Schrei erklang, diesmal von Giulietta.

Alles in mir zog sich zusammen.

»Sie kann nicht sterben!«, rief ich. »Sie kann nicht mal bluten. Das ist nur ein Ablenkungsmanöver. Sie ist nur kurz bewusstlos geworden, ihr Körper wird sich in ein paar Minuten wieder vollständig erholen.«

Sobald ich mir sicher war, dass Cosima nicht bluffte, griff ich in ihr Haar und riss eine einzelne Strähne heraus. Wenn ich Glück hatte, blieben mir fünf Minuten. Fünf Minuten, in denen ich Giulietta in Sicherheit bringen und sie davon überzeugen musste, dass sie mir half, nach allem, was sie erfahren hatte.

Dann stand ich auf, stürmte in Richtung Koffer, öffnete ihn und gab das Haar in das letzte Glas, das ich mit der Nummer 21 beschriftet hatte.

In wenigen Schritten war ich wieder bei Giulietta, die dem Nervenzusammenbruch nahe zu sein schien.

»Es ist alles okay«, murmelte ich. »Alles wird gut.«

»Wovon redest du?«, schrie sie.

Ich zuckte zusammen. Sie hatte jedes Recht, mich anzuschreien. Und trotzdem zerriss es mir das Herz.

Ganz langsam, um sie nicht zu erschrecken, beugte ich mich vor, bekam den Gardinenraffhalter zu fassen, mit dem Cosima sie gefesselt hatte, und befreite sie.

Sie rührte sich nicht. Ihr ganzer Körper zitterte, ihre Wangen waren tränenüberströmt. Das Blut an ihrer Halsschlagader glänzte frisch, immer mehr schien nachzukommen. Hastig schaute ich mich um und schnappte mir ein Handtuch, das über einem Sessel lag. Ich knüllte es zusammen und presste es auf ihre Wunde.

»Giulietta.« Ich legte ihr meine freie Hand an die Wange. »Ist alles in Ordnung?«

Sie schnaubte und griff nach dem Handtuch, drückte meine Hand weg. »Fass mich nicht an!«

»Bitte, hör mir zu. Ich weiß, dass du gehen willst, und ich verstehe dich. Aber bitte … Bitte, es ist unsere einzige Chance. Es geht nicht nur darum, was ich will. Es geht um *dich*. Du bist nicht sicher, solange sie am Leben ist. Sie ist wahnsinnig. Und sie arbeitet mit deinem Onkel zusammen … Er …«

Ruckartig stieß sie mich von sich und erhob sich. »Er macht alles, was sie sagt«, vervollständigte sie. Mit einem Mal klang ihre Stimme ganz kalt. Als hätte sie all ihre Emotionen mit einem Knopfdruck ausgeschaltet. Ihre Knöchel traten weiß hervor, als sie sich das Handtuch fester auf die Wunde drückte. »Und Cosimas Schatten kann Venedig verlassen. Was bedeutet, Cosimas Schatten kann mich jederzeit finden und mich töten.«

Ich nickte. Es war nicht gelogen. Es ging nicht nur um mich. Ich würde es nicht ertragen, wenn sie …

»Ganz zu schweigen von der ganzen Bevölkerung Venedigs.«

Erneut nickte ich. »Ich habe das Erbgut, Giulietta. Von allen. Wir benötigen nur noch das Kartendeck. Bis wir es haben, müssen wir uns verstecken. Ich schwöre dir, ich werde es finden und dann –«

»Die Karten sind hier«, zischte sie.

Ich fuhr herum. Nichts. Niemand außer uns und Cosimas regloser Körper auf dem rubinroten Teppich.

»Das Kartendeck!« Giulietta wankte durch die Suite ins Schlafzimmer. »Ich meine das Kartendeck. Vincenzo hat es hiergelassen. Er vertraut ihr.«

Herzstillstand.

Was?

Was sagte sie da?

Wie von alleine setzte mein Körper sich in Bewegung und folgte ihr. Ich sah die Schatulle aus Kiefernholz sofort. Es war, als würde sie mich magisch anziehen. Sie war klein, viel kleiner, als ich sie in Erinnerung hatte. Ich hatte sie nur ein einziges Mal in meinem Leben gesehen, damals, als ich noch nicht geahnt hatte, was ihre Bedeutung war und dass ich den Rest meines Daseins mit der Suche nach ihr verbringen würde.

Ein Schluchzen entwich mir.

Giulietta griff danach, bevor ich es konnte. Sie ließ sie aufschnappen und holte die Karten hervor. Ich erzitterte. Mit Finsternis in den Augen sah sie mich an. »Sag mir genau, was ich tun soll«, brachte sie hervor.

Es gab so viel, was ich ihr sagen wollte.

Bitte verzeih mir, dass ich dich ausgenutzt habe. Wenn ich jemanden lieben könnte, dann dich. Du hast meinen Plan ins Wanken gebracht, Giulietta. Für ein paar köstliche Sekunden habe ich mir ausgemalt hierzubleiben. Mit dir.

Stattdessen packte ich ihre Hand und zog sie zurück in den Vorraum der Suite. »Wir müssen die Karten nebeneinander auf den Boden legen. Alle zweiundzwanzig. Ich kümmere mich um die DNA. Du musst jede mit deinem Blut tränken. Wir haben nicht viel Zeit.«

Atemlos nickte sie. »Was, wenn Cosima aufwacht?«

»Ich kümmere mich darum.«

Sie ging auf die Knie und begann, die Karten nebeneinanderzulegen. Ich konnte erst wieder richtig atmen, als ich sah, dass sie vollständig waren. Dann warf ich einen Blick zu Cosima, die unbewegt und mit glasigen Augen an die goldbemalte Decke starrte, und griff nach meinem Koffer.

Die Malereien auf den uralten Karten waren kaum zu sehen,

weil sich so viele eingetrocknete Blutstropfen auf ihnen befanden. Das Blut der Nachfahren.

Mein Herz raste. Ich durfte es nicht vermasseln. Das hier war die Chance des Jahrtausends. Alles, was ich je gewollt hatte.

Doch jedes Mal, wenn mein Blick Giulietta streifte, fühlte es sich wie Zerbersten an.

Das hier war ein Abschied. Ich wusste, es war das Richtige, nicht nur für mich, sondern für die gesamte Menschheit, doch mein Herz war anderer Meinung. Es hämmerte so heftig gegen meinen Brustkorb, dass ich Angst hatte, es könnte mich zerfetzen. Das war keine Vorfreude. Und auch keine Erleichterung. Es war Wehmut.

»Reicht … reicht das Blut?«, raunte sie, als wir fertig waren, und deutete auf ihren Hals, nachdem sie das Handtuch weggenommen hatte.

Ich nickte. »Es muss nicht viel sein.«

Sie hob ihre Hand und drückte ihren Zeigefinger in die Wunde, zuckte nur kurz zusammen, ehe sie sich wieder den Karten zuwandte und mit der Arbeit begann.

Uns blieben nur noch Sekunden. Ich konnte ihr nicht sagen, was die Zeit mit ihr für mich bedeutet hatte, konnte ihr nicht davon erzählen, wie ich für einen Moment das ganze Leid in Kauf genommen hätte, nur um eine Chance mit ihr zu haben. Es würde einfacher für sie sein, mich zu vergessen, wenn sie nichts davon wusste.

»Du hast ein glückliches, erfülltes Leben vor dir«, flüsterte ich. Meine Tränen flossen wieder. »Ich weiß, es fühlt sich gerade nicht so an, aber du wirst den Schmerz überleben. Du bist so jung. Du kannst noch alles ändern. Denk daran, was dein Vater für dich gewollt hätte. In den Momenten, in denen du nicht für dich weiterleben kannst, lebe für ihn. Ich verspreche dir, du wirst eines Tages wieder Glück empfinden.«

Sie sah mich nicht an, stur machte sie weiter, doch ich sah ihre Tränen, die auf den Boden tropften.

Ich wollte noch etwas sagen, wollte irgendetwas tun, bevor es endgültig vorbei war.

Doch in diesem Augenblick wurde ich aus meinem Körper geschleudert, als mich ein neuer Tod traf.

Ich starrte an eine goldbemalte Hotelzimmerdecke. An *diese* Zimmerdecke.

Was zur –

Wie konnte ich mich in dieser Suite befinden?

Oh Gott, nein. Nein, nein, nein. Wenn ich mich immer noch in Cosimas Suite befand, bedeutete das, es handelte sich um einen Tod, der in diesem Zimmer stattfand. Und in diesem Zimmer war nur eine einzige sterbliche Person anwesend. Cosima konnte nicht sterben. Das. War. Nicht. Möglich.

Fremde Gedanken fluteten meinen Kopf, lenkten mich von der Panik ab. Die letzten Gedanken einer Sterbenden: *Ich habe sie geliebt. Aber Liebe bedeutet nichts. Sie bedeutet nur, dass wir die Kontrolle abgeben.*

Plötzlich war keine Panik mehr in mir. Eine seltsame Ruhe ergriff Besitz von mir. Es war fast friedlich. Und es war so schnell vorbei, wie es gekommen war.

Ich keuchte, würgte, spuckte. Ich war wieder ich. Und über mir stand ein Mädchen mit einer Wunde am Hals.

Das Mädchen aus meinem Albtraum. Giulietta. Lebendig. Wenn Giulietta lebendig war, dann bedeutete … Nein. Das war kein Mädchen vor mir.

Es war der Schatten eines Mädchens.

Ich blickte neben mich. Giulietta war bei der letzten Karte angekommen. Die *richtige* Giulietta. Nummer 21. Ihr mit Blut verschmierter Finger traf auf das Papier.

»NEIN!«

Mein Schrei ließ sie zusammenzucken. Nicht nur sie. Sondern auch das Mädchen, das vor uns stand und ihr wie aus dem Gesicht geschnitten war. Sie sahen mich beide an. Mit aufgerissenen Augen. Und dann sahen sie sich gegenseitig an.

»Was … was ist das?«, stammelte die Giulietta, die vor mir auf dem Boden kniete. »Was passiert hier?«

Ich riss den Kopf herum. Cosima lag noch immer reglos hinter uns. Das Messer steckte tief in ihrer Brust. Dort, wo ich es hinterlassen hatte.

Nein.

Nein.

Nein.

In diesem Moment sah ich das Blut. Das Blut, das sie niemals hätte vergießen dürfen. Kartenfiguren vergossen kein Blut, verdammt noch mal! Und schließlich sah ich die Zahlen über ihrer Gestalt, die langsam verblassten.

Ein Todesdatum, das ich ignoriert hatte, weil ich Besseres zu tun gehabt hatte.

Das Datum war heute.

Die grausame Erkenntnis traf mich.

Ich war der Tod. Als einzige der Karten hatte ich die Macht, mein eigenes Leben zu nehmen. Doch seit ich lebte, hatte ich nie versucht, das Leben eines anderen zu nehmen. Niemals hätte ich für möglich gehalten …

Mit weit aufgerissenen Augen starrte sie mich an. Mein Blick glitt über ihre Gestalt.

Kein Datum. Sie hatte von Anfang an kein Datum gehabt. Und jetzt hatte sie sich vor meinen Augen verdoppelt.

»Was zum …«

Ich hatte die Welt getötet. Und die Welt hatte sich ihren Ersatz gesucht.

Die einzig lebende Nachfahrin, die gerade ihr Blut auf allen zweiundzwanzig Karten einschließlich der Welt-Karte verteilt hatte. Der einzige Mensch, der uns je wieder befreien könnte. Sie hatte uns alle, inklusive sich selbst, unwiderruflich eingesperrt.

Mein Gott, was hatte ich angerichtet?

»Giulietta«, krächzte ich.

Nur ein Name.

Nur ein Mädchen.

Nur ein Grund, um leben zu wollen.

Ich hatte dagegen angekämpft. Ich hatte meinen Willen bekommen. Und ich hatte ihren soeben für immer genommen.

Triggerwarnung

In diesem Buch finden sich folgende Themen, die triggernd wirken könnten:

- Tod, Verlust und Trauer
- Suizid
- sexualisierte Gewalt

Danksagung

Es war einmal ein magischer Sommer in Venetien … Ein paar Freund*innen und ich mieteten uns eine Villa in einem Dorf nahe Rovigo. Wir redeten, kochten, spielten Kartenspiele und unternahmen Ausflüge. Einer davon war nach Venedig. Ich war sofort wie verzaubert. Obwohl es mitten im August und brütend heiß war, strahlte die Stadt der Masken etwas Düsteres für mich aus. Als ich eine Wahrsagerstube entdeckte, war es um mich geschehen. Tarot. Venedig. Magie. Liebe. Tod. Unsterblichkeit. Die Idee entwickelte ihr Eigenleben. Wieder zu Hause, besorgte ich mir mein eigenes Tarotdeck und begann, meinen Freund*innen und mir selbst die Karten zu legen.

2018 hatte ich die erste Idee für Giulietta, Malvolio und das Grand Hotel Visconti. Und jetzt, drei Jahre später, darf ich sie endlich mit euch teilen! An der Verwirklichung dieses Herzensprojekts waren viele wunderbare Menschen beteiligt:

Danke, danke, danke an das gesamte Moon-Notes-Team und insbesondere an meine tolle Lektorin Isabella. Vom ersten Telefonat bis zum letzten Lektoratsdurchgang hast du mich motiviert, inspiriert und mit deinem Input nicht nur den Text zu dem gemacht, was er heute ist, sondern auch meinen Arbeitsalltag verschönert. 😄 Danke auch an Lena, meine CoE-Lektorin, dass du dieses Projekt als würdigen Nachfolger für Kia und Will gesehen hast.

Vielen Dank an Klaus und Micha von meiner Agentur erzähl:perspektive! Klaus, danke für deine Begeisterung von Anfang an und dafür, dass du dieses Buch gelesen und geliebt hast.

Weiterer Dank geht an:

Jess – weil du meine Italien- und Magie-Spezialistin bist und mir ein Venedig-Päckchen mit dem schönsten Notizbuch überhaupt geschickt hast (das dann zu Giuliettas wurde), als diese Geschichte noch *Arcana Maxima* hieß. Effi – weil du mich zwei Jahre ununterbrochen gefragt hast, wann ich denn ENDLICH dieses Buch fertig schreibe, damit du es lesen kannst – und weil du dann jede einzelne Szene gefeiert hast. Mahir – weil du meinen Schreibprozess von Anfang bis Ende begleitet und dir all meine Ideen und Zweifel angehört, meine Gefühle mit mir gefühlt hast und die allerbeste Unterstützung warst. Lea – weil du ebenfalls von Anfang an dabei warst, die Begeisterung mit mir geteilt, die Atmosphäre verstanden und das Manuskript geliebt hast! Jonas – weil du sofort überzeugt von der Idee warst, dass wir im Hotel Danieli absteigen sollten, und mich auch sonst bei allen Ideen unterstützt. Maria – weil du den Prolog damals gelesen hast und sofort begeistert warst. Mewa – weil du immer für mich da bist und dich so sehr auf diese Geschichte freust. Emily – für dein Feedback am Anfang, das ich mir direkt auf ein T-Shirt drucken lassen wollte. Mel, Rebecca und Julia – weil ihr Feuer und Flamme wart, seit ich dieses Buch angeteasert habe. Sabrina, Diana und Louise – weil ich euch wieder und wieder die Karten legen durfte. Corinna, für die Venedig-Maske, die immer noch an meiner Wand hängt, für unseren Italien-Trip und weil du mich immer unterstützt hast.

Und zu guter Letzt: Danke an all meine Leser*innen – ihr seid der Wahnsinn! Ich hoffe, wir lesen uns im zweiten Teil. ☺